Rita Fischer

D1672939

Pech, Pistolen, krumme Touren

Privatdetektivin Petras gefährlichster Auftrag

FRIELING

Die Deutsche Bibliothek – CIP-Einheitsaufnahme
Fischer, Rita:
Pech, Pistolen, krumme Touren : Privatdetektivin Petras gefähr-
lichster Auftrag / Rita Fischer. – Orig.-Ausg., 1. Aufl. – Berlin :
Frieling, 2001
ISBN 3-8280-1517-4

© Frieling & Partner GmbH Berlin
Hünefeldzeile 18, D–12247 Berlin-Steglitz
Telefon: (0 30) 76 69 99-0

ISBN 3-8280-1517-4
1. Auflage anno 2001
Satz: Fischerdruck Saarbrücken
Umschlaggestaltung: Graphiti GmbH Berlin
Sämtliche Rechte vorbehalten
Printed in Germany

Als Petra Neumann sich an diesem Morgen aus dem Bett quälte, hatte sie das ungute Gefühl, daß dieser Tag kein guter Tag werden würde. Warum, wußte sie selbst nicht zu sagen. Sie hatte einfach so ein Gefühl.

Auf dem Weg ins Bad stolperte sie über ein Paar Schuhe, das achtlos in den Weg geworfen war und versetzte ihm einen gehörigen Tritt, daß sie weit in eine Ecke flogen. Sie haßte es, wenn Martin immer und überall seine Sachen fallen ließ. Ein Jahr lang wohnte sie nun schon mit ihm zusammen, und nach wie vor war das eines der Dinge, die sie zum Wahnsinn bringen konnten: in der ganzen Wohnung wahllos verstreute Schuhe und Kleidungsstücke.

Während sie unter der kleinen Dusche stand und sich die Haare einseifte, nahm sie sich fest vor, am Abend mit Martin einmal ein ernstes Wörtchen in dieser Angelegenheit zu reden. Zwar es zugegebenermaßen seine Wohnung, in die sie vor nunmehr einem Jahr mit Sack und Pack eingezogen war, doch sie bestand auf einem Mindestmaß an Ordnung. Das mußte sie ihm wirklich mal klarmachen. So schwer konnte das doch nicht sein, seine Sachen abends über einen Stuhl zu werfen, die Schuhe paarweise darunter zu stellen und vielleicht auch noch die Zahnpastatube zuzuschrauben!

Petra seufzte. Sie war zwar wahrhaftig keine Ordnungsfanatikerin, aber das Zusammenleben mit Bernhard Schmelzer hatte sie doch geprägt. Bernhard! Allein beim Gedanken an ihren früheren Freund stieg Wut in ihr hoch. Sieben Jahre lang hatten sie zusammengelebt, und dann hatte er sie wegen einer Jüngeren verlassen. Nach so langer Zeit!

Sie hatte alles für ihn getan! Sogar ihre Lehre als Arzthelferin hatte sie trotz des Protestes ihrer Eltern aufgegeben, um ihm in seiner Firma helfen zu können. Er hatte sich damals gerade als Computerfachhändler selbständig gemacht und konnte sich noch keine Bürokraft leisten. Da war es ganz selbstverständlich für sie gewesen, ihre eigenen beruflichen Ziele zurückzustellen und bei ihm einzusteigen.

Während sich die junge Frau mit dem Handtuch die kurzen, rötlich getönten Haare abrubbelte, schüttelte sie innerlich den Kopf über ihre eigene Dummheit. Bernhard Schmelzer war ihr damals als Errettung aus einer langweiligen Lehre und einem strengen Elternhaus erschienen! Zehn Jahre älter als sie, groß, gebildet, gutaussehend und selbständiger Unternehmer, etwas, was ihr damals ganz besonders imponiert hatte.

Wie hatte sie so dumm sein können, alles wegen ihm hinzuwerfen und auf ihre eigene berufliche Zukunft zu verzichten, nur um ihm eine billige Sekretärin zu sein! "Es ist für uns beide", hatte sie damals gedacht, "die Firma ist für unser beider Zukunft." Nur hatte sie schlicht und ergreifend dabei übersehen, daß sie keinerlei rechtliche Beteiligung an seinem ständig wachsenden

1

Unternehmen hatte.

Zwar hatte er sie als Arbeitnehmerin angemeldet und für sie ordnungsgemäß Kranken- und Rentenversicherung abgeführt, aber sie war nur mit einem minimalen Gehalt angemeldet gewesen - weil sie sonst alles an Krankenkasse und Finanzamt verloren hätte! -, und das rächte sich, als Bernhard ihr nach sieben Jahren Zusammenleben verkündete, er hätte eine andere und würde sie bitten, auszuziehen und auch gleichzeitig ihre Schlüssel fürs Büro abzugeben.

Während Petra sich das Gesicht cremte und die Wimpern tönte, streckte sie sich selbst die Zunge im Spiegel heraus. "Dumme Pute!" sagte sie verdrossen. Nun ging sie schon auf die dreißig zu und hatte nichts vorzuweisen außer einem mittelmäßigen Bürojob in einem mittelmäßigen Supermarkt! Sieben vergeudete Jahre!

Sie wußte noch, wie niedergeschmettert sie damals gewesen war, keine Wohnung mehr, kein Job, keine Rücklagen. Sie hatte vor dem Nichts gestanden. Ihre Eltern waren drei Jahre zuvor bei einem Autounfall ums Leben gekommen. Geschwister oder andere nahe Verwandte hatte sie nicht.

Auch das Arbeitsamt hatte ihr keine großen Hoffnungen gemacht. Ohne abgeschlossene Berufsausbildung war es trotz ihrer Büroerfahrung nahezu aussichtslos, eine Anstellung zu finden. Doch sie hatte Glück gehabt und diesen Job als Buchhalterin und Mädchen für alles in einem kleinen Supermarkt bekommen. Das war zwar nicht gerade der Beruf ihrer Träume, aber sie konnte sich damit wenigstens über Wasser halten und die Miete für ihr kleines möbliertes Zimmer bezahlen, das sie nach dem Rausschmiß bei Bernhard bezogen hatte.

Und dann war Martin Faust aufgetaucht, das krasse Gegenteil von Bernhard. Er war zwar auch groß, doch schlaksig, mit nahezu unbeholfenen Bewegungen, dabei immer lustig und stets zu Scherzen aufgelegt. Zwei Jahre jünger als sie, war Martin ein richtiges Kind geblieben. "Ein Luftikus," das war ihr erster Eindruck gewesen, als sie ihn vor mehr als einem Jahr in einer Kneipe kennengelernt hatte, in der er mit seiner Band aufgetreten war, "aber nicht unsympathisch."

Vier Wochen später hatte sie ihr Zimmer gekündigt und war bei Martin eingezogen. Und hier lebten sie nun schon nahezu ein Jahr zusammen. Und noch immer wußte Petra nicht, was sie von Martin wirklich halten sollte.

Während sie mit den Fingern etwas Gel im Haar verteilte, damit ihre kurzen Borsten besser zur Geltung kamen, stellte sie sich wohl zum tausendsten Mal die Frage, wie es mit Martin und ihr weitergehen sollte. Sie hatte zwar ihren Job im Supermarkt, aber manchmal fragte sie sich, ob das wirklich alles war, was das Leben ihr zu bieten hatte: Dosen mit Thunfisch auszupacken, Toilettenpapier in Regale zu räumen und abends die Tageskasse zu verbuchen.

Martin schien das Leben von der leichten Seite zu nehmen. "Was willst du eigentlich noch mehr?" pflegte er zu fragen und sie dabei scherzhaft in den Arm zu nehmen. "Uns geht es doch gut, so wie es ist! Du hast deinen Job, ich habe meine Band, wir haben eine kleine Wohnung für uns ganz alleine! Was willst du sonst noch, Petra?"

Das wußte sie manchmal selbst nicht so genau. Doch der Blick in den Spiegel sagte ihr, daß die biologische Uhr unaufhaltsam weitertickte. Dieses Jahr wurde sie dreißig! Ihr graute vor diesem Tag!

Dabei war Martin wirklich süß! Sie konnte stundenlang mit ihm reden und ganze Nächte mit seinen Freunden durchdiskutieren, aber er mußte doch irgendwann auch einmal erwachsen werden! Ihm reichte es, wenn er an den Wochenenden mit seiner Band in irgendwelchen zweitklassigen Clubs oder Kneipen auftrat. Davon, daß er in seinem Beruf als Automechaniker arbeiten sollte, hielt er nicht viel, sondern zog es vor, sich die Zeit mit Gitarrespielen zu vertreiben.

"Irgendwann kommen wir einmal ganz groß raus, Petra", sagte er manchmal und sah sie aus seinen treuen, großen, blauen Augen an, denen sie nicht widerstehen konnte. "Du wirst sehen."

Und so ging sie weiterhin jeden Tag in ihren Supermarkt, füllte die Regale auf, prüfte abends die Kasse und hoffte auf gute Sonderangebote und abgelaufene Ware, die sie günstig erwerben und somit ihre Haushaltskasse schonen konnte.

In letzter Zeit hatte sie allerdings immer mehr das Gefühl, daß sie die Einzige war, die sich um den Haushalt und alles rundherum kümmerte, während Martin nur seine Freunde und seine Musik im Kopf hatte. Und das nervte sie manchmal ganz schön!

Mit einem letzten Blick in den Spiegel verließ Petra das Bad und tapste auf bloßen Füßen zurück ins Schlafzimmer, um sich anzuziehen. Dabei blieb ihr Blick an dem großen Bett hängen, das in der Mitte des Raumes stand, und sie konnte sich ein Lächeln nicht verkneifen.

Martin schlief noch, und im Schlaf erschien er ihr immer wieder mit seinen langen, blonden Locken und seinem fast mädchenhaften Gesicht wie ein kleiner Prinz. So unschuldig und brav sah er im Schlaf aus, daß sie ihm einfach nicht böse sein konnte, auch wenn er überall alles herumliegen ließ und sich gern auf ihre Kosten ausruhte. Unfaßbar, daß ein Mann mit einem so weichen Gesicht so harte Musik machte, daß sich Mick Jagger davon noch eine Scheibe abschneiden könnte!

Martin bewegte sich leicht im Schlaf, wobei die Decke nun vollends zu Boden rutschte und seinen hageren Körper freilegte. Liebevoll betrachtete Petra seine schmale Brust, auf der sich ein paar blonde Haare ringelten. Im Schlaf sah Martin so sanft aus, so unschuldig, gerade deshalb liebte sie ihn so! Er war so ganz anders als Bernhard, der Supermann, zu dem sie bewundernd aufgeschaut hatte. Martin war zart und sensibel und lebte nur für seine Musik. Er war ein Mann, der sich bei ihr hilfesuchend anlehnte, und dieses Gefühl genoß sie.

Dafür nahm sie auch gerne in Kauf, daß er seine Sachen überall sinnlos herumliegen ließ und es bis heute nicht gelernt hatte, einfachste Arbeiten im Haushalt selbständig auszuführen, wie zum Beispiel das Leeren von Mülleimern oder das Schließen von Zahnpastatuben.

Mit einem letzten sehnsüchtigen Blick auf das noch warme Bett, das sich ihr einladend darbot, wandte sich Petra entschlossen dem Schrank zu und zog sich an. Unterwäsche, ein kurzer, schwarzer Stretchrock, ein einfaches, schwarzes Top und eine orangefarbene Hemdbluse drüber, schwarze Turnschuhe, dann war sie fertig.

Hastig griff sie sich ihre Autoschlüssel und ihre Handtasche und verließ die Wohnung. Sie war spät dran, und ihr Chef haßte es, wenn sie nicht pünktlich zur Arbeit erschien.

Die Kirchturmuhr schlug acht Uhr, als Petra auf dem Parkplatz des kleinen Supermarktes vorfuhr. "Gerade noch geschafft!" dachte sie aufatmend, während sie die Tür ihres alten, kleinen Peugeots abschloß und zur Eingangstür hastete.

Auf das betont freundliche "Guten Morgen, Frau Neumann." von Heribert Müller, dem Inhaber des Geschäftes, nickte sie kurz zurück: "Guten Morgen, Herr Müller." Sie konnte den untersetzten, kahlköpfigen Mann einfach nicht leiden, weil er auf sie einen so schmierigen, diensteifrigen Eindruck machte, aber meistens hatte sie ja nur mit seiner Frau zu tun. Gott sei Dank!

Rasch begab sie sich in das kleine Büro neben dem Verkaufsraum und ließ sich an ihrem Schreibtisch nieder. Routiniert sah sie die Post durch und sortierte die Briefe nach Wichtigkeit: Rechnungen kamen nach rechts auf einen Stapel, den sie noch prüfen und einbuchen mußte. Werbung flog nach links auf einen noch viel größeren Stapel, den sie am Ende der Woche in den Mülleimer feuern würde. Der Rest, Anfragen, Mahnungen und ähnliches landete in einem Plastikkörbchen, welches auf der linken Ecke des Schreibtisches stand, bis sie Zeit finden würde, sich näher damit zu beschäftigen.

Danach begann sie, die Lieferscheine von heute morgen mit den Bestellungen zu vergleichen. Als nächstes würde sie die dazugehörige Ware anhand der Lieferscheine auf Vollständigkeit überprüfen, ehe sie sich daranmachte, gemeinsam mit Herrn Müller und einer Aushilfskraft, die nur drei Mal in der Woche zum Auspacken kam, die Sachen ins Lager zu schaffen oder in die Regale einzusortieren.

Beim Anblick der vielen Lieferscheine seufzte Petra leise auf. Heute schien ja wieder ein ganzer Lkw mit Ware ausgeladen worden zu sein! Sie haßte diese eintönige Arbeit des Abhakens, aber das gehörte nun einmal zu einer richtigen Buchhaltung dazu. Kontrolle war alles!

Doch ehe sie sich an die Arbeit machte, würde sie sich erst einmal ein Frühstück gönnen, denn dazu hatte ihr heute morgen die Zeit gefehlt! Vor ihrem geistigen Auge schwebten zwei schöne, saftige Croissants, die sie sich aus der Backwarentheke besorgen würde. Allein beim Gedanken daran lief ihr bereits das Wasser im Munde zusammen. Dazu noch eine schöne Tasse Milchkaffee, und der Morgen war gerettet!

Gerade als sie dabei war, die Kaffeemaschine anzuwerfen, erschien Heribert Müller in ihrem Büro und musterte mit unbewegter Miene das Sammelsurium von geöffneter Post und Backwaren auf ihrem Schreibtisch.

"Frau Neumann, ich habe Ihnen leider eine betrübliche Mitteilung zu machen", sagte er. Dabei blickte er eigentlich überhaupt nicht traurig drein, sondern sah nahezu vergnügt aus. Petra blickte erschrocken auf. Hatte sie etwas falsch gemacht?

"Es hat nur indirekt mit Ihnen zu tun, keine Sorge, meine Liebe", beruhigte ihr Chef sie, weil er ihr Erschrecken bemerkte. "Meine Frau ist leider bis auf weiteres erkrankt und kann sich vorläufig nicht mehr um den Laden kümmern. Das bedeutet, daß ich ab sofort die Geschäftsführung alleine innehabe."

"Hoffentlich ist es nichts Ernstes?" fragte Petra betroffen. "Nein, nein, eine leidige Frauengeschichte, die sie schon viel zu lange aufgeschoben hat. Sie muß sich für mehrere Tage in die Klinik begeben und danach noch eine Weile kürzertreten.

Was ich eigentlich damit sagen wollte, ist, daß ich mir erst einmal einen Überblick über alles verschaffen muß. Sie wissen ja, daß meine Frau sich sonst hauptsächlich um die Bücher gekümmert hat und ich mich mehr um den Verkauf. Ich muß Sie daher bitten, heute nach Feierabend noch ein paar Stunden dranzuhängen, um mit mir die Zahlen durchzugehen. Ich hoffe doch, Sie können das einrichten, Frau Neumann?"

"Selbstverständlich, Herr Müller", versicherte ihm Petra schnell, während sie sich insgeheim gehörig ärgerte. Ausgerechnet heute hatte sie sich mit Martin einen schönen Abend machen wollen! Seit Wochen waren sie jeden Abend mit Freunden zusammen gewesen, und für heute abend hatten sie ausdrücklich verabredet, niemanden einzuladen und auch nicht auszugehen, sondern einmal einen Abend ganz für sich allein zu genießen. Und dann so was! Wenn der

Müller die ganzen Bücher sichten wollte, so nahm das sicherlich die halbe Nacht in Anspruch! Aber ablehnen konnte sie nicht, schließlich war er der Chef!

"Dann wäre das ja geregelt", stellte Heribert Müller lakonisch fest und wandte sich wieder der Tür zu. "Wenn Sie Ihr Frühstück fertig haben, erwarte ich Sie draußen. Es gibt heute noch viel zu tun." Damit verließ er den Raum.

"Arschloch!" flüsterte Petra ihm hinterher, doch sie hütete sich, ihrer Wut laut Luft zu machen. Zu sehr war sie auf ihren Job angewiesen. Sie würde später, wenn Martin ausgeschlafen hatte, zu Hause anrufen und ihm sagen, daß aus dem gemütlichen Abend zu zweit leider nichts werden würde. Doch zuerst würde sie in aller Ruhe ihre Croissants fertigessen, selbst wenn Hunderte von Paletten mit Dosenmilch, Thunfisch und Pampers die Flure des kleinen Ladens blockierten. Diese kleine Freiheit ließ sie sich nicht nehmen!

Gegen Mittag rief Petra zu Hause an. Erst nach dem siebten Klingeln - sie wollte gerade schon auflegen -, war Martin dran. An seiner verschlafenen Stimme erkannte sie, daß sie ihn geweckt hatte. Unvorstellbar, um zwölf Uhr mittags! Während sie sich schon seit Stunden in dem dämlichen Supermarkt abrackerte, um Geld zu verdienen!

Aber sie schluckte ihren Ärger hinunter - am Telefon war nicht der richtige Moment, über solche Sachen zu reden - und teilte Martin in kurzen Worten mit, was los war.

"Es tut mir wirklich leid, Martin", sagte sie bedrückt. "Ich habe mich so auf heute abend gefreut. Aber Herr Müller besteht darauf, daß ich Überstunden mache. So wie der geredet hat, wird das bestimmt elf, zwölf Uhr, bis wir fertig sind."

"Muß das wirklich heute sein? Wir wollten uns doch einen gemütlichen Abend machen", fragte Martin Faust, seiner Stimme entnahm sie aber, daß er gar nicht so enttäuscht darüber war, den Abend ohne sie zu verbringen, wie sie erwartet hatte! Mit Sicherheit würde er wieder mit seinen Kumpanen durch die Kneipen ziehen; sie würden sich gegenseitig erzählen, wie toll sie waren und wie sie bald ganz groß rauskommen würden.

"Ich kann es nicht ändern, Martin", seufzte sie. "Er ist halt mein Chef. Und wenn er darauf besteht, daß ich länger bleibe, dann muß ich das machen. Ich will ja meinen Job nicht verlieren. Aber ich verspreche dir, wir holen das so bald als möglich nach. Ich habe mich doch auch auf heute abend gefreut, das weißt du doch."

Nachdem sie noch ein paar belanglose Worte miteinander gewechselt hat-

6

ten, legte Petra den Hörer auf, lehnte sich in ihrem Stuhl zurück und schloß die Augen. In Gedanken sah sie Martin im Bett liegen, mit seinen wirren, blonden Locken, so wie sie ihn am Morgen verlassen hatte, und sich genüßlich zwischen den zerknautschten Laken räkeln. Beneidenswert, ein solches Leben ohne Termine und berufliche Pflichten!

Doch sie wußte ja selbst, daß Martin und die Jungs zwischen ihren Auftritten hart an sich arbeiteten. Auch der Gedanke an ein eigenes Album schwebte in ihren Köpfen herum, nur suchten sie nach wie vor vergebens nach einem finanzkräftigen Mäzen.

Es war manchmal wirklich nicht einfach für sie, die Freundin eines so ausgeflippten Musikers zu sein, dem neben seiner Musik nichts wirklich wichtig war. Martin war einfach ein Kind geblieben! Er erkannte nicht die Notwendigkeit, daß man auch arbeiten und Geld verdienen mußte.

Zwar gehörte ihm die Wohnung mitsamt dem Mobiliar; das hatten ihm seinerzeit seine Eltern bezahlt, als er zu Hause ausgezogen war. Doch seit Petra bei ihm wohnte, kümmerte er sich immer weniger darum, woher das Geld für Wasser, Strom, Telefon und Essen kam. Seit sie bei ihm eingezogen war, sah er es als selbstverständlich an, daß sie für diesen ganzen Kram zuständig war und zudem noch für ihn putzte, wusch und bügelte. Obwohl sie jeden Tag acht, oft sogar zehn Stunden im Laden war.

Sie wünschte sich manchmal, daß er wenigstens ein bißchen mit anpacken und ihr nicht die ganze Verantwortung aufhalsen würde. Denn auch sie hatte ein Recht auf ihr Leben und ihr eigenes Vergnügen! Und sie wurde schließlich nicht jünger! Irgendwann mußte sie sich mit dem Thema beschäftigen, eine Familie zu gründen, denn sonst war es für sie zu spät!

War Martin Faust, dieser hagere, verspielte Musiker, dafür wirklich der richtige Partner? Sie wußte es nicht. Manchmal hatte sie das Gefühl, für ihn sei die Zeit stehengeblieben, als er acht oder neun geworden war. Bis heute war er ein großes Kind geblieben, der nichts ernst nehmen konnte. Dabei wurde er bereits achtundzwanzig, also ein Alter, in dem ein Mann normalerweise einer geregelten Arbeit nachging und genug Geld verdiente, um eine Familie zu ernähren. Aber für Martin gab es immer nur die Musik, und das würde sich wohl auch so schnell nicht ändern. Er hoffte nach wie vor auf den großen Durchbruch im Showgeschäft. Doch sie konnte manchmal nicht mehr so recht daran glauben.

Nach einem letzten, neidischen Gedanken an Martin, der es sich jetzt noch im Bett gemütlich machen konnte, weil er keine Pflichten im Leben hatte, setzte sich die junge Frau entschlossen wieder auf und griff nach einem Stapel Rechnungen. Es wurde Zeit, daß sie mit der Arbeit weitermachte, sonst würde sie nie fertig werden!

Als sich an diesem Abend die Ladentür hinter dem letzten Kunden schloß, sperrte Petra Neumann erleichtert die Türe zu und sah auf die Uhr. Schon halb acht! Und sie hatte noch nicht einmal angefangen, mit Heribert Müller die Bücher durchzuarbeiten! Insgeheim hatte sie noch gehofft, daß sie vielleicht schon im Laufe des Nachmittags Zeit finden würden, sich mit den Zahlen zu beschäftigen, falls wenig Betrieb im Laden war, aber es war wie ein Fluch gewesen: Ausgerechnet heute hatte ein Ansturm geherrscht, wie sonst nur an Weihnachten oder an Ostern.

Mit einem letzten sehnsüchtigen Blick auf ihr kleines Auto, das nun ganz verloren auf dem großen Parkplatz gleich neben dem dicken Mercedes von Herrn Müller stand, wandte sich Petra von der Glastür ab und ging in ihr Büro zurück. Je eher sie anfingen, desto schneller würden sie mit allem fertig sein.

Wenig später erschien auch ihr Chef, der noch einen letzten Rundgang durch den Laden gemacht hatte, um zu sehen, ob alle Fenster und Türen verschlossen waren und die Verkäufer und Kassiererinnen auch überall das Licht ausgemacht hatten.

"Es kann losgehen, Frau Neumann!" sagte er, zog einen Stuhl näher heran und ließ sich dicht neben ihr nieder. Petra registrierte mit leichter Verwunderung, daß er sich neben sie, anstatt ihr gegenüber auf den Chefsessel, den sonst nur seine Frau innehatte, setzte, machte sich aber darüber weiter keine Gedanken.

"Also, Herr Müller, wo wollen wir anfangen?" fragte sie und sah zu dem glatzköpfigen Mann an ihrer Seite hin. "Was interessiert Sie am meisten, die Einkäufe, die Tageskasse oder was sonst?"

"Was mich am meisten interessiert? Weißt du das wirklich nicht?" fragte der Mann zurück und lachte breit. Ohne Vorwarnung beugte er sich vor und griff ihr mit einer Hand unter den kurzen, schwarzen Rock. Die zweite Hand legte er auf ihre rechte Brust und begann, diese durch das dünne T-Shirt hindurch zu kneten und zu massieren. Gleichzeitig näherte sich sein Gesicht dem ihren, und er versuchte, sie zu küssen.

Erschrocken stemmte die junge Frau beide Fäuste gegen seinen Brustkorb und versuchte, ihn zurückzustoßen. Doch Heribert Müller besaß mehr Kraft, als sie ihm zugetraut hatte und schüttelte nur unwillig ihre Hände ab. "Nun hab dich mal nicht so", brummte er und grinste sie dabei hämisch an. Gleichzeitig schob er seine rechte Hand an ihrem Oberschenkel höher.

"Herr Müller, lassen Sie das! Hören Sie auf! Sofort!" schrie Petra und versuchte, sich aus seinem festen Griff zu winden. Aber der Mann hörte gar nicht auf ihr Zetern, sondern zog sie einfach von ihrem Stuhl hoch und warf sie mit dem Rücken auf den Schreibtisch.

Während Petra mit Händen und Füßen versuchte, sich gegen den untersetzten Mann zu wehren, spürte sie, wie Panik in ihr aufstieg. Sie merkte, wie er ihr den Rock hochschob und ihr Top zerriß. "Hören Sie sofort auf, ich sage das Ihrer Frau!" schrie sie und trommelte mit beiden Fäusten auf ihn ein. Doch der kräftige Mann schüttelte nur unwirsch den Kopf und machte ungerührt weiter.

Angsterfüllt mobilisierte Petra all ihre Kräfte und stieß mit voller Wucht mit dem Knie zu. Sofort ließ der Mann von ihr ab und hielt sich mit schmerzverzerrtem Gesicht beide Hände in den Schritt. "Du verdammtes Luder!" schrie er, und Wut färbte sein Gesicht. "Dir werde ich es zeigen!" Erneut wollte er auf sie losgehen.

Zwischenzeitlich hatte es Petra geschafft, vom Schreibtisch herunterzurutschen und diesen zwischen den Angreifer und sich zu bringen. Sie griff nach allem, was ihr in die Hände fiel und warf damit nach Heribert Müller. Dieser wich immer wieder den Wurfgeschossen aus, doch schließlich traf ihn ein Blumentopf am Kopf, und er hielt inne. Blut strömte ihm von der Schläfe, und er heulte auf wie ein Tier: "Du Miststück, du! Wenn ich dich erwische!"

Doch nun hatte Petra Neumann Oberwasser gewonnen und sich mit einem spitzen Brieföffner in der einen Hand und einem massiven Briefbeschwerer in der anderen Hand bewaffnet. "Wagen Sie sich nicht näher, sonst steche ich zu!" drohte sie und deutete mit der Spitze des Brieföffners in Richtung seines Brustkorbs. "Keinen Schritt näher!"

Heribert Müller erkannte, daß er einen Fehler gemacht hatte und so nicht weiterkommen würde. "Scher' dich hier raus, und laß dich nie wieder bei mir blicken!" donnerte er los, und hielt sich den schmerzenden Kopf. "Und wage es nicht, irgend etwas meiner Frau oder der Polizei zu erzählen! Ich werde denen sagen, daß ich dich dabei erwischt habe, wie du gerade mit der Tageskasse durchbrennen wolltest. Und dann werden wir ja sehen, wem sie Glauben schenken werden!"

So schnell sie konnte, raffte die junge Frau ihre Handtasche und ihre Sachen zusammen - immer noch mit dem spitzen Brieföffner bewaffnet, ständig auf der Hut, daß der Mann wieder auf sie losgehen würde - und verließ das Büro und das Geschäft. Nichts wie weg von hier, dachte sie, ehe der Kerl es sich anders überlegt!

Erst als sie sicher in ihrem kleinen Peugeot saß und ein paar hundert Meter gefahren war, überfiel die Panik über das gerade Ausgestandene sie mit aller

Gewalt, und sie fing an, am ganzen Körper zu zittern. Sie zitterte so stark, daß sie rechts ranfahren mußte, bis sich ihre Nerven wieder etwas beruhigt hatten. Dieses Schwein! Der Typ war ihr von Anfang an unsympathisch gewesen mit seiner Glatze und seiner feisten Wampe! Nur war bisher immer seine Frau präsent gewesen! Aber daß er deshalb gleich versuchte, sie zu vergewaltigen, das war doch die Höhe!

Petra erschauderte im Gedanken an die vergangenen Minuten. Das war ja gerade noch einmal gutgegangen! Gott sei Dank hatte sie einmal einen Kursus mitgemacht in Selbstverteidigung für Frauen, und dabei unter anderem diesen Trick gelernt, mit dem Knie genau in den Schritt eines Mann zu zielen!

Und ihren Job war sie nun auch los! Denn es war klar, daß Heribert Müller sie keinen Tag länger mehr im Geschäft dulden und Mittel und Wege finden würde, sie rauszuschmeißen. Aber sie wollte auch selbst keine Minute länger mehr mit diesem fiesen Schwein zusammenarbeiten! Irgendwie würde sie schon wieder eine Arbeit finden.

Nach ein paar Minuten ließ das Zittern nach, und Petra trocknete sich die Augen. Ein Blick auf die Uhr zeigte ihr, daß es gerade erst Viertel nach acht war. Sie musterte sich im Spiegel. Mit ihren tränenverquollenen Augen und der verschmierten Wimperntusche sah sie wirklich verheerend aus! So wollte sie Martin nicht unter die Augen treten.

So gut es ging, machte sie sich mit Hilfe des Rückspiegels wieder zurecht. Daß das Top zerrissen war, daran konnte sie nichts ändern, deshalb schloß sie ein paar Knöpfe ihrer Bluse. Das mußte genügen. Sie wollte Martin mit ihrem Anblick nicht zu sehr erschrecken, es war ja schließlich noch einmal gutgegangen.

Martin! Sie lachte leise. Nun konnte sie doch noch mit ihm einen gemütlichen Abend verbringen. Denn so früh war er mit Sicherheit noch nicht ausgegangen.

Entschlossen warf sie den Motor wieder an und lenkte ihren Wagen Richtung Autobahn. In einer halben Stunde war sie zu Hause, und alles war wieder gut. Martin würde sie in die Arme nehmen, gemeinsam mit ihr über den lüsternen, alten Bock schimpfen und sie über das Erlebte hinwegtrösten.

Wenige Minuten später parkte die junge Frau ihr Auto am Seitenrand der Straße unmittelbar vor dem Haus, in dem sich die kleine Wohnung von Martin Faust befand. Ihr Blick fiel zu den erleuchteten Fenstern im dritten Stock.

"Er ist noch da!" dachte sie freudig und griff nach ihrem Haustürschlüssel. "Ach Martin, wie sehr brauche ich dich heute abend!" Mit raschen Schritten eilte sie die wenigen Stufen zur Haustür hinauf. Sie überlegte kurz, ob sie klingeln sollte, doch dann entschied sie sich dazu, Martin mit ihrem Kommen zu überraschen. Der würde Augen machen, daß sie schon da war!

Möglichst leise schloß Petra die Wohnungstür auf und betrat den kleinen Flur. Sie wollte schon nach Martin rufen, doch dann stutzte sie. Das Wohnzimmer und die Küche waren leer. Wo war Martin? Und was waren das für seltsame Geräusche aus dem Schlafzimmer???

Betroffen verharrte Petra in ihrer Bewegung. Das konnte doch nicht wahr sein! Wer war da im Schlafzimmer?! Einen Augenblick zögerte sie, dann nahm sie allen Mut zusammen und riß entschlossen die Schlafzimmertür auf. Bei dem Anblick, der ihr sich bot, spürte sie, wie ihr das Blut aus dem Gesicht wich. "Martin!" schrie sie entgeistert auf.

Die beiden nackten Körper, die eng umschlungen auf dem Bett lagen, fuhren erschrocken auseinander. "Du?" fragte Martin Faust und schaute sie seltsam an. "Petra? Was machst denn du schon hier?"

"Das könnte ich dich fragen!" stieß Petra wütend zwischen den Zähnen hervor. "Du elendes Schwein, du! Während ich mich abrackere, gehst du mit meiner besten Freundin ins Bett!"

Dann wandte sie sich an die junge Frau, die verstört neben Martin – besser gesagt, unter Martin - im Bett lag und sie mit großen Augen ansah: "Ausgerechnet du, Jutta! Das hätte ich nie von dir erwartet!"

Mit einer schwungvollen Bewegung drehte sie sich um und verließ das Schlafzimmer und die Wohnung, nicht ohne die Tür laut hinter sich ins Schloß fallen zu lassen.

Zum zweiten Mal an diesem Abend saß Petra hinter dem Steuerrad und weinte sich die Seele aus dem Leib. "Dieser Schuft!" schluchzte sie. "Hintergeht mich einfach hinter meinem Rücken! Und dann noch ausgerechnet mit Jutta!" Sie schniefte kurz. "Diese falsche Schlange! Ich habe immer gedacht, sie wäre meine beste Freundin, und nun so was! Ich fasse es nicht!"

Wütend schlug sie mit der flachen Hand auf das Lenkrad ein. "Verdammt! Verdammt! Verdammt!" Was sollte sie jetzt nur tun? Wo sollte sie hin? In die Wohnung zurück zu Martin wollte sie auf gar keinem Fall. Und irgendwo mußte sie die Nacht verbringen. Zu einer Freundin? Aber zu wem? Die einzig gute Freundin, die sie hatte - gehabt hatte - war Jutta Wolf, und das hatte sich heute wohl erledigt mit der Freundschaft.

Also wo sollte sie hin? In ein Hotel? Das war viel zu teuer. Zumal sie jetzt auch gerade noch ihren Job verloren hatte. Was sollte sie bloß tun? Verzweifelt überlegte sie, an wen sie sich wenden und um Hilfe bitten könnte.

Detlev! dachte sie auf einmal. Detlev Schön! Er war so ein lieber, guter Freund, er würde ihr bestimmt für diese Nacht Unterschlupf gewähren. Entschlossen tippte sie seine Nummer in ihr Handy ein. Hoffentlich war Detlev zu Hause!

Eine halbe Stunde später saß Petra mit einem großen Cognac bewaffnet im Wohnzimmer von Detlev Schön und weinte wie ein Schloßhund. "Dieser gemeine Schuft!" rief sie immer wieder und hieb mit der Faust auf das Sofakissen ein. "Dieses Schwein! Ich fasse es einfach nicht! Vögelt hinter meinem Rücken einfach mit meiner besten Freundin!"

Ihr Gegenüber hörte ihr mitfühlend zu und reichte ihr nur ab und zu ein neues Taschentuch. "Weine dich nur aus, Petra-Schätzchen", sagte er mit seiner angenehmen, weichen Stimme, "danach wird es dir wieder besser gehen."

Detlev Schön war ein Mann Anfang Dreißig, mit kurzgeschnittenem, blondiertem Haar und einem sinnlichen Zug um die Lippen, der ihm in Verbindung mit seinen strahlend blauen Augen ein weiches, verführerisches Aussehen gab. Er war mit einer engen Jeans und einem weißen Muskelshirt bekleidet, was seinen gutgebauten Körper sehr betonte. So manche Frau hatte sich schon die Augen nach diesem attraktiven Mann verdreht, doch keine war bei ihm zum Zug gekommen. Detlev konnte schlicht und ergreifend mit Frauen nichts anfangen, sondern stand eher auf kräftige Männer.

Petra kannte ihn schon seit vielen Jahren - aus der Zeit, als sie noch mit Bernhard Schmelzer zusammengewesen war -, und sie hatte ihm schon oft Gehör geschenkt, wenn er mit seinem Liebeskummer zu ihr gekommen war. Er war für sie immer wie eine echte Freundin gewesen, die sich ihr anvertraute und es auch sehr gut verstand, zuzuhören.

Gerade weil Detlev sich als Frau fühlte und sich lange genug mit dieser Problematik auseinandergesetzt hatte, verstand er es viel besser als Frauen selbst, auf deren Ängste und Nöte einzugehen. Dies machte ihn als Mensch so wertvoll für Petra. Detlev war der einzige Mensch auf der ganzen Welt, dem sie wirklich voll und ganz vertraute.

Und auch jetzt ließ der gutaussehende Mann Petra erst einmal in Ruhe ausweinen, und hörte ihr nur zu, wie sie immer wieder über die Treulosigkeit von Martin und ihrer Freundin Jutta schimpfte. "Darüber reden", war seine Devise, "dann tut es nachher nur noch halb so weh."

"Was soll ich jetzt nur machen?" schluchzte Petra verzweifelt und schnaubte gehörig in ein Taschentuch. "Zu Martin kann und will ich nicht zurück. Ich habe keine Wohnung, keine Freundin und keinen Job mehr!"

Als Detlev sie daraufhin fragend anschaute, berichtete sie ihm, was sich an diesem Abend mit Heribert Müller zugetragen hatte.

"Das ist aber wirklich eine ganz schön große Scheiße, in die du da hineingeraten bist!" schnaubte Detlev und vergaß ganz, daß er sich sonst einer solchen Sprache nicht bediente, weil er das für unter seinem Niveau hielt.

"Ach, Detlev, wenn ich dich nicht hätte!" weinte Petra und lehnte sich schutzsuchend an seine Schulter. "Ich wüßte ja noch nicht einmal, wo ich heute Nacht hin sollte."

"Ist doch Ehrensache, daß du bei mir schlafen kannst", erklärte Detlev. "Meine Wohnung ist sowieso viel zu groß für mich, seit Werner ausgezogen ist." Kurzzeitig verdüsterte sich seine Miene, als er an seinen Verflossenen dachte, den er vor drei Monaten hinausgeschmissen hatte, nachdem er ihn im Bett mit einer Frau erwischt hatte.

"Schau', ich richte das Gästezimmer für dich her, und gebe dir ein paar Sachen von mir zum Umziehen. Die werden dir zwar etwas zu groß sein, aber für heute nacht wird es reichen."

"Und wie soll es jetzt mit mir weitergehen?" fragte Petra bedrückt.

"Da mach' dir mal keine Sorgen", tröstete Detlev sie. "Jetzt schläfst du erst einmal. Und bis morgen früh werde ich mir etwas für dich einfallen lassen. Ich lasse doch meine beste Freundin nicht hängen!"

Petra lächelte ihn unter Tränen an. "Ach, Detlev, du bist so gut zu mir. Wenn ich dich nicht hätte!"

"Am nächsten Morgen sieht die Welt schon wieder ganz anders aus", so sagte zwar das Sprichwort, aber als Petra Neumann am nächsten Morgen die Augen aufschlug, fand sie das eigentlich überhaupt nicht. Mit einem Schlag fielen ihr die Ereignisse des Vortages wieder ein, und ihr schmerzender Kopf erinnerte sie daran, daß sie von dem Cognac wohl etwas zu viel genossen hatte.

"Scheiße!" rief sie und schälte sich mühsam aus den Decken. "Scheiße! Scheiße! Scheiße!"

In diesem Moment ging die Tür auf, und Detlev Schön erschien mit einem großen Tablett in der Hand, auf dem sich zwei große Tassen Kaffee, Orangensaft und Croissants stapelten. "Was ist denn das für eine Begrüßung für mich!" tadelte er sie, während er vorsichtig das Tablett auf dem kleinen Tischchen neben dem Bett abstellte.

"Was wird denn das?" fragte Petra mit großen Augen. "Ich bin doch nicht krank."

"Nein, das nicht. Aber ich finde, die beste Ideen hat man immer, wenn man im Bett frühstückt. Deshalb wollte ich es mir mit dir noch ein bißchen gemütlich machen, wenn du nichts dagegen hast." Ohne auf ihre Aufforderung zu warten, schlüpfte Detlev aus seinem Bademantel und, nur mit einem knappen Slip bekleidet, unter ihre Decke.

Petra mußte insgeheim lächeln. Wenn sie es nicht besser gewußt hätte, dann hätte sie wirklich gedacht, Detlev wollte sie zum Frühstück vernaschen! Aber so war er nun einmal! Er dachte sich gar nichts dabei, wenn er mit ihr in einem Bett lag, weil er sich mit ihr als Frau quasi "entre nous" fühlte.

Während sie genüßlich die noch warmen Croissants vertilgten und dazu ihren Milchkaffee schlürften, fing Detlev vorsichtig an: "Was willst du jetzt tun? In den Supermarkt kannst du ja nicht mehr zurück. Und zu Martin auch nicht."

"Ich weiß", erwiderte Petra betrübt. "Irgendwie muß ich noch an meine Sachen kommen. Ich habe aber keine Lust, Martin alleine zu begegnen und mit ihm sprechen zu müssen. Der Typ ist für mich gestorben. Und die Arbeit... da kann ich auf keinen Fall hin zurück. Der Kerl ist imstande und will mir nachher wirklich was anhängen von wegen Diebstahl oder so."

"Wenn du es erlaubst, werde ich mich um diese Dinge kümmern", schlug Detlev vor. "Du weißt doch, daß ich von Beruf Privatdetektiv bin. Ich habe Übung mit wütenden Männern und solchen Sachen."

"Was willst du tun?"

"Ganz einfach. Als erstes werde ich zu diesem Herrn Müller gehen und mit ihm ein klares Wörtchen reden. Er muß dir deinen Lohn bis zum nächsten Monatsende ordnungsgemäß auszahlen und dir ein gutes Zeugnis ausstellen. Ich werde dem feinen Herrn zu verstehen geben, daß er ansonsten mit erheblichen Schwierigkeiten zu rechnen hat, weil ich als erstes seine Frau über alles informieren und danach an die Presse gehen werde. Ich glaube, einen solchen Skandal wird er nicht riskieren und dich in Ruhe lassen.

Das nächste wird sein, daß wir deine Sachen aus Martins Wohnung holen. Wir werden gleich heute morgen gemeinsam hingehen und alles zusammenpacken. Du kümmerst dich um das Packen, ich sorge dafür, daß Martin solange einen kleinen Spaziergang macht. Was hälst du davon?"

Petra mußte trotz ihrer Wut und Trauer lachen: "Ach, Detlev, du bist unverbesserlich! Wenn ich mir vorstelle, wie du diesem feisten Fettsack drohen willst, an die Presse zu gehen! Ich würde zu gern sein Gesicht sehen!"

Ihr Gesicht verdüsterte sich kurz. "Und du würdest das wirklich auf dich nehmen, mit mir zu Martin zu gehen und meine Klamotten zu holen? Das ist bestimmt eine unangenehme Situation."

"Das macht nichts. Was meinst du, was ich in meinem Beruf schon alles erlebt habe! Du weißt doch, diese klassischen Fälle, Ehefrau läßt Ehemann durch einen Privatdetektiv hinterherspionieren. Und anschließend, wenn sie ihrem Mann triumphierend die Fotos unter die Nase hält, die ihm eine teure Scheidung bescheren, dreht der Kerl durch und geht an den Detektiv, den er für das Ganze verantwortlich macht.

Was meinst du, wie oft ich schon mit solchen Kerlen zu tun hatte! Da werde ich doch mit so einer halben Lunge wie Martin fertig werden! Du wirst sehen, ehe der kapiert hat, was los ist, sind wir schon wieder mit deinen Sachen draußen."

"Okay", sagte Petra und sprang entschlossen aus dem Bett. "Dann laß es uns gleich angehen. Je schneller ich das hinter mir habe, desto besser. Ich werde mit zum Supermarkt fahren und im Auto warten. Hier tatenlos herumzusitzen macht mich verrückt."

Sie hatte das Gefühl, ihr würde die Decke auf den Kopf fallen, wenn sie sich allein in Detlevs Wohnung aufhielt. Sie mußte unter Menschen, sonst würde sie gleich wieder in die Trübsal des gestrigen Abends verfallen. Der Kerl war es nicht wert, daß sie ihm länger hinterherweinte. Ein neuer Tag, ein neues Glück! Irgendwie würde es schon weitergehen mit ihr.

"Da wäre noch etwas, was ich mit dir besprechen wollte", hielt sie Detlev am Arm zurück. "Komm noch mal zurück ins Bett, da läßt sich besser über alles reden."

"Was ist los mit dir?" fragte Petra verwundert. "Du klingst so ernst. Ist was passiert?"

"Nein, das nicht. Aber ich habe mir heute nacht etwas überlegt. Ich habe da so eine Idee, die ich dir vorschlagen wollte. Du kannst ja mal in Ruhe darüber nachdenken."

"Worüber soll ich nachdenken? Willst du hetero werden oder so was?" frotzelte Petra und erntete damit einen entrüsteten Blick.

"Nun bleib' doch mal ernst", erwiderte Detlev und sah sie strafend an. "Schau', du hast doch nun keine Arbeit und keine Wohnung. Ich hingegen habe genug Platz und einen Job, den ich nicht mehr alleine schaffe. Jeden Tag bis spät in die Nacht Leute überwachen und dann auch noch den ganzen Papierkram. Ich mache dir einen Vorschlag:

Was würdest du davon halten, wenn du zu mir ziehen und mit einsteigen würdest? Du könntest mir den ganzen Papierkram abnehmen und den Telefondienst machen. Ich habe schon die ganze Zeit darüber nachgedacht, ob ich eine Bürokraft einstellen soll, weil ich es alleine nicht mehr schaffe. Wäre das nichts für dich?" Erwartungsvoll sah er die junge Frau an.

"Du meinst, ich soll deine Sekretärin werden?" fragte Petra ihn ungläubig. "Meinst du das im Ernst?"

"Ich denke schon. Ich kann dir zwar nicht so viel bezahlen am Anfang, aber dafür könntest du bei mir kostenlos wohnen und alles. Für dein Auto, Klamotten usw. würde dein Gehalt bestimmt reichen."

Freudestrahlend fiel Petra ihm um den Hals, ohne sich daran zu stören, daß das Tablett mit den Überresten des Frühstücks vom Bett herunterfiel und auf den Boden kullerte. "Mensch, Detlev, mir geht es doch nicht um das Geld!" schimpfte und lachte sie gleichzeitig. "Deine Idee ist nahezu fantastisch. Wenn du das wirklich im Ernst meinst, sind alle meine Probleme auf einen Schlag gelöst."

"Ich meine das todernst", bestätigte Detlev ihr. "Mir war es noch nie so ernst mit etwas. Das schwöre ich beim Grabe meiner Mutter." Er hielt sich theatralisch die Hand auf die linke Brustseite. "Meinst du, du könntest dich mit der Idee anfreunden, mich als Chef zu haben?"

Petra lachte und strich ihm mit den Fingern durch die wirren, kurzen, blonden Haare. "Ach, Detlev, du bist einfach ein Schatz. Nichts wäre mir lieber, als mit dir zusammenzuarbeiten. Aber stimmt das wirklich mit dieser Bürokraft, oder sagst du das jetzt nur, um mir einen Gefallen zu tun?"

Der blonde Mann spielte zutiefst entrüstet. "Also, Petra, so gut müßtest du mich wirklich kennen! Ich habe mir das nicht aus den Fingern gesogen. Du wirst sehen, ich werde dich mit Arbeit überschütten."

"Um so besser", gab Petra zurück. "Wenn ich jetzt nichts zu tun kriege, werde ich verrückt. Ich muß einfach etwas machen, um diesen ganzen Ärger zu vergessen. Komm, laß uns aufstehen und die Sache mit Herrn Müller und Martin hinter uns bringen. Je schneller, desto besser."

Mit diesem Satz stand sie endgültig auf und begab sich ins Badezimmer. Es gab viel zu tun! Sie würde heute endgültig einen Strich unter ihr altes Leben ziehen.

Zwei Stunden später saßen Detlev und Petra zusammen in ihrem kleinen Peugeot und prusteten vor Lachen. "Du hättest das dumme Gesicht sehen sollen, das dieser Kerl gemacht hat!" lachte Detlev und hielt sich den Bauch, so sehr mußte er lachen. "Unglaublich! Ich dachte, jeden Augenblick kriegt er vor Wut einen Schlaganfall und fällt tot um, so rot war er! Aber er traute sich nichts zu sagen, weil sonst die Kassiererin und die Verkäufer alles mitgekriegt hätten! Köstlich, sage ich dir, einfach köstlich! Solche Dinge liebe ich!"

"Ja, und? Zahlt er mir mein Gehalt weiter?" fragte Petra gespannt.

"Klar doch, genau wie ich es dir gesagt habe. Du kriegst von ihm eine ordentliche, fristgerechte Kündigung, vier Wochen zum Monatsletzten. Dann kann dir - falls das mit uns beiden nicht klappt - niemand vom Arbeitsamt was wollen mit einer Sperrfrist und so. Außerdem stellt er dir ein hervorragendes Zeugnis aus mit einem Wortlaut, den wir ihm noch vorgeben werden. Kein Wort mehr wegen Diebstahls."

"Wie hast du das hingekriegt?" fragte Petra bewundernd.

Detlev lachte: "Das war weiter nicht schwer. Ich habe ihm kurz Walter gezeigt, dann war alles klar."

"Walter?"

"Na, meine Knarre, was denkst denn du!"

"Du hast eine Waffe dabei gehabt???"

"Klar doch. Ich habe eine polizeiliche Genehmigung, dieses Ding mit mir führen zu dürfen. Von wegen Berufsrisiko."

Petra schüttelte ungläubig den Kopf. "Nun kenne ich dich schon so lange, Detlev. Aber eine Waffe hätte ich nie bei dir vermutet. Ich habe das Gefühl, ich weiß wohl einiges nicht, was deinen Beruf angeht. Ich wußte zwar, daß du Privatdetektiv bist, aber ich habe mir weiter nie Gedanken darum gemacht."

"Das wird sich ja nun ändern, wenn du bei mir anfängst. Ich werde dich mit allem vertraut machen, man kann ja nie wissen, wozu das gut ist. Und nun laß uns weiterfahren zu deinem Verflossenen, um dieses leidige Thema aus der Welt schaffen."

Wiederum gute zwei Stunden später saßen sie erneut im Auto und fuhren los in Richtung Detlevs Wohnung.

"Uff, das hätten wir geschafft!" stöhnte Detlev gespielt auf. "Ich hätte nie gedacht, daß deine paar Klamotten so schwer zu tragen sind!"

Doch diesmal ging die junge Frau nicht auf seinen lockeren Ton ein. Zu tief saß der Schmerz, den sie beim Anblick von Martin empfunden hatte. Zwar hatte sie sich ihre Gefühle vor ihm nicht anmerken lassen und nur kühl geäußert, sie käme, um ihre Sachen abzuholen, doch tief im Inneren hatte ihr Herz geschrien vor Qual, und sie mußte sich sehr beherrschen, um nicht einfach auf Martin loszugehen und ihm die Augen auszukratzen. Aber diesen Triumph wollte sie ihm nicht gönnen.

So hatte sie sich scheinbar gelassen dem Packen ihrer wenigen Habseligkeiten gewidmet, während Detlev den völlig überraschten Musiker kurzentschlossen am Kragen gepackt und vor die Tür gesetzt hatte. "Ich habe das Gefühl, es stinkt hier. Du brauchst ein bißchen frische Luft", hatte er dabei lakonisch gesagt.

Als Martin protestieren wollte, hatte er seinen Griff noch etwas verstärkt und nur leise gesagt: "Willst du irgend etwas sagen? Ich denke nicht. Also zieh Leine, und laß dich mindestens zwei Stunden nicht hier blicken!"

"Detlev, so kenne ich dich ja gar nicht", hatte Petra verwundert festgestellt, "so, ich weiß gar nicht, wie ich es sagen soll...", "...so männlich", vollendete Detlev ihren Satz und grinste breit. "Weißt du, das bringt mein Beruf mit sich. Du könntest das auch, wenn du es müßtest. Das ist alles nur eine Frage des Trainings. Doch nun laß uns packen, daß wir von hier verschwinden können."

Danach hatten sie nahezu schweigend ihre Sachen in zwei Koffer und einen Berg voll Tüten gepackt und damit ihr kleines Auto beladen.

Und nun waren sie auf dem Weg zu Detlevs Wohnung, damit sie sich dort in seinem Gästezimmer einrichten konnte. Dies würde zukünftig ihr neues Zuhause sein, bis sie sich irgendwann einmal wieder eine eigene Bleibe suchen würde. Aber vorerst war sie froh, bei Detlev unterkommen zu können, zum einen wegen des Geldes, zum anderen, weil es ihr im Moment davor graute, allein zu sein. Sie war froh, in Detlev einen guten Freund zu haben, an dessen Schulter sie sich ausweinen konnte.

Bis Petra ihre ganzen Sachen ausgepackt und verstaut hatte, brach bereits der Abend herein.

"Mußt du heute eigentlich nicht arbeiten?" fragte sie Detlev neugierig, weil er ihr die ganze Zeit geholfen hatte. "Nein, heute gehe ich erst spät am Abend los. Das ist oft so, du wirst sehen. Ich habe noch gute zwei Stunden Zeit. Wollen wir zum Italiener etwas essen gehen?"

Gegen diese Idee hatte die junge Frau nichts einzuwenden, denn außer den Croissants am Morgen hatte sie nichts zu sich genommen, und langsam knurrte auch ihr Magen.

Und so saßen sie eine halbe Stunde später in einer kleinen, gemütlichen Pizzeria und schlemmten Antipasti und danach jede Menge Pasta mit drei Saucen bei einer Flasche Chianti. Anfangs war Petra noch etwas niedergeschlagen - zu schwer hatte der doppelte Verrat von Martin und Jutta sie gekränkt! -, doch der Wein lockerte sie etwas auf.

Bei der Nachspeise - zwei Mal hausgemachte Tiramisu - fragte sie daher unverblümt: "Nun erzähl mal, Detlev: Wie ist das nun eigentlich wirklich mit deinem Job als Privatdetektiv? Bisher hast du dich immer in großes Schweigen gehüllt, von wegen Schutz deiner Klienten und so. Aber nun gehöre ich ja eigentlich mit zur Firma, also kannst du mir alle Internas enthüllen. Wie verdienst du eigentlich genau dein Geld? Observierst du immer nur treulose Ehemänner, oder machst du auch noch etwas anderes?"

Detlev lehnte sich entspannt zurück und verschränkte die Hände über dem Bauch. "Das mache ich natürlich auch, klar, aber nicht nur, wie du dir denken kannst. Du glaubst gar nicht, was für Sachen die Leute manchmal von mir wollen. Eine alte Dame wollte einmal, daß ich ihre entlaufene Katze wiederfinde und zahlte dafür tatsächlich einhundertfünfzig Mark die Stunde. Kannst du dir das vorstellen?? Ich bin drei Tage durch die Gegend gelaufen, habe alle Tierheime nach dem Vieh abgeklappert und am Schluß fast zweitausend Mark kassiert, ohne die Katze gefunden zu haben. Die kam dann irgendwann nach einer Woche von alleine zurück."

"Na, das könnte ich doch auch", meinte Petra. "Das klingt ja nicht so schwer."

"Sicher. Aber es gibt auch ganz andere Auftraggeber. Neben meiner Tätigkeit als Privatdetektiv habe ich auch einen Securitydienst angemeldet. Gelegentlich springe ich als Bodyguard ein oder transportiere wichtige Sachen für reiche Leute. So etwas kann mitunter schon gefährlich werden."

"Warst du denn schon einmal in einer wirklich gefährlichen Situation?" fragte Petra besorgt.

Detlev tätschelte ihr beruhigend die Hand. "Klar, ein paar Mal war es schon ganz schön knapp, wenn die Leute, denen ich tagelang hinterherspioniert hatte, mir auf den Trichter kamen und auf mich losgingen. Dafür habe ich mich fit gemacht in Selbstverteidigung und trage immer eine Waffe bei mir. Mit mir ist so leicht nicht zu spaßen. Man verkennt mich oft, weil ich schwul bin. Aber das eine hat mit dem anderen nichts zu tun."

Währenddessen überlegte Petra bereits weiter: "Sag mal, Detlev, ich könnte dir ja auch sonst so helfen, nicht nur im Büro, meine ich. Ich könnte dich begleiten. Eine Frau dabei wäre doch mit Sicherheit manchmal eine gute Tarnung für dich, wenn du jemanden überwachst. Und mich würde das brennend interessieren. Das ist ja fast wie im Fernsehen."

"Aber unvergleichlich viel langweiliger, du wirst sehen", erwiderte Detlev amüsiert. "Die meiste Zeit verbringst du damit, in deinem Auto zu hocken und mit dem Schlaf und der Kälte zu kämpfen. Es passiert ja oft stundenlang gar nichts. Du beobachtest jemanden, wie er mit einer Frau in ein Hotel geht und machst ein Foto davon, wie sie Arm in Arm hineingehen. Dann wartest du draußen, bis sie irgendwann Stunden später wieder herauskommen und machst wieder ein paar Fotos. Wenn du richtig gut bist, wirst du in der Zwischenzeit noch ein informatives Gespräch mit dem Mann an der Rezeption führen oder versuchen, irgendwo durch ein Fenster zu spähen, das war's auch schon.

Und auch die ganze Bodyguard-Geschichte ist nicht so, wie du es bei Kevin Costner gesehen hast. In Wirklichkeit begleitest du irgendeine wichtige Person zu irgendeinem wichtigen Date und wartest dann oft stundenlang draußen vor der Tür, während die Herren schön schlemmen und es sich gutgehen lassen. Andere lassen ihren Hund oder ihre Kinder durch dich bewachen, weil sie sich vor Entführungen fürchten. Aber richtig passiert ist eigentlich bisher noch nie etwas, wenn ich im Einsatz war. Die Leute sind vielleicht überängstlich. Oder ich hatte einfach Glück bislang."

"Und wen mußt du heute nacht überwachen?" fragte Petra neugierig. "Jemanden Bekanntes?"

Der blonde Mann schüttelte amüsiert den Kopf. "Du läßt ja wirklich gar nicht locker! Wenn dir so viel daran liegt, dann komme doch einfach mit, und überzeuge dich selbst davon, wie ich mein Geld verdiene. Dann wird mir die Wartezeit auch nicht so lange."

Und so kam es, daß Petra die Nacht mit Detlev Schön in dessen kleinem Sportwagen vor der Tür eines erstklassigen Etablissements verbrachte. Es ging um die Überwachung eines hohen Tieres aus der Wirtschaft, dessen Vorliebe für Edelnutten sich einer seiner Geschäftspartner zu Nutzen machen wollte.

"Im Klartext heißt das, ich mache für meinen Kunden Fotos von diesem Typen, wie er in das Haus hineingeht und wieder herauskommt. In Verbindung mit meinem Bericht, in dem genaue Uhrzeit, Dauer und Häufigkeit der Besuche in diesen Häusern und ähnliches festgehalten sind, reicht das, um den Kerl in größte Verlegenheit zu bringen, falls solche Fotos an die Öffentlichkeit gelangen sollten."

Die junge Frau schluckte und sah ihn ungläubig an. "Aber das ist doch Erpressung!"

"Na ja, irgendwo schon", gab Detlev widerstrebend zu. "Aber ich selbst habe ja nur den Auftrag, jemanden zu überwachen und seine Lebensgewohnheiten festzustellen. Meine Kunden wollen halt genau wissen, mit wem sie in Geschäftsverbindung treten. Das ist ja nicht verboten. Was mein Auftraggeber mit dem Material letztendlich anfängt, das geht mich nichts an."

"Findest du das so okay? Ich weiß nicht... Unter Umständen machst du damit doch ganze Existenzen und Familien kaputt", wandte Petra ein.

"Das darfst du nicht so eng sehen. Wenn du erst mal sehen würdest, um was für widerliche Typen es sich manchmal handelt, die ich überwache, dann würdest du auch deine Skrupel ablegen. Die sind es wirklich nicht wert, daß man sich um die Gedanken macht. Glaube es mir, die sind teilweise der allerletzte Abschaum."

"Eigentlich geht mich das ja auch nichts an", renkte Petra ein. "Ich bin so froh, daß ich bei dir einen Job habe. Da sollte es mir wirklich egal sein, was mit anderen Leuten passiert, solange es nicht illegal ist, was wir tun."

Wiederum grinste Detlev leicht. "Wenn du es für legal hälst, wenn ich in eine Wohnung eindringe und dort Wanzen anbringe..."

"Was??? So was machst du auch???" entrüstete sich Petra wiederum, mußte jedoch dann selbst über ihre eigene Naivität lachen. "Mein Gott, ich hätte wissen müssen, daß in dir viel mehr steckt, als alle vermuten. Das ist ja bei dir wie in einem richtigen Krimi!

Weißt du was? Ich freue mich richtig auf die Zusammenarbeit mit dir! Das ist bestimmt viel lustiger als vorher in dem blöden Supermarkt."

"Nun mal langsam, Petra", stoppte Detlev sie ernst in ihrem Überschwang. "Ich habe nicht gesagt, daß ich dich jetzt überallhin mitnehme. Das ist manchmal viel zu gefährlich für dich. Ich habe dir eigentlich nur einen Job im Büro und fürs Telefon angeboten. Ich werde dich zwar ab und zu mitnehmen, damit du die Szene näher kennenlernst und verstehst, wovon ich spreche, aber ich halte es nicht für gut, wenn du dich in dieser Richtung zu sehr engagierst. Das ist kein Job für Frauen, glaube mir."

"Das kannst du doch nicht im Ernst meinen, Detlev!" empörte sich Petra, wurde jedoch von diesem mit einer Handbewegung unterbrochen: "Pst, wir reden später darüber. Es geht los. Der Kerl kommt gerade da hinten."

Daraufhin hielt Petra ihren Mund und schaute interessiert zu, wie Detlev die Kamera startklar machte und rasch ein paar Aufnahmen schoß. Aber über dieses Thema war noch nicht das letzte Wort gesprochen. Es würde sich später wieder eine Gelegenheit finden, mit Detlev weiter darüber zu diskutieren.

Seine Erzählungen hatten ihre Neugierde geweckt. Abwechslung und Abenteuer, das war genau das, was sie jetzt am meisten brauchte. Und sie würde dafür sorgen, daß sie beides bekäme, da war sie sich ganz sicher.

Die nächsten Tage vergingen für Petra wie im Flug. Als sie das erste Mal das kleine Büro von Detlev, das sich unweit von seiner Privatwohnung in einem Altbau befand, betrat, hatte sie das Gefühl, im falschen Film zu sein. Eine solche Unordnung hatte sie noch nie gesehen. Überall lagen Akten verstreut, auf dem Boden, auf den Stühlen und sogar auf der Fensterbank stapelten sie sich meterhoch.

"Hier kannst du arbeiten?" fragte sie ungläubig. "Das ist ja grauenhaft, wie es hier aussieht!"

"Ich weiß", gab Detlev widerstrebend zu. "Ich habe es in letzter Zeit einfach nicht geschafft, den Kram wegzusortieren. Das meiste davon gehört sowieso auf den Müll. Aber ich war so beschäftigt mit meiner laufenden Arbeit, daß für solche Sachen keine Zeit übrigblieb. Deshalb brauche ich unbedingt Verstärkung, die mir den Rücken freihält."

Und so krempelte sich Petra kurzentschlossen die Ärmel hoch und machte sich daran, die Papierstapel nach und nach zu sichten und Ordnung in den ganzen Laden zu bringen. Fast eine Woche brauchte sie dazu, bis der kleine Büroraum wieder menschenwürdig aussah.

In der Zwischenzeit war Detlev viel unterwegs, oft nächtelang ganz weg, was sie stillschweigend duldete, ohne sich ihm noch einmal aufzudrängen. Ihr war klar, daß er in seinem Job ein Einzelgänger war, und sie wollte ihm Zeit lassen, sich an den Gedanken an einen Partner zu gewöhnen. Erst würde sie hier im Büro klar Schiff machen, danach würde sie ihn schon dazu bringen, sie mitzunehmen.

Denn nach der einen gemeinsamen Nacht vor dem Edelpuff hatte sie das Jagdfieber gepackt. Während Petra Akte um Akte durchblätterte und so langsam Einblick in die vielseitige Arbeit eines Privatdetektivs gewann, ließ sie ihre Gedanken immer wieder schweifen.

Dies war für sie eine ganz neue Möglichkeit, im Beruf weiterzukommen. Daß sie zu einem Bürojob im Supermarkt nicht berufen war, das hatte sie schon lange erkannt und war daher im Grunde genommen dankbar, nicht mehr zu Heribert Müller zurück zu müssen. Die einsame Arbeit in Detlevs Büro, gelegentlich unterbrochen von Kunden, die anriefen und einen Termin mit Detlev vereinbaren oder über den Stand ihrer Observierungen Bescheid wissen wollten, war für sie zwar auch nicht die letzte Erfüllung - sie vermißte den direkten Kontakt zum Kunden und das Gespräch mit Kollegen -, aber im Moment war dies genau das Richtige für sie, um mit sich selbst ins Reine zu kommen und Abstand zu gewinnen von dem Geschehenen.

Wenn erst einmal ein paar Tage verstrichen waren, würde sie einen neuen Anlauf mit Detlev nehmen und ihn bitten, sie nochmals auf seine nächtlichen Touren mitzunehmen. Sie wollte noch einmal dieses Prickeln erleben, dieses heimliche Warten im Auto, bis das Opfer kam.

Die Gefühle, die sie in dieser Nacht mit Detlev erlebt hatte, hatten ihr eine ihr bisher völlig unbekannte Seite von sich selbst aufgezeigt. Sie wollte nicht das geregelte Leben im Büro, das sie bisher geführt hatte, sie wollte den Nervenkitzel eines Berufes, der mit gewissen Risiken verbunden war, und dies würde sie auch Detlev noch beibringen! Sie hatte das Gefühl, daß sie eine geborene Privatdetektivin war.

Je mehr Akten von Detlev sie durchforstete, desto sicherer wurde sie sich dabei. Dies war genau das Leben, was sie sich für sich selbst in Zukunft vorstellen konnte: andere Leute zu observieren und im Dunkeln zu wirken. Dabei nebenher ab und zu einen Auftritt als Leibwächter, nun ja, auch dies würde sich irgendwie noch regeln lassen. Schließlich hatte sie einen Kurs in Selbstverteidigung für Frauen mitgemacht und sich damit erfolgreich gegen Heribert Müller gewehrt. Sie mußte nur Detlev dazu bringen, sie bei nächster Gelegenheit wieder mitzunehmen, damit sie ihm ihre Fähigkeiten beweisen konnte.

Diese Gelegenheit bot sich für die junge Frau schneller, als sie erhofft hatte. Zwei Tage später trat Detlev Schön an sie heran und fragte: "Ist es dir wirklich ernst damit, daß du aktiv bei mir einsteigen willst?"

"Na klar doch", antwortete Petra, "nichts lieber als das. Was liegt an?"

"Ich habe heute abend ein Problem. Ich muß zu einer Observierung nach Frankfurt fahren und bin mit Sicherheit die ganze Nacht unterwegs. Und einer meiner Stammkunden hat bei mir angerufen und mich um eine kleine Gefälligkeit gebeten. Ich überprüfe regelmäßig seine Lokale, um festzustellen, ob sein Personal ihn mit den Umsätzen nicht hintergeht. Und nun hat er einen aktuellen Verdacht, daß einer seiner Angestellten im großen Stil in die eigene Tasche wirtschaftet. Könntest du das für mich übernehmen?"

"Was müßte ich genau tun?" fragte Petra interessiert.

"Du machst dich chic und gehst heute abend ins El Dorado. Dort bleibst du ein paar Stunden, trinkst ein bißchen was, unterhälst dich mit den Leuten und wirfst ein Auge auf einen bestimmten Barkeeper. Du mußt in etwa mitzählen, wieviele Kunden er bedient und wieviel die trinken. Nur grob. Mein Freund kann dann den Kassenbestand abends einschätzen."

"Das ist alles?" fragte Petra mißtrauisch. "Das klingt einfach."

"Das ist es auch in diesem Fall. Du kriegst alle Spesen ersetzt und noch ordentlich was extra von mir. Mein Stundenlohn für jede Art von Observierungen beläuft sich auf einhundertfünfzig Mark, bei besonders gefährlichen Angelegenheiten gehe ich sogar auf dreihundert Mark hoch. Ich denke, es ist okay, wenn ich dir für den Abend zweihundert Mark auf die Kralle gebe, ich muß das Ganze schließlich noch versteuern."

"Mensch, Detlev, das ist mehr als großzügig", freute sich die junge Frau. "Ich bin so happy, daß ich bei dir arbeiten darf, ich würde das auch als Gratiszugabe zu meinem Bürojob für dich machen."

So kam Petra Neumann zu ihrem ersten Auftritt als Privatdetektivin.

Detlev verließ bereits am frühen Abend die Wohnung, denn er hatte mehr als zweihundert Kilometer zum Ziel seiner Beobachtungen zu fahren. Also konnte Petra sich ungestört fertigmachen und auf den heutigen Abend vorbereiten.

Lange stand sie vor dem Kleiderschrank und überlegte, was sie anziehen sollte. Schließlich entschied sie sich für einen schwarzen Minirock und ein grünes Seidentop, welches gut mit ihren grünen Augen harmonierte. Dazu schwarze Strümpfe, schwarze Pumps, ein bißchen Mascara und Lidschatten, etwas Lippenstift, schon war sie fertig.

Sie brachte ihre kurzen, roten Haare mit ein paar Klecksen Gel in die richtige Form. Dann trat sie vor den großen Spiegel im Flur und musterte sich gründlich.

Gar nicht so übel für eine Frau, die demnächst dreißig wird, dachte sie und begutachtete sich von allen Seiten. Nur ihr Po müßte halt etwas kleiner sein. Aber dafür konnte sie ihre Beine jederzeit vorzeigen, fuhr sie in ihren Überlegungen fort. Obwohl sie keinerlei Sport trieb, hatten ihre Beine eine makellose Form, und sie war zu Recht stolz auf sie.

Auch am Rest, den der Spiegel ihr zeigte, hatte sie nichts auszusetzen. Zwar zeigten sich in den Mundwinkeln und an den Augen gelegentlich kleine Fältchen - vorwiegend dann, wenn die Nacht wieder einmal zu kurz gewesen war -, doch noch konnte man diese vernachlässigen. Dreißig Jahre, so schätzte sie fast nie jemand, höchstens fünf- oder sechsundzwanzig.

Und so fühlte sie sich auch heute abend. Sie würde - auf Spesenrechnung - ins El Dorado gehen, eine bekannte Edeldisco, in der sich auch "ältere" Jahrgänge bis fünfunddreißig, vierzig herumtrieben. Zwar hatte sie dort einen Job zu erledigen, aber sie hoffte darauf, dennoch Gelegenheit zu haben, sich ein bißchen umzutun, was so in der aktuellen Szene los war.

Nach eingehender Begutachtung streckte sich Petra selbst die Zunge im Spiegel heraus. "Mein Gott, du alte Kuh!" dachte sie laut. "Jetzt bist du erst so kurz solo, und schon wieder fängst du an, an Männer zu denken! Du solltest doch wirklich mal die Nase voll haben!"

Aber sie wußte selbst, das eine hatte mit dem anderen nichts zu tun. Ihr Herz blutete immer noch, aber ihre Seele verlangte danach, sich selbst zu beweisen, daß sie als Frau noch begehrenswert war, auch wenn Martin Schön ihre Freundin Jutta vorgezogen hatte. Zwar hatte sie für die nächste Zeit gründlich die Nase voll, was Männer betraf. Dies bedeutete aber nicht, daß sie nicht heute abend Lust hatte, ein bißchen zu flirten.

Gegen neun Uhr lief die junge Frau im El Dorado ein. Der Laden hatte gerade erst aufgemacht und war noch halbleer, aber das würde sich innerhalb einer Stunde ändern, das wußte sie. Es hatte sich eingebürgert, daß man abends erheblich später wegging, teilweise öffneten die Discos sogar erst um zehn Uhr oder noch später!

Ohne zu zögern, suchte sich Petra einen Platz an der langen Theke und bestellte eine Piña Colada. Sie wollte sich erst einmal kurz orientieren, wo sich ihr ahnungsloses Opfer, welches sie überwachen sollte, befand. Sie hatte Glück; in dem Barkeeper, bei dem sie ihren Drink bestellt hatte, erkannte sie anhand Detlevs genauer Beschreibung den Gesuchten wieder. Hätte sie noch Zweifel an seiner Identität gehabt, so wären diese spätestens ausgeräumt worden, als ein neuer Gast an die Theke trat und den Mann mit "Max" ansprach.

Unauffällig musterte Petra den Barkeeper namens Max. Es handelte sich um einen Mann Mitte Zwanzig mit dünnem, braunem Haar und einem kleinen Brilliantstecker im Ohr. "Nicht unbedingt mein Typ", stellte Petra für sich fest. Der Kerl war mittelgroß, leicht untersetzt und erinnerte sie ungemein an Heribert Müller. In zwanzig Jahren würde der mal genauso häßlich und aufgeschwemmt aussehen!

Diese Erkenntnis beruhigte Petra. Dies war ihr erster offizieller Auftrag, und insgeheim hatte sie Bedenken gehabt. Hätte es sich bei ihrem Opfer um einen außergewöhnlich netten oder gutaussehenden Mann gehandelt, so hätten sich bei ihr vielleicht Skrupel eingeschlichen, aber dieser Typ war ihr ausgesprochen unsympathisch. Ihm traute sie einen solchen Betrug, wie sie ihn heute abend nachweisen sollte, sofort zu.

Wie nicht anders zu erwarten, füllte sich der Raum rasch, und es dauerte nicht lange, bis sich die Leute auf der Tanzfläche drängten und den heißen Rhythmen der Musik hingaben.

Petra machte es sich auf ihrem Barhocker gemütlich und nippte an ihrem Drink. Die Leute, die in diese Disco kamen, faszinierten sie immer wieder. Es war eine interessante Mischung aus Teenies, Leute in ihrem Alter und etlichen Grufties. In weitem Umkreis war dies die einzige Disco, in die sich auch ältere Jahrgänge wagen konnten, ohne allzusehr aufzufallen. Rock und Pop, auch Rap waren in, aber Techno blieb draußen und den Jüngeren vorbehalten. Gerade lief der neueste Song von Will Smith, den Petra wirklich bewunderte, und sie schloß die Augen, während sie sich unbewußt zu den Klängen der Musik wiegte.

Aber sie durfte dabei nicht vergessen, daß sie nicht zu ihrem Vergnügen hier war. Sie hatte einen Job zu erledigen. Deshalb öffnete sie rasch die Augen wieder und sah interessiert zu, wie Max eine Bloody Mary mixte. Die Jungs hinter der Theke hatten alle Hände voll zu tun, denn das El Dorado war bekannt für seine Cocktails.

Dieser Max schien der Hauptkeeper zu sein, bei ihm gingen die meisten Bestellungen für Cocktails ein, und er machte eine ziemliche Schau beim Mixen der Drinks, stellte Petra fest.

Aufgeschrieben wurde nichts, es gab keinerlei Verzehrbons oder Karten.

Alles wurde direkt cash bezahlt, eine einfache, sichere Methode in einem so vollen Laden. Jeder Barkeeper führte seine eigene Kasse, die er am Abend abrechnete. Und dies schien auch der springende Punkt zu sein. Max hatte erwiesenermaßen die meisten Bestellungen, aber sein Boß vermißte den entsprechenden Gegenwert in der Abendkasse. Ein gewisser Schwund war normal, klar, aber offensichtlich gab es eine zu große Diskrepanz zwischen Einkauf und Einnahmen.

Die junge Frau griff nach ihrem kleinen Täschchen und begab sich zu den Toiletten. In der Kabine setzte sie sich auf den Deckel und notierte in ihrem kleinen Notizbuch, das sie vorsorglich mit sich führte, die Anzahl der Gäste, die Max in der letzten halben Stunde bedient hatte sowie ihre geschätzte Anzahl an Drinks. Diesen Vorgang würde sie die ganze Nacht hindurch stündlich wiederholen, das müßte eigentlich reichen, hoffte sie.

Nach einem letzten Blick in den Spiegel kehrte sie in das Lokal zurück. Ihr Barhocker war inzwischen besetzt, stellte sie fest, aber damit mußte sie sich abfinden. Im El Dorado war ein ständiges Kommen und Gehen, niemand blieb lange an einem Platz kleben, und sie würde nur auffallen, wenn sie den ganzen Abend vor Max sitzenbleiben würde. Also plazierte sie sich ein Stück weiter weg an einem Stehtisch, von dem aus sie aber dennoch ungehinderte Sicht auf den Arbeitsbereich des Barkeepers hatte.

Als sie gerade ihre zweite Piña Colada an die Lippen setzen wollte, wurde Petra von hinten angerempelt. Sie konnte zwar noch verhindern, daß ihr das ganze Getränk ins Dekolleté kippte, allerdings wurden ihre Schuhe sehr in Mitleidenschaft gezogen.

"Sorry, das tut mir wirklich leid", hörte Petra eine wohlklingende Stimme sagen. Als sie aufblickte, schaute sie in die faszinierendsten grauen Augen, die sie je gesehen hatte. Der schwarzhaarige Mann, der zu diesem Augenpaar gehörte, lachte sie offen an. "Hoffentlich ist nichts passiert!"

Petra lachte zurück: "Ist schon okay. Mit den Schuhen, das ist kein Problem." Kurzentschlossen zückte sie ein Papiertaschentuch und ging auf Tauchstation, um damit über das schwarze Leder zu wischen.

"Darf ich helfen?" fragte der Mann und ging, mit einer Serviette bewaffnet, ebenfalls in die Hocke, um den Schaden zu begutachten. Wild entschlossen fing der Fremde an, an ihrem linken Schuh, von dem das sahnige Naß tropfte, herumzureiben, während sie selbst sich den rechten Schuh vornahm.

Erst dann wurden sie sich beide bewußt, welch ein Bild sie in diesem Moment abgaben. Sie blickten gleichzeitig auf, schauten sich kurz in die Augen und fingen dann beide an, schallend zu lachen. Gemeinsam wollten sie sich wieder erheben, stießen jedoch dabei mit den Köpfen zusammen. Was wiederum zu einem gemeinsamen Lachanfall führte.

26

"Mein Gott! So etwas gibt es doch sonst nur im Fernsehen!" dachte Petra, während sie darum kämpfte, wieder die Fassung zu gewinnen. Aber das Lachen des ihr unbekannten Mannes wirkte ungemein ansteckend.

Nachdem sie wieder zu Atem gekommen waren, nahm der Fremde sie kurzentschlossen am Arm und schob sie zur Theke hin. "Auf diesen kleinen Unfall hin lade ich Sie zum nächsten Drink ein." Er winkte sich an Max, den Barkeeper, heran: "Bitte eine neue Piña Colada. Und für mich einen Wodka Sour."

Dann wandte er sich wieder Petra zu. "Ich habe mich noch gar nicht vorgestellt: Peter Bömann ist mein Name. Aber Sie können ruhig Peter zu mir sagen."

"Ich heiße Petra Neumann, also Petra", erwiderte die junge Frau, während ihre Gedanken schon weiterwanderten: Peter und Petra, so ein unglaublicher Zufall! Ob das was zu bedeuten hatte?

Heimlich musterte sie den Fremden. Peter Bömann war wirklich eine stattliche Erscheinung, bestimmt 1,85 m groß, mit breiten Schultern, ein sportlich-männlicher Typ, so wie sie es insgeheim liebte. Eher wie Bernhard. Nicht wie Martin, der ja gerade das Gegenteil von sportlich gewesen war.

"Und, finde ich Gnade vor Ihren kritischen Augen?" fragte der Mann, der wohl knapp über Dreißig sein mochte und grinste sie breit an. Petra errötete ungewollt. Ihr war nicht bewußt gewesen, daß sie ihn so auffällig betrachtet hatte. Sie wurde jedoch einer Antwort enthoben, da er sofort fortfuhr: "Ich hoffe doch. Denn sonst habe ich ein Problem. Mit wem soll ich dann diesen angebrochenen Abend verbringen? Sie müssen wissen, ich bin nur auf der Durchreise und kenne hier niemanden."

"Schade, nur auf der Durchreise", dachte Petra leicht enttäuscht. "Der Typ hätte mir gefallen können. Aber garantiert ist er auch noch verheiratet!" Doch dann warf sie entschlossen den Kopf zurück. "Was soll's! Ich will mich ja nur ein bißchen unterhalten und amüsieren heute abend! Ich suche ja keinen neuen Freund. Außerdem muß ich heute abend noch einen Job erledigen, das darf ich dabei nicht vergessen."

Also gab sie Peter ihr strahlendstes Lächeln zurück und erwiderte: "Na, ganz so schlimm ist meine Musterung nicht ausgefallen. Sollen wir tanzen?" Denn gerade lief Mambo No. 5, und auf diesen Hit von Lou Bega fuhr sie unheimlich ab. Beim Tanzen konnte sie zudem viel unauffälliger Max, den Barkeeper, bei seinem Treiben beobachten, als wenn sie ihm den ganzen Abend unmittelbar vor der Nase saß und womöglich irgendwann seine Aufmerksamkeit erregte.

Insgeheim dankte sie im Stillen ihrem Freund Detlev, daß er ihr diesen Job vermittelt hatte. Das war wirklich nicht schwer, diesen Max zu beobachten. Für sie war es die beste Therapie, über Martin hinwegzukommen, daß sie jetzt durch diesen Job gezwungenermaßen unter Leute kam und sich amüsierte. Und das würde sie heute abend tun, das nahm Petra sich fest vor!

Am nächsten Tag erwachte Petra Neumann erst gegen Mittag, als die Wohnungstür sich öffnete und Detlev aus Frankfurt zurückkehrte. Aufstöhnend hielt sie sich den Kopf und schaute auf das zerwühlte Kopfkissen neben sich. Es dauerte einen Moment, bis sie sich wieder an alles erinnerte.

Der Abend im El Dorado! Sie hatte etliche Piña Coladas und dazu noch jede Menge Cremant getrunken gehabt. Ein Wunder, daß sie überhaupt noch den Weg nach Hause gefunden hatte!

So langsam kehrte ihre Erinnerung wieder. Den ganzen Abend über hatte sie sich mit Peter Bömann angeregt unterhalten, viel getanzt und gelacht. Dabei hatte sie die ganze Zeit über unauffällig Max im Auge gehabt und war pflichtbewußt stündlich in die Waschräume verschwunden, um ihre Beobachtungen fein säuberlich in ihr Notizheft einzutragen.

Irgendwann, es mußte wohl schon auf drei Uhr zugegangen sein - das El Dorado wollte bereits schließen -, hatten sie gemeinsam das Lokal verlassen und ein Taxi genommen, weil sie beide zu viel getrunken hatten. Und irgendwie war es ganz selbstverständlich gewesen, daß Peter mit zu ihr hochgekommen war. "Nur auf einen Kaffee." Klar! Das kannte man ja!

Natürlich war es nicht bei einem Kaffee geblieben. Genaugenommen war es nicht einmal zu einem Kaffee gekommen, denn kaum in der Wohnung angelangt, waren sie übereinander hergefallen und hatten es im ersten Anlauf nicht einmal mehr bis in ihr Schlafzimmer geschafft, sondern sich gleich auf der Couch im Wohnzimmer geliebt.

Petra schüttelte ungläubig den Kopf und stöhnte. Mein Gott, so was paßte doch sonst gar nicht zu ihr! Einen Wildfremden einfach mit nach Hause zu nehmen zu einem One-Night-Stand! Zumal sie wußte, daß sie Peter wohl nie wiedersehen würde, da er nur auf der Durchreise gewesen war. Und zudem war er wirklich verheiratet, wie sich im Laufe des Abends herausgestellt hatte.

So genau konnte sie sich nicht mehr an alle Einzelheiten erinnern. Sie wußte nur noch, daß Peter am Morgen sehr früh aufgestanden und sich angezogen hatte. "Die Pflicht ruft", hatte er gesagt und ihr einen leichten Kuß aufs Ohr gegeben. "Es war wirklich sehr schön mit dir, Petra. Ich rufe dich an, wenn ich das nächste Mal wieder hier in der Gegend bin." Mit diesen Worten war er gegangen.

Mühsam schüttelte sie die Müdigkeit von sich ab und erhob sich. Da half nur eine kalte Dusche, damit sie wieder zu sich kam! Vor allem diese Kopfschmerzen! Nie mehr Piña Colada und Cremant durcheinander, nahm sie sich vor. Die Mischung war wirklich ungesund für sie!

"Was ist denn mit dir los?" fragte Detlev erstaunt, als sie im Bademantel in die Küche schlurfte. "Bist du gestern abend unter die Räder gekommen?"

"Könnte man so sagen", antwortete Petra mit heiserer Stimme. "Oh Gott, hast du irgendwo Aspirin für mich? Ich glaube, mein Kopf platzt gleich."

"War der Abend wenigstens erfolgreich für dich?" forschte Detlev nach. "Hast du diesen Max gesehen und alles hingekriegt?"

"Ein Kinderspiel", erwiderte die junge Frau und überreichte ihm ihr Notizbuch. "Da steht alles genau drin. Ich hoffe, das reicht so."

Detlev blätterte kurz die beschriebenen Seiten durch. "Hervorragend", stellte er anerkennend fest. "Ich denke, das wird genügen."

Aufmerksam musterte er die zerknitterte Gestalt vor sich. "Aber nun mal im Ernst, du siehst furchtbar aus. Ich glaube, du stellst dich am besten erst mal unter die Dusche, und ich koche dir einen ordentlichen Kaffee. Wäre das ein Angebot?"

"Detlev, du bist einfach ein Schatz! Das habe ich schon immer gesagt." Im Vorbeigehen hauchte Petra ihm einen Kuß auf die Wange. "Wirklich schade, daß du schwul bist! So einen Mann wie dich habe ich mir immer schon gewünscht." Damit verschwand sie im Bad, ehe das Buch, das Detlev ihr als Wurfgeschoß hinterher schickte, sie erreichen konnte.

Eine halbe Stunde später saß sie geduscht, frisch frisiert und angezogen mit Detlev am Küchentisch und griff nach den Hörnchen, die er vorsorglich mitgebracht hatte.

"Nun, erzähl mal, wie war es bei dir gestern in Frankfurt?" fragte sie und biß herzhaft in ihr Croissant.

"Das übliche halt", antwortete Detlev, während er an seinem Kaffee nippte. "Es geht da um ein hohes Tier aus der Politik, der regelmäßig eine bestimmte Dame in Frankfurt besucht. Für diese Vergnügungstour möchte er seine eigenen Bodyguards nicht unbedingt mitnehmen. Also chauffiere ich ihn bis vor die Tür der besagten Dame und halte dann die ganze Nacht über Wache, daß nicht durch einen dummen Zufall die Presse von seiner Anwesenheit Wind kriegt und er in Schwulitäten kommt. Auch das gehört zu meinem Job, nicht immer nur Fotos machen."

"Das heißt, du hast die ganze Nacht im Auto gesessen und gewartet? Du Ärmster!" bedauerte Petra ihn.

"Was soll's! Ein Job ist so gut wie ein anderer. Der Typ läßt es sich ganz schön was kosten, daß Diskretion über seine Fahrten gewahrt bleibt. Da bin ich ihm genau recht gekommen. Er weiß, wenn ich ihn fahre, hängen wir jeden etwaigen Verfolger ab und er kommt ungesehen an sein Ziel. Diese Paparazzi warten ja nur darauf, einen solchen Mann in einer eindeutigen Situation zu erwischen, und schon kann er seine Karriere an den Nagel hängen."

"Und wie geht es jetzt weiter?" fragte Petra neugierig.

"Was soll weitergehen?" fragte Detlev erstaunt zurück.

"Na, was für einen Job hast du als nächstes für mich?"

Detlev lachte belustigt auf und lehnte sich in seinem Stuhl zurück. "Nun übertreibe mal nicht so, Petra. Nur weil ich dich jetzt einmal um einen Gefallen gebeten habe, mußt du dir noch nichts darauf einbilden. Ich schaffe meinen Job immer noch alleine, und du bleibst mir im Büro und am Telefon. Mir gefällt es nicht, wenn ich meine beste Freundin in Gefahr bringe. Nicht jeder Job ist so harmlos wie der gestern abend."

"Ach bitte, Detlev, nur eine klitzekleine Überwachung, bitte! Das hat mir gestern abend so Spaß gemacht! Ich könnte dich doch auch einfach manchmal begleiten und von dir lernen, meinst du nicht?" bettelte Petra und sah ihn flehend an. "Ich brauche im Moment einfach ein bißchen Abwechslung, das wirst du doch verstehen."

"Okay", gab Detlev schließlich nach. "Aber nur, wenn du mir versprichst, daß du dich genau an das hälst, was ich dir sage. Ich werde sehen, wann ich wieder einen geeigneten Fall habe, bei dem ich dich mitnehmen kann."

Die Tage verstrichen, ohne daß Detlev Schön sein Versprechen einlöste. Tag um Tag saß Petra Neumann in dem kleinen Büro, legte Akten ab, notierte ordnungsgemäß alle Anrufe auf und bemühte sich, möglichst viel über den Beruf eines Privatdetektivs zu lernen. Ihr Wissen in diesen Dingen war bisher über "Die fünf Freunde" und "Miss Marple" nicht hinausgegangen, und diese neue Welt faszinierte sie ungemein.

Von ihrem ersten Geld, das sie bei Detlev verdiente, legte sie sich heimlich eine kleine Ausrüstung zu, ohne Detlev etwas davon zu sagen: Tränengas, ein Schweizer Messer und einen Elektroschocker. Man konnte ja nie wissen, wozu man die Sachen mal brauchen würde.

Doch im Moment sah es nicht so aus, als ob sie so bald wieder zum Einsatz kommen würde. Immer wenn sie Detlev an sein Versprechen erinnerte, zuckte er nur die Schultern und vertröstete sie: "Wenn ich wieder etwas Passendes habe, nehme ich dich mit, das ist versprochen. Aber im Augenblick sind das alles recht knifflige Sachen, die ich lieber alleine mache."

Überhaupt erzählte er ihr von manchen Fällen recht wenig. Petra machte sich so ihre Gedanken darüber. Detlev arbeitete wohl mehr am Rande der Legalität, als sie anfangs vermutet hatte. Aber das war schließlich Detlevs Sache und nicht ihre! Sie tat nur ihren Job im Büro und wußte schließlich von nichts.

An einem dieser Tage, die sich im Büro endlos hinzogen, weil oft das Telefon stundenlang nicht klingelte, nahm sie einen Anruf entgegen, der ihr Interesse weckte.

"Hallo. Hier ist Söhnke", sagte eine angenehme Männerstimme. "Spreche ich mit dem Securitydienst Schön? Ich hätte da ein Problem"

"Bedauere, Herr Schön ist im Moment unterwegs", erklärte Petra, während sie sich überlegte, wie ein Mann mit einer so netten Stimme wohl aussehen mochte. "Kann ich Ihnen vielleicht weiterhelfen? Um was geht es denn?"

"Ich hätte einen Auftrag für Herrn Schön. Dazu müßte ich aber mit ihm selbst reden. Ich möchte das nicht so gern am Telefon besprechen. Wann kommt Herr Schön wieder?"

"Er ist morgen wieder im Büro", erklärte Petra. "Soll ich einen Termin für Sie vereinbaren?"

"Gerne. So gegen fünfzehn Uhr bei mir, geht das? Söhnke Transporte in der Rheinstraße 15."

"Alles klar, Rheinstraße 15. Ist notiert", erwiderte Petra. "Schade", dachte sie dabei, "daß der Termin nicht hier stattfindet. Den Typen hätte ich mir gerne näher angeschaut. Seine Stimme klingt so angenehm. Aber vielleicht ergibt sich das nächste Mal eine Gelegenheit dazu."

Auch an diesem Abend zog Detlev Schön alleine los, auch wenn Petra ihm ein böses Gesicht zog. "Glaube mir, Petra, das ist kein Fall für dich", sagte er und tätschelte ihr tröstend die Wange. "Ich bin da zur Zeit an einer Sache dran, die ich wirklich nur alleine durchziehen kann.

Ich beobachte schon seit Tagen einen Laden, der in letzter Zeit mehrfach überfallen worden ist. Der Besitzer scheut die Polizei und hat deshalb mich engagiert, um den Dieb auf frischer Tat zu ertappen. Sollte der Kerl auftauchen, kommt es darauf an, daß ich schnell und unabhängig reagieren kann, sonst entkommt er mir. Da bist du leider fehl am Platz, das mußt du verstehen.

Aber ich habe einen neuen Fall gekriegt, diese reiche Tante, die letzte Woche da war. Eine einfache Sache, Ehemann überwachen und Fotos machen von allem, was er so treibt, das übliche halt. Die Kiste geht morgen abend los, und da nehme ich dich mit, das verspreche ich dir."

"Ehrenwort?" fragte Petra skeptisch.

"Großes Indianerehrenwort", schwor Detlev mit ernster Miene. "Morgen nehme ich dich mit. Das ist versprochen."

An diesem Abend machte Petra es sich auf der Couch vor dem Fernseher gemütlich. Ihr stand der Sinn nicht danach, alleine auszugehen, der eine Abend mit Peter Bömann genügte ihr für eine Weile. Lieber sah sie sich einen schönen Krimi an, trank einen Baileys - oder auch zwei - und war fit für ihren großen Einsatz am nächsten Tag.

Nachdem Schimanski erfolgreich alle Ganoven erledigt hatte -welch ein Mann, dieser Götz George! -, wechselte sie von der Couch zu ihrem Bett über. Sie würde heute früh schlafen gehen. Mit Detlev war vor Morgengrauen sowieso nicht zu rechnen, und sie war rechtschaffen müde.

Das laute und erbarmungslose Klingeln des Telefons weckte Petra aus einem tiefen Schlaf. Ein Blick auf die Uhr zeigte ihr, daß es erst kurz nach sieben Uhr war. Wer mochte wohl um diese Uhrzeit schon bei Detlev anrufen? Soweit sie wußte, hatte er zur Zeit keinen Freund in Sicht, sondern fristete - wie auch sie - ein trauriges Singledasein.

"Ja? Hier bei Schön", meldete sie sich schlaftrunken, doch dann setzte sie sich ruckartig im Bett auf und riß die Augen erschrocken auf. "Wie bitte?! Wer ist dran? Das Städtische Krankenhaus? Was ist passiert?... Natürlich, ich komme sofort. Ich bin in einer halben Stunde da."

Mit einem Satz sprang sie aus dem Bett und zog sich rasch an. Detlev hatte einen Unfall gehabt und lag im Städtischen Krankenhaus! "Hoffentlich ist es nicht so schlimm!" dachte sie, während sie nach ihrer Handtasche und den Autoschlüsseln griff. "Oh, mein Gott, Detlev! Lieber, guter Detlev! Bitte, lieber Gott, mach, daß es nicht so schlimm ist!" flüsterte sie vor sich hin, während sie wie eine Wahnsinnige durch die dunklen Straßen fuhr. Was mochte wohl passiert sein?

Nach einer halben Stunde erreichte sie mit quietschenden Reifen das Krankenhaus und stürzte durch die Eingangstür. In der Halle wandte sie sich unentschlossen an den Mann am Informationsschalter und fragte: "Können Sie mir bitte sagen, wo ich Detlev Schön finde? Ich wurde vom Krankenhaus angerufen."

"Orthopädie, Zimmer Nummer 267. Hier durch die Glastür, rechts herum, dort befinden sich die Aufzüge. Und dann im zweiten Stock."

"Danke." Eiligen Schrittes folgte Petra der Wegbeschreibung und fand sich kurz darauf im zweiten Stock auf der Orthopädischen Station wieder. Rasch hatte sie die Nummer 267 gefunden. Sie atmete zwei Mal tief durch, um sich selbst Mut zu machen vor dem, was sie hinter der weißen Tür erwarten mochte, und klopfte dann leise an.

Da sie keine Antwort hörte, trat sie kurz entschlossen ein und fand sich in einem kleinen Krankenzimmer wieder. Zwei Betten standen dort, das linke der beiden war leer, in dem rechten direkt vor dem Fenster lag Detlev Schön und sah ihr mit einem schiefen Grinsen entgegen. Sein rechtes Bein war bis zur Hüfte eingegipst und hing in einer Schlinge im schrägen Winkel nach oben.

"Hallo Kleines. Lieb von dir, daß du so schnell gekommen bist", sagte er und sah sie dabei kläglich an.

"Detlev, was ist denn nur mit dir passiert?" fragte Petra und ergriff liebevoll seine Hand. "Was machst du denn für Sachen?"

"Ich hätte den Kerl fast geschnappt, von dem ich dir erzählt habe", erwiderte Detlev. "Als er gerade in den Laden einstieg, wollte ich ihn mir greifen. Er versuchte zu fliehen, und ich bin ihm nach. Dann bin ich im Dunkeln über irgend etwas gestolpert und habe mir das verdammte Bein gebrochen! Und der Kerl ist mir entkommen, so eine Scheiße!"

"Tut es sehr weh?" erkundigte sich Petra mitfühlend und sah ehrfurchtsvoll zu dem Gips hin.

"Nicht so sehr. Man hat mir etwas gegen die Schmerzen gegeben. Aber der Oberschenkel ist gebrochen, und ich muß mindestens drei Wochen im Krankenhaus bleiben, haben die gesagt! Drei Wochen! Und danach laufe ich immer noch wochenlang mit Krücken herum und kann nicht arbeiten!"

Detlev war sichtlich verzweifelt. "Wie soll das nur gehen? Ich verliere alle meine Kunden, wenn ich so lange ausfalle. Ich habe ja auch Kosten, die ich bestreiten muß, Miete, Auto usw. Ich weiß nicht, was ich machen soll."

"Hast du denn keine Absicherung für solche Fälle? Du mußt doch immer damit rechnen, daß du mal krank wirst."

"Nein, leider nicht. Bei meinem Beruf hätte ich bei der Versicherung einen gehörigen Risikozuschlag zahlen müssen, das konnte ich mir im Moment einfach noch nicht leisten. Und nun sehe ich alt aus. Bis ich wieder richtig laufen kann, ist mein Laden pleite. So eine gottverdammte Scheiße!"

Detlev schien ganz vergessen zu haben, daß er normalerweise nie fluchte.

Petra streichelte ihm tröstend die Hand. "Mensch Detlev, sei froh, daß nicht noch mehr passiert ist. Was sagen die zu deinem Bein? Ist es sehr schlimm?"

"Der Bruch ist ziemlich kompliziert, aber das wird wieder, haben sie gesagt. Das tröstet mich im Moment aber ziemlich wenig."

Während sie sich weiter unterhielten, nahm in Petras Kopf eine Idee Gestalt an, eine Idee, die so einfach und so simpel war, daß sie über sich selbst staunte. Das war die Lösung! Sie würde einfach für Detlev einspringen, bis er wieder fit war.

"Und wenn ich deinen Job weitermache? Dann behälst du all deine Kunden, und dein Laden läuft weiter", schlug sie vor.

"Das kommt gar nicht in Frage!" wehrte Detlev entrüstet ab. "Das ist nichts für dich. Das ist viel zu gefährlich!"

Doch Petra beharrte hartnäckig auf ihrer Idee: "Jetzt überlege doch einmal selbst, Detlev: Du fällst so lange aus, und ich bin die einzige, die wenigstens ein bißchen Ahnung von dem hat, was bei dir passiert. Ich kann ja alle Aufträge mit dir durchsprechen, und du gibst mir genaue Anweisungen. Was gefährlich ist, lehne ich ab und übernehme nur die harmlosen Sachen."

Detlev zauderte zwar noch ein bißchen, aber schließlich überredete Petra ihn dazu, ihren Vorschlag anzunehmen. Er war von dem Unfall und den Medikamenten so geschwächt, daß er letztendlich froh war, die Verantwortung für sich selbst los zu sein und jemand anderem übertragen zu können.

"Okay", willigte er schließlich ein, "probieren wir es aus. Aber als erstes könntest du mir ein paar Sachen zum Anziehen, Waschen usw. von zu Hause holen. Ich habe ja absolut gar nichts dabei."

"Klar, was sonst noch?"

"Als nächstes fährst du zum Büro und bringst meinen Terminkalender mit. Dann gehen wir alles durch, was in den nächsten Tagen anliegt."

"Wird gemacht, Chef", salutierte Petra und gab ihm einen kleinen Kuß auf die Wange. "Ich fahre gleich los. Bis später."

Damit griff sie ihre Sachen und verließ das Krankenzimmer. Es gab heute viel zu für sie zu tun.

Knappe zwei Stunden später saß sie wieder am Krankenbett ihres Freundes und ging mit ihm alle Unterlagen durch, die sie mitgebracht hatte.

"Im Moment ist es nicht so wild mit den Aufträgen", erklärte Detlev ihr. "Die Sache mit dem El Dorado ist abgeschlossen. Dieser Max hat wirklich im großen Stil in die eigene Tasche gewirtschaftet und ist zwischenzeitlich gefeuert worden. Der hat es auch nicht anders verdient."

Er blätterte weiter in seinem Terminplaner. "Heute abend gegen sieben soll ich mit der Überwachung beginnen, von der ich dir erzählt habe. Es handelt sich um eine klassische Kiste, reiche Ehefrau verdächtigt ihren jüngeren Ehemann des Ehebruchs und will dafür Beweise haben. Traust du dir das zu?"

"Das kann ja weiter nicht so schwer sein", erwiderte Petra und notierte sich die erforderlichen Namen und Adressen. "Ich warte um sieben vor dem Haus des Typen, bis er herauskommt und fahre ihm dann hinterher. Das läuft wahrscheinlich genauso ab wie damals in der einen Nacht, als du mich mitgenommen hast. Ich werde ein paar Fotos schießen und mir alles genau aufschreiben. Was liegt sonst noch an?"

"Meinen Auftrag von gestern abend kannst du wohl vergessen. Nachdem der Einbrecher nun weiß, daß ihm eine Falle gestellt worden ist, wird er nicht mehr aufkreuzen, und die Sache hat sich erledigt. Ich werde von hier aus meinen Auftraggeber anrufen und ihm alles berichten. Die Abrechnung kannst du ihm ja dann schicken, du hast alle Unterlagen im Büro, aufgelaufene Stunden usw. Aus der Erfolgsprämie ist leider nichts geworden."

Prüfend blätterte Detlev in seinem Buch weiter. "Da steht ein Termin drin, von dem ich nichts weiß", stellte er verblüfft fest. "Söhnke Transporte, Rheinstraße 15. Heute um fünfzehn Uhr."

"Stimmt, der Typ hat gestern angerufen, als du nicht da warst. Er wollte mir aber am Telefon nicht sagen, worum es sich handelt, sondern unbedingt mit dir sprechen."

"Am besten rufst du dort an und sagst den Termin ab", schlug Detlev vor, doch Petra wehrte ab: "Quatsch, ich kann ja erst einmal heute mittag hingehen und mir anhören, worum es geht. Falls es eine glatte Sache ist, kann ich die für dich übernehmen."

"Gut", gab Detlev nach. Jeder Widerspruch war ihm im Moment zuviel, weil er sich hundeelend fühlte und sein Bein langsam zu schmerzen anfing. "Aber sage wirklich nur zu, wenn es ungefährlich ist. Und informiere mich auf jeden Fall über alles, was du unternimmst. Ich will immer wissen, an welchen Fällen du arbeitest und wo du dich aufhälst. Hast du verstanden?"

"Klar doch, Detlev. Ich bin ja schließlich nicht lebensmüde", beruhigte Petra ihn, während sie sich ein Grinsen kaum verkneifen konnte. Ihr verletzter Freund umsorgte sie schlimmer als eine Mutter. Aber es tat ihr gut, daß er sich solche Gedanken um sie machte. Sie hatte ja sonst niemanden, der sich um sie kümmerte.

Danach gingen sie gemeinsam alle weiteren Eintragungen durch. Es handelte sich nur um ein paar Kleinigkeiten, die Suche nach einem entlaufenen Yorkshireterrier, routinemäßige Kontrollen in verschiedenen Kneipen, um das dortige Personal zu überwachen - ähnlich wie die Kiste mit Max, dem Barkeeper - sowie mehrere Erstgespräche mit potentiellen Kunden, die am nächsten Tag im Büro stattfinden sollten.

"Du mußt halt sehen, was du davon annehmen kannst und was nicht. Kleinere Überwachungen sind okay, Securitydienst kannst du abhaken, das ist klar."

"Geht in Ordnung, Detlev", nickte Petra, während sie insgeheim bei sich dachte: "Das werden wir erst mal noch sehen. Ich bin Frau genug, selbst zu entscheiden, was ich annehmen werde und was nicht. Aber das muß ich Detlev ja nicht so genau auf die Nase binden. Hauptsache, sein Umsatz stimmt, und er kommt über die Runden."

Kurz vor fünfzehn Uhr fuhr Petra Neumann mit ihrem kleinen Peugeot in der Rheinstraße bei der Firma Söhnke Transporte vor. Neugierig schaute sie sich um. Sie befand sich vor einer großen Lagerhalle. In einem kleinen Anbau daneben waren offensichtlich die Büros untergebracht.

Einen Augenblick zauderte sie noch und blickte noch einmal prüfend an sich herunter. Sie hatte sich zu diesem Anlaß in einen einfachen, dunkelblauen Hosenanzug gekleidet, unter dem sie ein champagnerfarbenes Top trug, um seriöser zu wirken. Man konnte ja nie wissen, mit wem man es zu tun bekam. Ihre kurzen, roten Haare hatte sie mit etwas Gel gebändigt und nur ein wenig Wimperntusche und Lippenstift aufgetragen. Ein letzter Blick in ihren kleinen Handspiegel zeigte ihr, daß alles in Ordnung war.

Entschlossen steckte sie den Spiegel in die Tasche und schloß sie mit einem energischen Ruck. Auf in den Kampf! Sie richtete sich zu ihrer vollen Größe auf und marschierte los Richtung Eingangstür, die einladend offenstand.

Nach ein paar Schritten stand sie in einem kleinen Vorzimmer und wurde von einer freundlichen, jungen Sekretärin empfangen. "Was kann ich für Sie tun?"

"Securitydienst Schön. Neumann ist mein Name. Ich habe um fünfzehn Uhr einen Termin mit Herrn Söhnke."

Die Empfangsdame stutzte kurz und nickte dann lächelnd: "Stimmt. Der Termin ist wohl verkehrt notiert. Eigentlich habe ich einen Herrn erwartet. Wenn Sie bitte mit mir mitkommen. Herr Söhnke erwartet Sie bereits."

Petra kam der Aufforderung nach und folgte der Sekretärin in das angrenzende Zimmer, offensichtlich das Büro ihres Chefs.

"Herr Söhnke, Ihr Besuch ist da", verkündete die Empfangsdame kurz, ehe sie sich diskret zurückzog.

Bei ihrem Eintreten drehte sich der elegant gekleidete Mann, der vorher mit dem Rücken zu ihnen am Fenster gestanden und nach draußen geschaut hatte, um und kam Petra mit ausgestreckter Hand entgegen.

"Stefan Söhnke", stellte er sich vor und zeigte dabei seine weißen, makellosen Zähne. "Mit wem habe ich das Vergnügen, wenn ich fragen darf? Eigentlich habe ich mit Herrn Schön gerechnet und nicht mit einer so charmanten Dame."

Petra schluckte kurz, und das Herz rutschte ihr in die Hose. Sie hatte nicht erwartet, daß es sich bei ihrem Klienten um einen so attraktiven Mann wie diesen Stefan Söhnke handeln würde. Zwar war sie bereits bei dem angenehmen Klang seiner Stimme am Telefon hellhörig geworden, doch jetzt spürte sie, wie ihr ganzer Körper auf diesen großen, fast athletischen Mann reagierte. Mit seinem dunklen Haar und den graubraunen Augen in seinem markanten Gesicht sah dieser Typ wirklich unverschämt gut aus!

Sie zauderte kurz, um ihre Fassung wiederzugewinnen, ehe sie zur Erklärung ansetzte: "Mein Name ist Petra Neumann. Ich bin die Mitarbeiterin von Herrn Schön. Wir haben ja gestern schon miteinander telefoniert. Herr Schön hatte leider einen Unfall und ist momentan verhindert. Deshalb hat er mich geschickt."

Ihr Gegenüber sah leicht ungehalten aus. "Und was soll ich nun mit Ihnen anfangen? Ich brauche einen Securitymann und keine neue Sekretärin." Erst dann wurde dem Mann bewußt, wie unhöflich seine Bemerkung für Petra klingen mußte. "Entschuldigen Sie, so habe ich das natürlich nicht gemeint. Sie können ja nichts dafür. Aber Sie hätten mir gestern am Telefon gleich sagen können, daß Herr Schön verhindert ist. Dann hätte ich mich nach einer anderen Securityfirma umgesehen. So habe ich einen Tag verloren."

Insgeheim ärgerte sich Petra über den anmaßenden Ton. Nur weil sie eine Frau war, zog er nicht einmal in Erwägung, ihr seinen Auftrag zu erteilen - worum auch immer es sich handeln mochte. Sie schob leicht das Kinn vor und warf den Kopf angriffslustig zurück.

"Es tut mir leid, Herr Söhnke, daß ich ihre kostbare Zeit so unnütz verschwende. Der Unfall von Herrn Schön hat sich erst heute nacht zugetragen, sonst hätte ich gestern nicht diesen Termin mit Ihnen vereinbart." Sie machte eine kurze Sprechpause.

"Petra, reiß dich zusammen", dachte sie bei sich. "Sei nicht so aggressiv zu dem Kerl, sonst setzt er dich gleich vor die Tür." Also setzte sie ihr charmantestes Lächeln auf und fuhr in gemäßigterem Ton fort:

"Aber wenn ich schon einmal da bin, möchten Sie mir dann nicht wenigstens erzählen, worum es sich bei diesem Auftrag handelt? Sie müssen wissen, Herr Schön und ich sind Partner, und ich vertrete ihn, solange er ausfällt."

"Sie?" Skeptisch musterte Stefan Söhnke die junge Frau vor sich, die ihn aus ihren blitzenden, grünen Augen kampfeslustig ansah. Insgeheim amüsierte ihn diese kaum mittelgroße Frau mit den kurzen, roten Haaren. Langsam verschwand der Ärger aus seinem Gesicht, und ein Lächeln schlich sich in seine Mundwinkel ein.

"Obwohl, bei näherer Überlegung, die Idee ist gar nicht so dumm. Vielleicht wäre es sogar vorteilhaft, wenn ich eine Frau für diesen Auftrag einsetzen würde. Haben Sie denn Erfahrung im Sicherheitsdienst?"

"Natürlich. Das ist ja schließlich mein Job", erklärte Petra herablassend, während sie bei sich dachte: "Detlev, verzeih' mir diese Lüge. Aber ich will unbedingt diesen Job haben und dir zeigen, wozu ich fähig bin."

Laut fuhr sie fort: "Worum handelt es sich bei ihrem Auftrag eigentlich genau, Herr Söhnke? Würden Sie mich bitte erst einmal mit ein paar Einzelheiten vertraut machen, ehe ich Ihnen zusage."

"Natürlich, entschuldigen Sie bitte. Darf ich Ihnen zuerst einmal etwas zu trinken anbieten, einen Kaffee oder einen Cognac?" Nachdem der erste Ärger verflogen war, sprühte Stefan Söhnke vor Freundlichkeit.

"Danke, einen Kaffee nehme ich gerne." Petra wußte, bei einem Vorstellungsgespräch - und hier handelte es sich ja um etwas Ähnliches - war immer Vorsicht angebracht in bezug auf Alkohol.

Nachdem die Sekretärin Kaffee und etwas Gebäck hereingebracht hatte, ließen sie sich beide auf den bequemen Sesseln, die das Büro etwas wohnlicher machten, nieder.

"Im Grunde genommen ist es keine schwere Arbeit, die ich von Ihnen erwarte", begann der Mann. "Vielleicht sollte ich Ihnen kurz die näheren Umstände schildern:

Ich bin verwitwet und habe zwei Kinder, Anna ist zehn, Ben ist gerade acht geworden. Da ich beruflich viel unterwegs bin, habe ich eine Haushälterin, die sich um die Kinder kümmert, sowie einen Mann, der sowohl Chauffeur für meine Kinder als auch Wachmann ist.

Sie müssen wissen, bei der Firma Söhnke Transporte handelt es sich um ein sehr gutgehendes, großes Unternehmen. Und leider hat man auch immer Neider, wenn es einem gut geht. Vor einiger Zeit wurde schon einmal versucht, meine Kinder zu entführen, was damals Gott sei Dank fehlschlug. Ich habe es mir deshalb zur Gewohnheit gemacht, sie nie unbeaufsichtigt zur Schule oder sonstwohin gehen zu lassen.

Nun ist leider mein Angestellter, der diese Funktion schon seit mehreren Jahren innehat, vor drei Tagen krankheitsbedingt ausgefallen, und ich muß mir so schnell wie möglich Ersatz suchen. Im Moment fahre ich meine Kinder selbst überallhin, aber ich muß nächsten Montag für eine Woche geschäftlich verreisen. Deshalb muß ich dieses Problem so schnell wie möglich lösen."

"Was ist mit der Haushälterin? Kommt die nicht in Frage?" fragte Petra interessehalber, während sie an einem Keks knabberte.

"Um Gottes willen! Frau Meyer ist eine gute Seele, aber weit über fünfzig und hat nie gelernt, Auto zu fahren. Nein, nein, ich brauche jemanden, der jung und energisch ist, und zudem mobil und flexibel. Es handelt sich nicht darum, rund um die Uhr da zu sein, dazu habe ich Frau Meyer. Mein Privathaus ist so gut abgesichert, daß dort keine Gefahr droht.

Mir geht es darum, daß jemand die Kinder morgens in die Schule fährt und mittags wieder abholt. Man muß sie zu ihren Verabredungen, zum Ballett, zum Fußball und ähnlichem fahren und dort ein Auge auf sie haben. In der Schule und zu Hause sind die Kinder sicher, aber nicht draußen auf der Straße. Fühlen Sie sich einem solchen Job gewachsen?"

Leicht skeptisch schaute der Mann zu Petra hin. "Ich denke, die Kinder würden Sie akzeptieren, das ist ein ganz wichtiger Punkt bei dem Ganzen. Aber trauen Sie sich das zu? Eine weitere Frage, ganz im Vertrauen: Können Sie sich im Falle eines Falles wehren? Sind Sie bewaffnet?"

Wortlos öffnete Petra ihre Handtasche und hielt Stefan Söhnke ihren Elektroschocker unter die Nase. "Reicht das?"

Stefan Söhnke lächelte amüsiert, und kleine Fältchen zeigten sich in seinen Augenwinkeln. "Wenn Sie auch damit umgehen können..."

"Ich würde es nicht darauf ankommen lassen..."

"Es handelt sich auch nur um eine Woche. Dann bin ich wieder zurück, bis dann ist auch mein Chauffeur hoffentlich wieder auf dem Damm. Wäre das ein Job für Sie?"

"Zuerst würde ich gerne noch mehr darüber wissen", erklärte Petra, obwohl sie bereits innerlich jubelte. Der Job schien ihr sicher zu sein! Und es war ja weiter nicht schwer, zwei reiche Kinder in die Schule zu bringen und überall hinzufahren!

"Wieviel Zeit nimmt meine Arbeit täglich in Anspruch? Sie müssen wissen, ich muß das mit meinen anderen Auftraggebern koordinieren." - Nur nicht zu dick auftragen, Petra, sonst hüpft dir der Fisch wieder von der Angel! –

"Falls Sie den Job annehmen, werde ich Ihnen den genauen Terminplan meiner Kinder zur Verfügung stellen. Sie müßten sie morgens kurz in die Schule bringen, nach Schulschluß wieder abholen und nach Hause fahren. Ab fünfzehn Uhr täglich müßten Sie dann zur Verfügung stehen für die anfallenden Termine. Ihr Arbeitsschluß würde je nach Terminplanung variieren, zwischen siebzehn und neunzehn Uhr. Später kommen die Kinder nie nach Hause. Frau Meyer, die Haushälterin, schläft im Haus und kümmert sich ab dann um die Kinder, bis Sie sie morgens wieder zur Schule abholen."

"Und wann soll das Ganze anfangen?"

"Heute ist Mittwoch. Am besten beginnen Sie gleich morgen, damit die Kinder ausreichend Zeit haben, sich an Sie zu gewöhnen. Ab Montag bin ich geschäftlich weg bis Sonntag abend, dann müßten Sie alleine klarkommen."

Nach einer kurzen Pause fuhr Stefan Söhnke fort: "Was Ihre Bezahlung betrifft, so kenne ich die Stundensätze in Ihrer Branche. Ich nehme an, daß wir da keine Probleme miteinander haben werden."

"Sind einhundertfünfzig Mark für Sie okay?" fragte Petra. Sie versuchte, möglichst natürlich zu klingen, aber ihr Herz klopfte ihr bis zum Hals dabei.

Der athletische Mann verzog amüsiert das Gesicht. "Selbstverständlich. Ich möchte es vermeiden, mir für diese wenigen Tage jemanden Wildfremdes als Angestellten ins Haus zu holen, man weiß ja nie, an wen man gerät. Deshalb kam ich auf die Idee mit Ihrem Securitydienst. Ein Freund von mir hatte schon einmal mit Herrn Schön zu tun, das bedeutet eine gewisse Sicherheit für mich."

Er beugte sich leicht zu der jungen Frau vor und sah ihr gespannt ins Gesicht." Nun, was sagen Sie? Kommen wir ins Geschäft?"

Petra gab sein Lächeln zurück. "Okay, ich mache den Job."

Zufrieden lehnte sich Stefan Söhnke in seinem Sessel zurück. "Sehr schön. Dann werde ich Ihnen jetzt alles Weitere erzählen. Ich hoffe, Sie mögen Kinder."

Nachdem die Tür hinter seiner Besucherin ins Schloß gefallen war, verharrte Stefan Söhnke eine kurze Weile. "Eine interessante Frau!" dachte er bei sich. Im Stillen mußte er sich eingestehen, daß er sich lange nicht mehr so gut unterhalten hatte wie in dieser letzten Stunde. Diese Frau hatte etwas an sich, eine gewisse Natürlichkeit und ein Temperament, das ihn in seinen Bann gezogen hatte.

Nach zwei, drei Minuten schüttelte der Mann in dem gutgeschnittenen italienischen Anzug seine Gedanken ab und griff zum Telefonhörer.

"Manfred, bist du dran?" fragte er, als sich nach kurzem Läuten jemand am anderen Ende meldete. "Könntest du für mich ein paar Erkundigungen einholen über eine gewisse Petra Neumann? Sie ist bei der Securityfirma Schön beschäftigt. Ich muß wissen, ob sie sauber ist und ich ihr vertrauen kann. Ich brauche diese Informationen bis morgen früh acht Uhr auf den Tisch. Danke!"

Damit hängte er ein und steckte sich eine Zigarette an.

Als Petra das Büro von Stefan Söhnke verließ, gab sie sich äußerlich kühl und unbeteiligt, aber innerlich hüpfte ihr Herz vor Freude. Sie hatte den Job! Das war bestimmt keine schwere Sache, zwei Kinder durch die Gegend zu kutschieren und dabei ein wachsames Auge auf sie zu haben! Sie hatte ihr Geld schon schwerer verdient!

Während sie in ihr kleines Auto, das geduldig auf dem Parkplatz zwischen den großen Lkws auf sie wartete, einstieg, dachte sie noch einmal über die vergangene Stunde nach.

Dieser Stefan Söhnke war wirklich ein imponierender Mann. Er mochte wohl knappe Vierzig sein, aber mit seiner sportlichen Figur wirkte er sehr jugendlich. Besonders sein Gesicht hatte es ihr angetan, braungebrannt und markant, mit dieser kleinen Kerbe im Kinn, die ihn so anziehend machte. Und seine Augen, die nicht grau, nicht braun waren, hatten sie mit einem Ausdruck gemustert, der weit über das geschäftliche Interesse hinausging.

Petra schalt sich selbst eine Närrin. Es handelte sich hier um eine rein geschäftliche Beziehung. Nach einer Woche würde das Ganze erledigt sein, und sie würde wohl nie mehr mit Söhnke zu tun haben. Aber sie konnte dennoch nicht verhindern, daß sich in ihrem Bauch ein komisches Prickeln breitmachte, als sie sich an seinen kräftigen, angenehmen Händedruck erinnerte.

Warum mußte sie auch immer an die falschen Männer geraten! Erst Bernhard, dann Martin! Warum begegnete ihr nicht einfach einmal ein Mann wie dieser Söhnke und hatte ein privates Interesse an ihr? Dies war ein Mann, den sie mit Sicherheit nicht von der Bettkante stoßen würde!

Ein Blick auf die Uhr belehrte sie, daß sie sich beeilen mußte. Es war schon weit nach vier Uhr, und sie wollte noch nach Hause und ein paar Sachen erledigen, ehe sie sich wieder aufmachte, um ihrem Job als Privatdetektiv nachzugehen. Um neunzehn Uhr hatte sie bereits den nächsten Termin, die Überwachung dieses untreuen Ehemannes.

Also zwang Petra sich, ihre Gedanken nicht mehr zu Stefan Söhnke abschweifen zu lassen und konzentrierte sich auf die Straße vor sich. Sie hatte eine gute halbe Stunde bis zu Detlevs Wohnung zu fahren, denn die Rheinstraße lag im Industriegebiet, während Detlev genau am anderen Ende der Stadt wohnte. Und um diese Uhrzeit herrschte jede Menge Berufsverkehr.

Um halb sieben fuhr Petra an der Adresse, die Detlev ihr im Krankenhaus angegeben hatte, vor und parkte ein paar Meter oberhalb des betreffenden Hauses. Norbert Weingärtner, Weinbergweg 7, so stand es auf dem kleinen Zettel, den sie sich vorsorglich eingesteckt hatte.

Es war zwar noch ein bißchen früh, aber Petra wollte ihr Opfer auf gar keinem Fall verpassen. So hatte sie ein bißchen Zeit, um sich mit dem Gedanken vertraut zu machen, daß sie nun zum ersten Mal jemanden ganz alleine überwachte.

Dies war ein seltsames Gefühl für sie, stellte sie überrascht fest. Zwar hatte sie vor Detlev groß die Klappe aufgerissen und sich innerlich sehr darauf gefreut, die Chance zu bekommen, ihm zu beweisen, was sie drauf hatte. Aber es war doch etwas ganz anderes, nun allein im Auto zu sitzen und auf einen wildfremden Mann zu warten, den sie beschatten sollte.

Aus den Erzählungen der Ehefrau, die ihr Detlev möglichst wortgetreu wiedergegeben hatte, wußte sie, daß Norbert Weingärtner die Angewohnheit hatte, jeden Mittwochabend um neunzehn Uhr das Haus zu verlassen, um sich mit Freunden zu treffen und einen Herrenabend zu veranstalten. Weingärtner pflegte diese liebe Gewohnheit schon sehr lange, doch hegte seine Ehefrau, die nicht unbemittelt war, schon seit längerem den Verdacht, daß es sich dabei nicht um eine Herrenrunde handelte, sondern daß ihr Ehemann sich an diesen Mittwochabenden regelmäßig mit einer anderen traf. Sie hatte die Vermutung, daß ihr Mann neben ihr eine feste Geliebte hatte, und das war ein Umstand, den sie nicht akzeptieren wollte.

Schon früher mußte ihr Mann sie betrogen haben, doch hatte es sich dabei immer nur um kurze Affären gehandelt, die bedeutungslos gewesen waren. Sollte er hingegen nun eine feste Freundin haben, so sah für Frau Weingärtner die Sache ganz anders aus. Sie hatte das Geld mit in die Ehe gebracht und war nicht bereit, ihren um einiges jüngeren Ehemann noch länger auszuhalten, sollte er sie derart hintergangen haben.

Um darüber Gewißheit zu haben, hatte sich Elfriede Weingärtner an Detlev Schön gewandt, der ihr von einer Freundin empfohlen worden war. Einer Freundin, die Detlevs Hilfe in einer ähnlichen Situation schon einmal in Anspruch genommen hatte.

"Stellen Sie fest, was mein Mann mittwochabends treibt", hatte sie entschlossen gefordert. "Ich will Daten, Fakten, Uhrzeiten, Fotos. Ich muß wissen, woran ich bin. Sie verstehen?" Dabei hatte sie ihren Mont Blanc-Füller gezückt und einen Scheck ausgestellt. "Eintausend Mark. Ich denke, die werden Ihnen als Anzahlung reichen, Herr Schön?"

Und nun saß sie, Petra Neumann, hier in ihrem kleinen Auto und wartete auf Norbert Weingärtner. Detlev hatte in seinem Terminkalender ein Foto des Betreffenden gehabt, welches Frau Weingärtner ihm zur Verfügung gestellt hatte. Dieses Foto entnahm sie nun ihrer Handtasche und betrachtete sich noch einmal die finstere Gestalt, die ihr entgegenblickte.

"Unvorstellbar, an was für Männer manche Frauen ihr Herz verlieren!" dachte sie dabei und schüttelte sich innerlich vor Grauen. "Der Kerl sieht ja aus, als wenn er jeden Moment auf einen losgehen würde!" Selten hatte sie einen so abstoßenden Mann gesehen. Sein Gesicht war breit, fast grobschlächtig, mit dunklen Augen und buschigen, schwarzen Augenbrauen. Das ganze Gesicht hatte etwas Primitives, fast Brutales an sich. Darüber konnte auch sein Lächeln auf dem Foto nicht hinwegtäuschen.

"Gott sei Dank habe ich mit dem Kerl näher nichts zu tun!" dachte Petra bei sich und steckte das Foto wieder weg. "Ich werde ihm nachfahren, alles aufschreiben und ein paar Fotos machen, das war's. Ich muß nur aufpassen, daß dieser Kerl mich nicht erwischt. Mit dem ist bestimmt nicht gut Kirschen essen!"

In diesem Augenblick öffnete sich das Gartentor des Anwesens Nr. 7, und ein mittelgroßer Mann trat auf den Bürgersteig. Petra erkannte in ihm den Gesuchten und duckte sich etwas tiefer hinter ihrem Lenkrad. Sieben Uhr abends war im Sommer nicht gerade die richtige Uhrzeit, um eine Überwachung durchzuführen, es war noch taghell. Wenn der Kerl sich umschaute, würde er ihr direkt ins Gesicht schauen.

Aber Norbert Weingärtner hatte keine Veranlassung, auf die in der Nähe geparkten Autos zu achten. Zielstrebig ging er auf seinen kleinen BMW zu, der direkt vor der Tür stand und stieg ein. Er ließ den Motor an und fuhr zügig los.

Petra wartete einen kurzen Moment, um ein bißchen Abstand zwischen sich und den BMW zu bringen, dann scherte auch sie aus ihrer Parklücke aus und fuhr dem Mann hinterher. Sie durfte ihn sich nicht zu weit entfernen lassen, sonst verpaßte sie es, wenn er abbog.

Norbert Weingärtner verließ zügig das Wohngebiet und fuhr Richtung Innenstadt. Doch dort bog er nicht ins Zentrum ab, sondern fuhr auf die Stadtautobahn, Richtung Mannheim. Petra fuhr dem BMW in einigem Abstand hinterher und war erleichtert, daß der Mann vor ihr seinen Wagen nur gemütlich rollen ließ. Würde er seinen sportlichen BMW richtig ausfahren, so würde sie nur noch einen Kondensstreifen sehen, und das wäre es dann gewesen in puncto Überwachung.

Schon nach wenigen Minuten blinkte das Auto vor ihr, und Weingärtner fuhr wieder von der Autobahn ab. Er durchquerte mehrere kleine Ortschaften, bis er schließlich vor einem kleinen Hotelrestaurant anhielt, welches gleich neben der Straße lag und einen sehr guten Ruf hatte.

Petra kannte das Parkhotel nur dem Namen nach - dort zu essen lag außerhalb ihrer finanziellen Möglichkeiten -, doch sie wußte von Bekannten, daß es dort die beste Küche weit und breit gab. Zudem hatte das Lokal ein sehr schönes Gartenrestaurant.

Dort lenkte nun Norbert Weingärtner zielstrebig seine Schritte hin, während Petra in ihrem Wagen sitzen blieb, unentschlossen, wie sie nun weiter vorgehen sollte. Nach kurzem Zaudern entschied sie sich dazu, ebenfalls in das Gartenrestaurant zu gehen und sich einen kleinen, freien Tisch unweit von Norbert

Weingärtner und der jungen Dame, die ihn dort offensichtlich sehnsüchtig erwartet hatte, zuweisen zu lassen. Sie mußte wissen, mit wem er sich traf und was er tat. Dies war die einzige Art und Weise, das herauszufinden. Sollte er sie doch dort sitzen sehen, falls er sich umschaute. Schließlich wußte er ja nicht, daß sie ihn überwachte.

Nach einem vorsichtigen Blick zu ihrem Opfer hin - erst mußte sie ja einmal feststellen, ob er wirklich vorhatte, länger hierzubleiben -, entschied sich Petra zu einem Salat mit Entenbrust und einem Viertel Rosé. Sie mußte möglichst unverdächtig wirken, um Weingärtner in aller Ruhe beobachten zu können.

Während Petra auf ihr Essen wartete und ab und zu an ihrem Glas nippte, schaute sie immer wieder unauffällig zu Norbert Weingärtner und seiner Begleiterin hinüber. Das mußte man ihm wirklich lassen, der Kerl hatte einen guten Geschmack in bezug auf Frauen. Die junge Dame, mit der er am Tisch saß, war höchstens fünfundzwanzig und bildhübsch, wohingegen er selbst bestimmt schon auf die Vierzig zuging.

So abstoßend Weingärtner auch auf Petra, die eine Abneigung gegen kräftige, untersetzte Männer hatte, so mußte sie doch zugeben, daß er es verstand, seine Begleiterin hervorragend zu unterhalten. Mehr als einmal erklang ihr helles Lachen bis zu Petras Tisch herüber. Und die Art, wie Weingärtner der jungen Frau immer wieder tief in die Augen schaute, sprach Bände. Hier handelte es sich ganz offensichtlich um ein Liebespaar. Elfriede Weingärtner hatte mit ihrem Verdacht richtig gelegen.

Nach einer Weile erhob sich Petra und begab sich zu den Toilettenräumen im Inneren des Lokals. Dort verriegelte sie die Tür zu einer der Einzelkabinen und setzte sich auf den geschlossenen Deckel. In ihrem kleinen Heft, das sie immer mit sich führte, notierte sie gewissenhaft den Namen des Lokals, die Uhrzeit, zu der sie das Lokal erreicht hatten und alle Einzelheiten, die ihr aufgefallen waren. Wie sie das mit den Fotos machen sollte, das mußte sie sich noch überlegen, denn sie konnte ja schlecht einfach draußen an ihrem Tisch Detlevs kleine Kamera auspacken und anfangen, die Nachbartische zu fotografieren. Im Moment mußte sie sich damit begnügen, ihre Beobachtungen zu notieren. Später würde sie weitersehen.

Zwei Stunden später bestellte Norbert Weingärtner die Rechnung. Petra beeilte sich, ihm zuvorzukommen, um bereits startklar in ihrem Wagen zu sitzen, wenn die beiden herauskamen. Dies würde vielleicht eine günstige Gelegenheit für sie sein, ein paar Fotos von dem Paar zu schießen. Schließlich mußte sie ihrer Auftraggeberin handfeste Beweise vorlegen.

44

Von dem Restaurant aus fuhr Norbert Weingärtner mit seiner Begleiterin Richtung Stadt zurück. In einem Wohngebiet ein bißchen außerhalb hielt er vor einem mehrgeschossigen Mietshaus an und stieg aus. Eng umschlungen betrat der Mann mit seiner jungen Begleiterin das Haus, während Petra, die ein paar Meter weiter weg ebenfalls einen Parkplatz gefunden hatte, rasch ein Foto nach dem anderen machte. Dies war genau das, was Elfriede Weingärtner für ihr Geld erwartete: eindeutige Beweise für die Untreue ihres Ehegatten.

Kurz danach ging im zweiten Stock des Hauses das Licht an. Petra erkannte am Fenster die Silhouette von Weingärtner und der jungen Frau. Wenig später wurden die Läden heruntergelassen, so daß ihr jede Sicht in die Wohnung verwehrt wurde. Doch sie hatte bereits genug gesehen. Nun mußte sie nur noch warten, bis der Mann die Wohnung wieder verließ und sich die Uhrzeit notieren. Dann hatte sie ihren Job erledigt.

Um nichts zu versäumen, stieg Petra nach einer kleinen Weile ebenfalls aus und huschte im Dunkel der inzwischen hereingebrochenen Nacht zu der Eingangstür des Hauses. Rasch studierte sie die Namen, die sich auf den einzelnen Klingeln befanden und vermerkte sich alle, die in Frage kamen. Insgesamt wohnten acht Parteien im Haus, so daß es wohl nicht allzu schwer sein konnte, festzustellen, um wen es sich bei der jungen Dame handelte.

Danach machte sie es sich in ihrem Peugeot so gut es ging gemütlich und richtete sich auf eine lange Wartezeit ein. Ihr Job war weitgehend erledigt. Sie mußte noch ein paar Fotos von Weingärtner beim Verlassen des Hauses machen – nicht, ohne sich wiederum die genaue Uhrzeit zu notieren -, dann hatte sie genug Material für ihre Klientin zusammen, um diese bei ihrem nächsten Besuch hoffentlich zufriedenzustellen.

Petra gähnte. Sie empfand es als sehr ermüdend, so alleine im Dunkeln im Auto zu sitzen und nichts zu tun, als zu warten. Damals in der Nacht mit Detlev war das Detektivspielen viel interessanter gewesen, weil sie zu zweit gewesen waren und sich die Zeit mit Plaudern vertrieben hatten. Aber das einsame Warten heute empfand sie als ungeheuer anstrengend und nervenaufreibend.

Ein Blick auf die Uhr zeigte ihr, daß es gerade erst kurz nach elf war. Zu spät, um noch einmal bei Detlev im Krankenhaus anzurufen, sich nach ihm zu erkundigen und ihm zu erzählen, wie ihr erster Job gelaufen war. Morgen früh würde sie gleich als erstes bei ihm anläuten, nahm sie sich vor. Der gute Detlev! Daß er ausgerechnet jetzt ausfallen mußte, wo der Laden so gut lief, wurmte ihn ungemein. Aber Gott sei Dank hatte er ja sie, Petra. Sie würde ihn würdig vertreten, nahm sie sich vor.

Nach einer Weile merkte Petra, daß sie mit dem Schlaf kämpfen mußte. Der Wein, den sie getrunken hatte, machte sich nun bemerkbar. Sie sehnte sich nach ihrem Bett, aber sie konnte ja schlecht ihren Beobachtungsposten aufgeben. Es blieb nur zu hoffen, daß Weingärtner sein Schäferstündchen nicht zu lange ausdehnte.

Erst gegen zwei Uhr verließ Norbert Weingärtner das Haus und fuhr zurück in die Stadt. Wiederum gelang es Petra, unauffällig zwei Fotos von ihm zu schießen, ehe sie sich mit ihrem Auto hinter den BMW setzte und ihm bis in den Weinbergweg nachfuhr.

Nachdem Weingärtner sein Haus betreten hatte und sie dort Licht sah, machte die junge Frau sich auf den Weg zurück zu Detlevs Wohnung. Dort angekommen, ließ sie sich todmüde aufs Bett fallen, gerade daß sie sich noch die Mühe machte, die Kleider abzustreifen und achtlos zu Boden fallen zu lassen.

Im letzten Moment fiel ihr ein, daß sie morgen bereits um halb acht bei Stefan Söhnke erwartet wurde, um dessen Kinder kennenzulernen und sie mit ihm gemeinsam zur Schule zu bringen. Söhnke hatte vorgeschlagen, daß sie einen Tag lang alle Fahrten gemeinsam unternehmen sollten, damit seine Kinder Gelegenheit hatten, sich an sie zu gewöhnen und er sich davon überzeugen konnte, daß sie während seiner Abwesenheit in der nächsten Woche in guten Händen waren.

Das hieß, morgen um halb sieben aufstehen! Petra stellte den Wecker und stöhnte dabei innerlich auf. Gerade noch dreieinhalb Stunden schlafen, oh Gott! Dabei war sie so schrecklich müde! Aber sie hatte den Job angenommen, und dann mußte sie auch jetzt pünktlich auf der Matte stehen, sonst konnte sie sich das Ganze gleich wieder abschminken!

Außerdem war es ein Treffen mit Stefan Söhnke vielleicht auch wert, einmal auf seinen Schlaf zu verzichten.

Mit diesem letzten Gedanken schlief Petra schließlich erschöpft ein.

Am nächsten Morgen klingelte Petra pünktlich um halb acht an der Pforte des feudalen Besitzes von Stefan Söhnke. Ehrfurchtsvoll starrte sie das hohe, schmiedeeiserne Tor und das riesige, weiße Haus in dem parkähnlichen Anwesen an. "Dieser Söhnke mußte ja wirklich steinreich sein!" dachte sie bei sich, während das Tor wie von unsichtbarer Hand aufging.

An der Haustür wurde sie bereits von einer älteren Dame erwartet, bei der es sich wohl um Frau Meyer, die Haushälterin, handelte. "Treten Sie ruhig ein. Herr Söhnke kommt jeden Augenblick", erklärte sie ihr lächelnd und sah sie neugierig an. "Die Kinder sind schon gespannt auf Sie."

Die ältere Frau drehte sich um und rief ins Haus hinein: "Anna, Ben, euer neuer Chauffeur ist da. Kommt, und begrüßt die Dame!"

Vorsichtig sah Petra sich in der Eingangshalle um. Das ganze Haus war großzügig und hell angelegt. Der Besitzer dieses Hauses besaß eindeutig einen guten Geschmack – und einen reichen Geldbeutel, wie man aus der Einrichtung schließen konnte. Sie kam jedoch nicht dazu, sich näher umzusehen, denn nun erschienen ein hochgeschossenes Mädchen und ein schmächtiger Junge auf der Bildfläche und näherten sich ihr neugierig. Gleichzeitig ertönte die Stimme von Stefan Söhnke, der gerade die Treppe herunterkam: "Ach, Sie sind schon da, wunderbar, Frau Neumann. Dann können Sie sich ja gleich mit meinen Kindern bekannt machen."

Mit ausgestreckter Hand kam der hochgewachsene Mann auf Petra zu und lächelte sie gewinnend an, was bei ihr schon wieder dieses komische Kribbeln im Bauch verursachte. Wie konnte man nur am Morgen schon so unverschämt gut aussehen! Und das ausgerechnet an einem Morgen, an dem sie sich – trotz kalter Dusche – noch so müde und kaputt fühlte!

"Also, Anna, Ben, das ist Frau Neumann. Sie wird sich in den nächsten Tagen um euch kümmern und Karl ersetzen, bis er wieder gesund ist. Am besten macht ihr euch gleich mit ihr näher vertraut."

Neugierig sahen die beiden Kinder, die beide Stefan Söhnke sehr ähnlich sahen, die gleichen Haare, die gleichen graubraunen Augen, zu Petra hin.

"Hallo, ihr beiden"," sagte sie betont locker. "Ihr könnt ruhig Petra zu mir sagen, wenn ihr wollt. Das ist einfacher."

"Hallo", erwiderten die beiden aus einem Mund.

"Nun, aber los", mischte sich Frau Meyer in energischem Ton ein, "sonst kommt ihr zu spät in die Schule."

Im Hinausgehen wandte sich Stefan Söhnke an Petra: "Ich habe Sie gar nicht gefragt, wie es mit ihren Autofahrkünsten steht. Ich hoffe, Sie kommen mit meinem Mercedes klar?" Dabei wies er auf die nagelneue, silbergraue Limousine, die vor der Tür parkte.

Petra schluckte kurz, griff aber ohne Widerrede nach den Schlüsseln, die er ihr auffordernd entgegenhielt. "Ich denke schon." "Dem werde ich es zeigen!" dachte sie dabei und biß die Zähne zusammen.

Während Petra sich kurz mit dem Armaturenbrett vertraut machte, nahm Söhnke neben ihr Platz, und die Kinder setzten sich auf die Rückbank. "Wenn Sie noch Fragen haben, melden Sie sich", erklärte er ihr. "Ansonsten fahre ich einfach als Begleiter mit, damit die Kinder die Möglichkeit haben, Sie erst einmal kennenzulernen, ehe sie mit Ihnen alleine fahren. Das werden Sie verstehen."

"Natürlich, Herr Söhnke", beeilte sich Petra zu sagen und ließ den Motor an. Irgendwie würde sie das Ganze schon hinkriegen. Und Anna und Ben sahen eigentlich ganz nett aus.

Bei der zwanzigminütigen Fahrt vom Anwesen der Familie Söhnke, das etwas erhöht über der Stadt lag, bis zu der Schule mitten im Zentrum hatte Petra Gelegenheit, sich einen ersten Eindruck von den beiden zu machen. Man merkte ihnen an, daß sie es gewöhnt waren, ständig mit Personal umgeben zu sein, denn sie nahmen es als ganz selbstverständlich hin, daß sich von nun an eine ihnen bisher völlig fremde Person um sie kümmerte.

Nachdem sie die beiden an der Schule abgesetzt und gewartet hatten, bis sie im Inneren des Schulhauses verschwunden waren, wandte sich Petra fragend an Stefan Söhnke: "Und jetzt? Soll ich Sie wieder nach Hause bringen? Sie sagten gestern, ich soll die Kinder nach Schulschluß um dreizehn Uhr abholen. Solange müßte ich eigentlich ins Büro zurück, ein paar Dinge erledigen."

"Ich schlage vor, Sie setzen mich in meiner Firma ab und behalten den Wagen bis heute mittag. Das ist am einfachsten. Wenn Sie mich dort um halb eins abholen, können wir gemeinsam zur Schule fahren, und ich erkläre Ihnen dann alles Weitere."

Wieder schenkte er Petra ein kleines Lächeln, daß ihr die Knie weich wurden. Das konnte ja heiter werden mit diesem Stefan Söhnke!

Nachdem Petra ihren Auftraggeber vor seinem Büro abgesetzt hatte, fuhr sie auf direktem Weg zu Detlev Schöns Büro. Dabei konnte sie nur mühsam ein Lachen unterdrücken. Wenn Detlev sie so sehen könnte! Sie, Petra Neumann, am Steuer eines Mercedes 600 SEL! Sie konnte es nicht fassen, daß Stefan Söhnke ihr wie selbstverständlich den Wagen überlassen hatte. Er kannte sie doch gar nicht näher! Es war schon verrückt!

Nachdem sie den dicken Wagen vorsichtig eingeparkt hatte, holte sie die Post aus dem Briefkasten und ging hoch ins Büro, welches sich in der zweiten Etage befand. Im Laufe des Vormittags hatte sie dort zwei Gesprächstermine mit potentiellen Neukunden.

Doch ehe sie sich an die Arbeit machte, rief sie bei Detlev im Krankenhaus an.

"Wie geht es dir heute morgen?" fragte sie besorgt. Den Telefonhörer hatte sie an das linke Ohr geklemmt, mit der rechten Hand öffnete sie gleichzeitig die eingegangenen Briefe.

"Nicht so toll, Petra", bekannte Detlev. "Mein Bein tut inzwischen höllisch weh, und die wollen mir keine zusätzlichen Schmerzmittel geben. Außerdem juckt das so langsam unter dem Gips. Es ist tierisch warm unter dem Teil, wie du dir vorstellen kannst. Bei deinem nächsten Besuch mußt du mir unbedingt eine Stricknadel mitbringen."

"Eine Stricknadel?" Petra verstand gar nichts mehr.

"Na, zum Kratzen natürlich. Das sieht man doch immer im Fernsehen. Ich gehe doch davon aus, daß das auch bei mir funktionieren wird."

Petra lachte erleichtert auf, weil Detlev seinen Humor trotz der widrigen Umstände noch nicht ganz verloren hatte. "Geht in Ordnung, Chef."

"Wann kommst du?"

"Ich muß schauen. Heute morgen habe ich noch zwei Beratungstermine. Und heute mittag um dreizehn Uhr muß ich wieder arbeiten."

"Arbeiten? Du arbeitest doch bei mir!"

"Klar. Du weißt doch, daß ich gestern diesen Termin mit Söhnke Transporte hatte. Ich sage dir, das ist ein Bombenjob, wenig Arbeit für viel Geld!"

In kurzen Worten erklärte sie Detlev am Telefon, worum es sich bei ihrer Arbeit handelte. Wohlweislich ließ sie dabei jedoch weg, daß sie auch eine Art Bodyguardfunktion innehaben sollte. Auch die versuchte Entführung der Kinder ließ sie stillschweigend unter den Tisch fallen, um ihren kranken Freund nicht zu beunruhigen. Schließlich war das schon über ein Jahr her, hatte Stefan Söhnke erzählt, und die Kerle waren damals gefaßt worden und saßen noch immer ein.

"Mensch, Petra, reife Leistung, daß du diesen Auftrag an Land gezogen hast", lobte Detlev sie. "Weiter so. Dann kann ich mich demnächst auf das Altenteil zurückziehen und lasse nur noch dich arbeiten."

Die junge Frau lachte belustigt auf. "Ich hoffe nicht. Ich glaube, auf Dauer ist mir der Job alleine doch zu langweilig. Ich freue mich drauf, wenn du wieder da bist." Und das meinte sie auch wirklich so.

Mit wenigen Worten teilte sie ihrem Freund und Chef die Ergebnisse ihrer Ermittlungen der letzten Nacht mit. "Ich lasse die Fotos noch entwickeln und schreibe meinen Bericht fertig. Dann rufe ich Frau Weingärtner an und vereinbare einen Termin für die Übergabe der Unterlagen. Der Job war wirklich einfach zu erledigen."

Sie tauschten noch ein paar Nettigkeiten aus, dann beendeten sie das Gespräch, und Petra wandte sich wieder der Arbeit zu. Um zehn Uhr erwartete sie den ersten Kunden, einen gewissen Volker Heilmann. Worum es ging, hatte ihr der Mann nicht am Telefon sagen wollen, sondern nur im persönlichen Gespräch.

Danach kam gegen elf noch eine Frau Gisela Wernet. Bei dieser lief es vermutlich ebenfalls auf eine Überwachung des Ehemannes heraus. Die Frau hatte am Telefon genau so geklungen, wie sie sich eine eifersüchtige, betrogene Ehefrau vorstellte.

Ansonsten lagen heute keine weiteren Termine an. Die Überwachungsobjekte waren im Moment alle abgeschlossen. Es gab zwar verschiedene feste Kunden, für die Detlev gelegentliche Kontrollen in ihren Läden durchführte. Er tätigte zum Beispiel Testkäufe, um zu sehen, ob die Verkäufer nicht in die eigene Tasche arbeiteten.

Auch verschiedene Lokale mit Aufträgen ähnlich dem im El Dorado standen in regelmäßigen Abständen auf Detlevs Terminkalender, aber das waren Jobs, bei denen sie sich die Zeit frei einteilen konnte. Im Schnitt hatte Detlev zwei Mal im Monat Kontrollen durchgeführt, und das würde auch sie so handhaben. Wann sie diese Kontrollen machte, war letztendlich ihre Sache. Ihre Kunden wollten nur einen monatlichen Bericht und Ergebnisse sehen.

Das hieß für sie im Klartext, diese Dinge stellte sie vorläufig einmal zwei Tage zurück. Erst würde sie diese neuen Kunden bedienen, danach war es schon wieder an der Zeit, Stefan Söhnke und die Kinder abzuholen. Der Nachmittag von fünfzehn bis etwa gegen neunzehn Uhr war ebenfalls mit Terminen der Kinder Söhnke verplant. Dazwischen würde ihr gerade genug Zeit bleiben, um irgendwo eine Pizza oder einen Burger zu essen.

Der morgige Freitag war ebenfalls zum großen Teil verplant. Morgens stand die klassische Fahrt zur Schule auf dem Programm, um dreizehn Uhr dann wieder Abholen der Kinder. Ab fünfzehn Uhr mußte sie sich bis neunzehn Uhr zur Verfügung halten. Was dann anlag, würde sich noch herausstellen, Chauffeurdienste, Schwimmbad- oder Spielplatzbesuch, Fußballplatz, alles war möglich und hing von Anna und Ben ab.

Außerdem wollte sie morgen unbedingt bei Detlev reinschauen und ihn ein bißchen aufmuntern. Er war wirklich nicht darum zu beneiden, mitten im Hochsommer bei dreißig Grad Hitze mit einem Gips bis zur Hüfte im Krankenhaus liegen zu müssen! Armer Detlev! Sie mußte sich morgen wirklich ein bißchen mehr Zeit für ihn nehmen!

Pünktlich um zehn Uhr klingelte es an der Eingangstür, und Petra betätigte den elektrischen Türöffner. Kurz danach stand ein mittelgroßer, untersetzter Mann mit beginnender Stirnglatze vor ihr im Büro und streckte ihr seine schweißnasse Hand entgegen.

"Volker Heilmann", stellte er sich vor. "Ich habe einen Termin mit Herrn Schön."

"Bedaure, Herr Schön ist leider unerwartet erkrankt, und ich mache seine Vertretung", erklärte Petra. "Aber bitte, Herr Heilmann, nehmen Sie doch Platz."

"Schade, schade", schüttelte der Mann enttäuscht den Kopf. "Ich hätte unbedingt für Samstag abend jemanden gebraucht. Und man hat mir Herrn Schön als sehr diskret empfohlen."

"Nun erzählen Sie mir doch erst einmal, worum es sich handelt. Vielleicht kann ich Ihnen ja doch weiterhelfen", ermunterte Petra den Mann, während sie dachte: "Mein Gott, was für ein widerlicher Mensch! Es gibt doch nichts Schlimmeres, als wenn ein Mann einen nassen Händedruck hat!" Dabei wischte sie sich unauffällig ihre rechte Hand am Hosenbein ab.

"Man hat mir erzählt, daß Herr Schön auch Begleitdienste macht. Wissen Sie, ich brauche keinen Privatdetektiv, sondern mehr so eine Art Leibwächter. Ich habe am Samstag eine Verabredung, zu der ich ungern alleine erscheinen möchte. Sie verstehen?"

"Natürlich." Petra verstand zwar immer noch nicht so ganz, wollte sich aber keine Blöße geben.

Ihr Gegenüber musterte sie nachdenklich. "Obwohl, wenn ich es mir recht überlege: Vielleicht wäre es gar nicht so schlecht, wenn ich in Begleitung einer Frau erscheinen würde. Das ist vielleicht unauffälliger, als mit einem Bodyguard anzukommen. Ich werde Ihnen die Angelegenheit kurz schildern: Ich habe am Samstag einen wichtigen Termin im Queens. Was ich möchte, ist, daß Sie mich begleiten und darauf achten, daß alles ordnungsgemäß abläuft."

"Wie soll ich das verstehen?" fragte Petra verwundert. Von wegen geschäftliche Verabredung! Beim Queens handelte es sich um einen stadtbekannten Nachtclub, in dem auch viele Damen des horizontalen Gewerbes verkehrten.

"Sie sollen dafür sorgen, daß ich dort ungestört bin. Es besteht die Möglichkeit, daß man mich überwachen läßt. Wie Sie vielleicht selbst wissen, ist es eine gängige Methode, Geschäftsleute auf diese Weise zu erpressen. Was ich von Ihnen erwarte, ist, daß Sie mich dorthin begleiten und mir den Rücken freihalten. Das heißt, aufpassen, daß ich nicht beobachtet werde, keine Fotografen oder so, das übliche halt. Verstehen Sie, was ich meine?"

Petra mußte an sich halten, um nicht laut herauszuprusten. "Sie meinen, ich soll vor dem Queens Wache schieben, daß dort nicht womöglich ein Kollege von mir im Auftrag Ihrer Konkurrenz steht?"

"Genau dies meine ich." Der Mann schien offensichtlich erleichtert, daß Petra den Sinn seines Besuches begriffen hatte. "Sie müssen verstehen, Diskretion ist für mich äußerst wichtig. Ich kann mir keinen Skandal leisten. Ich bin gerne bereit, mir dies etwas kosten zu lassen."

Nach wie vor mußte sich Petra zusammennehmen, die Sache erschien ihr wirklich absurd. Aber der Kunde war König! Und wenn dieser Kerl einhundertfünfzig Mark Stundensatz plus Spesen dafür akzeptierte, daß sie ihn zu seinem Puffbesuch begleitete, um seine weiße Weste zu schützen, na bitte! Dies war ein Job wie jeder andere auch, was soll's.

Nach ein paar Minuten waren alle Fragen geklärt, und das Geschäft war perfekt. Petra würde ihren Klienten am Samstag abend gegen zweiundzwanzig Uhr in der Stadt treffen und ihn auf seiner nächtlichen Tour begleiten. Mit ein paar letzten freundlichen Worten geleitete sie Volker Heilmann zur Tür und schüttelte ihm noch einmal die schweißtriefende Hand. "Also, bis Samstag, Herr Heilmann. Auf Wiedersehen."

Erleichtert schloß sie hinter dem Mann die Tür und wusch sich rasch die Hände. Wirklich ein unangenehmer Typ mit diesen feuchten Händen!

Eine Stunde später schloß Petra Neumann aufatmend die Tür hinter ihrem nächsten Besucher - besser gesagt ihrer Besucherin - und zündete sich erst einmal eine Zigarette an. Dieser zweite Termin hatte sich als ein Reinfall erwiesen.

Wie sie richtig vermutet hatte, handelte es sich bei Gisela Wernet um eine der typischen betrogenen Ehefrauen. Allerdings hätte sie wohl besser einen Termin bei einem Psychotherapeuten statt bei einer Detektei gemacht. Denn Gisela Wernet wollte eigentlich nur stundenlang reden und über ihren untreuen Ehemann schimpfen. Einen konkreten Überwachungsauftrag erteilen wollte sie letztendlich nicht, weil ihr das Honorar viel zu teuer erschien.

Mein Gott, wie sie solche Weiber haßte, dachte Petra und zog genüßlich an ihrer Zigarette. Diese Sorte Nur-Ehefrau, zu nichts nütze, als das Geld ihrer schwerarbeitenden Männer auszugeben! Gisela Wernet war ein besonders übles Exemplar dieser Gattung gewesen mit ihrem feisten Doppelkinn und dem verbissenen Zug um die Mundwinkel. Kein Wunder, daß ihr Ehemann vor diesem Anblick zu einer Jüngeren flüchtete!

Es hatte aller Überredungskunst bedurft, fast bis hin zur Unhöflichkeit, diese unangenehme, laute Frau wieder vor die Tür zu befördern.

"Was erwarten Sie eigentlich von mir?" hatte Petra schließlich geradeaus gefragt. "Ich bin doch keine Eheberaterin! Wir sind hier eine Detektei. Entweder wollen Sie mir einen Auftrag erteilen zur Überwachung Ihres Mannes, dann müssen Sie meine Stundensätze akzeptieren. Wenn nicht, dann sind Sie bei mir an der falschen Adresse. Einen schönen Tag wünsche ich Ihnen noch!" Damit hatte sie ihre Besucherin schließlich der Tür verwiesen.

Ein Blick auf die Uhr zeigte ihr, daß sie gerade noch ein paar Minuten Zeit hatte, bis sie Stefan Söhnke abholen und zur Schule fahren mußte. Sie nutzte die Zeit, um ihre Wimperntusche und den Lippenstift ein bißchen aufzufrischen. Ein neuer Klecks Gel in die Haare, ein bißchen kaltes Wasser ins Gesicht, das mußte reichen.

Sie stellte den Anrufbeantworter an und schloß sorgfältig die Bürotür hinter sich ab. Auf dem Weg nach unten suchte sie in ihrer Tasche den Autoschlüssel. "Ein schöner Anhänger!" dachte sie bei sich und betrachtete den schweren, ledernen Gegenstand mit dem unverkennbaren "A" in ihrer Hand. "Bei diesem Typ ist wirklich alles vom Feinsten!"

Mit einer Mischung aus Scheu und Bewunderung betrachtete sie den silbergrauen Wagen, der in den nächsten Tagen ihr Dienstfahrzeug sein würde. Dann schalt sie sich selbst eine Närrin und stieg kurzentschlossen ein. Was soll's! Auto war Auto! Sie würde sich doch von solchen Äußerlichkeiten nicht beeindrucken lassen!

Während sie die große Limousine umsichtig durch den dichten Stadtverkehr lenkte, konnte sie nicht verhindern, daß sich ihre Gedanken schon wieder mit Stefan Söhnke beschäftigten. Sie gab nicht viel auf bloße Äußerlichkeiten, aber dieser Mann imponierte ihr. Seine Umgebung, sein ganzes Auftreten flößten ihr großen Respekt ein. Zudem entsprach dieser Mann genau dem Idealbild ihres Traummannes, groß, sportlich, attraktiv, erfolgreich. Ein Mann, zu dem man als Frau bewundernd aufschauen konnte.

Sie mußte sich wirklich in acht nehmen, daß sie sich da nicht in etwas verrannte. Schließlich handelte es sich um eine rein geschäftliche Beziehung zwischen ihnen beiden, und Söhnke sah in ihr nur eine vorübergehende Angestellte zur Betreuung seiner Kinder.

Pünktlich um halb eins erreichte sie die Firma Söhnke Transporte. Dort wurde sie von der Vorzimmerdame mit einem freundlichen Lächeln begrüßt.

"Herr Söhnke telefoniert gerade. Er ist gleich soweit. Wenn Sie einen Augenblick warten möchten", teilte sie Petra mit, ohne ihr jedoch einen Platz anzubieten. Dies verwunderte Petra jedoch nicht weiter, schließlich war sie kein Kunde, sondern nur der Chauffeur.

Sie brauchte nicht lange zu warten. Wenige Augenblicke später erschien Stefan Söhnke in seiner Bürotür. "Da sind Sie ja schon", empfing er sie und wandte sich an seine Sekretärin: "Ich bin heute nachmittag außer Haus, Clarissa. Sollte etwas Besonderes sein, so können Sie mich im Auto oder auf dem Handy erreichen."

Dann drehte er sich wieder zu Petra: "Ich bin soweit. Es kann losgehen." Dabei schenkte er ihr wieder ein strahlendes Lächeln, das sie ungemein an eine Zahnpastareklame erinnerte.

Wie selbstverständlich nahm der große Mann auf dem Beifahrersitz Platz, so daß Petra nichts anderes übrigblieb, als sich wieder hinter das Steuer zu setzen. Klar, sie war unter anderem auch als Chauffeur engagiert, aber irgendwie machte sie die Anwesenheit von Stefan Söhnke neben ihr beklommen und unsicher. Sie spürte förmlich die Ausstrahlung, die von dem Mann neben ihr ausging und wie ihr eigener Körper darauf umgehend reagierte.

Während sie entschlossen den Motor anwarf, schimpfte sie insgeheim über sich selbst. Mein Gott, fast dreißig Jahre, und sie benahm sich immer noch wie eine dumme Gans, bloß weil ihr so ein Kerl gefiel! Wütend trat sie das Gaspedal durch, so daß die große Limousine einen gewaltigen Satz nach vorne machte.

"Langsam, langsam!" ermahnte Söhnke sie mit einem leichten Schmunzeln. "Sie haben da ganz schön viel PS unter dem Hintern, wohl einige mehr, als Sie sonst gewöhnt sind."

"Entschuldigung, Herr Söhnke", stammelte Petra verlegen und drosselte rasch das Tempo. "Es soll nicht wieder vorkommen." Daß ihr so etwas ausgerechnet jetzt auch noch passieren mußte!

Die nächsten Minuten verliefen in verhaltenem Schweigen, während sich Petra selbst zur Ruhe ermahnte und voll auf den Verkehr konzentrierte. Die Schule der beiden Kinder lag mitten im Zentrum der Stadt, so daß sie mehrere stark belebte Straßen durchfahren und überqueren mußte.

Trotz mehrerer roter Ampeln und einem kleinen Stau an einer Baustelle schafften sie es, zehn Minuten vor dem Klingelzeichen an der Schule zu sein und noch einen Parkplatz unmittelbar gegenüber dem Haupteingang zu ergattern.

"Die Kinder kommen immer zu dieser Türe heraus", informierte Stefan Söhnke sie. "Es gibt zwar noch einen Hinterausgang und zwei Seitenausgänge, aber sie wissen, daß sie immer an dieser Türe abgeholt werden und nicht alleine von hier aus nach Hause dürfen."

"Ist das eigentlich nicht manchmal sehr lästig für Ihre Kinder, immer abgeholt zu werden? Ich könnte mir vorstellen, daß sie deshalb vielleicht von ihren Schulkameraden aufgezogen werden", fragte Petra neugierig.

Stefan Söhnke nickte. "Natürlich. Es gibt immer Neider, die sich darüber die Mäuler zerreißen. Aber darauf kann ich keine Rücksicht nehmen. Die Sicherheit meiner Kinder geht mir über alles. Und in meiner Position hat man nicht nur Freunde, müssen Sie wissen. Geld kann sehr einsam machen.

Ich habe Ihnen ja erzählt, daß man vor einem Jahr bereits schon einmal versucht hat, die beiden zu entführen. Gott sei Dank konnte das damals noch rechtzeitig verhindert werden. Deshalb wünsche ich, daß sich Anna und Ben keine Minute ohne Überwachung außerhalb der Schule oder meines Hauses bewegen."

Ein Schatten überzog das Gesicht von Stefan Söhnke, ehe er fortfuhr: "Natürlich kommt es immer wieder vor, daß gerade Anna versucht, diese Anordnung zu umgehen, aber ich denke, später werden die beiden mir meine Vorsicht einmal danken, wenn sie groß genug sind, die Gefahren um sich herum zu erkennen."

Verlegen schaute Petra zu Söhnke hinüber. Fast tat es ihr leid, ihre Frage gestellt zu haben, denn sie merkte, daß er über dieses Thema nicht gerne sprach, doch sie wurde einer Antwort enthoben, denn in diesem Augenblick ertönte die Schulglocke, und die ersten Kinder strömten aus dem großen Tor heraus.

"Da kommen die beiden ja schon", rief sie erleichtert aus, froh, dem ernsten Gespräch entrinnen zu können. Sie stieg aus und ging dem Geschwisterpaar entgegen. "Hallo, ihr zwei", begrüßte sie die beiden in saloppem Ton. "Alles klar bei euch? Euer Vater wartet schon sehnsüchtig auf der anderen Straßenseite auf euch."

Sie überquerte mit den Kindern die Straße und achtete darauf, daß die beiden sich nach dem Einsteigen ordnungsgemäß anschnallten. Dann nahm sie selbst wieder hinter dem Steuer Platz und startete den schweren Wagen, sorgfältig darauf bedacht, beim Anfahren nicht wieder zu heftig aufs Gaspedal zu treten. Sie würde dem Mann an ihrer Seite nicht noch einmal Gelegenheit geben, sich über sie und ihre Fahrkünste lustig zu machen!

Da reger Verkehr herrschte, brauchte sie für die kurze Fahrt zu dem Anwesen von Stefan Söhnke fast eine halbe Stunde. Dort angekommen, fuhr sie durch das große Tor bis vor die Haustür. "Voilà, da wären wir", verkündete sie und schaltete den Motor ab. "Wann geht es weiter, Herr Söhnke? Um drei Uhr, wie vereinbart?" Die Zeit würde gerade noch reichen, um auf einen Sprung bei Detlev reinzuschauen.

Doch Stefan Söhnke schüttelte nur leise den Kopf. "Nicht so schnell, Frau Neumann. Ich würde vorschlagen, Sie essen heute bei uns zu Mittag, damit die Kinder sich besser an Sie gewöhnen. Oder haben Sie in Ihrer Mittagspause etwas Besseres vor?"

"Nein, nein." Petra schüttelte nahezu heftig den Kopf. "Nichts, was nicht auch bis heute abend Zeit hätte." Detlev würde eben noch ein paar Stunden auf ihren Besuch warten müssen, ein Essen mit so einem attraktiven Mann wie Stefan Söhnke würde sie sich nicht entgehen lassen!

Doch ihre Erwartungen wurden enttäuscht. Hatte sie gehofft, mit Stefan Söhnke und den beiden Kindern im trauten Familienrahmen speisen zu können, so wurde dieser geheime Wunschtraum bald zerschlagen. Nach einem kurzen Gespräch über die Schule zog sich Söhnke zu ihrem großen Bedauern mit einer Entschuldigung in sein Arbeitszimmer zurück. Er würde später eine Kleinigkeit zu sich nehmen.

Und sie, Petra, saß mit Anna und Ben allein an dem großen Holztisch im Eßzimmer und aß all die leckeren Sachen, die ihnen Frau Meyer vorsetzte. "Herr Söhnke ißt sehr selten mittags zu Hause", erklärte sie dabei. "Er ist in seiner Firma sehr eingespannt, so daß ihm am Tag die Muße fehlt. Er hat sich zwar jetzt wegen Anna und Ben ein paar Stunden freigenommen, aber er hat keine Ruhe, wenn er nicht ständig telefoniert und nach dem Rechten hört."

So sah sich Petra unverhofft der Tatsache gegenüber, daß sie mit zwei Kindern, die sie am Morgen zum ersten Mal kurz gesehen hatte, Konversation machen sollte. Na, das kann ja was werden, dachte sie bei sich und stöhnte innerlich auf. Ausgerechnet sie und Kindermädchen für zwei reiche Bälger spielen! Aber sie hatte diesen Job angenommen, und nun mußte sie halt das beste daraus machen.

Doch Anna kam ihr entgegen und half über das anfängliche verlegene Schweigen hinweg. "Petra", fragte sie mit vollem Mund und schaute sie mit großen Augen an, "unser Papa hat gesagt, du bist jetzt unser neuer Chauffeur und mußt auf uns aufpassen. Stimmt das?"

"Na klar", gab Petra zurück. "Warum fragst du das?" "Ich wundere mich nur", erklärte ihr die Zehnjährige. "Normalerweise machen doch nur Männer eine solche Arbeit, deshalb frage ich mich, wie du das als Frau machen willst, auf uns aufpassen? Das könnte doch auch gefährlich werden!"

"Traust du mir nicht zu, auf euch anständig aufzupassen?" fragte Petra. "Sehe ich so schwächlich aus?"

"Nein", erwiderte Anna verlegen. "Aber was machst du denn, wenn wirklich wieder so ein Kerl kommt und uns etwas Böses antun will?"

Verlegen suchte Petra den Blick der älteren Haushälterin, der besorgt auf den beiden Kindern lag und flehte lautlos um Hilfe. Doch diese lächelte nur und forderte sie mit einem Nicken auf, auf die Fragen des Mädchens einzugehen.

"Weißt du, Anna", setzte sie zu einer Erklärung an, "du darfst das nicht so eng sehen. Frauen können sich genauso gut zur Wehr setzen wie Männer, mitunter sogar noch besser. Wir haben halt andere Waffen zur Verfügung als die Männer, weißt du."

"Was zum Beispiel?" hakte Anna neugierig nach. "Was würdest du denn machen, wenn jemand wirklich versuchen würde, uns wieder zu entführen wie damals?"

"Ganz einfach. Ich würde den Kerl am Kragen packen und ihm so gehörig eine reintreten, daß dem das Hören und Sehen vergehen würde. Und dann würde ich ihm noch eine mit meinem Elektroschocker versetzen. Und wenn das alles nichts nützt, würde ich ihm noch eine gehörige Portion Deo in die Augen sprühen. Das setzt den stärksten Kerl außer Gefecht." Mit großen Augen sah der schmächtige Junge Petra an. "So was kannst du?" fragte er staunend. "Du bist doch nur eine Frau."

"Was heißt hier "nur"?" empörte Petra sich. "Wir Frauen sind viel stärker, als immer angenommen wurde. Mir soll nur einer in die Quere kommen, der kann sein blaues Wunder erleben! Ihr müßt wissen, ich habe einen Kursus in Selbstverteidigung für Frauen gemacht. Da lernt man ganz schön fiese Tricks."

Bewundernd blickte das Mädchen zu Petra hoch. "Das würde ich auch gerne können, Karate oder Judo, nicht nur dieses blöde Ballett und Turnen", schwärmte sie. "Und dann hätte ich auch gerne so kurze, rote Haare, wie du sie hast."

Petra lachte. "Das ist wirklich weiter nicht schwer, eine Schere, ein bißchen Farbe und Gel, das ist alles. Ich könnte mir aber vorstellen, daß ich dann mit deinem Papa Ärger kriege. Aber wenn du willst, zeige ich dir gerne eine paar von den Griffen, die ich kann."

"Würdest du das wirklich tun?" staunte Anna und sah sie bewundernd an.

"Na klar", gab Petra lächelnd zurück.

"Mir auch?" mischte sich der kleine Ben wieder in das Gespräch ein. "Zeigst du mir auch diese Griffe, damit ich alle fertigmachen kann, die mich ärgern?"

"Natürlich, dir auch", bestätigte ihm Petra mit ernster Miene. "Aber erst müssen wir fertigessen. Und außerdem habt ihr bestimmt noch ein paar Hausaufgaben auf. Danach sehen wir mal nach, was heute auf eurem Terminplan steht. Wir finden bestimmt ein bißchen Zeit, um euch eure erste Stunde in Selbstverteidigung zu erteilen."

"Heute mittag können wir machen, was wir möchten", erklärte Anna ihr bereitwillig. "Und wir möchten heute nicht ins Schwimmbad oder in den Zoo, wir möchten bei dir Selbstverteidigung lernen, basta."

Triumphierend schaute das Mädchen dabei um sich, gefaßt auf Widerspruch, aber Ben nickte nur ebenfalls begeistert, und Frau Meyer war gerade in die Küche gegangen und hatte das Gespräch nicht zu Ende verfolgt.

Petra seufzte innerlich erleichtert auf. Das Schlimmste war überstanden. Anna und Ben schienen sie zu akzeptieren. Das würde ihren Job gehörig erleichtern. Nur schade, daß Stefan Söhnke sich so rasch zurückgezogen hatte. Gerne hätte sie ein bißchen mit diesem faszinierenden Mann an einem Tisch gesessen und sich mit ihm unterhalten. Aber sie war für ihn eben nur die Frau, die seine Kinder chauffierte und auf sie aufpaßte, alle anderen Gedanken mußte sie sich rasch aus dem Kopf schlagen.

Als Petra Neumann an diesem Abend das Anwesen der Söhnkes verließ, wußte sie, daß das Eis gebrochen war. Anna und Ben vergötterten sie, weil sie ihnen ein paar Tricks gezeigt hatte, wie man sich lästige Angreifer vom Hals schaffen konnte. Mitten in ihre kleine Demonstration war Stefan Söhnke hereingeplatzt und hatte verblüfft beobachtet, wie der kleine Ben mit einem lauten Aufschrei auf das Kissen einboxte, welches Petra sich schützend vor den Leib hielt. "Los Ben, keine Scheu", hatte sie ihn dabei ermuntert. "Du darfst keine Angst haben! Schlag einfach so fest zu, wie du nur kannst! Da darfst einem Angreifer nie zeigen, daß du Angst hast, sondern mußt gleich selbst zum Angriff übergehen. Das ist immer die beste Chance, die man hat."

Dann erst hatte sie bemerkt, daß Söhnke sie bei ihrem Tun beobachtete und hatte errötend innegehalten. "Entschuldigen Sie, Herr Söhnke", hatte sie verlegen gestottert. "Ich wollte nicht... Ich wollte den Kindern nur ein paar Tricks zeigen, mehr nicht."

"Schon gut", hatte der Mann eingelenkt, während leiser Spott um seine grauen Augen spielte. "Ich freue mich, wenn Sie sich so rasch mit den Kindern anfreunden. Dann kann ich nächste Woche beruhigt meine Geschäftsreise antreten."

Da Petra bereits nach so kurzer Zeit mit Anna und Ben klarkam, hatte sich Stefan Söhnke kurzfristig dazu entschieden, am Nachmittag doch noch einmal ins Büro zu gehen.

Die junge Frau selbst hatte den Rest des Nachmittags mit den Kindern letztendlich im nahen Freibad verbracht und war mit den beiden so lange von der großen Wasserrutsche gerutscht, bis sie nur noch nach Luft gejapst hatte: "Bitte, ich kann nicht mehr! Laßt mich eine Pause machen."

Als sie die beiden schließlich kurz vor neunzehn Uhr wieder bei Frau Meyer abgeliefert hatte, hatten ihr die zwei zum Abschied freudig zugewinkt: "Tschüß, bis morgen, Petra." Und Petra hatte erleichtert zurückgewinkt. Das Zusammensein mit den Kindern war einfacher, als sie es sich vorgestellt hatte.

Beim Fahren mußte Petra laut gähnen. Sie merkte nun doch so langsam den fehlenden Schlaf der letzten Nacht! Aber ehe sie es sich gemütlich machen konnte, mußte sie unbedingt noch bei Detlev vorbeischauen. Sie hatte ein schlechtes Gewissen, weil sie im Moment so wenig Zeit für ihn hatte, aber das

Geschäft ging vor. Schließlich ging es ja dabei auch – oder vor allen Dingen - um seine eigene Existenz!

Vor dem Krankenhaus angekommen, warf sie noch schnell einen Blick in ihren Taschenspiegel und zupfte sich flüchtig die kurzen Haare in Form, dann betrat sie den großen, bedrohlichen wirkenden Bau.

"Hallo Detlev, mein Schatz. Wie geht es dir heute?" begrüßte sie ihren alten Freund und hauchte ihm einen kleinen Kuß auf die Wange.

"Petra, schön, daß du da bist", erwiderte dieser und verzog beim Sprechen das Gesicht vor Schmerzen. "Mit mir ist leider immer noch nicht viel mehr los. Das gottverdammte Bein tut ganz schön weh. Du kannst dir nicht vorstellen, wie schlimm das ist, den ganzen Tag hier im Bett zu liegen und darauf zu warten, daß wieder etwas passiert."

"Du Ärmster", bemitleidete ihn Petra. "Ich wollte, ich könnte etwas für dich tun, um dir die Schmerzen zu nehmen. Was sagen denn die Ärzte?"

"Die äußern sich kaum, du kennst das ja. Aber angeblich sind sie mit meinem Bein zufrieden, so wie es ist. Und die Schmerzen würden in den nächsten Tagen nachlassen. Das Schlimmste ist halt dieser Juckreiz...

Aber ich will dich nicht mit meinen Krankheitsgeschichten nerven. Erzähl mir lieber, wie läuft der neue Job? Und was gibt es sonst noch in meinem Laden? Hast du alles im Griff?"

In kurzen Worten schilderte Petra ihm ihren ungefähren Tagesablauf, nicht ohne auch die beiden Erstgespräche am Vormittag zu erwähnen.

"Sei nur vorsichtig mit diesem Heilmann", warnte Detlev sie, nachdem sie ihren Bericht abgeschlossen hatte. "Ich habe irgendwie ein komisches Gefühl mit dem Kerl. Solche Typen sind meistens nicht sauber."

"Ich werde schon auf mich aufpassen", versprach Petra ihm. "Und wenn der Kerl unverschämt wird, dann schmeiße ich den Job hin."

"Und wie ist dieser Söhnke?" hakte Detlev nach, dem nicht entgangen war, daß sich ihre Stimme beim Erzählen leicht gehoben hatte. "Der muß doch steinreich sein, der Kerl. Söhnke Transporte ist eine ganz bekannte Spedition."

Petra lächelte verlegen und warf den Kopf zurück. "Reich ist der bestimmt. Du hättest mal den Schlitten sehen sollen, den ich heute gefahren bin und das Haus! Fehlt nur noch, daß ich eine Chauffeurmütze anziehen muß!"

"Und?" fragte Detlev weiter.

"Was und?" gab Petra zurück.

"Was war sonst noch?"

"Nichts. Das war alles", erwiderte die junge Frau.

Detlev grinste sie trotz seiner Schmerzen schelmisch an. "Das kannst du deiner Großmutter erzählen, Petra. Ich sehe dir doch an, daß sonst noch etwas läuft. Nun spann mich nicht so auf die Folter! Was ist das für ein Kerl? Gefällt er dir?"

"Was heißt gefallen", druckste Petra errötend herum. "Dieser Söhnke ist halt irgendwie anders. Ich weiß nicht, wie ich das sagen soll. Er ist ... er ist einfach ein imponierender Mann, verstehst du. Einen solchen Mann trifft man nicht alle Tage."

"Du wirst dich doch nicht etwa verliebt haben, Petra?" Scherzend hob Detlev den Zeigefinger, doch dann wurde seine Miene wieder ernst. "Spaß beiseite, Petra. Egal, wie toll der Kerl aussieht oder wieviel Geld er hat, nimm dich in acht", warnte er sie. "Es taugt nie, wenn man mit Kunden etwas anfangen will. Und schon gar nicht mit so einem reichen Kunden. Das geht meistens daneben."

"Wer sagt, daß ich mit ihm etwas anfangen will?" empörte sich Petra, doch Detlev lachte sie nur breit an. "Na klar willst du etwas mit dem anfangen, das sehe ich dir doch an der Nasenspitze an! Aber glaube mir, Petra, so was geht in den seltensten Fällen gut. Paß auf dich auf, versprichst du mir das?"

"Okay Detlev, versprochen", lenkte Petra ein. "Ich werde schon aufpassen und keine unüberlegten Sachen machen. Aber ein bißchen schwärmen für den Kerl darf ich doch trotzdem, Boß, oder?"

In diesem Stil frotzelten die beiden noch ein Weilchen weiter, bis Petra merkte, daß es ihrem Freund immer schwerer fiel, sich auf das Gespräch zu konzentrieren; die Medikamente, die er gegen die Schmerzen verabreicht bekam, zeigten wieder ihre Wirkung.

Da auch sie nach der vergangenen Nacht rechtschaffen müde war, verabschiedete sie sich bald und fuhr auf direktem Weg zu Detlevs Wohnung, die im Moment auch ihr Domizil war. Sie war froh, heute etwas früher ins Bett zu kommen. Morgen früh um halb sieben würde der Wecker sie wieder umbarmherzig aus den Federn reißen.

Der Freitagmorgen begann genauso wie der Morgen zuvor: Um halb acht erschien Petra pünktlich vor dem Anwesen Söhnke und fuhr Anna und Ben in die Schule. Wie auch am Vortage saß Stefan Söhnke während der Fahrt neben ihr, was in ihrer Magengrube eine leichte Irritation auslöste, und ließ sich, nachdem die Kinder im Schulhaus waren, von ihr zu seiner Firma bringen.

"Das klappt ja sehr gut mit Anna und Ben, habe ich den Eindruck. Die beiden scheinen Sie zu mögen."

"Es ist wirklich nicht sehr schwer, mit ihnen auszukommen", erwiderte Petra. "Ihre Kinder sind sehr kontaktfreudig. Man merkt, daß sie den Umgang mit Fremden gewöhnt sind."

"Das stimmt. Seit meine Frau verstorben ist, habe ich immer einen Chauffeur für die Kinder gehabt und natürlich Frau Meyer. Aber die war schon vorher da."

Ein leichtes Schweigen breitete sich zwischen ihnen aus. Während Petra die schwere Limousine vorsichtig durch den dichten Morgenverkehr lenkte, spürte sie die prüfenden Blicke des Mannes. Sie versuchte, diesen Blick zu ignorieren, konnte aber nicht verhindern, daß sie leicht errötete.

Nach einer langen Pause fuhr Söhnke mit dem Sprechen fort: "Ich frage mich, was eine Frau wie Sie dazu bringt, sich in der Securitybranche zu betätigen."

"Wie meinen Sie das, eine Frau wie mich?" entgegnete Petra. "Sie wissen ja gar nicht, was ich für eine Frau bin." Womit sie schwer unrecht hatte, sie konnte ja nicht wissen, daß Stefan Söhnke seit dem gestrigen Morgen ein mehrseitiges Exposé über sie in seinem Schreibtisch eingeschlossen hatte und über jedes Detail in ihrer beruflichen und privaten Vergangenheit informiert war.

Söhnke schmunzelte leicht. "Ich denke, Sie sind so schwer nicht zu durchschauen. Ich würde darauf tippen, daß Sie irgendwann einmal in einem Büro gearbeitet haben, Ihnen dies aber zu eintönig war. Hinzu kamen vielleicht noch ein paar private Probleme, eine unglückliche Liebe oder so etwas. Da kam Ihnen dieser Job gerade gelegen."

Petra wurde es in ihrer Haut immer unbehaglicher. Wieso wußte Söhnke, daß sie erst kurze Zeit bei Detlev Schön tätig war? Dann mußte er ja auch wissen, daß sie keine ausreichende Erfahrung im Sicherheitsdienst und ihm etwas vorgeschwindelt hatte. Doch wieso wußte er das alles? Verstohlen schaute sie zu ihrem Beifahrer hinüber, konnte aber nicht verhindern, daß sie dabei seinem amüsierten Blick begegnete.

"Ich muß Ihnen wohl etwas erklären, Herr Söhnke", begann sie, während ihr die Röte immer mehr ins Gesicht stieg. "Ich kenne Herrn Schön schon seit vielen Jahren, deshalb war es für mich selbstverständlich, daß ich für ihn eingesprungen bin, als er erkrankte. Was meine Erfahrung in diesem Beruf angeht, so muß ich Ihnen gestehen..."

"Sie brauchen sich vor mir nicht zu rechtfertigen", unterbrach der Mann sie. "Ich habe gleich gemerkt, daß Sie keine Erfahrung in diesem Beruf haben. Aber die Kinder mögen Sie, und ich denke, Sie haben die nötige Zivilcourage, um im Notfall handeln zu können. Das ist manchmal mehr wert als alle Waffen- und Kampfsportausbildungen. Ich hoffe, Sie enttäuschen mich nicht."

"Ihr Vertrauen ehrt mich sehr, Herr Söhnke. Ich werde Sie nicht enttäuschen", stotterte Petra, deren Kopf inzwischen bereits die Farbe einer reifen Tomate angenommen hatte. Dieser attraktive Mann verwirrte sie mehr und mehr, und sie wußte gar nicht mehr, wie sie sich verhalten sollte, damit er ihre Verlegenheit nicht bemerkte.

Gott sei Dank hatten sie zwischenzeitlich die Rheinstraße erreicht und hielten nun vor der großen Lagerhalle an.

"Wann soll ich Sie abholen?" fragte Petra mit leicht zittriger Stimme.

"Um halb eins, wie gestern. Ich möchte heute noch einmal mit Ihnen gemeinsam die Kinder abholen. Ab Montag sind Sie dann auf sich alleine gestellt."

"In Ordnung. Also bis um halb eins", erwiderte Petra und fuhr los, erleichtert, Stefan Söhnke entronnen zu sein. Das Gespräch mit ihm hatte sie sehr angestrengt, und sie war froh, daß er ihr nicht kurzerhand den Auftrag entzogen hatte, den sie sich unter Vorspiegelung falscher Tatsachen erschwindelt hatte.

Auch seine körperliche Nähe hatte sie sehr irritiert. Jedes Mal spürte sie seine unglaubliche Anziehungskraft, und das war etwas, was sie im Moment am allerwenigsten gebrauchen konnte. Von Männern hatte sie erst einmal die Nase gründlich voll nach der herben Enttäuschung mit Martin. Und von einem Mann wie Stefan Söhnke hatte sie mit Sicherheit nichts zu erwarten.

Von der Rheinstraße aus fuhr Petra Neumann zuerst zu einem kleinen Fotolabor in der Innenstadt und gab dort den Film ab, den sie am Mittwochabend bei der Überwachung von Norbert Weingärtner verschossen hatte. Die Bilder würden in einer Stunde entwickelt sein, so daß es sich für sie nicht lohnte, ins Büro zu fahren. Daher suchte sie ein in der Nähe liegendes Café auf und bestellte sich dort ein großes Frühstück. Bei dem guten Verdienst, den sie bei Stefan Söhnke hatte, mußten solche Sonderausgaben ab und zu drin sein.

Während sie auf ihre Bestellung wartete, kramte Petra ihr Handy aus der Tasche hervor und wählte die Nummer von Elfriede Weingärtner. Nach kurzem Klingeln meldete sich diese.

"Frau Weingärtner?" fragte Petra und vergewisserte sich dabei noch einmal mit einem vorsichtigen Blick, daß sich niemand in ihrer Nähe befand, der zufällig das Gespräch mit anhören konnte. "Hier spricht das Büro Schön. Ich hätte da etwas für Sie. Wann können wir uns treffen?... In Ordnung, um elf Uhr in meinem Büro. Bis später." Damit unterbrach sie das Gespräch und steckte das Handy wieder in ihre große, schwarze Umhängetasche, die sie immer mit sich trug.

Wenige Augenblicke später brachte ihr eine unfreundliche, fast glatzköpfige Bedienung, die sie sehr an einen Geier aus einem dieser alten Western erinnerte, ihr Frühstück, und Petra machte sich hungrig über die Rühreier und die

Brötchen her. Im Cafe zu frühstücken war ein Luxus, den sie sich so gut wie nie gönnte, aber nach dem Zusammensein mit Stefan Söhnke brauchte sie etwas Handfestes, um wieder zu ihrem inneren Gleichgewicht zurückzufinden. Als sie auch den letzten Krümel vom Tablett vertilgt hatte, hatte sie noch immer eine halbe Stunde Zeit, bis die Fotos fertig waren. Also bestellte sie sich noch eine zweite Kanne Kaffee und widmete sich einer regionalen Tageszeitung, die zur freien Bedienung auf dem Tisch lag.

Nach kurzer Zeit ließ sie die Zeitung wieder sinken. Die Berichte über die Spendenaffäre, die seit Wochen die Schlagzeilen beherrschte, konnten sie heute ebenso wenig fesseln wie der Artikel über die letzte Aktion von Greenpeace, die wieder irgendwo eine Bahnstrecke lahmgelegt hatten, um Atomtransporte zu verhindern.

Die junge Frau spürte, daß das Blut in ihrem ganzen Körper pulsierte. Selbst das opulente Frühstück hatte nicht ausgereicht, um ihr Innerstes wieder zu beruhigen. "Petra, reiß dich zusammen!" schalt sie sich selbst aus. "Es gibt überhaupt keinen Grund, dich so aufzuführen! Okay, der Typ weiß, daß du noch nicht lange bei Detlev arbeitest. Aber er hat dich nicht hinausgeschmissen, also ist doch alles in Ordnung. Warum regst du dich also auf?"

Aber tief in ihrem Innersten wußte sie, daß sie sich gar nicht deshalb so aufgeregt hatte, sondern nur, weil dieser Stefan Söhnke scheinbar bis in ihr Innerstes schauen konnte und mit seiner Bemerkung über "private Probleme" und "eine unglückliche Liebe" den Nagel auf den Kopf getroffen hatte. Diese Worte hatten sie an ihre ganze Misere mit dem Supermarkt, mit Heribert Müller und mit Martin erinnert. Das eigentlich Schlimme für sie war jedoch nicht die Erinnerung an diese Demütigungen gewesen, sondern die Erkenntnis, daß ihr diese Dinge inzwischen viel weniger ausmachten, als sie geglaubt hatte und daß ihr Pulsschlag sich bei jedem Wort von Stefan Söhnke beschleunigte.

Und das war eine Entwicklung, die ihr überhaupt nicht zusagte. Sie hatte einen guten Job bei Söhnke, den sie ausführen wollte und damit basta. Alles andere taugte nichts, und es war am besten, gar nicht erst darüber nachzudenken. Aber warum mußte dieser Söhnke sie auch mit seinen graubraunen Augen immer so seltsam anschauen!

Entschlossen schüttelte Petra ihre Gedanken ab. Es hatte keinen Sinn, sich da schon wieder in etwas Neues, Aussichtsloses zu verrennen. Sie mußte sehen, daß sie ihren Job gut machte und Geld verdiente. Alles andere hatte sie im Moment nicht zu interessieren.

Da die Stunde Wartezeit vorbei war, zahlte sie rasch und begab sich zu dem Fotolabor. Ein prüfender Blick auf die entwickelten Fotos zeigte ihr, daß darauf Norbert Weingärtner mit seiner Freundin gestochen scharf zu sehen war. In Verbindung mit ihrem Bericht würde das Frau Weingärtner wohl genügen.

"Diese Unterlagen sind wirklich mehr als ausreichend", erklärte Elfriede Weingärtner wenig später, als sie ihr in Detlevs kleinem Büro gegenübersaß und die Fotos und den kurzen, sachlichen Bericht betrachtete. Die Frau wirkte dabei sehr gefaßt, wenn auch leicht betroffen. Zwar hatte sie schon lange den Verdacht gehabt, daß ihr Mann sie betrog, aber es war doch etwas anderes, nur einen Verdacht zu hegen, als die Beweise dafür in Händen zu halten.

"Ich danke Ihnen sehr für Ihre Bemühungen, Frau Neumann", erklärte sie und steckte die Unterlagen in ihre Tasche. "Dies sind genügend Beweise, um meinen Mann der Untreue zu überführen. Ich hatte also doch recht."

"Was werden Sie jetzt tun, Frau Weingärtner?" fragte Petra mitfühlend. Es war ihr unheimlich, wie gefaßt die gepflegte Mitfünfzigerin war, die ihr in einem teuren Seidenkleid gegenübersaß. Es mußte doch wirklich sehr schlimm für jemanden im Alter dieser Frau sein zu erkennen, daß sie von ihrem um bestimmt fünfzehn Jahre jüngeren Ehemann hintergangen worden war! Da nützte auch das ganze Geld nichts!

"Ich werde die Scheidung einreichen", erwiderte Elfriede Weingärtner mit harter Stimme. "Der Lump kommt mir so leicht nicht davon. Gott sei Dank habe ich damals auf meine Anwälte gehört und Gütertrennung vereinbart. Wenn ich mit Norbert fertig bin, dann gehört ihm nicht mehr als das, was er am Leibe trägt und was in einen Koffer hineinpaßt. So habe ich ihn damals kennengelernt, arm, ohne Wohnung, ohne Arbeit und ihn aufgebaut. Genauso soll er auch wieder enden, in der Gosse.

Es wird mir eine innere Genugtuung sein, diesen Lumpen fertigzumachen. Als allererstes werde ich ihn aus der Firma schmeißen und dann aus dem Haus. Außerdem verkaufe ich den BMW, an dem er so hängt. Der Wagen ist nämlich auf mich zugelassen. Danach werde ich dafür sorgen, daß er nirgends in dieser Stadt unterkommen wird, weder beruflich noch privat. Sie müssen wissen, ich habe großen Einfluß in dieser Stadt. Mir gehört das Kongreßhotel und mehrere große Geschäftshäuser in der Innenstadt. Der Lump wird noch den Tag verfluchen, an dem er mich kennengelernt hat."

Mit diesen Worten erhob sich Elfriede Weingärtner. "Aber ich will Ihnen nicht länger die Zeit stehlen. Sie haben doch bestimmt noch mehr zu tun, als dem Klagelied einer betrogenen Ehefrau zuzuhören. Schicken Sie mir Ihre Endrechnung zu, wie vereinbart. Ich werde Ihnen dann umgehend einen Scheck zukommen lassen. Auf Wiedersehen und einen schönen Tag noch." Mit diesen Worten rauschte sie aus dem Büro.

"Uff", sagte Petra und ließ sich in ihrem Schreibtischsessel – eigentlich gehörte er ja immer noch Detlev - zurücksinken. Mit dieser Frau Weingärtner war wirklich nicht gut Kirschen essen. Sie wollte jedenfalls nicht in der Haut von Norbert Weingärtner stecken!

Ein Blick in den Terminkalender zeigte ihr, daß sonst weiter nichts anlag. Ihr blieb noch eine halbe Stunde, ehe sie sich wieder auf den Weg machen mußte, um erst Stefan Söhnke und danach die Kinder abzuholen. Der Nachmittag war ebenfalls mit den Kindern verplant bis gegen neunzehn Uhr. Was sie daran anschließend unternehmen würde, mußte sich zeigen.

Früher war kein Freitagabend vergangen, an dem Petra nicht losgezogen war mit Martin und seiner Clique, aber im Moment stand ihr noch nicht der Sinn danach, allein wegzugehen. Vorher hatte sie abends Detlev gehabt zum Quatschen, aber nachdem dieser nun im Krankenhaus lag, fürchtete sie sich vor den einsamen Abenden in der leeren Wohnung. Sie würde sich etwas einfallen lassen müssen.

Als die junge Frau pünktlich um halb eins in der Rheinstraße vorfuhr, wartete Stefan Söhnke bereits vor der Lagerhalle auf sie und hob zur Begrüßung kurz die Hand. Er stieg ein, und sie fuhren los.

Mit keinem Wort erwähnte der Mann ihr Gespräch vom Morgen, wofür Petra ihm sehr dankbar war. Ihr war es peinlich gegenüber Söhnke, über sich selbst und ihre Vergangenheit zu sprechen, und sie genoß daher die schweigende Fahrt zur Schule.

Erst als sie vor dem großen Betonklotz angekommen waren und Anna und Ben bereits im Fond saßen, wandte Stefan Söhnke das erste Mal wieder das Wort an sie: "Freitags gehen die Kinder und ich meistens nach der Schule Pizza essen, weil Frau Meyer ihren freien Nachmittag hat. Ich hoffe, Sie haben nicht schon was anderes vor, sondern schließen sich uns an, Frau Neumann."

"Danke gerne, Herr Söhnke", erwiderte Petra, wobei sie sich auf die Lippe biß, damit sie nicht vor Freude laut aufjauchzte. Eine Einladung zum gemeinsamen Mittagessen! Auch wenn sie sich keine Illusionen machte über Stefan Söhnke, so würde sie doch diese Gelegenheit zu einem gemütlichen Zusammensein genießen.

Und so fuhren sie dann zu einem bekannten italienischen Restaurant am Ende der Stadt. Dort wurden sie mit großem Hallo begrüßt – die Familie Söhnke war scheinbar ein Dauergast dort - und zu einem schönen Fenstertisch geführt.

Die Mahlzeit verlief in einer harmonischen Atmosphäre. Dank der Anwesenheit der beiden Kinder kam keine Langeweile auf, denn die beiden hatten ständig etwas zu bereden, zu fragen oder zu zanken. Es blieb keine Gelegenheit für ein privates Gespräch, was Petra mit Bedauern feststellte.

Ehe sie es sich versahen, hatten sie bezahlt und standen wieder auf der Straße. "Und was nun?" fragte Ben neugierig. "Was unternehmen wir jetzt, Papa?"

"Das müßt ihr Frau Neumann fragen. Ich muß leider wieder zurück ins Büro", erklärte Stefan Söhnke und hob bedauernd die Schultern. "Ihr wißt, die Arbeit geht vor."

Die Kinder zogen zwar lange Gesichter, aber sie akzeptierten die Worte ihres Vaters. Sie waren es gewöhnt, ständig von fremden Menschen umgeben zu sein, die auf sie aufpaßten, da ihr Vater oft beruflich unterwegs war.

Also stiegen sie alle in den Mercedes ein, die Kinder wieder hinten, Stefan Söhnke auf dem Beifahrersitz und Petra hinter dem Steuer. Wenig später erreichten sie die Rheinstraße und setzten dort Söhnke ab. "Wann soll ich Sie abholen?" fragte Petra, doch der große Mann winkte lächelnd ab. "Danke, es wird bei mir heute später. Ich lasse mich von meiner Sekretärin nach Hause bringen oder nehme mir ein Taxi. Kümmern Sie sich nur um die Kinder."

Zu Anna und Ben gewandt fuhr er fort: "Unternehmt was Schönes mit Frau Neumann. Frau Meyer erwartet euch gegen neunzehn Uhr zurück. Viel Spaß!"

Damit wandte er sich zum Gehen. Doch nach wenigen Schritten drehte er sich noch einmal um und rief: "Ach ja, ehe ich es vergesse, Frau Neumann. Wenn Sie am Sonntag nichts Besseres vorhaben, vielleicht könnten wir uns dann auf ein Glas treffen und noch einmal alles besprechen für nächste Woche. Sagen wir gegen acht bei mir?"

Petra konnte nur heftig nicken, während ihr schon wieder die Röte ins Gesicht schoß.

Der Mann nahm ihr Nicken als Zustimmung an und sagte: "In Ordnung, also dann bis Sonntag."

Verblüfft blickte Petra der hochgewachsenen Gestalt Ihres Auftraggebers hinterher, bis dieser nicht mehr zu sehen war. "Bis Sonntag", wiederholte sie in Gedanken, doch ihr blieb nicht lange Zeit zur Muße, denn aus dem Fond ertönte die durchdringende Stimme von Ben, der seinen Vater nachäffte: "Unternehmt was Schönes mit Frau Neumann. Der hat gut reden! Was sollen wir denn schon Großes unternehmen?"

"Was würdest du denn gerne machen, Ben?" erwiderte die junge Frau und blickte den Jungen fragend an. "Meckern kann jeder. Schlag' doch erst einmal selbst etwas vor!"

"Ich weiß nicht", kam die verlegene Antwort von der Rückbank. "Darf ich mir wünschen, was ich möchte?"

"Klar."

"Dann wünsche ich mir, daß du mit uns ins Kino gehst, obwohl schönes Wetter ist."

Was hat Kinogehen mit schönem Wetter zu tun?" fragte Petra verblüfft.

Anna klärte sie auf: "Frau Meyer sagt immer, bei Sonnenschein geht man nicht ins Kino, sondern lieber raus an die frische Luft. Aber bis es dann wieder regnet, laufen die guten Filme nicht mehr, die wir sehen wollen."

"In welchen Film wollt ihr denn gehen?" forschte Petra nach.

"Star Wars", erscholl es aus zwei Mündern gleichzeitig.

"Dann werde ich euch mal etwas sagen", erklärte Petra, "ich weiß nichts von einem Kinoverbot bei Sonnenschein. Also werden wir jetzt gemeinsam in die Stadt fahren und uns Star Wars ansehen. Aber nur unter der Bedingung, daß es Popcorn gibt. Denn das gehört zum Kino dazu, finde ich. Und danach setzen wir uns ein bißchen auf die Promenade und essen Eis. Dann kriegt ihr doch dort ausreichend frische Luft, finde ich. Wie wäre das?"

Petras Vorschlag wurde unter großem Jubel einstimmig angenommen.

Als die junge Frau an diesem Abend gegen neunzehn Uhr die Geschwister im Kohlweg bei Frau Meyer ablieferte, hatte sie endgültig zwei neue Freunde gewonnen, wie ihr die strahlenden Gesichter der beiden bewiesen.

"Verratet mich nicht", erklärte Petra und legte den Finger bedeutungsvoll auf ihre Lippen. "Bis Montag dann, um halb acht. Tschüß, ihr zwei."

"Tschüß, Petra", erwiderten die Kinder, und Anna fügte hinzu: "Danke, es war wirklich ein schöner Nachmittag."

Mit einem kurzen Nicken in ihre Richtung nahm die Haushälterin die beiden in Empfang. "Na, habt ihr einen schönen Nachmittag verbracht?" fragte sie und wandte sich, ohne eine Antwort abzuwarten, an Petra: "Ich hoffe, es hat alles gut geklappt, und die Kinder haben sich gut benommen."

Petra lächelte zurück: "Kein Problem. Anna und Ben sind sehr brav und hören gut auf mich. Ich denke, ich werde mit ihnen prima klarkommen. Also dann, bis Montag morgen um halb acht. Tschüß." Damit überreichte sie der älteren Frau die Mercedesschlüssel und wandte sich zum Gehen.

Ihr kleiner Peugeot stand unscheinbar auf dem großen Parkplatz vor der Tür. Dennoch freute sich Petra, wieder hinter dem gewohnten Steuer zu sitzen. Es war zwar ganz schön beeindruckend, einen dicken Mercedes zu fahren, aber letztendlich paßte ihr alter Peugeot entschieden besser zu ihr.

Petra überlegte. Es war erst kurz nach sieben. Was sollte sie mit dem angebrochenen Abend anfangen? Zwar war bei dem schönen Wetter der Marktplatz, ein zentraler Flecken im Stadtzentrum, um den sich die besten Kneipen groupierten, voll von Sonnenhungrigen, die draußen saßen und ihr Bier oder ihren Wein tranken, doch Petra gelüstete es an diesem Abend nicht nach Smalltalk mit fremden Männern, die versuchten, sie anzumachen. Nach Hause wollte sie auch noch nicht so früh. So entschied sie sich schließlich dafür, Detlev im Krankenhaus aufzusuchen, der sich bestimmt über ihren Besuch freuen würde.

Zwei Stunden später schloß Petra die Wohnungstür auf und schleuderte mit einem Seufzer der Erleichterung die Schuhe in die Ecke. Sie hatte sich für ihren Job bei der Familie Söhnke in ein dunkles Leinenkostüm gezwängt, mit passenden Pumps dazu, und nach der Hitze heute fühlten sich ihre Beine und Füße bleischwer an.

Sie war das frühe Aufstehen nicht gewöhnt. Halb sieben war doch eine gute Stunde früher als zu der Zeit, als sie noch im Supermarkt gearbeitet hatte. Ein warmes Bad würde ihr jetzt guttun. Danach würde sie es sich vor dem Fernseher bei einer Flasche Cremant gemütlich machen. Freitagabends lief eigentlich immer gutes Programm, und das war heute genau das Richtige für sie: alleine trinken und sich dabei einen sentimentalen Film anschauen.

Petra stöhnte wohlig, als sie sich in das dampfende Schaumbad sinken ließ. Für ein schönes Bad konnten ihr alle Bernhards, Martins und Stefans der ganzen Welt gestohlen bleiben. Erschöpft ließ sie sich zurücksinken und schloß die Augen.

Der neue Job nahm sie doch mehr mit, als sie angenommen hatte. Erst das unangenehme Gespräch mit Frau Weingärtner, dann der lange Nachmittag mit Anna und Ben. Das waren ungewohnte Betätigungen für sie. Die beiden waren zwar sehr nett und wohlerzogen, aber dennoch empfand sie es als sehr anstrengend, den ganzen Mittag von zwei Kindern umgeben zu sein, für die sie die Verantwortung trug. Wenn auch nur für eine Woche.

"Schade!" dachte sie und räkelte sich in dem duftenden Schaum. "Ich könnte es noch etwas länger in der Nähe von Stefan Söhnke aushalten. Aber vielleicht ist es auch besser so, statt mich wieder in etwas Aussichtsloses zu verrennen."

Mitten in ihren Träumereien hörte sie das Telefon läuten, aber sie war zu faul, sich aus der Badewanne zu erheben. Wenn jemand etwas von ihr wollte, so konnte er es ja später wieder versuchen oder auf den Anrufbeantworter sprechen.

Als sie jedoch die zaghafte Stimme auf dem Anrufbeantworter als die ihrer ehemaligen Freundin Jutta Wolf erkannte, horchte sie auf: "Hallo Petra. Hier spricht Jutta. Schade, daß du nicht da bist. Ich wollte dir nur sagen, es tut mir leid wegen Martin. Ich wollte dich nicht verletzen, mußt du wissen. Können wir uns nicht treffen und über alles in Ruhe reden?... Bitte rufe mich an..."
Mit einem Satz hechtete Petra aus der Badewanne und auf das Telefon zu. Sie riß den Hörer von der Gabel und brüllte hinein: "Du falsche Schlange, du! Das hättest du dir vorher überlegen sollen, ob du mich verletzt, nicht erst, nachdem du mit meinem Freund bereits im Bett warst! Ich wüßte nicht, was wir jetzt noch zu bereden haben sollten!"
Damit warf sie den Hörer wieder schwungvoll auf die Gabel und ging ins Bad zurück. Doch der Sinn stand ihr nun nicht mehr danach, das gemütliche Bad fortzusetzen. Zu sehr hatte dieser Anruf sie wieder an ihre ganze Misere erinnert. Hätte sie Jutta nicht mit Martin im Bett erwischt, so wäre sie heute noch mit Martin zusammen und bräuchte sich keine Gedanken darum zu machen, wie sie ihr Wochenende verbringen sollte.
Mit finsterer Miene rubbelte sie ihre kurzen, roten Stoppeln trocken und betrachtete sich prüfend im Spiegel. Sie wurde auch nicht jünger, mußte sie sich eingestehen. Von Tag zu Tag entdeckte sie neue kleine Falten an sich, die bezeugten, daß sie in diesem Jahr dreißig wurde. Welch furchtbarer Gedanke! Dreißig Jahre und nichts erreicht im Leben außer zwei verkorksten Beziehungen! Nicht einmal einen anständigen Beruf hatte sie gelernt, sonst würde sie heute nicht so dastehen!
Aber das ganze Lamentieren nützte nichts, es war zu spät. "Petra, daran bist du selber schuld. Du fällst halt immer auf die falschen Kerle rein und hast es deshalb nicht besser verdient. Darum brauchst du dich jetzt auch nicht zu beschweren!"
Mit bloßen Füßen tapste sie zum Kühlschrank und sichtete die Vorräte, die Detlev dort liegen hatte. Detlev gehörte zu den Männern, die gerne gut essen und trinken. Dementsprechend war sein Kühlschrank bestückt. Von Thunfisch in Dosen bis zu Gänseleber und diversen Weinen war alles da. Entschlossen griff Petra nach einer Flasche Cremant und einem Stück Käse. Wegen dieser blöden Jutta, die sich früher einmal ihre beste Freundin geschimpft hatte, würde sie sich auf jeden Fall nicht die Laune vermiesen lassen! Sie würde sich jetzt einen schönen, gemütlichen Abend alleine machen. Morgen würde sie dann weitersehen.

Am nächsten Morgen erwachte Petra erst am späten Vormittag. Ihr dröhnender Kopf erinnerte sie daran, daß der ersten Flasche Cremant noch eine weitere gefolgt war, in der sich jetzt nur noch etwa die Hälfte befand. Mühsam schwang sie sich aus dem Bett und schlurfte ins Bad.

Ein kurzer Blick in den Spiegel reichte, um sie aufstöhnen zu lassen. Mein Gott, wie sie wieder aussah! Wirklich wie eine Dreißigjährige und keinen einzigen Tag jünger! Sie konnte es sich einfach nicht mehr erlauben, zu viel zu trinken oder zu spät ins Bett zu kommen, ihre Haut verriet sie sofort.

"Petra, so geht das wirklich nicht weiter mir dir!" sagte sie sich selbst, als sie unter der Dusche stand und den warmen Strahl genüßlich über ihren Körper prasseln ließ. "Hör' auf zu saufen, sonst schaut dich bald kein Mann mehr von hinten an!" Sie duschte ausgiebig und zwang sich hinterher, lange unter dem eiskalten Strahl zu stehen, um auch die letzte Müdigkeit aus ihren Knochen zu vertreiben.

Zwar hatte sie heute am Tag keine Termine, aber sie wollte ins Büro gehen, nach der Post sehen, die Rechnung für Frau Weingärtner fertigmachen und noch ein paar andere Kleinigkeiten. Außerdem war Hausputz und Waschtag angesagt, denn so langsam leerte sich ihr Schrank immer mehr, und sie tat sich schwer, noch etwas Sauberes zum Anziehen zu finden. Und für heute abend brauchte sie anständige Sachen, wenn sie diesen Heilmann ins Queens begleiten sollte. Außerdem hatte sie ja für den morgigen Abend noch die Einladung bei Stefan Söhnke, bei der sie auf jedem Fall vorteilhaft aussehen wollte.

Nach der Dusche und zwei Tassen starken Kaffees ging es Petra so weit besser, daß sie sich anziehen konnte. Nichts besonderes, einfache schwarze Leggins und ein pinkfarbenes, bauchfreies Oberteil, aber für einen Tag ohne Kundentermine reichte diese Kleidung auf jedem Fall. Auch auf Schminke verzichtete sie heute, ein bißchen Mascara, ein Hauch von Lippenstift, mehr war nicht nötig, um vor dem Spiegel zu bestehen. Sie mußte halt ihren alten Trick anwenden, den sie früher immer benutzt hatte, wenn es abends mal wieder besonders spät geworden war: zwar in den Spiegel schauen, aber immer auf mindestens einen Meter Abstand.

Nach einiger Überwindung entschied sie sich dazu, zuerst einmal die Wohnung aufzuräumen und die Waschmaschine anzuwerfen. Auch etwas Wäsche von Detlev aus dem Krankenhaus lag da und mußte gewaschen werden. Sie mußte heute unbedingt bei ihm vorbeischauen und ihm ein paar frische Sachen mitbringen, nahm sich Petra vor, während sie lustlos das Bad putzte und das Geschirr der letzten paar Tage in die Maschine steckte.

Nach zwei Stunden sah die Wohnung wieder ein bißchen besser aus. Zwar konnte sie nach wie vor nicht mit der klinischen Sauberkeit konkurrieren, die früher bei ihrer Mutter zu Hause geherrscht hatte – Gott habe sie selig -, aber das war noch nie ihr Bestreben gewesen. Der Sinn des Lebens war für Petra wirklich ein anderer, als tagaus, tagein Böden zu schrubben und alles perfekt zu haben. Für wen denn auch? Sie warf sich rasch eine Handvoll Wasser ins Gesicht, um sich wieder abzukühlen. Es herrschte heute wirklich eine unerträgliche Hitze! Dann packte sie eine Tasche für Detlev und fuhr auf geradem Weg ins Städtische Krankenhaus. Die Arbeit im Büro konnte noch ein Weilchen warten; der kranke Freund hatte jetzt wirklich Vorrang.

"Heute siehst du viel besser aus", stellte die junge Frau erleichtert fest, während sie die Sachen in den Schrank räumte und die schmutzigen Kleidungsstücke in die große Sporttasche steckte, die sie dabei hatte.

"Es geht mir auch besser", erwiderte Detlev. "Das Bein tut lange nicht mehr so weh. Aber die sagen, ich müßte noch zwei Wochen hierbleiben, kannst du dir das vorstellen! Ich weiß gar nicht, wie ich das so aushalten soll! Und danach werde ich noch wochenlang mit Krücken gehen müssen wegen dem Gips. Hast du schon einmal einen Privatdetektiv mit Krücken gesehen?!"

"Nein", lachte Petra belustigt auf. "Und einen Bodyguard noch weniger. Es sei denn, du würdest deine Krücken als Waffe einsetzen."

"Du hast gut spotten! Du mußt ja nicht hier liegen und das alles mitmachen." Beleidigt verzog Detlev das Gesicht. "Du bist mir eine schöne Freundin! Ich denke, Freunde sind dazu da, um einen moralisch aufzurichten und nicht, um auf einen noch zusätzlich einzuprügeln." Aber sein Gesicht zeigte, daß er den Spott nicht ernst nahm.

"Aber nun zum Geschäft", fuhr er fort. "Wie läuft es mit deinem Wunderknaben?"

Petra spürte, wie sie bis unter die Haarwurzeln errötete. "Alles in bester Ordnung", erklärte sie mit möglichst unbefangener Stimme. "Ich verstehe mich gut mit den beiden Kindern, und Herr Söhnke hat volles Vertrauen zu mir. Ich denke, das Ganze ist nächste Woche ein Klacks für mich."

"Gut", nickte Detlev. "Ich habe zwischenzeitlich ein paar Erkundigungen eingezogen. Söhnke Transporte scheint ja eine sehr renommierte, große Firma zu sein, mit vielen Kontakten weltweit. Was ich so gehört habe, ist dieser Söhnke ein steinreicher Mann. – Und auch nicht gerade unattraktiv, wenn man meiner Quelle glauben schenken darf...", fügte er grinsend hinzu.

Empört richtete Petra sich zu ihrer vollen Größe auf. "Was soll das? Traust du mir nicht zu, auf mich selbst aufzupassen? Mußt du meinen Kunden hinterherspionieren?"

"Quatsch!" versuchte Detlev, sie zu beruhigen. "Ich hole prinzipiell Informationen über meine großen Kunden ein. Ich weiß immer gerne, mit wem ich es zu tun habe."

Schlagartig wurde sein Gesichtsausdruck ernst, und er fuhr mit veränderter Stimme fort: "Paß auf dich auf, Petra. Ich mache mir Sorgen um dich. Ich habe mich auch über diesen Volker Heilmann erkundigt. Er ist ein sehr erfolgreicher Bauunternehmer, aber stadtbekannt für seine Vorliebe für das Nachtleben und seine Gewalttätigkeit. Ich bitte dich, nimm dich vor dem Mann in acht!"

"Keine Sorge, Detlev", erklärte Petra. "Ich werde schon auf mich aufpassen. Außerdem habe ich für alle Fälle immer meinen Elektroschocker dabei. Ich soll den Kerl ja nur ins Queens begleiten und die Augen offenhalten, wenn er sich dort vergnügt. Was soll mir da schon groß passieren? Und wenn der Kerl mir zu blöde kommt, dann lasse ich ihn stehen und fahre nach Hause. Also wirklich kein Grund zur Besorgnis, glaube mir, Detlev. Ich bin schließlich ein großes Mädchen."

"Okay, Petra, tu, was du für richtig hälst", lenkte der Mann im Krankenbett ein, konnte aber nicht verhindern, daß in ihm eine leichte Beunruhigung zurückblieb. In seinem Beruf hatten viele Dinge mit Intuition und Vorausahnung zu tun, und bei diesem Heilmann hatte er einfach ein ungutes Gefühl.

Sie gingen noch verschiedene andere Klienten durch, die die junge Frau an seiner Statt betreuen sollte. Dabei handelte es sich aber zumeist um kleinere Angelegenheiten, die wenig Zeit und wenig Risikobereitschaft verlangten, Routinedinge, die sie irgendwann dazwischen einmal erledigen konnte.

Als sie alles besprochen hatten, warf Petra einem Blick auf die Uhr. "Meine Güte, schon so spät!" rief sie erschrocken aus. "Ich will unbedingt noch im Büro vorbeischauen und ein paar Sachen erledigen. Ich muß mich beeilen."

Mit ein paar letzten freundschaftlichen Worten und einem Kuß auf die Wange verabschiedete sie sich von Detlev Schön und verließ eilends das Krankenhaus.

In dem kleinen Büro angekommen, ließ sie sich mit einem Seufzer in den bequemen Chefsessel hinter dem Schreibtisch sinken und griff nach der Schere, um die wenigen Briefe, die sie aus dem Briefkasten genommen hatte, zu öffnen. Außer Werbung und ein paar Rechnungen war nichts weiter Wichtiges dabei, stellte sie mit geübtem Blick fest und legte die Briefe beiseite. Die hatten Zeit bis nächste Woche. Wichtiger war es jetzt, sich um die erledigten Akten zu kümmern und die Rechnungen zu schreiben, damit Geld hereinkam.

Sie war ganz in ihre Arbeit vertieft, Stunden auszurechnen, Spesenquittungen zu addieren und saubere, kleine Tabellen anzulegen, um für jeden Fall alle

Kosten zu erfassen, als unvermittelt das Telefon klingelte. Petra erschrak, denn in dem leeren Büro kam ihr das Klingeln laut und bedrohlich vor. Entschlossen griff sie zum Hörer und meldete sich mit betont forscher Stimme: "Büro Schön. Neumann am Apparat."

"Hallo, hier spricht Heilmann", erklang die Stimme ihres Kunden am Ende der Leitung. "Ich wollte Sie nur noch einmal an unsere Verabredung heute abend erinnern: zweiundzwanzig Uhr vor dem Theater."

"Natürlich, Herr Heilmann", erwiderte Petra, wobei ein Schauer der Unbehaglichkeit über ihren Rücken strich. Detlevs besorgte Worte waren an ihr nicht ohne Wirkung vorbeigegangen.

Zweiundzwanzig Uhr, wie vereinbart. Ich fahre einen kleinen, blauen Peugeot. Bis heute abend."

Verdrossen hängte sie den Hörer ein. Hoffentlich war es kein Fehler gewesen, diesen Job anzunehmen! Irgendwie hatten sich die Bedenken von Detlev auch auf sie übertragen. Aber was sollte schon groß passieren! Heilmann wollte sich im Puff vergnügen und sicher sein, daß er dabei nicht beobachtet wurde. Das war ja weiter kein Problem für sie, ihre Umgebung im Auge zu behalten!

Sie wandte sich wieder dem Aktenstapel zu, der vor ihr auf dem Schreibtisch lag. "Norbert Weingärtner", las sie laut vor. Das war auch so eine Geschichte gewesen. Heilmann mit seinen schweißnassen Händen war ihr auf Anhieb unsympathisch gewesen, aber dieser grobschlächtige Weingärtner war auch nicht besser. Gut, daß der Fall erledigt war und sie mit diesem Kerl nichts mehr zu tun hatte!

Wieder klingelte das Telefon, aber es war nur eine ältere Dame, die sich verwählt hatte.

Um nicht noch einmal in ihrer Arbeit gestört zu werden, schaltete Petra den Anrufbeantworter ein. Sollte anrufen, wer wollte, es war Samstag, und das Büro war offiziell geschlossen!

Es war schon gegen sieben Uhr, als sie alle wichtigen Arbeiten erledigt hatte. Mit einem letzten Blick durch das kleine Büro, das sie in den letzten Wochen so liebengelernt hatte, schloß Petra die Tür ab und machte sich auf den Heimweg. Sie hatte den ganzen Tag noch nichts zu sich genommen außer dem Kaffee am Morgen, und ihr Magen rebellierte langsam. Sie würde sich einen schönen Flammkuchen in den Ofen schieben und sich danach eine große Walnußeistüte genehmigen – ein Luxus, den sie sich ab und zu an der Tankstelle leistete -. Danach blieb ihr noch ein bißchen Zeit zum Ausruhen, bevor sie sich für ihre Verabredung mit Volker Heilmann fertigmachen mußte.

Die Kirchturmuhr schlug gerade zehn Uhr, als Petra Neumann mit ihrem Wagen vor dem Staatstheater eintraf und auf dem Seitenstreifen der belebten Straße parkte. Sie hatte sich zu diesem Termin in eine schwarze Satinhose und ein schwarzes Seidenoberteil gezwängt, das mehr zeigte, als es verbarg. Dazu trug sie eine leichte, weiße Leinenjacke und hohe, schwarze Pumps. Sie wollte nicht auffallen im Queens, sondern sich möglichst den Gepflogenheiten des Lokals anpassen.

Volker Heilmann erwartete sie bereits unter einem Baum und trat auf sie zu, kaum daß sie ausgestiegen war.

"Da sind Sie ja, Frau Neumann", sagte er und streckte ihr seine Rechte entgegen, die Petra mit einigem Widerwillen drückte. Schweißnaß wie immer, stellte sie dabei angewidert fest. Sie würde sich nachher im Queens gründlich die Hände waschen müssen!

"Hallo, Herr Heilmann", erwiderte sie und zwang sich zu einem freundlichen Lächeln. Schließlich handelte es sich bei ihrem Gegenüber um einen zahlungskräftigen Kunden. "Fahren wir gleich los?"

"Ja, ja, natürlich", antwortete dieser mit einem unruhigen Ausdruck auf dem Gesicht. "Ich möchte nicht, daß ich hier womöglich von jemandem erkannt werde."

"Kein Grund zur Aufregung, Herr Heilmann", beruhigte Petra den Mann. "Es ist ja schließlich nichts dabei, wenn Sie mit einer potentiellen Kundin am Samstag abend verabredet sind." Diese Erklärung hatten sie bei ihrem ersten Gespräch vereinbart, für den Fall, daß sie auf Bekannte von Herrn Heilmann treffen sollten.

"Natürlich, natürlich. Aber in meiner Position..."

Oh mein Gott, dieser Abend konnte ja heiter werden! stöhnte Petra innerlich auf und zwang sich zu einem Lächeln.

"Ich bin ja da, Herr Heilmann. Kein Grund zur Besorgnis."

"Sie haben recht", erwiderte der untersetzte Mann und schaute sie von der Seite her anerkennend an. "Mit einer so schönen Frau an meiner Seite brauche ich mir heute abend um mich wirklich keine Sorgen zu machen."

Während Petra ihren Wagen behutsam aus der Parklücke lenkte, dachte sie bei sich: "Was soll denn der Schmus nun? Ich bin doch beruflich hier und nicht, um mir mit dem Typen einen schönen Abend zu machen!" Doch sie zog es vor, den Mund zu halten und nicht jedes Wort von Heilmann auf die Goldwaage zu legen.

Nach wenigen Minuten erreichten sie das Lokal, das an einer Hauptstraße am Rande der Stadt lag und dafür bekannt war, daß schon führende Kommunalpolitiker dort regelmäßig verkehrt hatten. Sogar ein Tatort war inzwischen dort gedreht worden. Wenn auch das Lokal in dem Film einen anderen Namen gehabt hatte, so hatten doch über mehrere Tage hinweg Originaldreharbeiten direkt im Queens stattgefunden.

Auf dem Parkplatz angekommen, zog die junge Frau den Schlüssel ab und wandte sich fragend an ihren Begleiter: "Wie soll es nun weitergehen? Soll ich hier draußen warten und beobachten, wer das Lokal betritt, oder wie stellen Sie sich das vor?"

"Nein, nein", winkte ihr Klient ab. "Das bringt nicht viel. Ich denke, es ist besser, Sie kommen mit herein. Falls mich jemand dort kennt, so sind Sie für mich das beste Alibi für meine seriösen Absichten."

"Gut." Petra griff nach ihrem kleinen Täschchen und stieg aus. Sie hatte sich schon so etwas in der Richtung gedacht. Nun, dann würde sie halt eben diese bekannte Nachtbar einmal von innen kennenlernen!

Vor der Tür faßte der Mann wie selbstverständlich nach ihrem Ellbogen und schob sich etwas näher an Petra heran, was diese mit einiger Verblüffung registrierte. Dies war nun wirklich als Tarnung überflüssig!

Nach einer kurzen Gesichtskontrolle öffnete sich ihnen die schwere Eingangstür, und sie konnten eintreten. Volker Heilmann bewegte sich sicher in dem halbdunklen Raum vorwärts. Er schien sich hier gut auszukennen. Die junge Frau schritt mit neugierigen Augen neben ihm her und nahm all diese neuen Eindrücke in sich auf. Da hatte sie Detlev morgen ganz schön was zu erzählen!

Sie bekamen einen kleinen Tisch unweit von der kleinen Bühne zugewiesen, der halb verdeckt in einer Nische lag.

"Hier sind wir ungestört", erklärte Heilmann ihr und bestellte eine Flasche Champagner.

Petra fühlte sich immer unwohler in ihrer Haut. Was erwartete dieser Heilmann eigentlich von ihr? Sie sollte ihn ja nur aus Sicherheitsgründen begleiten, aber wie sollte sie in diesem Halbdunkel erkennen, wer sich hier befand und ob jemand sich besonders für ihren Begleiter interessierte? Ein seltsamer Job, dachte sie bei sich. Sehr seltsam.

Volker Heilmann schien all seine Bedenken und Ängste über Bord geworfen zu haben, seit er sich in dem Lokal befand. Sichtlich vergnügt beobachtete er die Aufführung, die gerade auf der Bühne dargeboten wurde. Petra konnte der Show nicht so viel abgewinnen, eine mäßige Tanzdarbietung von einer attraktiven Rothaarigen, die sich in obszönen Bewegungen an einer Stange bewegte – eindeutig dieser Sonja Kirchberger abgeschaut, aber in bedeutend schlechterer Qualität getanzt.

Als die Darbietung vorbei war, erloschen die Scheinwerfer, die die Bühne in ein rotes Licht getaucht hatten, und schwacher Applaus ertönte.

Mit einem breiten Grinsen wandte sich der untersetzte Mann Petra zu.

"Nicht schlecht, nicht wahr?" sagte er und leerte mit einem Zug sein Glas. "Diese Maria ist wirklich ein Teufelsweib, glauben Sie mir."

"Wie stellen Sie sich den Abend eigentlich weiter vor?" fragte Petra ungehalten. Sie hatte das unbestimmte Gefühl, daß dieser Auftrag nicht so ganz das war, was sie erwartet hatte. "Ich denke, Sie haben hier eine Verabredung."

"Natürlich", beeilte sich der Mann zu erklären. "Bleiben Sie nur brav hier sitzen und trinken weiter Ihren Champagner. Ich verschwinde für ein Weilchen."

Damit erhob er sich und verschwand in Richtung der Garderoben der Darstellerinnen.

Das konnte ja heiter werden! dachte Petra bei sich und nippte verdrossen an ihrem Glas. Scheinbar handelte es sich bei der Verabredung von Volker Heilmann um Maria, die Tänzerin von eben! Sie wollte wirklich wissen, wozu er sie mitgeschleppt hatte! Weder konnte sie ihn hier bewachen noch erkennen, ob jemand ihren Klienten beobachtete oder gar Fotos machte. Im Halbdunkel des Lokals war es kaum möglich, die Schemen der einzelnen Personen zu unterscheiden. Aber sie mußte halt das Beste aus ihrer Situation machen und sich wenigstens den Anschein von Professionalität in ihrem Job geben, wenn Heilmann zurückkehrte. Zumindest war der Champagner erstklassig, den er bestellt hatte! Das tröstete sie ein wenig über die mißliche Lage hinweg, in der sie sich befand.

Nach einer guten Stunde tauchte Volker Heilmann sichtlich aufgekratzt wieder auf der Bildfläche auf und ließ sich neben Petra auf das tiefe Polster niedersinken. Er machte einen sehr zufriedenen, selbstgefälligen Eindruck, stellte Petra fest, während sie ihn angewidert von der Seite musterte.

"Na, Schätzchen, hast du dich in der Zwischenzeit gut amüsiert?" fragte der Mann und näherte sich ihrem Gesicht. Er hatte in seiner Abwesenheit wohl einiges an Alkohol konsumiert, denn sein Atem roch penetrant, und seine Stimme klang leicht verschwommen.

"Herr Heilmann, ich bitte Sie!" erwiderte Petra entrüstet und rückte ein Stück von dem Mann ab. "Ich habe hier einen Job zu erledigen."

"Natürlich, ich bezahle dich schließlich dafür", lallte der Mann und blickte sie aus blutunterlaufenen Augen an. "Und wenn ich für etwas bezahle, dann will ich das auch haben."

Der Kerl war ja gar nicht mehr Herr seiner Sinne! dachte Petra erschrocken. Was nun? Entschlossen fuhr sie fort:

"Herr Heilmann, Sie vergessen, wofür Sie mich bezahlen, ich bin Ihr Alibi, wissen Sie nicht mehr?"

"Natürlich, mein Alibi, wirklich ein sehr reizendes Alibi." Er beugte sich vor und schaute ihr lüstern in den tiefen Ausschnitt hinein. "Zwei sehr reizende Alibis, um genau zu sein." Ohne Vorwarnung griff er ihr in das Shirt und faßte nach ihrer rechten Brust.

Nun riß Petra endgültig der Geduldsfaden, und sie richtete sich entrüstet auf. "Jetzt ist es aber wirklich genug, Herr Heilmann! Sie scheinen da wirklich etwas zu verwechseln. Ich bin nicht zu Ihrem Vergnügen hier, sondern um auf Sie aufzupassen. Bei Ihrem Verhalten sehe ich unsere geschäftliche Beziehung als beendet an." Mit diesen Worten versuchte Petra, sich zu erheben.

Trotz seiner Trunkenheit besaß Heilmann noch ein rasches Reaktionsvermögen und umfaßte mit festem Griff ihre Schultern, um sie am Gehen zu hindern. "So schnell kommst du mir nicht davon, Schätzchen, schließlich bezahle ich für dich heute abend! Außerdem, was heißt hier, auf mich aufpassen? Niemand braucht auf mich aufzupassen." Erneut versuchte er, nach ihr zu grapschen und näherte sich ihr bedrohlich.

Irritiert stellte Petra fest, daß ihr die Situation zu entgleisen drohte. So hatte sie sich den Abend mit Volker Heilmann nicht vorgestellt! Ein verzweifelter Blick nach rechts und links zeigte ihr, daß niemand von ihrer Auseinandersetzung Kenntnis nahm. Im Halbdunkel der kleinen Nische konnte Heilmann sie womöglich vergewaltigen, ohne daß irgend jemand daran Anstoß nehmen würde!

Mit der Kraft ihrer Verzweiflung stieß Petra den Mann von sich und hieb ihm in Ermangelung einer besseren Waffe ihre Handtasche über den Kopf, die – bedingt durch den Elektroschocker, der sich in ihr befand – ein ganz schönes Gewicht hatte. "Lassen Sie mich sofort los!" empörte sie sich dabei.

Verblüfft hielt der Angreifer inne und faßte sich an seinen Hinterkopf. "Du hast mich geschlagen, du kleines Miststück du!" stellte er dabei fest und blickte sie fassungslos an. Doch die junge Frau wartete gar nicht länger ab, sondern nutzte diesen Überraschungsmoment aus, um rasch aufzuspringen, ihre Tasche zu schnappen und aus dem Lokal zu stürmen. Keine Minute länger würde sie bei diesem Volker Heilmann bleiben! Der Typ war ja verrückt! Der dachte ernsthaft, sie würde ihm für ihr Honorar als Bettgefährtin zur Verfügung stehen!

Mit wenigen Schritten hatte sie ihr kleines Auto erreicht und suchte mit fahrigen Fingern nach den Schlüsseln. Ein Blick über die Schulter zeigte ihr, daß ihr niemand folgte. Aber viel Zeit blieb ihr mit Sicherheit nicht, ehe Heilmann zur Besinnung kommen und ihre Verfolgung aufnehmen würde. Endlich fand sie ihren Schlüsselbund und öffnete rasch die Fahrertür.

Sie stieg ein und drückte geistesgegenwärtig das Knöpfchen an der Fahrertür herunter, um die Tür von innen zu verriegeln. Keine Sekunde zu früh, denn schon erschien das wutentbrannte Gesicht von Volker Heilmann an der Fensterscheibe. Er hieb mit den Fäusten auf das Autodach ein und brüllte wie ein Tier vor Zorn. Ohne zu zögern, ließ Petra den Motor an und fuhr mit quietschenden Reifen los, so daß der Mann sich nur mit einem Sprung nach hinten retten konnte.

Erst nach mehreren Kilometern hielt Petra am Straßenrand an und atmete tief durch. So ein Mist! Hatte sie denn ahnen können, daß Volker Heilmann in Wirklichkeit gar keine Überwachungsdienste von ihr wollte, sondern sie als Betthäschen für sich ansah?! Das war ja gerade noch einmal gutgegangen!

Wütend strich sich Petra durch die kurzen Haare und steckte sich eine Zigarette an. So was Blödes! Das Honorar, das für diesen Abend ausgemacht war, konnte sie sich in den Wind schreiben! Sie konnte von Glück sagen, wenn die ganze Sache für sie nicht noch ein böses Nachspiel hatte, weil sich Heilmann von ihr in seiner Mannesehre gekränkt fühlte! Es blieb zu hoffen, daß sie ihm so bald nicht wieder über den Weg lief!

Nach einigen Minuten spürte Petra, wie sie langsam wieder ruhiger wurde. Sie warf den Motor an und fuhr auf direktem Weg nach Hause, das heißt, zu der Wohnung von Detlev Schön, die sie zur Zeit ihr Zuhause nannte.

Dort angekommen, verriegelte sie sorgfältig die Wohnungstür hinter sich und legte zusätzlich die Kette vor – man konnte ja nie wissen! -. Dann begab sie sich schnurstracks zu dem kleinen Glastischchen, auf dem Detlev seine Hausbar stehen hatte. Jetzt brauchte sie unbedingt etwas Kräftiges! Sie goß sich einen großen Cognac ein und kippte ihn in einem Zug hinunter. Als der Alkohol ihr so kräftig in der Kehle brannte, daß sie sich beinahe verschluckte, ging es ihr besser.

Dieser Idiot! dachte sie noch einmal bei sich, während sie sich auszog und ins Bad ging. Wie hatte sie auf diese blöde Masche hereinfallen können, diesen Typen zu bewachen? Wer hatte denn schon je gehört, daß jemand eine Frau als Bodyguard in einen Puff mitnahm? Auf so eine dumme Geschichte hatte auch nur sie hereinfallen können! Gut, irgend etwas war wohl dran an dieser Sache, warum sonst hätte Heilmann ursprünglich bei Detlev einen Termin haben wollen? Tatsache war jedoch, daß Heilmann mit Sicherheit niemals ernsthaft vorgehabt hatte, sie nur als Überwacherin anzusehen, das nahm sie ihm – nachträglich gesehen – nicht ab. Er hatte von Anfang an anderes mit ihr im Sinne gehabt, und sie konnte von Glück sagen, daß sie ihm gerade noch entgangen war.

Mit einem schweren Seufzer löschte Petra das Licht im Bad und begab sich zu Bett. Es war schon spät, und der Abend hatte sie mehr mitgenommen, als sie sich eingestehen wollte. Erst die Sache mit Heribert Müller, dann die Enttäuschung mit Martin, Detlevs Unfall und jetzt noch das! Irgendwie wurde ihr das alles im Moment zu viel. Das einzige, worauf sie sich wirklich freute, war die Einladung bei Stefan Söhnke am nächsten Abend.

Als Petra am nächsten Morgen erwachte, dauerte es einen kurzen Moment, bis sie sich wieder an den Vorabend erinnerte und ihr ganzes Elend wieder über sie hereinbrach. Detlev hatte sie gleich vor diesem Typen gewarnt, aber sie hatte ja nicht hören wollen! Gar nicht auszudenken, was sie sich von ihrem Freund würde anhören müssen, wenn er von dieser Geschichte erfuhr!

Verdrossen schwang sie sich aus dem Bett und stellte sich unter die heiße Dusche, eine Zeremonie, die ihr am Morgen heilig war. Ein paar Minuten heiß duschen, ab und zu eine kalte Abhärtung hinterher, wenn sie es über das Herz brachte, zwei gute Tassen Kaffee, dann war der Tag für sie gerettet.

Die junge Frau genoß diese morgendlichen Minuten, die sie sich herausnahm, egal, was an Arbeit auf sie wartete. Zudem war heute sowieso Sonntag, und es lag nichts Besonderes an. Alles Wichtige im Büro hatte sie bereits gestern erledigt, die Wohnung sah für ihre Begriffe einigermaßen passabel aus, und bis auf ein bißchen Bügeln hatte sie die Lage wieder im Griff.

Nach kurzer Überlegung entschloß sie sich dazu, das schöne Sommerwetter auszunutzen und an einen Badesee rauszufahren. Ein bißchen Schwimmen und Sonnenbaden würden ihr guttun. Vorher wollte sie noch kurz bei Detlev vorbeischauen, um ihre Beichte hinter sich zu bringen. Das Bügeln konnte warten, bis sie vom Schwimmen zurückkam.

Wie erwartet, las Detlev Schön ihr gehörig die Leviten, als er von ihrer Blamage am Vorabend hörte. ”Ich habe es doch gleich geahnt!” tobte er und versuchte, sich im Bett aufzurichten, ließ sich aber mit schmerzverzerrtem Gesicht wieder zurücksinken. ”Dieser Schweinekerl ist nicht sauber! Das wird dir hoffentlich eine Lehre sein, nicht jeden Auftrag von irgend so einem hergelaufenen Kerl anzunehmen!”

”Du hast ja recht”, erklärte Petra kleinlaut und senkte beschämt den Kopf. ”Das nächste Mal werde ich auf dich hören, das verspreche ich dir! Aber es ist ja noch einmal gutgegangen.”

”Ich hoffe, der Kerl kreuzt nicht noch einmal bei dir auf!“ murmelte Detlev, und eine scharfe Falte erschien auf seiner Stirn. ”Versprich mir, daß du dich auf nichts mehr einläßt, ohne mich vorher zu fragen. Ich muß zukünftig wirklich besser auf dich aufpassen. Es wird allmählich Zeit, daß ich den Gehgips kriege und hier rauskomme.”

Das Gespräch ging noch eine Weile in diesem Stil weiter, und Petra war froh, als sie dem Krankenzimmer nach einer halben Stunde unter dem fadenscheinigen Vorwand, daß sie noch viel zu arbeiten hatte, entrinnen konnte. Detlev konnte ganz schön lästig sein mit seiner übertriebenen Fürsorge. Er stellte sich wirklich schlimmer an als ihre Mutter in ihren besten Zeiten! Sie hatte ja gerade wieder einmal bewiesen, daß sie ganz gut auf sich selbst aufpassen konnte.

Mit einem Seufzer der Erleichterung, dieses unangenehme Gespräch hinter sich gebracht zu haben, klemmte Petra sich hinter das Steuer ihres Peugeots und fuhr stadtauswärts ins Grüne. Gerade zwanzig Minuten von hier entfernt kannte sie einen kleinen Weiher, der zum Baden freigegeben war und bei diesem Wetter von vielen Sonnenanbetern genutzt wurde. Dort würde sie sich ein paar schöne Stunden machen, ein bißchen schwimmen und sich einmal richtig in der Sonne aalen, um ihren Teint ein wenig aufzufrischen. Ein paar Stunden für sich allein würden ihr mit Sicherheit guttun und sie von ihren trüben Gedanken, die sie seit dem Vortage wieder im Griff hatten, ablenken.

Gegen fünf Uhr machte sich Petra Neumann auf den Rückweg. Sie hatte ein paar angenehme Stunden an der frischen Luft hinter sich, hatte ausgiebig geschwommen und – trotz des vielen Kindergeschreis und der Ghettoblaster um sich herum – einen erholsamen Mittagsschlaf am Weiher gehalten. Vom Schwimmen und der Sonne fühlte sie sich unheimlich gut, immer noch leicht schläfrig, aber viel beschwingter als am Morgen. Alles Unangenehme hatte sie wieder weit weg von sich geschoben. Sie würde sich doch von einem Volker Heilmann nicht das ganze Wochenende vermasseln lassen, zumal nicht ein Wochenende, an dem sie eine Verabredung mit Stefan Söhnke hatte!

Mit offenen Fenstern fuhr sie gemütlich nach Hause. Das Radio hatte sie in voller Lautstärke aufgedreht und sang lauthals die Titel mit, die in diesem Sommer rund um die Uhr zu hören und ihr ins Ohr gegangen waren. Manch ein Cabriofahrer wunderte sich im Vorbeifahren über die falschen Töne, die sie von sich gab, aber das scherte Petra herzlich wenig. Je lauter, desto besser, denn die laute Musik befreite ihre Seele. Ihr Auto war der einzige Ort, an dem sie diesem heimlichen Laster frönen konnte, denn in Detlevs Wohnung konnte sie unmöglich die Musik so laut aufdrehen, ohne daß die anderen Mieter sich beschwerten.

Zu Hause angekommen, machte sie sich entschlossen über den Wäschekorb her, beschränkte jedoch das Bügeln auf die wenigen Teile, die sie für heute abend und den morgigen Tag brauchte. Der Rest konnte warten. Lieber investierte sie dafür mehr Zeit im Bad, um ihr Äußeres auf Vordermann zu bringen und sich für den Abend mit Söhnke zu stylen. Zwar war nur die Rede von einem "Gläschen zusammen trinken" gewesen, aber dennoch setzte Petra alles daran, möglichst vorteilhaft auszusehen.

Die Sonnenbräune, die sie heute erworben hatte – sie wurde Gott sei Dank immer gleich braun und nicht erst krebsrot wie so viele andere bemitleidenswerte Menschen! -, stand ihr gut, stellte sie fest, als sie sich nackt vor dem Spiegel hin und her drehte, um sich eingehend zu mustern. Die Falten um die Augen, die sie am Vortage entdeckt hatte, waren glücklicherweise etwas zurückgegangen.

Es stellte sich nun die schwere Frage: Was um alles in der Welt sollte sie bloß heute abend anziehen??? Eigentlich hatte sie vorgehabt, im klassischen dunklen Hosenanzug zu erscheinen und deshalb ihre champagnerfarbene Bluse gebügelt. Bei näherer Überlegung erschien ihr diese Kleidung jedoch als völlig unpassend zu dem Anlaß und viel zu warm bei diesen sommerlichen Temperaturen.

Lange stand die junge Frau prüfend vor ihrem Kleiderschrank. Die schwarze Satinhose vom Vorabend mit einem feschen Oberteil, weiße Bermudas mit einer schwarzen Leinenbluse und ein paar andere sommerliche Sachen standen zur Auswahl. Schließlich entschied sie sich nach einigem Zögern für einen schmalgeschnittenen, schwarzen Rock, der am Bein sehr hoch geschlitzt war und dazu ein smaragdgrünes Shirt, das ihren roten Haaren eine besondere Note gab.

Petra fühlte sich nicht als graue Maus, sondern liebte es, entweder ganz in modischem Schwarz zu gehen oder richtige Farbtupfer an sich zu haben, die ins Auge stachen. Dieses Seidenshirt hatte sie ein Vermögen gekostet, aber ab und zu mußte sie sich etwas Außergewöhnliches gönnen, um sich selbst zu belohnen. In dem Rock kamen ihre wohlgeformten Beine sehr gut zur Geltung, weil der Schlitz mehr zeigte, als er verdeckte.

Nun blieb nur noch die Frage des Schmucks und des Make-ups zu klären, aber das Thema war schnell erledigt: Zu diesem auffälligen Oberteil paßte nur ihre schlichte, dünne Goldkette und wenig Farbe im Gesicht. Die Sonnenbräune reichte völlig aus, dazu ein bißchen goldfarbener Lidschatten und Mascara. Einzig der Lippenstift mußte ihrer Meinung nach einen kräftigen Rotton aufweisen, um ihren Mund zu betonen. Zwei Tupfer Parfüm hinters Ohr, das war's.

Zufrieden musterte sich die junge Frau im Spiegel und drehte sich einmal um die eigene Achse, um sich von allen Seiten sehen zu können. Sie war zufrieden mit dem, was der Spiegel ihr zeigte. Zwar war sie keine zwanzig mehr, doch für ihre fast dreißig Jahre hatte sie sich ihrer Meinung nach ganz gut gehalten. Ihr Hintern, den sie eigentlich für zu groß hielt, war in dem engen Rock fast knackig zu nennen. Und ihre Beine waren Gott sei Dank makellos, keine Besenreißer oder blaue Venenstränge, die sich unschön hervorhoben, wie sie es schon bei vielen Gleichaltrigen gesehen hatte.

Auch ihren kurzen, roten Schopf liebte sie so, wie er war. Mit ein bißchen Gel konnte sie ihre Haare jederzeit in Form bringen, mal gemäßigt, mal wirr, je nachdem, in welcher Stimmung sie sich befand. Heute zupfte sie sich ein paar freche Fransen in die Stirn und verrieb etwas Wachs auf ihrem Haar; das gab einen interessanten Glanz, wenn das Licht darauf fiel.

Ein Blick auf die Uhr zeigte ihr, daß es bereits kurz nach sieben war. Sie wußte gar nicht, wo die Zeit geblieben war. In einer halben Stunde mußte sie sich bereits aufmachen, wenn sie pünktlich um acht Uhr im Kohlweg erscheinen wollte!

Rasch schlüpfte sie in ein paar bequeme Riemensandalen und machte sich daran, den Inhalt ihres Kühlschranks zu durchstöbern. Da sie erst für acht Uhr eingeladen war und ausdrücklich "auf ein Gläschen", war nicht zu erwarten, daß es bei Söhnke etwas zu essen geben würde, und sie hatte den ganzen Tag außer dem Frühstück noch nichts zu sich genommen. Der Einfachheit halber entschied sie sich für ein Käsebrot mit Gurke und Tomate und aß hinterher noch einen Joghurt. Der Flammkuchen und das Eis vom Freitag mußten erst wieder an Kalorien eingespart werden.

So schnell, wie der Nachmittag verstrichen war, so lange zogen sich nun die letzten Minuten hin, bis sie endlich zu ihren Autoschlüsseln greifen und losfahren konnte. Vor lauter Verzweiflung fing sie an, die Blumen in Detlevs Wohnung zu gießen und trockene Blätter abzuschneiden und schaute sich dann die Nachrichten an, um die Zeit totzuschlagen.

Während sie den Motor anließ, spürte sie, wie ihre Nerven langsam zu flattern anfingen. Ihr ganzer Körper befand sich in Hochspannung wegen der bevorstehenden Begegnung mit Stefan Söhnke. Sie schüttelte über sich selbst den Kopf. Sie benahm sich schlimmer als eine pubertierende Vierzehnjährige! Aber sie konnte nicht vermeiden, daß dieser Knoten in ihrem Magen sich immer enger schnürte, je mehr sie sich dem Kohlweg näherte.

"Reiß dich zusammen, Petra!" dachte sie bei sich. "Es handelt sich hier um eine rein routinemäßige geschäftliche Verabredung, von der du weiter nichts zu erwarten hast. Also schlag dir die Flausen gleich aus dem Kopf!" Aber sie spürte, wie ihr Herz ihr bis zum Halse schlug vor Aufregung und mußte sich wirklich zusammennehmen, um sich auf den Verkehr konzentrieren zu können.

Vor dem Anwesen Söhnke angekommen, schaute sie noch einmal kurz in den Rückspiegel, um sich zu vergewissern, daß weder ihre Wimperntusche noch der Lippenstift verschmiert waren. Dann fuhr sie entschlossen durch das große Tor hindurch, das sich von unsichtbarer Hand für sie geöffnet hatte, als sie vorgefahren war und parkte auf dem großen Platz unmittelbar vor dem Haupteingang des feudalen Hauses.

Noch ehe Petra die Hand nach dem Klingelknopf ausstrecken konnte, öffnete sich die Haustür, und Anna und Ben flogen ihr entgegen.

"Hallo, Petra!" erscholl es gleichzeitig aus beider Münder. "Wir haben schon auf dich gewartet! Papa hat uns erlaubt, aufzubleiben, bis du da bist."

"Nun laßt doch Frau Neumann erst einmal hereinkommen, ihr Rangen", ertönte die wohlklingende Stimme von Stefan Söhnke. Als sie aufschaute, blickte Petra dem Mann geradewegs in dessen faszinierende Augen, von denen sie nie sagen konnte, ob sie nun braun oder doch grau waren.

"Guten Abend, Herr Söhnke", sagte sie errötend – Gott sei Dank fiel es bei ihrer Sonnenbräune nicht so auf, daß sie rot wurde! – und streckte ihm nach kurzem Zögern ihre Rechte entgegen, die er ergriff und etwas länger hielt als nötig. – Oder bildete sie sich das nur ein?

"Vielen Dank für die Einladung."

"Ich freue mich, daß Sie die Zeit gefunden haben zu kommen. Ich denke, wir haben noch ein paar Kleinigkeiten für nächste Woche zu bereden. Allerdings muß ich Sie gleich vorwarnen: Anna und Ben bestehen darauf, bei unserem Gespräch dabei zu sein, damit nichts über ihre Köpfe hinweg entschieden wird."

"Also wird nichts aus dem trauten Gespräch bei einem Glas", dachte Petra leicht enttäuscht bei sich, während sie bereitwillig nickte: "Natürlich. Das ist doch verständlich."

"Schön. Dann lassen Sie uns am besten auf die Terrasse gehen. Dort können wir es uns gemütlich machen und über alles, was nächste Woche ansteht, ein wenig plaudern."

Wortlos folgte Petra dem hochgewachsenen Mann. Dabei kam sie nicht umhin, seine Kehrseite zu bewundern, die wirklich nicht zu verachten war. Sie stand auf große Männer mit schmalen Hüften, knackigen Hintern und breiten Schultern. Und genau ein solches Exemplar der männlichen Rasse hatte sie hier vor sich.

Auf der großen Terrasse angekommen, wandte sich Söhnke an die junge Frau und sagte: "Die Kinder haben schon gegessen, weil es sonst für sie zu spät geworden wäre. Schließlich haben sie morgen Schule. Ich habe mir aber erlaubt, für uns beide eine Kleinigkeit vorbereiten zu lassen. Ich hoffe, Sie mögen italienische Spezialitäten." Er wies mit ausgestrecktem Arm auf den Gartentisch, auf dem eine große Platte italienischer Vorspeisen angerichtet war.

"Ich liebe italienisches Essen", bekannte Petra offen, während sie sich auf dem ihr angebotenen Korbsessel niederließ. "Ich könnte jeden Tag Antipasti, Pasta und Pizza essen."

Dankend nahm sie das Glas eisgekühlten Prosecco entgegen, das Söhnke ihr reichte und griff nach seiner Aufforderung herzhaft zu. Zum Teufel mit dem Kalorienzählen und Fettsparen! Sie liebte richtig gute eingelegte italienische Gemüse über alles!

Während sie aßen, erläuterte ihr Stefan Söhnke in kurzen Worten den Ablauf der nächsten Woche. "Es ist weiter nicht schwer", erklärte er beim Kauen. "Ich muß Montag morgen in aller Frühe abfliegen und komme erst am Sonntag spät zurück. Sie kennen ja bereits den Schulweg und die Uhrzeiten, zu denen Sie die Kinder bringen und abholen müssen. Alle anderen Termine kann Frau Meyer kurzfristig mit Ihnen abstimmen. Anna und Ben dürfen, wenn sie die Schularbeiten fertig haben, eigenständig entscheiden, was sie unternehmen möchten. Im Zweifelsfalle halten Sie Rücksprache mit Frau Meyer, wenn etwas unklar ist."

"Ich sehe weiter keine großen Probleme", sagte Petra, während sie sich eine zweite Ladung mit Schafskäse gefüllter Peperonis auf den Teller schaufelte. "Ich denke, Anna und Ben kommen ganz gut mit mir klar und werden auf mich hören. Was meint ihr beiden dazu?" Fragend blickte sie die beiden an.

"Na klar!" erklärten die beiden einhellig.

"Wichtig ist nur, daß die Kinder sich außerhalb des Hauses oder des Schulgebäudes nicht unbeaufsichtigt aufhalten", fuhr Stefan Söhnke fort. "Ihr müßt mir versprechen, daß ihr nichts unternehmt, ohne daß ihr Frau Meyer Bescheid sagt und Frau Neumann mitnehmt. Ist das klar?"

"Ja Papa, das versprechen wir", nickten die Geschwister ernst.

"Ihr wißt ja, was schon einmal passiert ist. Ich möchte nicht, daß ihr noch einmal in eine solche Situation kommt! Also verlaßt das Grundstück nie alleine."

Es folgten noch einige endlose Ermahnungen und Versprechungen, dann schickte Söhnke die beiden Kinder ins Bett. "Und die Zähne nicht vergessen!" rief er hinterher.

"Es ist gar nicht so leicht, den Kindern Mutter und Vater zu sein", bekannte er, als die beiden verschwunden waren. "Glücklicherweise kümmert sich Frau Meyer geradezu rührend um die beiden und vergöttert sie wie ihre eigenen Kinder. Sonst könnte ich nicht beruhigt wegfahren."

Nach einer kleinen Pause sprach er weiter: "Auch mein bisheriger Chauffeur ist mehr ein Freund denn ein Angestellter für die beiden. Ich hoffe aber, daß er bald wieder hergestellt ist. – Nichts gegen Sie natürlich." beeilte er sich, anzumerken, als er sein verbales Mißgeschick erkannte. "Aber es ist besser, eine

Bezugsperson zu haben, die auf lange Sicht bleibt und auch im Haus wohnt, also rund um die Uhr verfügbar ist. Das ist sowohl bei Frau Meyer als auch bei meinem Chauffeur der Fall."

Petra nickte zustimmend. Der Alkohol hatte sie innerlich etwas lockerer gemacht, und sie genoß es einfach, mit Stefan Söhnke in der milden Abendluft zu sitzen und seiner angenehmen Stimme zu lauschen. Stundenlang hätte sie so sitzen können, einzig und allein, um seine Stimme zu hören und seine Nähe zu spüren.

Auch Söhnke schien es nicht so eilig zu haben, den Abend zu beschließen. Die Kinder waren schon lange im Bett, die Nacht brach herein, und noch immer saßen sie auf der Terrasse, lauschten dem lauten Konzert der Grillen und tranken Prosecco.

"Nichts gegen Champagner", betonte der Mann, "aber ich bevorzuge zeitweise diesen Prosecco, weil er einfach leichter und bekömmlicher für den Magen ist."

Darauf konnte Petra nur verhalten nicken. Sie wußte nichts dazu zu sagen. Sie hätte im Moment wahrscheinlich sogar Leitungswasser getrunken, ohne einen Unterschied festzustellen. Viel zu sehr war sie damit beschäftigt, jedes Detail an dem großen Mann, der ihr gegenübersaß, in sich aufzunehmen, seine athletische Gestalt, sein kantiges Gesicht mit der kleinen Kerbe am Kinn und seine Augen, die ständig die Farbe zu wechseln schienen.

Auch Stefan Söhnke ließ immer wieder seinen Blick auf der weiblichen Gestalt auf seiner Terrasse ruhen. Diese Petra Neumann war wirklich eine ungewöhnliche Frau, stellte er zum wiederholten Male fest. Mit Sicherheit lohnte es sich, sie näher kennenzulernen. Auch ihre langen Beine, auf die er durch den Schlitz ihres Rockes immer wieder einen Blick erhaschen konnte, waren nicht zu verachten. Vielleicht sollte er sich mit dem Thema "Petra Neumann" nach seiner Geschäftsreise einmal näher beschäftigen.

Seine Gedanken schweiften weiter ab. Eine solche Frau konnte er möglicherweise auch zu anderen Zwecken einsetzen als nur zur Bewachung seiner Kinder. Selten hatte er eine Frau gesehen, die einen so energischen und zielstrebigen Eindruck machte wie sie. Mit Sicherheit war sie geeignet, ihm auch geschäftlich hin und wieder behilflich zu sein. Einen unauffälligeren – und doch gleichzeitig auffälligeren – Kurier konnte er sich wirklich nicht vorstellen. Dieses Thema mußte er unbedingt nach seiner Rückkehr vertiefen.

Als es auf elf Uhr zuging, erhob sich Petra leicht beschwipst, müde und sehr glücklich. "Es war ein sehr schöner Abend, Herr Söhnke", lächelte sie verhalten. "Aber ich muß jetzt wirklich gehen."

"Es hat mich gefreut, daß Sie gekommen sind", erwiderte der große Mann, während er sich erhob, um sie an die Tür zu begleiten. "Können Sie noch fahren, oder soll ich Ihnen ein Taxi bestellen?"

Aber dieses Ansinnen führte nach Petras Ansicht nun doch zu weit. "Danke, aber ich schaffe das schon noch", bestätigte sie mit der ganzen Würde, die sie noch aufbringen konnte.

Seite an Seite mit Stefan Söhnke durchschritt sie das große Haus und stand schließlich vor ihrem kleinem, blauen Peugeot, der trotz seines Alters ihr ganzer Stolz war.

"Also dann, guten Flug", sagte Petra und streckte dem Mann ihre Rechte entgegen. Dieser ergriff ihre Hand und hielt sie wiederum länger fest als unbedingt nötig. "Ich komme Sonntag nacht zurück", erklärte er. "Wir sollten uns dann noch einmal in Ruhe treffen, um über diese Woche mit den Kindern zu reden. Am besten, ich rufe Sie nach meiner Rückkehr an."

"Auf Wiedersehen, Herr Söhnke. Und nochmals vielen Dank für die Einladung." Mit diesen Worten stieg sie in ihr Auto ein und fuhr zügig los. Im Rückspiegel sah sie, daß Söhnke noch einmal grüßend die Hand hob, dann verschwand er ins Haus.

Die nächsten beiden Tage vergingen für Petra Neumann wie im Fluge. Am Morgen holte sie die beiden Kinder pünktlich zur Schule ab. Bis etwa halb eins hatte sie im Büro zu tun, um die ganze Post, die täglich eintraf, zu erledigen. Gelegentlich riefen Leute an, um sich darüber zu informieren, wie es vonstatten ging, einen Privatdetektiv zu engagieren. Aber jemand wirklich Interessantes war nicht dabei. Es handelte sich zumeist um Neugierige, bei denen kein wirkliches Interesse vorhanden war und die oft schon in der Anfragephase vor den entstehenden Kosten zurückschreckten.

Das war Petra auch recht so. Anna und Ben hielten sie mittags ganz schön auf Trab. Den Montag nachmittag verbrachten sie im Schwimmbad, und Petra wußte abends gar nicht mehr zu sagen, wie oft sie an diesem Tag mit den beiden die große Wasserrutsche hinuntergerutscht war und wieviel Wasser sie geschluckt hatte. Aber es hatte allen dreien riesigen Spaß gemacht, man mußte das Wetter nutzen, solange es anhielt.

Am Abend fühlte sich Petra von der vielen Sonne kaputt und zerschlagen, aber dennoch ließ sie es sich nicht nehmen, Detlev im Krankenhaus zu besuchen. Der Ärmste mußte ja noch viel mehr unter der Hitze leiden als sie, mit seinem Gips, der ihm fast bis zur Hüfte reichte.

"Na, wie kommst du klar in deinem neuen Job?" wurde sie von ihrem Freund und Arbeitgeber empfangen.

"Es ist okay", erwiderte sie, während sie Detlev zur Begrüßung rechts und links auf die Wange küßte. "Es könnte schlimmer sein. Die beiden hören gut auf mich, und es ist leicht verdientes Geld."

"Und wie sieht es mit meinen anderen Klienten aus?" bohrte Detlev besorgt nach. "Findest du denn noch ausreichend Zeit, allen anderen Verpflichtungen nachzukommen?"

"Na klar, Detlev", beruhigte die junge Frau ihn. "Heute lief sonst nichts. Aber morgen früh mache ich mich daran, ein bißchen in der Stadt zu bummeln und ein paar Testkäufe zu tätigen."

Dies war ein regelmäßiger, lukrativer Job, der in nichts anderem bestand, als in verschiedenen Boutiquen der Stadt, die sich hilfesuchend an Detlev gewandt hatten, einzukaufen und dabei darauf zu achten, ob die Verkäuferinnen einen ordnungsgemäßen Kassenbon ausstellten. Es kam in dieser Branche immer wieder vor, daß Ware verschwand. Aber wenn der Schwund zu groß war, so stand der Verdacht im Raum, daß das Personal in die eigene Tasche wirtschaftete. Die einfachste Möglichkeit, dies herauszufinden, bestand in einem Testkauf.

Abends traf sich Petra dann mit dem jeweiligen Boutiquebesitzer, der seine Kasse prüfte, um zu sehen, ob die Einnahmen des Testkaufes ordnungsgemäß verbucht waren. Ein besonderer Schwachpunkt waren Boutiquen, die noch keine Registrierkasse hatten. Es war ein leichtes für die Verkäuferinnen, hin und wieder einen Verkaufsbeleg ohne Durchschlag zu schreiben und das Geld in die eigene Tasche zu stecken. Besonders beliebt war auch die Masche mit der Änderungschneiderei. Dies waren Gelder, die oft nicht den Weg in die richtige Kasse fanden.

Petra liebte diese Art von Arbeit, denn es gab ihr immer wieder die Möglichkeit, durch die Geschäfte zu stöbern, nach Herzenslust anzuprobieren und einzukaufen. Natürlich mußte sie die gekaufte Ware abends wieder an die Besitzer zurückgeben, aber immer wieder kam es vor, daß diese ihr nach einem erfolgreichen Testkauf als Belohnung ein schönes Stück zu einem Spottpreis oder einfach so überließen.

"Welche Boutique ist denn morgen früh dran?" riß die Stimme des Mannes im Krankenbett sie aus ihren Gedanken. "Erzähl mal. Du kannst dir gar nicht vorstellen, wie langweilig es hier im Krankenhaus ist. Dabei soll ich noch mindestens zwei Wochen hierbleiben. Nicht auszudenken!"

"Morgen teste ich die Lacoste-Boutique, du weißt schon, diesen neuen, großen Laden am Markt."

Petra lächelte beim Gedanken an den morgigen Tag. Lacoste gehörte zu den von ihr favorisierten Sportmarken, nur daß sie sich diese leider nicht leisten konnte für den täglichen Gebrauch. Aber morgen fiel bestimmt ein Poloshirt für sie ab, so wie sie die Besitzerin des Ladens einschätzte.

Nach ein paar Minuten im Krankenhaus konnte sie sich nur mühsam das Gähnen verkneifen. "Tut mir leid, Detlev", entschuldigte sie sich. "Aber dieses frühe Aufstehen bin ich nicht gewöhnt. Und das Zusammensein mit den beiden Kindern schlaucht mich ganz schön. Es ist doch ungewohnt für mich, die Verantwortung für zwei Kinder zu haben."

"Du brauchst dich vor mir nicht zu rechtfertigen", grinste Detlev aus den weißen Laken hervor. "Ich beneide dich jedenfalls nicht um deinen Job. Ich könnte mir vorstellen, daß es gar nicht so einfach ist, ständig mit zwei verwöhnten Kindern zusammenzusein."

"Die beiden sind schon okay", erwiderte Petra, während sie sich erhob. "Aber es ist halt ein komisches Gefühl, nicht nur für sich selbst verantwortlich zu sein. Du kannst dir gar nicht vorstellen, wie die zwei sich an mich hängen. Ich habe das Gefühl, daß den beiden ausreichende Zuneigung fehlt. Da nützt auch das ganze Geld nichts."

Sie küßte Detlev zum Abschied auf beide Wangen und sagte: "Wenn du irgend etwas brauchst, läutest du einfach an, okay? Ansonsten bin ich am Mittwoch abend wieder da. Mach's gut, Detlev." Mit diesen Worten verließ sie das Krankenzimmer.

Am nächsten Morgen brachte die junge Frau erst die Kinder zur Schule, danach fuhr sie ins Büro. Gegen zehn wollte sie sich aufmachen zum Einkaufen.

Im Büro angekommen, sah sie, daß der Anrufbeantworter rot blinkte. Lässig drückte sie auf den Knopf, um die Nachrichten abzuhören. Während das Band lief, öffnete sie die Post und hörte nur mit halbem Ohr hin. Wenn jemand etwas wirklich Wichtiges auf dem Herzen hatte, so würde er mit Sicherheit noch einmal anrufen.

Plötzlich verharrte sie in ihrem Tun und hörte sich erschrocken die Nachricht auf dem Band an. "Dich kriege ich noch, du elende Schlampe!" keuchte eine männliche, verzerrte Stimme, und sie konnte förmlich den Haß spüren, der ihr entgegenschlug. "Du entkommst mir nicht, du Miststück!"

Es folgten noch ein paar derbe Schimpfwörter, bei denen Petra innerlich zusammenzuckte, dann hatte der Anrufer aufgelegt.

Betroffen ließ die junge Frau die Arme sinken. Was war das gewesen? Da sie ihren Ohren nicht trauen wollte, spulte sie das Band zurück und hörte es nochmals ab. Wieder ertönte die seltsame Stimme und warf ihr wüste Beschimpfungen an den Kopf, unter denen sie unwillkürlich erschauderte und um sich blickte, als ob der Sprecher bereits hinter ihr stehen würde.

Im ersten Augenblick wollte Petra die Polizei anrufen, doch als sie den Hörer schon in der Hand hatte, ließ sie wieder davon ab. Was hätte sie denn auch sagen sollen? Ein Fremder hatte ihr wüste Drohungen auf den Anrufbeantworter gesprochen, aber sie hatte keinerlei Anhaltspunkte, um wen es sich dabei handelte. Und nur wegen den Drohungen auf dem Band würde die Polizei noch lange nichts unternehmen. Da mußte erst mehr passieren, das wußte sie, bis die Polizei eingreifen würde.

Ihr nächster Gedanke war, Detlev anzurufen. Doch auch dies unterließ sie. Sie wollte ihren Freund nicht unnötig beunruhigen. Helfen konnte er ihr letztendlich auch nicht, solange er im Krankenhaus lag.

Schließlich entschied sie sich dazu, den Anruf zu ignorieren. Drohungen erhielt Detlev immer wieder, denn in seiner Branche trat er ständig jemandem auf die Füße, den er durch seine Überwachungen bloßgestellt hatte. Es würde mit Sicherheit auch diesmal so sein, wahrscheinlich handelte es sich um einen erbosten Ehemann oder ähnliches, nur mit dem kleinen Unterschied, daß diese Drohung ausdrücklich an sie und nicht an Detlev gerichtet war. Das heißt, es mußte sich um einen der Fälle handeln, an denen sie selbst gearbeitet hatte.

In Gedanken ging Petra die Fälle der letzten Tage und Wochen durch, an denen sie mitgewirkt hatte: Da war dieser schmierige Barmixer im El Dorado. Dieser konnte unmöglich wissen, daß sie auf ihn angesetzt gewesen war. Dann kamen verschiedene kleinere Fälle von Überwachungen, aber niemand, dem sie es zutraute, solche massiven Drohungen gegen sie auszustoßen. Am Schluß fielen ihr zwei Namen ein zu Gesichtern, Gesichter von Männern, denen sie es zutraute, sie mit einem solchen Anruf zu belästigen: Norbert Weingärtner und Volker Heilmann.

Dem ersten hatte sie durch ihre Arbeit die Existenz vernichtet. Denn Elfriede Weingärtner hatte ihr geschworen, daß sie mit dem Material aus der Überwachung alles hatte, um ihren Mann fertigzumachen. Sollte sie so dumm gewesen sein, ihrem Ehemann zu sagen, wer die Ermittlungen durchgeführt hatte, so konnte Petra sich vorstellen, daß dieser widerliche, grobschlächtige Mensch zu allem fähig war.

Auch mit dem zweiten Namen, Volker Heilmann, verband sie sehr unangenehme Erinnerungen. Nur mit Widerwillen erinnerte sie sich an die schweißnassen Hände des Mannes, der versucht hatte, ihr im Queens an die Wäsche zu gehen und dem sie nur dank der Tricks, die sie im Selbstverteidigungskurs gelernt hatte, entkommen war. Auch Heilmann hatte allen Grund, auf sie sauer zu sein, weil sie ihn dort einfach auf der Straße stehengelassen und er sich von dem Verlauf des Abends wohl anderes erhofft hatte. Zudem war Heilmann bekannt für seine Brutalität.

Einer von beiden hatte ihr die Nachricht auf Band gesprochen, da war sich

Petra Neumann ganz sicher. Aber wer, das wußte sie nicht. Sie konnte nur hoffen, daß es bei diesem einen Mal bleiben und der Anrufer seine Drohung nicht wahrmachen und ihr auflauern würde.

Mit einem prüfenden Blick in ihre Handtasche vergewisserte Petra sich, daß Elektroschocker und Tränengas an ihrem Platz waren. Das gab ihr ein gewisses Gefühl an Sicherheit. Dann machte sie sich auf zum Testkaufen, auch wenn sie mit ihren Gedanken heute nicht so ganz dabei war. Der Anrufer hatte doch eine gewisse Unruhe bei ihr hinterlassen. Schließlich kam es nicht alle Tage vor, daß man einen solchen Drohanruf erhielt.

Nachdem sie ihre Einkäufe erledigt hatte, blieb ihr gerade noch Zeit für eine Tasse Kaffee, bis sie wieder zur Schule fahren und Anna und Ben abholen mußte. Sie seufzte leise. Sie haßte es, ständig mit Terminen im Nacken zu leben, aber man konnte es sich halt nicht aussuchen. Sie mußte froh sein, daß sie nach der Misere mit dem Supermarkt und Martin einen so guten Job gefunden hatte.

Während sie genüßlich am Markt ihren Cappuccino schlürfte und den vorbeischlendernden Fußgängern zuschaute, schweiften ihre Gedanken wenige Wochen zurück. Wie war sie doch damals noch so unbeschwert gewesen, ehe das alles passiert war! Aber andererseits mußte sie froh sein, daß das alles ans Tageslicht gekommen war mit Martin und Jutta. Lieber keine Beziehung haben, als so hintergangen zu werden!

Martin! So langsam konnte sie ohne böse Gedanken an ihn zurückdenken. Er konnte nichts dafür. Was hatte sie letztendlich von einem Luftikus wie ihm mehr erwarten können, als daß er alles nahm, was sich ihm bot, ohne über die Konsequenzen nachzudenken?

Die junge Frau lächelte gedankenversunken vor sich hin. Es war wohl wirklich besser so gewesen. Irgendwie hatte sie schon die ganze Zeit gewußt, daß Martin nicht so recht zu ihr paßte. Was sie brauchte, das war ein richtiger Mann, zu dem sie aufblicken konnte, ein Mann wie... "Stefan Söhnke" vollendete sie ihre Gedanken. Aber für Söhnke gab es ganz andere Frauen als eine so unscheinbare Privatdetektivin, wie sie es war. Sein Interesse an ihr war rein geschäftlicher Natur, da war sie sich ziemlich sicher, auch wenn sie an diesem besagten Sonntag abend manchmal den Verdacht gehabt hatte, er mustere sie heimlich. Mit Sicherheit hatte er sich nur davon überzeugen wollen, daß seine Kinder bei ihr in guten Händen waren, sonst nichts.

Aber so ein Mann wie dieser Söhnke... Petra schüttelte entschlossen den Kopf und setzte mit einem lauten Krachen ihre leere Tasse ab. Es hatte keinen

Zweck, sich solchen Gedanken hinzugeben. Diese alle führten letztendlich zu nichts. Besser, sie blieb mit ihren Füßen auf dem Boden und stellte sich gleich der Realität, ehe sie sich in dumme Gedanken verrannte und nachher nur um so enttäuschter war.

Nachdem sie ihren Kaffee gezahlt hatte, eilte die junge Frau zum Parkplatz. Es war höchste Zeit, Anna und Ben an der Schule abzuholen. Sie wollte auf gar keinem Fall zu spät kommen und die beiden alleine vor der Tür stehen und warten lassen.

Als Petra Neumann mit der silbergrauen Limousine an der Schule vorfuhr, ertönte bereits die Schulglocke. Gerade noch geschafft! dachte sie bei sich und schaltete den Motor ab. Die Kinder würden in wenigen Augenblicken aus dem Haupteingang kommen und nach ihr Ausschau halten.

Entspannt ließ sie sich in die schweren, ledernen Polster zurücksinken. Es war schon etwas ganz anderes, mit einem solchen Schiff zu fahren. Am Anfang hatte sie zwar Bedenken gehabt, einen so schweren Wagen zu lenken, aber zwischenzeitlich hatte sie sich an die Umstellung gewöhnt, und gerade bei diesem Wetter genoß sie den Luxus einer Klimaanlage.

Schon erschien Anna an der Schultür und winkte ihr mit der rechten Hand grüßend zu, wartete jedoch ab, bis auch ihr jüngerer Bruder erschienen war, ehe sie zu ihr herüberkam.

"Hallo, Petra!" lachte Anna und ließ sich in den Fond fallen. "Mann, war das wieder ein langweiliger Tag!" In gespielter Erschöpfung strich das junge Mädchen sich mit der Hand über die Stirn und schloß die Augen. "Ich hasse Französisch! Ich weiß gar nicht, warum Papa unbedingt möchte, daß wir diese deutsch-französische Schule besuchen. Diese Sprache ist ätzend. Und jeden Tag neue Grammatik! Es ist nicht zum Aushalten!"

Petra lächelte amüsiert über das Getue der Zehnjährigen, die gerade erst in der fünften Klasse des Gymnasiums war und sich schon verhielt wie eine Ober-primanerin. "Da mußt du durch, Anna", erwiderte sie trocken. "Ohne eine gute Schulausbildung bringst du es zu nichts. Das Deutsche-Französische Gymna-sium ist die beste Schule in der Umgebung. Es ist ein besonderes Privileg für dich, daß du sie besuchen kannst. Das darfst du nie vergessen."

"Außerdem sind ja bald Ferien", tröstete Ben große Schwester. Er besuchte die Deutsch-Französische Grundschule, die im gleichen Gebäude wie das Gymnasium untergebracht war. "Und wir haben viel längere Ferien als die an-deren Schulen, das ist doch auch was, Anna. Fast zwei Monate!"

"Was werdet ihr in den Ferien machen?" fragte Petra neugierig, während sie losfuhr. "Ich weiß noch nicht. Papa hat wahrscheinlich im Sommer keine Zeit, mit uns Urlaub zu machen. Wir werden höchstens ein paar Tage zu Oma Lena fahren oder so. Ansonsten sind wir zu Hause und gehen ins Schwimmbad. Das übliche halt."

"Habt ihr heute Hausaufgaben auf?" horchte Petra nach, während sie im Rückspiegel den Verkehr im Auge behielt. "Nein, Gott sei Dank nicht. Die Lehrer haben gesagt, sie wollten heute mal nicht so sein, weil es doch bald Ferien gibt und es so heiß ist."

"Und du, Ben?" bohrte Petra weiter.

"Ich auch nicht", strahlte der Knirps und entblößte dabei eine breite Zahnlücke. "Was machen mir heute mittag, Petra? Gehen wir wieder ins Schwimmbad? Wie gestern?"

"Klar, wenn ihr gerne möchtet. Aber erst einmal fahre ich euch nach Hause, und ihr eßt zu Mittag. Sonst kriege ich Ärger mit Frau Meyer. Und das wollen wir ja wohl nicht?" Verschmitzt zwinkerte Petra den beiden mit einem Auge zu.

Nach kurzer Zeit waren sie an ihrem Ziel angekommen, und Petra parkte den schweren Wagen im Schatten unter den großen Bäumen. "Na, dann springt mal los, und geht essen." spornte sie die beiden an, die keine Anstalten machten, das Auto zu verlassen. "Oder ist etwas?"

"Alles klar, Petra", erscholl es im Chor von hinten. "Aber du mußt mitkommen und mitessen."

"Na, wenn es Frau Meyer recht ist..." Die junge Frau zauderte, denn noch immer fühlte sie sich unsicher in dem großen, feudalen Anwesen der Söhnkes. Auch wenn die Haushälterin sehr nett zu ihr war, so spürte sie doch die große Diskrepanz zwischen ihnen beiden, Frau Meyer, der langjährigen Haushälterin in diesem vornehmen Haus und ihr selbst, Petra Neumann, einer fremden Privatdetektivin, die gerade mal für ein paar Tage engagiert worden war.

Doch letztendlich ließ sie sich von den Kindern dazu überreden, sich ihnen anzuschließen. Selbst die einfachsten Kartoffeln und Gemüse mit Fleisch waren bei Frau Meyer liebevoll arrangiert wie im Restaurant, und sie genoß es, sich an einen gedeckten Tisch zu setzen und nicht immer von Fastfood zu leben, wie sie es sich angewöhnt hatte, seit Detlev im Krankenhaus war.

Danach machten sie sich auf zum Städtischen Schwimmbad. Es war weit und breit das größte und schönste Schwimmbad mit einer Wasserrutsche von mehr als sechzig Metern, die von überall her die Kinder anlockte. Natürlich war das Bad bei diesem Wetter hoffnungslos überfüllt, aber dennoch war es für Anna und Ben das Höchste, dort hinzugehen, zumal weder Kurt, der Chauffeur, der sie sonst beaufsichtigte, noch Frau Meyer sich dazu berufen fühlten, mit ihnen solche Unternehmungen anzustellen. Natürlich fuhr Kurt sie überallhin, wohin sie wollten, doch mehr, als sich mit ihnen auf den Spielplatz oder ins Kino zu setzen, war beim besten Willen nicht drin. Und Frau Meyer war halt einfach Frau Meyer, die den Haushalt versorgte, die Wäsche machte, bügelte und kochte, aber für andere Unternehmungen war sie nicht zu gebrauchen.

So genossen Anna und Ben es ausgiebig, endlich jemanden zu haben, der sich bereit erklärte, mit ihnen ins Stadtbad zu gehen und mit ihnen herumzutollen. Auch an diesem Nachmittag konnten sie wieder nicht genug von der Wasserrutsche kriegen. Petra wußte gar nicht, wie oft sie mit den beiden die Leiter erklommen und sich unter Gejohle und Gelächter in das kühle Naß hatte gleiten lassen.

Sie fühlte sich in ihre eigene Kindheit zurückversetzt. Schon damals war sie leidenschaftlich gerne ins Schwimmbad gegangen. Während manche ihrer Freundinnen Angst vor der großen Rutsche hatten und kein Wasser in die Augen haben wollten, so hatten auf sie Wasserrutschen schon immer eine große Anziehungskraft ausgeübt und in ihr diesen gewissen Kitzel, dieses Kribbeln im Bauch ausgelöst, welches bis heute geblieben war.

Also verbrachten sie den ganzen Nachmittag im Wasser, nur unterbrochen von kurzen Pausen, die sie einlegten, um etwas zu trinken, ein Eis zu schlecken oder kurz auf die Decke zu gehen, um Anna und Ben nochmals einzureiben. Denn die Sonne stach heute ganz schön herunter, und sie wollte nicht, daß die beiden einen Sonnenbrand bekamen.

Als es bereits auf sieben Uhr zuging, schaffte Petra es, die beiden endgültig aus dem Wasser zu treiben, denn sie wußte, Frau Meyer würde sauer sein, wenn sie zu spät zum Abendbrot erschienen.

"Los, ihr zwei", spornte sie die beiden an. "Zieht euch an. Es wird Zeit, nach Hause zu fahren. Frau Meyer wartet bestimmt schon auf euch. Außerdem habe ich heute abend noch etwas vor."

"Gehen wir morgen wieder ins Schwimmbad?" bettelte Ben auf der Rückfahrt, und auch Anna flehte sie an: "Bitte, Petra, laß uns morgen nochmals gehen. Das macht so toll Spaß auf der Wasserrutsche!"

Doch die junge Frau schüttelte nur bedauernd ihren roten Schopf. "Ich glaube nicht, leider. Morgen soll das Wetter umschlagen. Es soll regnen und gewittern. Also nichts fürs Schwimmbad."

"Und was machen wir dann?" fragte Anna und blickte sie mit großen Augen an.

"Was möchtet ihr denn morgen gerne machen?"

"Können wir morgen nicht noch einmal ins Kino gehen und dann zu Mc Donald's? Das dürfen wir sonst nie. Aber wenn doch Papa nicht da ist... Du verrätst uns doch bestimmt nicht!"

Petra lächelte den beiden verschwörerisch zu. "Okay, ich denke darüber nach. Und an welchen Film habt ihr gedacht?"

"An den neuen Tarzan von Walt Disney. Der soll unheimlich gut sein."
Petra nickte ergeben. "Ich liebe Walt Disney. Aber warten wir bis morgen ab, ob das Wetter wirklich schlecht wird."

"Was hast du eigentlich heute abend vor, daß du es auf einmal so eilig hast?" wechselte Anna das Thema und blickte Petra neugierig an. "Triffst du dich mit deinem Freund?"

"Quatsch. Ich habe zur Zeit keinen Freund", antwortete ihr Petra wahrheitsgemäß. "Ich habe heute abend noch eine geschäftliche Verabredung."

Und das war auch in der Tat so. Denn sie traf um neun Uhr noch in der Stadt die Besitzerin der Lacoste-Boutique, in der sie heute morgen eingekauft hatte und wollte mit ihr die Ausbeute des Morgens durchgehen. Doch alt würde sie heute abend bestimmt nicht in der Stadt werden; das Schwimmen hatte sie ziemlich müde gemacht.

Wie vorhergesagt, war am Donnerstag der Himmel wolkenverhangen, und immer wieder erklang schweres Gewittergrollen in der Ferne. Das schlechte Wetter hielt auch am Nachmittag an, als die Kinder zu Mittag gegessen und ihre wenigen Aufgaben erledigt hatten.

"Petra, Petra, gehen wir jetzt in die Stadt?" bedrängten Anna und Ben sie von beiden Seiten und hingen sich schwer an sie. "Bitte, Petra, du hast es versprochen. Erst ins Kino und dann zu McDonald's."

"Okay, ich gebe mich geschlagen", gab die junge Frau schließlich nach. "Ihr habt gewonnen und kriegt euren Willen. Bei dem Wetter kann man draußen sowieso nichts Richtiges unternehmen. Das kracht heute bestimmt noch ganz ordentlich."

Also fuhren sie los in die Stadt. Dort stellten sie das Auto auf einem öffentlichen Parkplatz ab und eilten zum Kino. Sie erreichten gerade noch rechtzeitig die Eingangstüre, ehe die ersten Tropfen herniederfielen und ein gewaltiger Donner sie zusammenzucken ließ.

"Gerade noch einmal Glück gehabt", japste Petra und strich sich über die kurzen, roten Borsten, die frisch gestylt in alle Richtungen standen. "Hoffentlich gibt es noch Karten."

Aber sie hatten Glück, das Kino war kaum besucht. Die Leute zogen es vor, bei diesem Wetter daheim zu bleiben und das Gewitter abzuwarten. Sie kauften sich drei große Tüten Popcorn und drei Cola und machten es sich in ihren Kinosesseln gemütlich. Ihretwegen konnte es draußen so lange donnern und blitzen, wie es nur wollte. Für sie war der Nachmittag gerettet.

Als sie zwei Stunden später aus dem Kino heraus auf die Straße traten, war der Himmel noch immer schwarz, und das Gewitter hatte sich noch nicht entladen. Die schwüle Luft nahm Petra fast den Atem, und der Schweiß trat ihr gleich wieder auf die Stirn nach dem klimatisierten Kino

"Kommt, ihr zwei", sagte sie und lenkte ihre Schritte Richtung Markt. "Ab zu McDonald's. Ich habe Hunger."

Das Lokal lag nur wenige Minuten vom Kino entfernt, am Anfang der Fußgängerzone und wurde aufgrund seiner zentralen Lage immer lebhaft frequentiert. Vor der Eingangstreppe lümmelten ein paar gelangweilte Jugendliche herum sowie eine Gruppe Penner mit einem großen, schwarzen Hund.

Anna und Petra ignorierten die Gruppe und gingen nebeneinander voneweg, Ben blieb ein paar Schritte hinter ihnen zurück und suchte nach seinem Portemonnaie.

Die junge Frau hatte schon die Eingangstür in der Hand, als sie die zaghafte, flehende Stimme des kleinen Jungen hörte: "Petra..."

Als sie sich umdrehte, sah sie, daß sich einer der Penner, ein großer tätowierter Typ, Ben in den Weg gestellt hatte und verlangend die Hand nach dem Geldbeutel des Jungen ausstreckte.

"Was hast du denn da, Junge?" fragte er und ließ dabei seine schwarzen, fauligen Zähne sehen. "Gib mal her. Du hast doch bestimmt 'ne Mark für mich?" Dabei näherte sich sein Gesicht bedrohlich dem Jungen.

Mit einem Satz stand Petra neben dem völlig verängstigten Jungen und fuhr den Tätowierten an: "Lassen Sie den Jungen in Ruhe, der hat Ihnen nichts getan!" Dabei ließ sie ihre rechte Hand langsam in ihre Umhängetasche sinken und umfaßte vorsichtshalber den Elektroschocker.

"Was mischst du Schlampe dich da ein?" grölte der Mann, und Petra zuckte angewidert vor der Alkoholfahne zurück, die ihr entgegenschlug. "Das ist eine Sache zwischen dem Jungen und mir." Und zu Ben gewandt: "Los, stell dich nicht so an! Rüber mit der Kohle!" Er näherte sich dem Jungen.

Die junge Frau spürte, wie ihr das Herz bis zum Halse schlug vor Aufregung. Doch sie ließ sich ihre Angst nicht ansehen, sondern schob sich langsam zwischen Ben und den Penner. "Ich sage Ihnen noch einmal, lassen Sie den Jungen in Ruhe!" wiederholte sie und blickte dem übelriechenden Mann fest in die Augen. "Schämen Sie sich, kleine Kinder anzubetteln und ihnen Angst zu machen!"

In diesem Moment geschahen mehrere Dinge gleichzeitig. Der Mann glotzte sie wütend an und gab einen kurzen Pfiff von sich. Gleichzeitig schrien Anna und Ben hinter ihr entsetzt auf, und der große, schwarze Hund sprang Petra an.

Ohne lange Überlegung riß Petra den Elektroschocker aus der Tasche und hielt ihn dem schwarzen Ungetüm entgegen. Der Hund hatte sie fast erreicht, sie konnte bereits seine gefletschten Zähne sehen und seinen fauligen Atem riechen, als sie ihm den Elektroschocker in die Flanke preßte.

Das Tier verhielt im Sprung und stürzte wie vom Stein getroffen zu Boden, wo es regungslos liegenblieb. Im Fallen riß es die junge Frau mit zu Boden, die halb unter ihm zu liegen kam.

"Petra!" schrien Anna und Ben gellend auf. Die junge Frau versuchte, sich mühsam unter der Last des bewußtlosen Tieres herauszuarbeiten. Vom Sturz taten ihr alle Knochen weh, und sie hatte den Elektroschocker verloren. Als sie sich gerade befreit hatte, spürte sie, wie sie am Arm gerissen und auf die Füße gezerrt wurde. Der Tätowierte hielt sie mit der Linken gepackt und schüttelte sie wütend hin und her. "Was hast du mit meinem Hund gemacht, du elende Schlampe!" fauchte er dabei und hob drohend die Rechte.

Unwillkürlich duckte sich Petra vor den Schlägen, die gleich auf sie niederprasseln würden. Gleichzeitig erwachte der Überlebensinstinkt in ihr, und sie versuchte, all ihre Kräfte zu mobilisieren. In dem Moment, als der Mann zum ersten Mal zuschlagen wollte, riß sie sich mit aller Gewalt von ihm los und stieß ihm mit voller Kraft das Knie zwischen die Beine, wie sie es im Selbstverteidigungskurs gelernt hatte.

Der Angriffer ging sofort zu Boden und krümmte sich dort vor Schmerzen. Die anderen Penner, die das Geschehen bisher interessiert beobachtet hatten, näherten sich nun wütend. Niemand würde ungestraft einen der ihren verletzen.

Doch Petra hatte ihre Handtasche am Boden wiedergefunden und hielt nun in der einen Hand das Tränengas, in der anderen das Schweizer Messer, welches sie sich erst kürzlich zugelegt hatte. "Komm mir keiner zu nahe," sagte sie und ließ das Messer bedrohlich kreisen, "sonst geht es euch genau wie eurem Kumpel!" Dabei stellte sie sich schützend vor Anna und Ben, die dem Geschehen fassungslos zugeschaut hatten.

Für einen Moment lang verharrten die Penner in ihrer Bewegung. Man sah ihnen an, daß sie sich am liebsten auf sie gestürzt und sich gerächt hätten. In diesem Moment ertönte ganz in der Nähe die Sirene eines rasch näherkommenden Polizeiwagens. Schließlich zogen sie es vor, eilends das Weite zu suchen. Zurück blieben der noch immer an Boden liegende, stöhnende Tätowierte sowie sein bewußtloser Hund.

Nachdem die unmittelbare Gefahr gebannt war, spürte Petra Neumann die Wirkung der vergangenen Minuten bei sich. Kraftlos sank sie auf die Eingangstreppe des Lokals nieder und schlang beide Arme um ihren Oberkörper. Ihre Zähne schlugen trotz der Wärme aufeinander, und sie zitterte unkontrolliert am ganzen Körper.

Die inzwischen eingetroffene Polizei nahm den immer noch am Boden Liegenden in Gewahrsam und forderte per Funk einen Wagen vom Tierheim an, der den schwarzen Hund abtransportieren sollte. Gleichzeitig fing es wieder an zu donnern, und dichter Regen prasselte wolkenbruchartig auf sie nieder.

Die junge Frau war unfähig, sich vom Fleck zu rühren. Sie saß auf der Treppe, spürte, wie der Regen ihr langsam ins T-Shirt lief und sie bis auf die Haut durchnäßte. Ihr saß die Angst über das gerade Erlebte noch in den Knochen. Auf einmal merkte sie, wie sich rechts und links von ihr zwei kleine Körper an sie drängten, und sie nahm Anna und Ben wahr, die sich neben sie auf die Treppe gesetzt hatten.

"Alles in Ordnung, Petra?" fragte das Mädchen ängstlich und sah sie aus großen Augen an.

"Alles in Ordung, ihr zwei", lächelte Petra schwach zurück und schlang die Arme um die Schultern der beiden.

So saßen sie denn zu dritt zusammen im Regen, dicht zusammengedrängt und zitterten vor Nässe, Angst und Glück, daß noch einmal alles gutgegangen war. Die Polizisten befragten sie zu dem Vorfall. Passanten, die Zuschauer des Geschehens geworden waren, beglückwünschten sie zu ihrem couragierten Handeln, doch Petra bekam von alledem nur am Rande etwas mit. Sie war mit einem Mal völlig ausgepowert. Nicht einmal, als mehrere Blitzlichter aufleuchteten und sie blendeten, war sie zu einer Reaktion fähig.

"Wie ist es zu dem Vorfall gekommen?" fragten mehrere Reporter. "Erzählen Sie uns noch einmal ganz genau, was passiert ist." Ungehalten schüttelte die junge Frau nur immer wieder den Kopf und schwieg. Sie war mit ihren Kräften und Nerven am Ende und wollte nur noch ihre Ruhe haben.

"Kommen Sie, wir bringen Sie mit den Kindern nach Hause", sagte einer der Kriminalbeamten und faßte sie behutsam am Arm. Doch Petra lehnte entschlossen ab. "Danke, aber ich habe meinen Wagen in der Nähe. Es geht schon wieder."

Langsam erhob sie sich und sammelte ihre Sachen vom Boden auf, die Handtasche, die nun völlig aufgeweicht war, das Messer, das Tränengasfläschchen und den Elektroschocker.

Dann nahm sie Anna und Ben an der Hand und machte sich auf den Weg zum Parkplatz. Die Lust auf Hamburger und Pommes war ihnen für heute vergangen.

Am nächsten Morgen erwachte Petra Neumann mit einem dröhnenden Kopf und brauchte erst einige Augenblicke, um sich an die Ereignisse des Vortages zu erinnern. Während sie mit müden Füßen ins Bad schlurfte, faßte sie sich an den Kopf, der ihr zu platzen drohte. Der Angriff vor McDonald's hatte sie so mitgenommen, daß sie sich zu Hause erst einmal einen doppelten Cognac genehmigt hatte. Danach hatte sie die Schürfwunden versorgt, die sie sich bei dem Sturz an Armen und Beinen zugezogen hatte und sich dann mit einem weiteren Cognac in die Badewanne gelegt. Und bei den zwei Gläsern war es an diesem Abend nicht geblieben.

Petra stöhnte leicht. Ihr Körper schmerzte von Kopf bis Fuß, und sie fühlte sich wie gerädert. Es kam halt nicht jeden Tag vor, daß sie sich gegen einen tätowierten Penner und einen bösartigen Hund wehren mußte. Die Kopfschmerzen aufgrund des konsumierten Alkohols trugen auch nicht gerade dazu bei, ihre Laune zu heben.

Aber es nutzte alles nichts, sie mußte sich fertigmachen und die Kinder abholen. Trotz der Geschehnisse des vergangenen Tages war heute ein Tag wie jeder andere, und Anna und Ben mußten in die Schule.

Nachdem sie zwei Aspirin genommen und geduscht hatte, fühlte Petra sich soweit wiederhergestellt, daß sie sich einen Kaffee aufsetzen und frühstücken konnte. Ein Blick in den Spiegel bestätigte ihr, daß sich heute wieder die kleinen Fältchen um die Mundwinkel und die Augen gebildet hatten, die sie so haßte. Auch trug der linke Arm, dessen Rückseite vom Ellenbogen bis zum Handgelenk blutig aufgeschürft war, nicht dazu bei, ihr äußeres Erscheinungsbild zu heben.

Resigniert wandte sich die junge Frau vom Spiegel ab. Da war heute nichts zu machen. Sie mußte froh sein, daß sie mit so leichten Verletzungen davongekommen war! Die Sache hätte auch anders ausgehen können.

Während der Kaffee durch die Maschine lief, ging sie nach unten zum Briefkasten und holte die Zeitung nach oben. Beim Frühstücken die wichtigsten Schlagzeilen des Tages zu lesen, hatte sie sich angewöhnt, seit Detlev im Krankenhaus lag.

Petra schlug die Zeitung auf und erstarrte. Auf der ersten Seite prangte ein großes Foto von ihr, mit Anna und Ben im Arm, bis auf die Haut durchnäßt auf den Stufen von McDonald's sitzend, und darunter stand in riesigen Lettern: "Mutiger Kampf gegen agressiven Hund und Penner". In kleineren Buchstaben konnte man darunter lesen: "Babysitterin verteidigt zwei Kinder gegen brutalen Angriff".

Betroffen ließ sich Petra auf den nächsten Stuhl sinken. "Ach du liebe Scheiße!" dachte sie. "Müssen die das so aufbauschen, daß das wirklich jeder mitkriegt! Da kann ich mich ja auf etwas gefaßt machen, wenn Stefan Söhnke von seiner Geschäftsreise zurückkommt. Frau Meyer zeigt ihm bestimmt als allererstes diesen Artikel, und dann bin ich meinen Job los."

Während sie den heißen Kaffee in kleinen Schlucken schlürfte, las sie den großen Leitartikel. Er handelte im wesentlichen davon, wie sie sich gegen den Hund und dessen Besitzer gewehrt hatte und lobte ihr mutiges Verhalten in den höchsten Tönen und zwar derartig, daß es ihr schon nahezu peinlich war. Das Foto war auch nicht gerade schmeichelhaft. Mit riesigen, verschreckten Augen schaute sie in die Kamera, die Arme um die Schultern der beiden Kinder geschlungen. Die Haare hingen triefnaß herunter, und man konnte auf dem Foto die Umrisse ihrer wohlgeformten Brüste erkennen, die sich durch das nasse T-Shirt überdeutlich abzeichneten.

Beim Lesen des Artikels kam Petra nicht umhin, sich etwas geschmeichelt zu fühlen. Sie wurde darin als wahre Heldin dargestellt, was ihrem Ego zugute kam. Stefan Söhnke würde das jedoch mit Sicherheit anders sehen. Sie hatte seine Kinder einer unnötigen Gefahr ausgesetzt, indem sie mit den beiden in die Stadt und dann auch noch zum Markt, an dem sich immer viel Pack herumtrieb, gegangen war. Nach seiner Rückkehr mußte sie sich mit Sicherheit auf ein unangenehmes Gespräch mit ihm gefaßt machen.

Petra seufzte leicht auf. Es wurde allerhöchste Zeit für sie zu fahren, wenn Anna und Ben noch rechtzeitig in die Schule kommen sollten. Also schnappte sie sich ihre Handtasche und die Autoschlüssel und machte sich auf den Weg.

Der Freitag verging für Petra und ihre Schützlinge wie im Fluge. Das Erlebnis hatte die drei noch enger zusammengeschweißt, und Anna und Ben klebten an ihr wie Kletten. Frau Meyer hatte nur den Kopf geschüttelt über das, was passiert war und gesagt: "Das wird aber eine ganz schöne Aufregung geben für Herrn Söhnke, wenn er das erfährt." und hatte sich ansonsten sehr zurückgehalten, so daß Petra mit den Kindern nachmittags weitgehend alleine war.

Wegen des schlechten Wetters konnten sie nicht mehr ins Schwimmbad gehen, aber in die Stadt zog es sie nach dem Erlebten auch nicht mehr. Und so blieben sie in der Villa Söhnke und vertrieben sich die Zeit mit verschiedenen Spielen. Ben sollte zwar eigentlich Fußballtraining haben und Anna Ballettstunde, aber beide wehrten sich mit aller Kraft gegen diese Termine und wollten lieber zu Hause in ihren sicheren vier Wänden bleiben. Frau Meyer und Petra sahen es ihnen nach, weil sie merkten, daß das Ganze die Kinder doch sehr mitgenommen hatte.

Auch Petra fühlte sich körperlich immer noch zerschlagen, so daß sie nur kurz bei Detlev angerufen und ihm das Erlebte geschildert hatte, ehe es ihm von dritter Seite zugetragen wurde. Nicht einmal ins Büro war sie an diesem

Tag gefahren, um nach der Post zu schauen, sondern hatte sich morgens, nachdem sie die Kinder an der Schule abgeliefert hatte, einfach noch einmal drei Stunden aufs Ohr gelegt. Ihr schmerzender Körper verlangte nach Ruhe.

Am Samstag morgen führte kein Weg mehr daran vorbei, daß sie vormittags in Detlevs kleines Büro fuhr. Sie mußte die Post der letzten beiden Tage aus dem Kasten holen und den Anrufbeantworter abhören.

Außer Werbung und ein paar Rechnungen war nichts dabei, keine Anfragen oder Aufträge, einfach nichts. Der Anrufbeantworter hingegen blinkte, und drei Nachrichten waren auf Band gesprochen.

"Hallo, Petra, bitte rufe mich an", ertönte als erstes die Stimme von Detlev Schön. Petra lächelte. Detlev machte sich bestimmt Sorgen um sie, ob sie das Ganze gut verkraftet hatte. Detlev war wirklich ein lieber Kerl! So leicht würde sie keinen so guten Freund wie ihn finden!

Bei dem nächsten Anruf handelte es sich um einen Journalisten, der sie wegen der Vorfälle vor McDonald's noch einmal interviewen wollte.

Als Petra die dritte Nachricht abhörte, hielt sie erschrocken die Luft an. Die verstellte Stimme, die sie bereits vom letzten Mal gut kannte, erklang: "Ich kriege dich noch, du elende Schlampe!" hörte sie den Mann sagen und dann irre auflachen. "Ich lasse mir das von dir nicht bieten! Dafür wirst du bezahlen, du dumme Fotze, du!" Der Mann ließ noch ein paar derbe Schimpfwörter los, dann hatte er eingehängt.

Irritiert hörte sich Petra die Nachricht nochmals an, ohne herausfinden zu können, um wen es sich bei dem Anrufer handelte. Dies war nun schon der zweite Drohanruf innerhalb weniger Tage! Das machte ihr etwas Sorge. Wer war der Anrufer, und was wollte er von ihr?

Wieder mußte sie an Norbert Weingärtner und Volker Heilmann denken. Beiden traute sie gleichermaßen einen solchen Drohanruf zu. Doch dieser Verdacht allein half ihr auch nicht weiter. Es blieb nur zu hoffen, daß der Anrufer seine Drohung nicht wahr machte und ihr wirklich einmal irgendwo auflauerte!

Kurz entschlossen griff sie zum Telefon und wählte Detlevs Durchwahl im Krankenhaus. Als sich dieser jedoch nach zweimaligem Klingeln am Apparat meldete, zögerte sie, ihm von den Drohanrufen zu erzählen. Detlev hatte zur Zeit schon genug Probleme mit sich selbst, da wollte sie ihn nicht noch mit so etwas belasten. Er würde noch zwei Wochen im Krankenhaus bleiben müssen und konnte ihr eh nicht helfen. Da sollte er sich wenigstens nicht noch zusätzliche Sorgen um sie machen müssen! Es war schon genug passiert in den letzten Tagen!

Auch diesen Nachmittag verbrachte Petra mit den Kindern drinnen mit Hausaufgaben und Spielen. Das Schuljahr neigte sich bereits dem Ende zu, und die beiden hatten nicht mehr viel auf, aber auch diese wenigen Aufgaben mußten ordentlich erledigt werden. Sie hatte vorgeschlagen, danach zum Spielplatz zu laufen oder radzufahren, aber die beiden hatten bei dem regnerischen Wetter keine rechte Lust dazu.

Bei Monopoly und Scottland Yard verging der Nachmittag für alle drei wie im Fluge. Um sieben Uhr ergriff sie ihre Autoschlüssel und sagte: "Tschüß, ihr zwei. Ich muß los."

In diesem Augenblick ging die Haustür auf, und Stefan Söhnke erschien im Türrahmen, mit einer Aktentasche in der einen und einem Koffer in der anderen Hand.

"Papa!" riefen Anna und Ben freudig und stürzten an Petra vorbei zu ihrem Vater hin. "Wieso bist du schon da? Du solltest doch erst am Sonntag kommen! Hast du uns etwas mitgebracht?"

Petra blickte unentschlossen auf die traute Familienidylle. Sie war hier wohl überflüssig und sah zu, daß sie nach Hause kam. "Ich gehe dann mal besser", sagte sie und versuchte, sich unauffällig an den Dreien vorbeizuschieben, doch Stefan Söhnke stellte sich ihr rasch in den Weg und hielt sie am Arm fest.

"Nicht so eilig!" sagte er dabei mit seiner wohlklingenden Stimme und sah sie aus seinen unergründlichen, graubraunen Augen ernst an. "Ich glaube, wir beide haben etwas zu bereden." Mit leichtem Druck schob er sie in den Salon und drückte sie in einen Sessel. Dann griff er mit der Hand in seine rechte Jackentasche und hielt ihr anklagend die Zeitung vom Vortag unter die Nase, auf der ihr Foto prangte. "Was meinen Sie, wie ich mich gefühlt habe, als ich im Hotel saß und beim Frühstück ein Foto meiner eigenen Kinder in der Zeitung sehen mußte! Was können Sie mir dazu sagen?"

Petra schluckte und suchte nach einer Antwort. Sie hatte erwartet, daß Stefan Söhnke von dem Geschehen erfahren würde, aber daß dies schon während seiner Reise passieren und er diese deshalb sogar abbrechen würde, damit hatte sie nicht gerechnet. Ein dicker Kloß im Hals hinderte sie daran, ihm sogleich zu antworten.

"Petra hat uns das Leben gerettet!" warf Anna ein. Entschlossen trat sie neben die junge Frau und legte vertrauensvoll ihren Kopf auf deren Schulter. "Wäre sie nicht gewesen, so hätte uns dieser böse Hund angefallen und gebissen. Sie ist eine Heldin!" "Ja, eine Heldin", bestätigte Ben mit heftigem Kopfnicken.

Der große Mann in dem hellen Sommeranzug tätschelte den beiden Kindern beruhigend über das Haar. Ein leichtes Schmunzeln zeigte sich in seinen Augen, doch er klang völlig ernst, als er erwiderte: "Das kann ja alles sein. Aber ich möchte mich jetzt erst einmal mit Frau Neumann alleine über das Ganze unterhalten. Seid so lieb, und geht bitte in eure Zimmer, bis ich euch wieder rufe."

Beklommen blickte Petra hinter den Kindern her. Stefan Söhnke sah wirklich sehr erzürnt aus. Sie konnte sich jetzt bestimmt auf eine sehr unangenehme Unterredung gefaßt machen, weil sie so leichtsinnig mit Anna und Ben in die Stadt gegangen war und sie dadurch einer solch unnötigen Gefahr ausgesetzt hatte! Dabei war es ihre Aufgabe, auf die beiden aufzupassen!

Nachdem die Tür sich hinter den beiden geschlossen hatte, setzte sich Stefan Söhnke auf die Tischkante unmittelbar vor Petra und blickte sie mit undurchdringlicher Miene an. "Nun erzählen Sie selbst, was sich zugetragen hat!" sagte er. Seine Stimme klang unpersönlich kalt und ließ Petra erschauern.

Mit zittrigen Knien schilderte Petra den Vorfall. Dabei ließ sie nichts aus und beschönigte auch nichts, beschränkte sich jedoch auf ein paar wenige Sätze. Sie war sich bewußt, daß Söhnke die ganze Zeit, während sie sprach, seinen Blick prüfend auf ihr ruhen ließ.

"So ist das passiert", beendete sie schließlich ihren Bericht und senkte den Kopf. "Es tut mir leid, Herr Söhnke. Ich wäre wohl besser mit den Kindern nicht an den Markt gegangen. Das war unverantwortlich von mir."

Verlegen schaute sie zu ihrem Arbeitgeber hoch. Dessen graubraune Augen musterten sie sehr eingehend, und die Minuten dehnten sich, ohne daß einer von ihnen etwas sagte. Petra konnte förmlich die Spannung zwischen ihnen knistern spüren und schluckte schwer. Söhnke würde sie mit Sicherheit sofort entlassen.

Als Petra schon wieder zum Sprechen ansetzen wollte, weil sie das Schweigen zwischen ihnen nicht mehr aushielt, erhob sich ihr Gegenüber mit einem Mal und zog sie an der Hand aus dem Sessel hoch. Dann griff er ihr mit der Rechten in den Nacken und zog ihren Kopf ganz nahe an sich heran, bis sie fast an seiner Brust lag. "Du bist eine sehr mutige Frau", flüsterte er, während sein Gesicht sich immer mehr dem ihren näherte. "Ich liebe mutige Frauen."

Und dann verstärkte er den Griff in ihrem Nacken und zog sie noch näher an sich heran. Ehe Petra wußte, wie ihr geschah, senkte er seine Lippen auf die ihren und küßte sie. Sein Kuß war hart und fordernd, und sie konnte die unbeugsame Kraft spüren, die von diesem Mann ausging.

Petra erwiderte den Kuß erst verhalten, dann mit zunehmender Leidenschaft. Sie spürte, wie die Beine unter ihr nachzugeben drohten, und alles versank um sie herum. Es zählte nur noch eins, Stefan und sie. Nur das gab es noch auf der

Welt, zwei Menschen, die sich im Arm hielten und küßten. Das war, was sie sich so lange schon gewünscht hatte, von Stefan Söhnke geküßt zu werden! Genauso unvermittelt, wie er angefangen hatte, ließ er sie wieder los und trat einen Schritt zurück. Ein kleines Lächeln umspielte seine sinnlich geformten Lippen und gaben seinem markanten Gesicht einen weichen Zug. "Ich denke, wir sollten jetzt wieder die Kinder hereinrufen."

Petra nickte zustimmend, während sie verlegen den Rock glattstrich, der ihr während der vergangenen Minuten hochgerutscht war. "Ich denke auch, das ist besser", stimmte sie zu und wunderte sich, daß ihre Stimme ihr noch folgte. Der Kuß hatte sie völlig überrascht, und sie wußte noch nicht so recht, was sie von dem Ganzen halten sollte.

Als Ben und Anna wenig später hereinstürmten, erklärte ihr Vater den beiden mit ungerührter Miene: "Petra hat mir erzählt, was am Donnerstag passiert ist. Ich denke, da haben wir Glück gehabt, daß ihr eine so mutige Frau wie Petra bei euch gehabt habt. Das Ganze hätte auch anders ausgehen können!"

Petra spürte, wie ihr das Blut ins Gesicht schoß vor Verlegenheit. Doch der Mann achtete weiter nicht auf ihre Reaktion, sondern ergriff ihre Hand und zog sie an seine Seite. "Ich denke, das Mindeste ist, daß wir Frau Neumann zum Abendessen einladen, sozusagen als kleines Dankeschön. Was meint ihr dazu, Kinder?"

Der zweistimmige Jubel, der seiner Ankündigung folgte, war kaum noch zu übertönen und lockte schließlich auch Frau Meyer an, die sich die ganze Zeit diskret im Hintergrund aufgehalten hatte. Mit ungerührter Miene nahm sie zur Kenntnis, daß unerwarteterweise zwei Personen mehr zum Abendessen da sein würden - Petra Neumann und Stefan Söhnke selbst -. Solch kleine Programmänderungen brachten sie als erfahrene Haushälterin nicht aus der Fassung.

Den ganzen Abend erlebte Petra wie einen Traum, aus dem sie jeden Augenblick zu erwachen drohte. Stefan Söhnke verhielt sich ihr gegenüber sehr zuvorkommend - und sehr korrekt. In keiner seiner Äußerungen erinnerte er daran, was zwischen ihnen beiden an diesem Abend vorgefallen war.

Stefan Söhnke war ein äußerst aufmerksamer und charmanter Gastgeber, der ihr ständig Wein nachschenkte und sich um ihr Wohlergehen sorgte, doch Petra wußte nicht so recht, was sie von dem Ganzen halten sollte. Eben noch hatte er sie im Arm gehalten und leidenschaftlich geküßt, und nun saß er ihr an dem großen Eßtisch gegenüber und gab sich zuvorkommend und unnahbar. Dabei hatte die junge Frau jedoch das Gefühl, daß er sie aus den Augenwinkeln musterte, wenn er sich unbeobachtet glaubte.

Im Laufe des Abends spürte Petra förmlich die Spannung, die sich zwischen ihnen beiden aufbaute. Wenn Stefan ihr das Brot reichte und dabei versehentlich ihre Hand berührte, so meinte sie, zurückzucken zu müssen, als wie wenn sie glühende Kohlen angefaßt hätte. Ihr Körper reagierte ungemein auf die kleinste Berührung, und seine körperliche Nähe raubte ihr fast den Verstand.

Der Abend verging wie im Fluge. Anna und Ben bestritten den größten Teil der Unterhaltung. Immer wieder griffen sie die Erlebnisse des Donnerstag nachmittags auf und schmückten sie bei jedem Erzählen mehr aus. Jede Kleinigkeit, welches sie in dieser einen Woche mit Petra erlebt hatten, war es wert, erwähnt zu werden. Sie erzählten vom Schwimmbad und von der großen Rutsche. Jede kleine Episode wurde bis ins Detail ausgeschmückt, nur um die Zeit zu verlängern, bis sie ins Bett mußten.

Doch schließlich erhob Stefan Söhnke mahnend den Finger und sagte: ''Nun ist aber wirklich Schluß, Kinder. Es ist immerhin zehn Uhr durch, so lange dürft ihr sonst nie aufbleiben. Also los! Marsch ins Bett mit euch!'' Dabei blickte er sehr ernst drein, um seiner Forderung Nachdruck zu verleihen.

Zehn Minuten später herrschte Ruhe in den Kinderzimmern, und die beiden lagen unter ihren Decken und schliefen.

''Und nun zu uns'', flüsterte Söhnke und wandte sich der jungen Frau zu. Ohne auf ihren verwirrten, fragenden Gesichtsausdruck zu achten, nahm er ihre linke Hand in seine rechte und betrachtete die Schürfwunden, die auf ihrem Unterarm noch immer erkennbar waren, bevor er einen kaum spürbaren Kuß darauf hauchte.

Noch ehe Petra etwas erwidern konnte, nahm er sie an die Hand und zog sie zu sich heran. ''Komm her, du kleine Heldin'', flüsterte er, während seine Lippen gierig die ihren suchten. Petra erwiderte seine Küsse und gab sich ihnen ganz hin. Sie erweckten in ihr lang vermißte Gefühle, und sie glaubte, vor Sehnsucht nach ihm zu vergehen. Von Stefan Söhnke ging eine Kraft aus, die sie bis ins Innerste erbeben ließ und der sie sich willig unterwarf. Sein muskulöser Körper drängte sich noch enger an den ihren, und sie konnte seine Erregung spüren, die er nur mühsam unterdrückte.

Als er sie schließlich an der Hand nahm und mit einem leisen, aber bestimmten ''Komm!'' behutsam die Treppe hochführte, da nickte sie nur und folgte ihm willig. Dies war, was sie sich seit ihrer ersten Begegnung mit Stefan Söhnke gewünscht hatte. Und dies war ganz natürlich und schön.

Als Petra am nächsten Morgen erwachte und ihr Blick auf den schlafenden Mann an ihrer Seite fiel, überzog ein sanftes Lächeln ihr Gesicht. Nur zu gut erinnerte sie sich an die Ereignisse der vergangenen Nacht und daran, wie schön es mit Stefan gewesen war. Er war so ganz anders als die Männer, die sie bisher gekannt hatte, zärtlich und rücksichtsvoll, doch gleichzeitig von einer Kraft und Härte, die sie erschreckt hatten. Sie hatte gespürt, wie sie in seinen Händen wie Wachs dahingeschmolzen war, und das war für sie ein völlig neuer Zustand.

Bei Bernhard Schmelzer war sie noch jung und dumm, bei Martin Faust war immer sie die Starke und Dominante gewesen, doch bei Stefan hatte sie sich wie ein kleines Mädchen gefühlt, das folgsam auf das hörte, was man ihm sagte. Hätte er ihr in dieser Nacht befohlen, sie solle für ihn barfuß bis ans Ende der Welt gehen, so hätte sie auch dies getan, so fasziniert war sie von der unerbittlichen Stärke, die er ausstrahlte.

Dabei war Stefan ein fantastischer Liebhaber gewesen, das mußte sie wirklich sagen. Man merkte ihm die Erfahrung des reifen Mannes an - immerhin war er schon Vierzig -, der sehr genau wußte, wie man eine Frau glücklich machte. Dies hatte er ihr in dieser Nacht mehr als ausreichend bewiesen.

Ein zärtliches Lächeln zeigte sich auf Petras Gesicht, und sie beugte sich langsam über den Schlafenden. "Guten Morgen", flüsterte sie und hauchte ihm einen Kuß auf die Lippen.

"Guten Morgen", kam es ebenso leise zurück, und ein zärtlicher Blick traf sie aus diesen unergründlichen graubraunen Augen, in deren Tiefe sie stundenlang versinken könnte. Dann spürte sie, wie Stefan sie mit seinen muskulösen Armen umfing und erneut an sich heranzog, um ihren Kuß zu erwidern. Wieder versank alles um Petra herum, und sie gab sich seiner leidenschaftlichen Umarmung hin.

Zwei Stunden später saßen Petra und Stefan mit den Kindern am gemeinsamen Frühstückstisch und ließen sich von Frau Meyer bedienen. Die junge Frau fühlte sich etwas befangen und errötete leicht unter den prüfenden Blicken der Hausangestellten, doch Anna und Ben freuten sich über ihre Anwesenheit.

"Cool, daß du noch da bist. Dann können wir ja schon gleich nach dem Frühstück spielen", war der einzige Kommentar des Achtjährigen, während er sich den Mund mit Corn Flakes vollstopfte.

Anna war mit ihren zehn Jahren schon etwas aufgeklärter und äußerte würdevoll: "Wenn du jetzt immer bei uns schläfst, dann brauchst du morgens nicht mehr so früh aufzustehen, um uns für die Schule abzuholen. Ist doch prima."

"Das müssen wir erst noch abwarten, ob Petra immer bei uns schlafen wird", warf Stefan Söhnke amüsiert ein, während seine Augen Petras verblüfften

Blick trafen. "Da hat sie schließlich auch noch ein Wörtchen mitzureden. Aber ich hätte nichts dagegen, wenn Petra bei uns wohnen würde. Was meinst du dazu, Petra?"

Bei seinen Worten verschluckte sich die junge Frau fast am Kaffee. Ein so offenes Gespräch vor den Kindern machte sie doch etwas befangen. Während ihr die Röte in die Wangen stieg, stammelte sie verlegen: "Nun ... nein ... ich meine ja, das ist wirklich eine gute Idee... Aber das geht doch alles jetzt ein bißchen schnell... Ich meine, ich muß ja auch noch arbeiten..." Verlegen brach sie ab.

Sie wußte nicht mehr, was sie sagen sollte. Dies war alles zu überraschend für sie gekommen. Stefan Söhnke war der absolute Traummann für sie, doch gestern hatte sie noch nicht einmal damit gerechnet, daß er sich etwas aus ihr machte, und heute bot er ihr schon an, bei ihm einzuziehen. Petra wußte nicht, was sie davon halten sollte. Der Mann war so fordernd und dominant - und gleichzeitig so attraktiv, um nicht zu sagen sexy. Das alles war zu schön, um wahr zu sein. Es war alles wie ein schöner Traum, bald würde sie aufwachen, und das alles zerplatzte wie eine Seifenblase. Sie spürte, wie seine prüfenden Blicke sie eingehend musterten. "Nimm dir Zeit, Petra", sagte er. "Das Angebot steht, du kannst jederzeit hier einziehen, wenn du möchtest."

Petra lächelte ihn gerührt an, während sie dachte: Mein Gott, wie sieht der Mann gut aus! Es ist wirklich eine Unverschämtheit! Laut sagte sie: "Das ist lieb von dir, Stefan. Ich werde darüber nachdenken. Aber heute morgen muß ich mich erst einmal um das Büro und Detlev kümmern."

"Heute? Am Sonntag willst du arbeiten?" fragte der Mann ungehalten, und eine steile Falte erschien auf seiner Stirn.

"Ich muß", erwiderte Petra und amüsierte sich insgeheim über seine Reaktion. "Ich bin es einfach Detlev schuldig, daß ich den Laden am Laufen halte, bis er wieder fit ist. Er ist mein bester Freund, weißt du, und hat mir sehr geholfen, als ich in Not war. Ich kann ihn nicht einfach hängen lassen."

"Okay, dann fahre ins Büro. Aber nur, wenn du mir versprichst, daß du heute abend wieder bei uns zu Abend ißt. Und denke über mein Angebot nach."

"Das werde ich tun", nickte Petra, während ihr Inneres frohlockte: Stefan schien seine Worte wirklich ernst zu meinen und hatte das nicht einfach so dahingesagt eben! Fortuna schien ihr endlich wieder hold zu sein.

"Ich fasse es nicht, du bist tatsächlich mit dem Kerl direkt ins Bett gestiegen!" lachte Detlev Schön und schlug sich amüsiert auf die Bettdecke. "Dich kann man aber wirklich keine Minute aus den Augen lassen, schon mußt du wieder Dummheiten machen!"

"Ich weiß nicht, ob das Dummheiten sind, Detlev", erwiderte die junge Frau verträumt, und ein weicher Zug spielte um ihre Lippen. "Ich glaube, diesmal hat es mich wirklich voll erwischt. Stefan ist anders als die meisten Männer, glaube mir. Er ist so stark, so imposant, ich weiß nicht, wie ich es ausdrücken soll..."

"Sprich, du hast dich in den Kerl verliebt, Schätzchen", stellte Detlev lakonisch fest. "Hoffentlich ist der Kerl das wert. Ich bin immer dafür, Geschäft und Privatleben zu trennen. Aber du mußt wissen, was du tust."

"Ach, Detlev, ich muß das alles erst einmal auf mich zukommen lassen. Ich weiß selbst noch nicht, wie das alles so schnell passieren konnte. Stefan möchte, daß ich bei ihm einziehe, stell dir das mal vor. Ist das nicht toll?"

"Mach langsam, Petra", erwiderte Detlev. "Du kennst den Kerl doch kaum. So ganz nebenbei, was soll dann aus mir werden? Willst du bei mir aufhören?" Anklagend blickte er die junge Frau an.

"Mensch, Detlev, ich lasse dich doch nicht im Stich, das weißt du ganz genau!" In gespielter Empörung blickte sie ihren Freund an. "Ich werde mich weiterhin um das Büro und alles kümmern, ist doch klar. Außerdem würde ich wirklich gerne weiter bei dir arbeiten, ich kann mich nicht einfach von Stefan aushalten lassen. Schließlich kenne ich ihn kaum."

"Das denke ich auch", warf ihr Gegenüber ein. "Ich werde erst einmal nähere Erkundigungen über Söhnke Transporte einholen. Ich möchte wissen, mit wem du dich einläßt. Schließlich bist du meine beste Freundin."

"Sei unbesorgt, Detlev, Stefan ist okay", lachte Petra belustigt auf. "Du wirst sehen, er gefällt dir auch. Warte nur, bis du hier rauskommst und ihn kennenlernst! Er ist der süßeste, zärtlichste, bestaussehendste Mann, den du dir vorstellen kannst."

"Und reich obendrein", fügte Detlev lachend hinzu, doch dann wurde er wieder ernst. "Paß auf dich auf, Petra", warnte er. "Ich kann mir nicht helfen, ich habe bei der ganzen Sache ein komisches Gefühl. Irgendwie geht das alles zu glatt und schnell. Solche Dinge haben meistens einen Pferdefuß."

Sie unterhielten sich noch ein Weilchen weiter über Stefan, die Ereignisse der Woche, die Petra zu einiger Berühmtheit verholfen hatten und verschiedene Angelegenheiten aus dem Büro. Schließlich verabschiedete Petra sich mit einem Blick auf die Uhr und versprach, Detlev Anfang der Woche wieder zu besuchen.

Beschwingten Schrittes betrat die junge Frau das kleine Büro im einem Altbau nahe der Innenstadt und warf lässig das Bündel Briefe, das sie gerade aus dem Briefkasten herausgenommen hatte, auf den Schreibtisch. Leise summend warf sie die Kaffeemaschine an und ließ sich hinter dem Schreibtisch nieder.

Langsam blätterte sie die Post durch und stöhnte. Nichts als Mahnungen und Rechnungen! Im Moment lief es wirklich nicht so gut für Detlevs Firma. Hätte sie nicht gerade rechtzeitig den Job bei Stefan Söhnke gefunden, so hätten sie im Moment überhaupt nichts zu tun gehabt. Die ganzen regelmäßigen Arbeiten, die sonst anfielen, hatte sie für den Moment erledigt, so daß sie sich in den nächsten paar Tagen um diese Altkunden nicht zu kümmern brauchte. Dies brachte zudem immer nur kleines Geld für die laufenden Ausgaben, das allein langte nicht.

Petra seufzte leicht auf. Sie mußte unbedingt mit Stefan sprechen und klären, wie es weitergehen sollte. Einerseits war sie bisher seine Angestellte gewesen, Chauffeurin und Bodyguard, gestellt von der Firma Schön Security, mit einem Stundensatz von einhundertfünfzig Mark. Andererseits war sie jetzt seine Freundin, so wie es aussah. Wie sie das zusammen vereinbaren sollte, war ihr noch nicht so ganz klar. Auf jeden Fall würde sie Stefan erst einmal die Rechnung für die bisher aufgelaufenen Stunden zukommen lassen. Dies würde Detlevs leere Kassen ein bißchen auffüllen.

Lässig öffnete sie den nächsten Brief, einen weißen, unfrankierten Umschlag, auf dem kein Absender vermerkt war. Sie entnahm den darin liegenden Brief, faltete ihn auseinander und ließ ihn dann fallen, als ob sie heiße Kohlen angefaßt hätte.

Auf dem Blatt waren aus großen Buchstaben, die jemand aus einer Zeitung ausgeschnitten hatte, nur wenige Wörter aufgeklebt: "Ich kriege dich noch, du Fotze!"

Petra spürte, wie ihr das Blut aus den Wangen wich und sie am ganzen Körper zu zittern anfing. So langsam fand sie diese ganze Bedrohungen wirklich nicht mehr lustig und machte sich ernsthafte Gedanken um ihre Sicherheit. Wer auch immer sie hier ständig bedrohte, schien es wirklich ernst zu meinen, wenn er sich jetzt nicht mehr auf obszöne Telefonanrufe beschränkte, sondern ihr bereits Drohbriefe schickte. Vielleicht sollte sie doch mit jemandem darüber reden.

Wie in Trance verrichtete Petra ihre restliche Arbeit, wobei ihr Blick immer wieder auf diesen seltsamen Brief fiel. Sie hatte so etwas zwar schon im Fernsehen gesehen, aber es war doch etwas anderes, wenn man selbst Empfänger eines solchen Drohbriefes war.

Als das Telefon klingelte, schrak sie sichtlich zusammen. "Büro Schön", meldete sie sich und war mehr als erleichtert, als sie Stefan Söhnkes Stimme am Telefon hörte. "Ich wollte nur einmal nachhören, wie lange du noch arbeitest", fragte er, und allein der wohltönende Klang seiner Stimme ging Petra durch Mark und Bein.

"Ich bin so gut wie fertig", beeilte sich Petra zu sagen. Ihr war wirklich nicht mehr danach, sich noch länger allein in diesem Büro aufzuhalten. Nach diesem Drohbrief hatte sie heute ein ungutes Gefühl dabei. "Ich erledige gerade noch ein paar Dinge, dann fahre ich nach Hause."

"Soll ich dich dort abholen, so in zwei Stunden?" hakte Stefan nach.

"Das wäre schön", sagte Petra. "In zwei Stunden, bei mir. Bis später." Sie hauchte einen kleinen Kuß in den Telefonhörer und legte dann auf. Ein zartes Lächeln überzog ihr Gesicht. Es war schön, wieder jemanden zu lieben und geliebt zu werden. Stefan! Sie konnte es gar nicht erwarten, ihn wiederzusehen.

Zwei Stunden später saß Petra auf der Terrasse und genoß es, sich von der Spätnachmittagssonne streicheln zu lassen. Vor ihr stand ein gefülltes Glas mit Prosecco, dazu ein Teller mit Antipasti. Neben ihr saß, lässig in seinen Korbsessel versunken, Stefan Söhnke und nippte ebenfalls ein Glas Prosecco. In der Ferne hörte sie Anna und Ben, die irgendwo in dem großen Garten herumtollten, miteinander lachen.

Petra schloß die Augen und lehnte sich entspannt in ihren Sessel zurück. Was wollte sie noch mehr, als Sonne, Wein und den Mann, den sie liebte, an ihrer Seite? Es war einfach zu schön, um wahr zu sein! Flüchtig kehrten ihre Gedanken zu dem Drohbrief zurück, den sie in ihrer Tasche hatte. Eigentlich hatte sie vorgehabt, mit Stefan darüber zu reden. Doch nun scheute sie sich, die Idylle des Augenblicks durch solche weltlichen Dinge zu zerstören und wollte einfach nur das Jetzt genießen.

Stefan Söhnke war es, der schließlich ihr Schweigen unterbrach, indem er sich zu ihr herüberbeugte und ihre Hand ergriff. "Nun, Petra, geht es dir gut?" fragte er und sah ihr tief in die Augen. Sie nickte nur leicht und gab einen leicht brummenden Laut der Zustimmung von sich. Dann erinnerte sie sich daran, daß es noch einige Dinge zu regeln gab und öffnete die Augen.

"Stefan, da ist noch etwas, was ich dich fragen möchte", begann sie. "Wir müssen darüber reden, wie es jetzt mit meinem Job weitergeht."

Ihr Gegenüber lachte belustigt auf. "Wenn das all deine Probleme sind, nun, das ist ganz einfach. Ab Montag ist Karl wieder da, mein alter Fahrer, und somit ist der Vertrag mit Schön Security offiziell beendet. Du kannst mir also die Rechnung schicken, falls du das fragen wolltest."

Die junge Frau spürte, wie sie bis unter die Haarwurzeln errötete. "Du mußt das nicht mißverstehen", stammelte sie. "Aber die Firma ist auf das Geld angewiesen. Nur, weil sich zwischen uns beiden privat etwas verändert hat, kann ich dir nicht die Kosten erlassen. Detlev braucht das Geld." "Und ich selbst auch", fügte sie in Gedanken hinzu.

"Keine Frage. Gib mir die Rechnung, und du erhälst am Montag sofort einen Scheck von meiner Sekretärin. Einverstanden?"

Petra nickte verlegen. Das Gespräch war ihr mehr als peinlich, aber auch solche Dinge mußten geregelt werden.

"Was nun die zweite Sache betrifft...", fuhr der Mann fort, während er ihr mit den Fingerspitzen langsam über das Rückgrat strich, daß sie wollustig erschauderte.

"Welche zweite Sache?" flüsterte Petra zurück, während sie sich seinen zärtlichen Berührungen hingab. "Nun, die Sache mit deinem Einzug hier. Das Angebot steht immer noch. Denke darüber nach."

"Ich denke die ganze Zeit schon darüber nach", hauchte Petra. "Der Gedanke ist ungemein verlockend für mich, aber wir kennen uns doch kaum."

"Das ist ein Grund, aber kein Hindernis", erwiderte Söhnke und sah sie aus seinen graubraunen Augen liebevoll an. Minutenlang haftete sein Blick an ihren grünen Augen und ihrer peppigen, roten Kurzhaarfrisur, dann fuhr er fort: "Ich hätte da auch noch eine andere Idee. Eventuell hätte ich einen anderen Job für dich, besser gesagt für deine Firma."

"Einen neuen Job?" verwunderte Petra sich, denn sie hatte nicht erwartet, daß das Gespräch sich in diese Richtung entwickeln würde.

"Ja, nichts Besonderes, nur eine leichte Botentätigkeit", antwortete Söhnke gelassen. Dabei zündete er sich eine Zigarette an und zog genüßlich an ihr. "Ich habe in meiner Firma ein kleines Problem. Du weißt, daß ich eine Spedition habe und viele Geschäfte mit dem Ausland tätige. Deshalb war ich auch jetzt auf Geschäftsreise. Dadurch, daß ich früher zurückgekommen bin, konnte ich nicht alles erledigen. Aus diesem Grunde kommen meine Geschäftspartner nun nach Deutschland."

"Und was habe ich dabei zu tun?"

"Eigentlich weiter nicht viel. Es geht darum, daß eine absolute Vertrauensperson einen Aktenkoffer mit Dokumenten bei meinen Geschäftspartnern im Hotel abholt und zu mir bringt. Das Ganze würde sich für dich mit Sicherheit lohnen; ich würde dich fürstlich bezahlen für die Angelegenheit."

Petra schaute den Mann verblüfft an. "Das verstehe ich nicht ganz. Wieso möchtest du, daß ausgerechnet ich für dich diese Papiere abhole und willst dafür auch noch viel Geld bezahlen? Wieso gehst du nicht selbst in dieses Hotel?"

"Das ist weiter nicht schwer zu erklären", erläuterte ihr Söhnke mit gelassener Stimme. "Meine Konkurrenz schläft nicht. Es handelt sich hierbei um sehr wichtige Dokumente, die, wenn sie in falsche Hände gerieten, einen großen finanziellen Verlust für mich darstellen würden. Ich möchte auf keinem Fall selbst in Erscheinung treten und meinen Konkurrenten dadurch vorzeitig verraten, welche Geschäfte ich abgeschlossen habe."

"Das leuchtet mir ein", gab Petra zu. Sie selbst hatte schon bei der Arbeit mit Detlev so einiges erlebt hinsichtlich Wirtschaftsspionage und Erpressungen. Nur zu gut konnte sie Stefan verstehen. Entschlossen hob sie den Kopf. "Okay, ich mache den Job. Wann soll das Ganze stattfinden?"

"Am Dienstag im Kongreßhotel", erläuterte ihr Stefan mit sachlicher Stimme, während er behutsam an ihrem Ohr knabberte. "Ach ja, und noch etwas", fügte er dann hinzu. "Wenn du möchtest, kannst du diesen Job auf Dauer machen. Ich habe jede Woche ein, zwei Mal solche Papiere zu befördern. Karl taugt dafür einfach nicht. Er kann sich in einem so feinen Hotel nicht ungezwungen bewegen. Ich denke, eine Frau ist dafür geeigneter." Zärtlich wanderten seine Lippen an ihrem Hals entlang Richtung Dekollete. "Vor allem eine so attraktive Frau wie du. Niemand wird hinter dir meinen Boten vermuten."

Dann erfaßte er zärtlich ihre Hand und hauchte ihr einen Kuß auf die Fingerspitzen. "Aber laß uns jetzt bitte von etwas anderem als von der dummen Arbeit reden. Dazu ist am Montag noch genug Zeit. Wir haben heute mit Sicherheit etwas Besseres zu tun, meinst du nicht?" Damit zog er Petra an der Hand aus ihrem Sessel hoch und mit ins Haus.

Seine Stimme klang hart und fordernd, dabei gleichzeitig zärtlich und erwartungsvoll und duldete keinen Widerstand. Willig ließ Petra sich von ihm an der Hand führen. Sie würde ihm überall hinfolgen, bis ans Ende der Welt, dachte sie dabei voller Zärtlichkeit.

"Wie? Dafür, daß du diesen Koffer abholst und zu deinem Freund bringst, kriegst du eintausend Mark? Das fasse ich nicht!" Verblüfft blickte Detlev Schön die junge Frau an, die sich neben seinem Krankenbett niedergelassen hatte. Es war Montag vormittag, und sie stattete ihrem kranken Freund einen Besuch ab, um ihm von den neuesten Ereignissen in ihrem Leben zu berichten. "Das kommt mir sehr seltsam vor, findest du nicht?"

"Was soll daran seltsam sein?" erwiderte Petra pikiert. "Stefan hat unheimliche Probleme mit seinen Konkurrenten, du weißt doch, wie das ist. Er braucht eine Vertrauensperson, die für ihn diese Botengänge macht."

"Und diese Vertrauensperson bist ausgerechnet du?"

"Ja, die bin ich", gab Petra schnippisch zurück. "Stefan liebt mich eben auch, weißt du. Und deshalb hat er mir diesen Job angeboten. Er weiß, daß er

sich auf mich absolut verlassen kann. Das ist ihm eben so viel Kohle wert."
Laut überlegte sie weiter: "Vielleicht bezahlt er auch nur so gut, weil er nicht
möchte, daß ich noch andere Jobs annehme. Ihm ist es nämlich lieber, wenn ich
abends pünktlich bei ihm zu Hause bin."
    "Ich weiß nicht, Petra", wandte Detlev ein. "Das klingt alles gut und schön.
Vielleicht ist er ja wirklich dein Märchenprinz. Daß er aber ausgerechnet auch
noch eine solchen Traumjob für dich hat, ist schon seltsam. Irgendwie habe ich
kein gutes Gefühl."
    "Du mit deinen dummen Gefühlen!" brauste Petra auf und baute sich wü-
tend vor dem Bett auf. "Ich sage dir mal was: Ich glaube, du bist nur neidisch
auf mich, weil im Moment alles so gut klappt, während du hier im Bett liegst
und nichts tun kannst. Aber das ist kein Grund, Stefan herunterzumachen. Er ist
der netteste, attraktivste Mann, den ich kenne, und ich lasse ihn von dir nicht
schlechtmachen."
    "Das möchte ich auch eigentlich nicht, Petra", lenkte Detlev ein. "Ich will
nur nicht, daß du dich falschen Illusionen hingibst und nachher wieder enttäuscht wirst. Ich habe zwischenzeitlich noch nähere Erkundigungen eingeholt
über Söhnke. Seine Firma scheint sauber zu sein. Sie macht Auslandtransporte,
Schwertransporte und Entsorgungen. Das übliche halt. Er selbst ist verwitwet.
Seine Frau kam bei einem Autounfall vor vier Jahren ums Leben."
    "Detlev, das weiß ich doch alles schon", stoppte Petra ihn stöhnend. "Mußt
du so hinter Stefan her schnüffeln? Das ist ja ekelhaft! Akzeptiere einfach, daß
ich einen neuen Freund habe und daß er zufällig auch einen guten Job für uns
hat. Weiter ist da nichts dabei."
    "Ich hoffe, du hast recht", seufzte Detlev und lehnte sich in die Kissen zu-
rück. Sein Bein machte ihm noch immer zu schaffen. "Ich bin der Letzte, der
dir deinen Stefan nicht gönnt, glaube mir. Tu mir nur den einen Gefallen, Petra.
Paß auf dich auf! Versprichst du mir das?"
    Besorgt schaute er die junge Frau an. Diese nickte zur Bestätigung nur.
"Klar doch, Detlev." Wieder hatte sie die Gelegenheit, jemandem von den
Drohanrufen und dem Drohbrief zu erzählen, doch wiederum ließ sie diese
Gelegenheit ungenützt verstreichen und dachte nicht mehr an den Brief in ihrer
Handtasche.

Am nächsten Tag, einem Dienstag, fand die besprochene Koffertransaktion
statt. Zu diesem Zweck warf sich Petra Neumann in Schale. Das dunkle Ko-
stüm mit der champagnerfarbenen Bluse, welches sie damals bei ihrem Vorstellungsgespräch bei Stefan angehabt hatte, schienen ihr die richtige Kleidung zu

sein, um als Geschäftsfrau im Kongreßhotel aufzutauchen und dort mit einem Aktenkoffer herumzulaufen.

"Warum eigentlich gerade ein Aktenkoffer?" fragte sie Stefan, während sie sich vor dem großen Spiegel in seinem Schlafzimmer zurechtmachte. "Das ist ja wie in einem klassischen Film, du weißt schon, einer von diesen Filmen, in denen sie im Koffer jede Menge Geld transportieren oder Diamanten."

Der hochgewachsene Mann trat von hinten an sie heran, umfaßte sie mit beiden Armen und atmete den Duft ein, der aus ihrem Haar emporstieg. "Du schaust zu viel Fernsehen, Petra", erklärte er dabei lakonisch. Kein Muskel seines markanten Gesichtes zuckte. "Wichtige Geschäftspapiere werden immer in einem Aktenkoffer transportiert, das ist nun mal so. Mach dir nicht so viele Gedanken darüber, glaube mir."

"Aber ich finde es schon etwas übertrieben, mir den Koffer ans Handgelenk zu ketten", fuhr Petra in ihren Überlegungen fort, während sie ihren kurzen Haaren mit etwas Gel den letzten Schliff gab. "Irgendwie komme ich mir da ein bißchen blöde vor."

"Das wird sich schon legen, Petra", antwortete Söhnke und hauchte ihr einen zarten Kuß auf den Nacken, der sich ihm so verführerisch darbot. "Glaube mir, das Ganze ist eine harmlose Transaktion. Ich habe dir doch bereits erklärt, daß ich viele Geschäfte mit dem Ausland tätige. Meine Konkurrenz wüßte nur zu gerne, wer meine Geschäftspartner sind und zu welchen Konditionen wir miteinander arbeiten. Daher diese Vorsicht. Sonst ist da nichts dahinter."

"Das habe ich auch nicht angenommen, Stefan", beeilte sich Petra zu versichern. Um nichts auf der Welt wollte sie Stefan in irgendeiner Weise verärgern. Er meinte es ja nur gut mit ihr, daß er ihr einen so großzügig honorierten Job anbot. Sie vertraute ihm und wußte, er würde sie nicht für irgendwelche krummen Geschäfte ausnutzen. Stefan nicht, davon war sie felsenfest überzeugt. Er war ein durch und durch sauberer Geschäftsmann, da war sie sich ganz sicher. Er hatte wirklich Recht, sie sollte sich nicht so viele dumme Gedanken machen.

Die sanfte Stimme des Mannes riß sie aus ihren Überlegungen. "Ist alles in Ordnung mit dir? Oder wollen wir die Sache doch lieber abblasen, und ich schicke Karl los? Du mußt es nur sagen? Wenn du den Job nicht möchtest..."

"Nein, nein, ist schon okay", erwiderte Petra hastig. "Ich habe so etwas nur noch nie gemacht, weißt du. Immer nur diese Überwachungen und der Kram. Aber ich kriege das schon hin. Es kann ja nicht so schwer sein, im Hotel einen Koffer in Empfang zu nehmen und in dein Büro zu bringen."

"Das sehe ich auch so. Du bist ein gutes Mädchen", lächelte Söhnke zufrieden und küßte sie leicht auf die Stirn. "Und nun los, es wird Zeit für dich zu fahren. Wir treffen uns dann später im Büro."

Zwei Stunden später ließ sich Petra erleichtert in ihren Sessel fallen und streckte die Hand nach dem kühlen Drink aus, den ihr Stefan reichte. "Geschafft!" stöhnte sie dabei und hielt demonstrativ ihr linkes Handgelenk hoch, an dem ein schwarzer, unauffälliger Aktenkoffer angekettet war. "Befreist du mich jetzt bitte von diesem Ding?"

Der Mann in der hellen Hose und dem flotten Poloshirt beeilte sich, ihrer Aufforderung nachzukommen. Er griff lässig in seine Jackentasche und zog einen Schlüssel hervor, der zu dem Schloß an ihrem Handgelenk paßte. Er schloß auf, dann öffnete er den Koffer. Mit ein paar geübten Griffen blätterte er die Papiere durch, die sich darin befanden, dann nickte er zufrieden: "Es ist alles in Ordnung." Er nahm den ganzen Stapel aus dem Koffer und deponierte ihn in dem großen Tresor, der sich hinter seinem Schreibtisch befand.

"Und diese Papiere sind wirklich so wichtig für dich?" fragte Petra neugierig, während sie genüßlich an ihrem Drink nippte.

"Sehr", betonte Stefan Söhnke, während er sich lässig eine Zigarette ansteckte. "Wenn sie in falsche Hände geraten würden, würde das ganze Geschäft für mich platzen, und ich hätte einen großen finanziellen Verlust. Aber ich will dich nicht länger mit diesen geschäftlichen Dingen langweilen. Laß uns von etwas Angenehmerem reden. Was sollen wir mit dem angebrochenen Abend anfangen?"

Die nächsten Tage vergingen für Petra Neumann wie in einem Traum. Am Morgen stand sie mit Stefan auf, um mit ihm zu frühstücken, ehe er ins Büro fuhr. Danach lümmelte sie ein wenig im Bad und im Haus herum und beschäftigte sich hauptsächlich damit, sich schön zu machen. Danach fuhr sie ins Büro und schaute dort nach dem Rechten.

Weil Ferien waren, blieb es weiterhin ruhig dort, und keine neuen Aufträge kamen herein. Ein Mal in dieser Woche machte sie sich auf, um in ein paar Boutiquen Testkäufer zu spielen, aber das war auch schon alles, was im Moment an Arbeit da war. Gelegentlich kamen telefonische Anfragen herein, aber es war weiter nichts Interessantes dabei.

"Mach' dir nichts daraus", tröstete Detlev sie bei einem ihrer regelmäßigen Besuche im Krankenhaus. "Im Sommer ist immer so eine kleine Flaute. Die Leute fahren in Urlaub und haben daher etwas Besseres zu tun, als ihrem Ehepartner oder ihren Angestellten hinterherzuspionieren. In ein paar Tagen wird es wieder anziehen, du wirst sehen."

"Du hast bestimmt recht", bestätigte die junge Frau ihm, während sie die mitgebrachte Wäsche in den schmalen Krankenhausschrank räumte. "Gott sei Dank habe ich den Job bei Stefan. Das hilft uns über das Gröbste hinweg. Sein Scheck ist heute deinem Konto gutgeschrieben worden. Das reicht für die Miete und alle Unkosten für die nächsten zwei Monate."

"Schön. Und wie läuft es sonst bei dir so?" forschte Detlev weiter und warf einen prüfenden Blick aus seinen strahlend blauen Augen auf die junge Frau in dem kessen, grünen Minirock mit dem weißen Seidentop. "Du siehst gut aus. Die Liebe scheint dir zu bekommen."

"Mir geht es auch gut", erwiderte Petra mit einem sanften Zug um die Lippen. "Stefan ist ganz anders als Bernhard und Martin. Er ist so ... so stark, wenn du weißt, wie ich das meine. Er ist ein Mann, zu dem man aufschauen muß und den man bewundert. Ich kann es immer noch nicht fassen, daß er sich ernsthaft etwas aus mir macht."

"Und wann ziehst du ganz bei ihm ein? Er wartet doch die ganze Zeit schon darauf", bohrte Detlev weiter.

"Ich weiß. Ich bin mir darüber selbst noch nicht so ganz im Klaren. Irgendwie möchte ich noch nicht alle Sachen bei dir ausräumen und ganz in die Villa ziehen. Es ist für mich ein beruhigendes Gefühl, daß ich im Moment noch einen Ort habe, an den ich mich jederzeit zurückziehen kann. Aber ich denke, wenn du wieder zu Hause bist und alleine klarkommst, dann werde ich wohl ganz bei Stefan einziehen. Abgesehen von ein paar Stunden, um die Wäsche zu waschen und bei dir ein bißchen Ordnung zu machen, bin ich sowieso nur noch bei ihm."

Der Mann im Bett legte sich in die Kissen zurück, und ein weicher, fast zärtlicher Zug erschien um seine Lippen. "Ich freue mich für dich, Petra", sagte er mit seiner angenehmen Stimme und blickte die junge Frau liebevoll an. "Ich gönne dir Stefan wirklich. Aber irgendwie habe ich trotzdem so ein komisches Gefühl..."

"Ach, Detlev", lachte Petra belustigt auf. "Hört das immer noch nicht auf mit deinen düsteren Vorahnungen? Schau' mich doch an! Du siehst eine glückliche Frau vor dir. Was will ich denn noch mehr? Stefan trägt mich auf Händen. Und die Kinder sind verrückt nach mir, wenn ich mittags aus dem Büro komme und mit ihnen etwas unternehme. Sogar Frau Meyer scheint mich so langsam zu akzeptieren."

"Dann ist es ja gut", lenkte Detlev beruhigend ein, da er erkannte, daß er mit seinen Bedenken - für die er zudem keinerlei Grundlage hatte - nicht weiterkam. "Genieße es einfach, und kümmere dich nicht weiter um mich. Ich komme schon klar."

"Quatsch, Detlev, ist doch Ehrensache, daß ich für dich sorge, bis du wieder auf dem Damm bist. Schließlich hast du mir damals auch aus der Patsche geholfen, als ich mit Martin Schluß gemacht habe.

Anderes Thema: Haben die Ärzte inzwischen was gesagt, wann du hier rauskommst? Es scheint dir ja so langsam wieder besserzugehen."

"Am Mittwoch machen sie den Gips ab und schauen sich das Bein an. Wenn alles klargeht, kriege ich einen Gehgips und kann dann am Mittwoch nach Hause."

"Das ist schön!" strahlte Petra und hauchte ihm einen Kuß auf die Wange. "Ich wünsche mir für dich, daß das klappt. Mittwoch, das ist ja nicht mehr lange. Aber nun muß ich wirklich gehen. Die Kinder warten bestimmt schon auf mich." Sie winkte ihm noch einmal mit der Hand einen kurzen Gruß zu, dann verließ sie das Krankenzimmer.

Die Nachmittage verbrachte Petra meistens mit Anna und Ben. Zwar war Karl, der Chauffeur, wieder im Dienst, aber die Kinder bestanden darauf, daß Petra weiterhin mit ihnen das Freizeitprogramm absolvierte.

"Es ist blöde, mit Karl irgendwo hinzufahren", maulten beide und hängten sich an Petra. "Der ist so alt und langweilig. Mit dir macht es viel mehr Spaß, etwas zu unternehmen. Schließlich haben wir ja Ferien."

Petra freute sich über die überschwengliche Zuneigung, die die Kinder ihr entgegenbrachten und streichelte ihnen liebevoll über das füllige, dunkelbraune Haar, welches sie so an Stefan erinnerte. Gerne verbrachte sie die Nachmittage mit den beiden auf dem Spielplatz, auf den Fahrrädern oder im Schwimmbad. Im Augenblick hatte sie viel Zeit übrig, und sie genoß das Zusammensein mit den Kindern. Sie spürte, daß sie - gerade nach der Aktion vor McDonald's - von den beiden akzeptiert, ja gar schwärmerisch bewundert wurde, und das beruhigte sie.

Am Anfang hatte Petra insgeheim Bedenken gehabt, wie Anna und Ben es auffassen würden, daß sie die neue Frau im Leben ihres Vaters war. Doch ihre Bedenken hatten sich als unbegründet erwiesen. Die beiden freuten sich ehrlich über den Zuwachs in der Familie und genossen das Zusammensein mit Petra, die für die beiden wie eine große Schwester und zu jeder Schandtat bereit war.

Auch Stefan Söhnke sah es mit Wohlgefallen, daß sie so gut mit den Kindern klarkam. "Die beiden vermissen ihre Mutter sehr", sagte er an einem der Abende, an denen sie gemütlich bei einem Glas Wein auf der Terrasse saßen und dem Zirpen der Grillen zuhörten. "Frau Meyer ist zwar eine gute Haushälterin, aber sie konnte ihnen nie wirklich ihre Mutter ersetzen. Sie brauchen jemand Jüngeres wie dich um sich herum."

"Das ist lieb, wie du das sagst, Stefan", lächelte Petra und drückte zärtlich seine große, kraftvolle Hand. "Ich bin auch gerne mit den beiden zusammen. Anna und Ben sind zwei wirklich liebe Kinder, man muß sie einfach ins Herz schließen!"

"Wie auch ihren Vater", fügte sie in Gedanken hinzu. Sie hütete sich jedoch, dies laut auszusprechen. So gut, wie auch ihr Verhältnis zu Stefan Söhnke war, so liebevoll, wie er mit ihr umging und sie anschaute, so scheute sie sich doch immer noch, mit ihm von Liebe zu sprechen. Sie redeten darüber, was sie den Tag über getrieben hatte, was die Kinder machten, wann sie endgültig bei ihm einziehen würde und über alles mögliche.

"Du bist eine bewundernswerte Frau", sagte Stefan manchmal und küßte ihr nach alter Manier die Hand. Aber nie kamen die Worte "Ich liebe dich." über seine Lippen, auf die Petra insgeheim sehnsüchtig wartete. Aber solche Bemerkungen wie "Du bist eine mutige Frau. Ich bewundere mutige Frauen." oder "Wann ziehst du bei mir ein? Das wäre doch einfacher für uns alle." drückten ja wohl so etwas Ähnliches aus.

Aufgrund seiner verbalen Zurückhaltung in dieser Richtung scheute sie sich auch selbst, ihre Gefühle in Worte zu fassen. Sie beschränkte sich darauf, ihre Zuneigung in Gesten und Blicken auszudrücken. Letztendlich waren sie erst wenige Tage zusammen, und man sollte nicht alles überstürzen, sagte sie sich selbst immer wieder.

Das Wochenende verbrachten sie im trauten Familienkreis zusammen mit Anna und Ben. Weil schönes Wetter war, packten sie die beiden in die silbergraue Limousine und fuhren raus ins Grüne an einen Badesee. Dort verlebten sie ein paar schöne Stunden und genossen es, mit den Kindern zu schwimmen und faul in der Sonne zu liegen, sich gegenseitig einzucremen und mit den kleinen Häppchen zu füttern, die ihnen Frau Meyer vorsorglich in den großen Picknickkorb eingepackt hatte.

Anna und Ben trafen am See einige Kinder aus ihrer Schule und waren damit beschäftigt, mit diesen herumzutoben, um die Wette zu schwimmen und zu tauchen. Petra stürzte sich ebenfalls ab und zu in die kühlen Fluten, um sich zu erfrischen, während Stefan Söhnke nur lächelnd mit beiden Händen abwinkte: "Danke, ich habe wirklich keinen Bedarf an kaltem Wasser. Mir reicht es, wenn ich euch dreien zuschaue."

Später fuhren sie mit den Kindern Tretboot, kauften an der Bude ein großes Eis und taten alles, was Leute mit Kindern am Wochenende bei schönem Wetter halt so tun. Gegen Abend packten sie alles zusammen und fuhren zu einem

Ausflugslokal ganz in der Nähe. Dort nahmen sie ein gemütliches Abendessen bei Kerzenlicht ein. Zum Abschluß durften sich die Kinder noch einen Nachtisch aussuchen, während die Erwachsenen Kaffee und Cognac bestellten. Stefan Söhnke rauchte dazu genüßlich eine dicke Havanna, Petra sah ihm liebevoll dabei zu, während sie an ihrem Cognac nippte.

Sie konnte Stefan mit seinem markanten Gesicht, seinen makellosen, weißen Zähnen und seiner jederzeit tadellosen Kleidung stundenlang anschauen, ohne seiner müde zu werden. Sie liebte die kleine Kerbe an seinem Kinn, die ihm einen gewissen Zug von Härte und Unbeugsamkeit gab. Als er kurz nach draußen ging, kam sie nicht umhin, einmal wieder seine gute Figur mit den schmalen Hüften und den breiten Schultern, die das italienische Jackett spannten, zu bewundern. "Sollen wir fahren?" riß seine wohltönende Stimme sie aus ihren Gedanken. "Ich glaube, die Kinder sind müde und gehören ins Bett."

"Ja, gerne", beeilte sie sich zu sagen. Auch sie hatte das Gefühl, daß sie ganz rasch ins Bett gehörte, und zwar zusammen mit Stefan, der nach wie vor eine unwahrscheinliche körperliche Anziehungskraft auf sie ausübte. Sie sehnte sich danach, sich in seine starken Arme zu schmiegen und sich klein und schwach zu fühlen.

Ein Blick in seine Augen zeigte ihr, daß auch er die gleichen Gedanken hegte. Stefan begehrte sie und sehnte sich in diesem Moment ebenso sehr nach ihr wie sie nach ihm. Und das war schön.

Am darauffolgenden Dienstag fand die zweite Kofferübergabe im Kongreßhotel statt. Das Ganze ging ähnlich vonstatten wie beim ersten Mal.

Im Hotel angekommen, erkundigte sie sich an der Rezeption nach Stefans Geschäftspartnern, zwei Typen mit arabisch klingenden Namen, die eine Suite in der zweiten Etage bewohnten. Mit dem Aufzug fuhr sie hoch und klopfte vorsichtig an die Tür mit der Nummer 207. Erst nachdem sie das Codewort genannt hatte, das Stefan ihr gesagt hatte, wurde sie hereingelassen.

Dort ging alles wie beim ersten Mal vonstatten. Die beiden Männer - es waren wieder dieselben - sahen wie reiche arabische Geschäftsleute aus, in dunklen Anzügen, mit schweren Golduhren und dicken Siegelringen. Sie mochten wohl beide Mitte Dreißig sein und machten auf Petra nicht gerade einen vertrauenserweckenden Eindruck. Sie stand nicht auf diese düsteren, schwarzhaarigen Typen. Aber das konnte ihr letztendlich egal sein. Sie sollte schließlich nur den Koffer für Stefan in Empfang nehmen und hatte ansonsten mit den beiden Männern nichts zu tun.

Die ganze Übergabe verlief innerhalb weniger Minuten. Die Männer ließen sich von ihr nochmals das Codewort sagen und befreiten sie von dem schwarzen Aktenkoffer. Was sich in diesem befand, darüber hatte Stefan ihr nichts gesagt, und sie hatte sich gehütet, ihm nähere Fragen zu stellen. Sie wollte nicht den Eindruck erwecken, als ob sie ihm nicht vertraute.

Die zwei Männer redeten kurz in einer ihr fremden Sprache miteinander und öffneten den Koffer, um dessen Inhalt zu prüfen. Dabei hielten sie jedoch den Koffer so, daß sie nicht in ihn hineinsehen konnte. Schließlich verschwand einer der beiden ins Nebenzimmer und kehrte nach kurzer Zeit mit dem schwarzen Aktenkoffer wieder. Sorgfältig kettete der Mann den Koffer wieder an ihrem linken Handgelenk fest und steckte den Schlüssel in seine rechte Jackentasche.

Petra wußte bereits vom letzten Mal, daß es zu diesem Schloß an ihrem Handgelenk zwei Schlüssel gab. Einen hatte der Mann vor ihr, den zweiten besaß Stefan Söhnke selbst, um sie bei ihrer Rückkehr von dem Koffer zu befreien. Sie verstand zwar immer noch nicht so ganz, was diese übertriebenen Sicherheitsmaßnahmen bedeuten sollten, aber sie akzeptierte das, was Stefan sagte und hütete sich, ihn durch weitere neugierige Fragen zu verärgern.

Petra fand es noch immer seltsam, wie eine reiche Geschäftsfrau mit einem Aktenkoffer in der Hand durch ein so schickes Hotel zu gehen, noch dazu mit einem Aktenkoffer, der an einer dünnen, unauffälligen Kette an ihrem linken Handgelenk angekettet war, einem Kettchen, welches sie geschickt unter den langen Ärmeln ihrer Kostümjacke versteckte. Aber schließlich bekam sie eintausend Mark für diese kurze Arbeit, und sie war die einzige, die Stefan für diese wichtige Transaktion geeignet hielt. Und sie wollte ihn auf gar keinen Fall durch ungerechtfertigtes Mißtrauen vor den Kopf stoßen. Konnte Detlev doch so viel unken, wie er wollte! Sie wußte, daß Stefan ihr voll und ganz vertraute und würde dieses Vertrauen nicht enttäuschen.

Vom Hotel aus lenkte sie ihre Schritte geradewegs zu dem nahen Parkplatz, auf dem sie ihren alten Peugot abgestellt hatte. Stefan überließ ihr oft seinen Wagen, aber für diese Aktion zog er es vor, wenn sie in ihrem unauffälligeren Kleinwagen erschien.

Nachdem sie die Schranke passiert hatte, fuhr die junge Frau auf direktem Weg in die Rheinstraße, wo Stefan Söhnke sie bereits erwartete. Er war ganz allein in seinen Büroräumen, da die Sekretärin bereits Feierabend gemacht hatte, saß hinter seinem Schreibtisch und arbeitete einen Stapel Akten durch. Bei ihrem Eintreten erhob er sich und kam ihr mit lächelnder Miene entgegen.

"Hallo, Petra", begrüßte er sie und hauchte ihr einen Kuß auf die Lippen.

"Hat alles gut geklappt?" Dabei griff er bereits in seine Jackentasche und zog den kleinen Schlüssel heraus, um sie von dem Aktenkoffer zu befreien.

"Alles in Ordnung, Stefan", erwiderte sie und hielt ihm den linken Arm hin, damit er aufschließen konnte. "Es ging alles wie beim letzten Mal. Ich war keine fünfzehn Minuten im Hotel."

"So, das hätten wir geschafft." Entschlossen griff der große Mann nach dem schwarzen Koffer und legte ihn auf seinen Schreibtisch. Mit geübten Griffen ließ er das Schloß aufschnappen und prüfte den Inhalt des Koffers. Dann öffnete er den Tresor, legte alle Dokumente - es handelte sich um einen dicken Stapel - hinein und schloß die dicke Stahltür wieder.

"Das hast du gut gemacht. Danke, Petra", sagte er und näherte sich der jungen Frau, die abwartend in der Mitte des Raumes stand. Liebevoll umfaßte er sie und drückte sie an seine Brust. "Ich mache mir immer Sorgen um dich, wenn ich dich mit einer solchen Aufgabe betraue. Man weiß nie, was die Konkurrenz sich einfallen läßt, um an meine Geschäftsunterlagen heranzukommen."

"Meinst du, die würden den Koffer tatsächlich stehlen wollen? Was hätten solche Leute davon?"

"Das ist eine ganz einfache Geschichte: Damit hätten meine Konkurrenten Zugriff auf die Namen und Adressen all meiner Kunden und Subunternehmer inklusive sämtlicher Preisabsprachen, die getroffen worden sind. Auf diese Weise könnten sie mich bei meinen Kunden geschickt aus dem Geschäft bringen."

"Das leuchtet mir ein", gestand Petra ihm zu, während sie sich noch enger in seine Arme schmiegte. "Ich wußte nur bisher nicht, daß es auch in deiner Branche diese Probleme gibt."

Eigentlich war ihr das alles im Moment auch ziemlich egal. Stefans Hände hatten zwischenzeitlich den Weg unter ihren kurzen Rock gefunden und arbeiteten sich zielstrebig vorwärts. Sie verspürte nur noch ein einziges Bedürfnis: Stefan auf der Stelle auf die nahestehende Couch zu ziehen und hier in seinem Büro mit ihm zu schlafen. Und genau das taten sie dann auch.

Der nächste Tag war ein großer Tag für Petra: Endlich sollte Detlev Schön aus dem Krankenhaus entlassen werden. Am späten Vormittag traf sie im Krankenhaus ein und betrat mit einem strahlenden Lächeln das Krankenzimmer.

"Hallo, Detlev", lächelte sie freudig. "Da bin ich. Bist du schon fertig?"

"Klar doch", erhielt sie zur Antwort. "Die Visite ist gerade durch, ich habe meine Entlassungspapiere. Nichts wie weg von hier. Ich habe so langsam die

Nase voll von Krankenhausluft."

Entschlossen schwang der junge Mann sich aus dem Bett und humpelte zum Bad. "Ich habe schon fast alles eingepackt und nur noch auf dich gewartet. Ich muß gerade noch die Toilettensachen einpacken, dann bin ich fertig."

Petra half kurz mit, und in weniger als fünf Minuten waren die restlichen Utensilien in der großen Reisetasche verstaut. Noch einmal überprüfte sie, ob sie nichts vergessen hatten, dann nahm sie die Tasche, während Detlev auf zwei Krücken hinter ihr her humpelte. "Es tut mir leid, daß ich dir nicht beim Tragen helfen kann", entschuldigte er sich dabei. "Aber der Arzt hat gesagt, daß ich das Bein noch nicht voll belasten darf."

"Kein Problem. Das bißchen schaffe ich schon noch", lächelte Petra. "Da habe ich schon ganz andere Dinge gemeistert. Hoffentlich habe ich keinen Strafzettel. Ich parke direkt vor dem Krankenhaus im Halteverbot. Aber ich dachte, du kannst vielleicht noch nicht so weit laufen mit den Krücken und dem Gips." Besorgt sah sie zu, wie der junge Mann unbeholfen vorwärts humpelte. "Tut es beim Laufen weh?"

"Gott sei Dank nicht. Es juckt nur fürchterlich unter dem Gips. Aber ich bin froh, daß ich endlich wieder nach Hause darf."

In wenigen Minuten waren sie mit dem Fahrstuhl ins Erdgeschloß gefahren und hatten den silbernen Mercedes erreicht. "Oh, heute mit der Staatskarosse", lästerte Detlev, während er sein Bein vorsichtig ins Auto hievte.

"Ich dachte, das wäre bequemer für dich", verteidigte sich die junge Frau. "Oder hast du ein Problem damit?"

"Nein, eigentlich nicht", gab Detlev Schön zu. "Es kommt mir nur ein bißchen protzig vor, mit so einem Schlitten durch die Gegend zu fahren. Dein Stefan scheint ja wirklich ein reicher Macker zu sein."

"Bitte sprich nicht so von Stefan", gab Petra beleidigt zurück. "Du kennst ihn ja noch gar nicht. Sicher ist er reich, ohne Frage. Aber er protzt nicht damit. Und er mußte viel und hart arbeiten, um das alles zu erreichen, glaube mir. Das alles ist ihm nicht in den Schoß gefallen. Er hat auch einmal ganz klein angefangen. Er hat eben Glück gehabt."

"Ist ja schon gut", lenkte Detlev ein, während sie losfuhren. "Ich wollte dir nicht zu nahe treten. Ich konnte ja nicht wissen, daß du so empfindlich reagierst in bezug auf deine neue Flamme. Komm, laß uns nicht streiten. Ich freue mich so, endlich aus diesem Kasten herauszukommen, das kannst du dir nicht vorstellen. Man fühlt sich so eingesperrt und hat keinerlei Privatsphäre. Morgens um fünf schmeißen die einen schon aus dem Bett, um die Betten zu machen und Fieber zu messen."

"Du Ärmster", bemitleidete Petra ihn, während sie den Wagen vorsichtig durch den dichten Verkehr lenkte. "Aber in ein paar Minuten bist du zu Hause.

Da wird dich niemand so früh aus dem Bett werfen."

"Wie ist das jetzt mit dir? Wohnst du ganz bei Stefan?"

"Ja und nein", antwortete die junge Frau wahrheitsgemäß. "Ich habe zwar schon viele Sachen bei ihm im Haus, aber ab und zu hat es mich immer noch in unsere - besser gesagt deine -Wohnung gezogen. Das alles ging ein bißchen schnell für mich, ich hatte wirklich nicht damit gerechnet, mich nach so kurzer Zeit schon wieder zu verlieben, weißt du. Deshalb wollte ich einfach noch ein bißchen Distanz wahren, zumindest, bis du aus dem Krankenhaus bist und ich sehe, daß du alleine klarkommst."

"Das ist wirklich lieb von dir", grinste Detlev und entblößte dabei zwei Reihen strahlend weißer, makelloser Zähne. "Aber ich bin doch ein großer Junge. Ich denke, ich werde schon klar kommen, wenn du ein bißchen für mich einkaufst und ab und zu nach mir schaust."

Nach wenigen Minuten hatten sie Detlevs Wohnung erreicht und es sich dort im Wohnzimmer gemütlich gemacht. "Auspacken kann ich später", erklärte Detlev und lagerte vorsichtig sein Gipsbein auf einem Hocker. "Erzähl mir lieber, was es sonst so gibt." Ein düsterer Schatten überzog sein Gesicht. "Ich mache mir wirklich ein bißchen Sorgen um dich und um die Firma. Ich habe so wenig mitgekriegt im Krankenhaus."

Liebevoll betrachtete er die junge Frau, die sich ihm gegenüber auf einem Sessel niedergelassen hatte. "Du siehst gut aus. Die neue Liebe scheint dir zu bekommen."

"Mir geht es auch gut", gab Petra zu und zupfte sich gedankenverloren die kurzen, roten Haare. "Manchmal denke ich, das ist alles zu schön, um wahr zu sein. Irgendwann wache ich auf, und das Ganze war nur ein schöner Traum." Sie hielt kurz inne, ehe sie weiterfuhr: "Obwohl ich manchmal das Gefühl habe, Stefan läßt nur einen Teil von sich heraus, den Teil, den er preisgeben möchte. Er ist manchmal so verschlossen, so distanziert und dann wieder lieb und zärtlich. So richtig schlau aus ihm werde ich immer noch nicht."

Detlev beugte sich leicht nach vorne und erwiderte: "Hoffentlich ist er der Richtige für dich. Ich kann mir nicht helfen, ich habe so ein komisches Gefühl..."

"Ach, Detlev, du mit deinen komischen Ahnungen! Das hast du mir jetzt schon hundert Mal gesagt!" lachte Petra belustigt auf. "Stefan ist in Ordnung, glaube mir. Ich denke, das hängt mit dem Tod seiner Frau zusammen. Das hat ihn damals doch sehr mitgenommen."

"Und was ist mit dieser anderen Sache?" hakte Detlev nach. "Du kannst sagen, was du willst. Irgendwie finde ich das ein bißchen seltsam, diese Geschichte mit dem Aktenkoffer."

"Ich habe dir doch schon hundert Mal erklärt, worum es sich dabei handelt", erwiderte Petra verdrossen. "Das ist alles völlig harmlos und eine reine Vorsichtsmaßnahme wegen Stefans Konkurrenz. Ich glaube, du hast in deinem Beruf einfach schon zu oft mit Verbrechern zu tun gehabt, daß du nicht mehr differenzieren kannst."

"Ich wünsche dir, daß du recht hast", gab Detlev zurück. "Doch nun erzähl mal, was gibt es denn sonst noch Neues in der Szene? Was macht die Firma?"

"Da tut sich im Moment leider nicht sehr viel", gab die junge Frau zu. "Es kommen keine neuen Aufträge rein. Die meisten Stammkunden sind zur Zeit im Urlaub, ein Sommerloch halt. Die regelmäßigen Überwachungen habe ich erledigt, soweit es mir möglich war. Die Fälle müssen wir morgen einzeln durchgehen. Ein, zwei Kunden haben mich nicht akzeptiert und wollen nur von dir betreut werden wie dein Freund, der immer nach Frankfurt begleitet werden will. Er hat meine Dienste schlicht und ergreifend abgelehnt und die Geschäftsverbindung auf Eis gelegt. Er sagte, wenn du wieder fit bist, sollst du dich bei ihm melden."

Sie redeten noch eine Weile über das Geschäft und alles, was dazu gehörte. "Das Konto ist im Moment ganz okay", sagte Petra. "Dadurch, daß ich Stefans Scheck erhalten habe und nun regelmäßig als Botenjunge tätig bin, kommen wir ganz gut über die Runden."

Schließlich schaute sie bedauernd auf die Uhr. "Es tut mir ehrlich leid, Detlev, aber ich muß jetzt aufbrechen. Ich habe Ben und Anna versprochen, heute nachmittag mit ihnen ins Schwimmbad zu gehen. Wer weiß, wie lange das Wetter noch anhält. Und vorher wollte ich noch kurz im Büro nach der Post schauen.

Ich habe dir ein paar Sachen besorgt, die sind im Kühlschrank. Kommst du klar, oder brauchst du sonst noch etwas?"

"Ich habe alles. Hauptsache, ich bin wieder in meinen eigenen vier Wänden", antwortete Detlev Schön und machte sich daran, sich mit Hilfe der Krücken mühsam zu erheben." "Es war wirklich lieb, wie du dich um mich gekümmert hast, Petra. Du bist eine wahre Freundin."

Die junge Frau winkte verlegen ab. "Laß gut sein, Detlev. Was du schon alles für mich getan hast! Ohne dich würde ich auf der Straße sitzen. Also fang nicht mit Dankesreden an, ich bitte dich!"

An der Tür drehte sie sich noch einmal um. "Ich bin froh, daß du wieder da bist, Detlev", sagte sie und küßte ihn auf die Wange. "Paß gut auf dich auf."

Dann hob sie die Hand zum Gruße und lief beschwingt die Treppe hinunter.

Wenige Minuten später erreichte sie den Altbau, in dem das Büro der Firma

Schön Security untergebracht war, und nahm die Post aus dem Briefkasten unten im Hausflur. Im Büro angekommen, ließ sie sich am Schreibtisch nieder und sah die wenigen Briefe durch, wieder nichts als Mahnungen und Werbung. Ein schlichtes, weißes Kuvert, auf dem kein Absender vermerkt war, erregte ihre Aufmerksamkeit, und sie schlitzte den Brief mit fahrigen Händen auf. Heraus fiel ein einzelnes, weißes Blatt mit bunten, aufgeklebten Buchstaben: "Bald kriege ich dich, du Hure!"

Erschrocken ließ sie den Brief fallen. Das war jetzt schon der zweite Drohbrief, den sie innerhalb weniger Tage erhielt! So langsam war wirklich nicht mehr damit zu spaßen.

Nachdem sie sich von dem Schreck erholt hatte, hörte sie den Anrufbeantworter ab, dessen Anzeige leuchtete. Als sie die heisere, verstellte Stimme erkannte, hielt sie erschrocken die Luft an. Schon wieder dieser furchtbare Mensch! "Hast du meine Post erhalten, meine Schöne?" flüsterte der Mann, und ein widerliches Lachen erklang durch den Lautsprecher des Anrufbeantworters, so daß sie sich im ersten Moment entsetzt die Ohren zuhielt. "Denke daran, ich kriege dich noch, du billiges Luder! Dich hole ich mir, und zwar schon bald."

Es ertönten noch ein paar Obszönitäten, die Petra das Blut in den Adern stocken ließen, dann hatte der Anrufer eingehängt.

Rasch griff die junge Frau in ihre Tasche und zog den Elektroschocker heraus, den sie seit dem Erlebnis vor McDonald's immer mit sich führte. Ängstlich überprüfte sie das ganze Büro, die Schränke, schaute hinter die Gardinen; sogar die enge Toilette, die dazugehörte, ließ sie nicht aus. Erst als sich ganz sicher war, daß sich sonst niemand in dem Büro befand, atmete sie erleichtert auf. In ihrer Fantasie hatte sie sich ausgemalt, daß der Unbekannte bereits irgendwo auf sie lauerte.

Schnellstens sichtete sie die restliche Post und machte sich dann auf den Weg zur Söhnke Villa. Dabei warf sie immer wieder einen Blick um sich, um einen eventuellen Verfolger festzustellen. Ein Drohbrief und ein Drohanruf am gleichen Tag, das war dann doch etwas zu viel für ihre Nerven! Sie mußte unbedingt Detlev von den mysteriösen Anrufen erzählen und ihm die beiden Briefe zeigen, die sie in ihrer Handtasche verborgen hielt. Detlev würde mit Sicherheit wissen, was zu tun war.

Der Nachmittag im Schwimmbad verging mit den beiden Kindern wie im Fluge, und ehe sie sich versahen, wurde es Zeit, nach Hause zu fahren, weil Frau Meyer mit dem Abendessen auf sie wartete. Stefan Söhnke würde an diesem Tag erst etwas später nach Hause kommen, so daß sie mit den Kindern alleine zu Abend essen würde. Eine geschäftliche Unterredung hielt ihn davon ab, diesen Abend mit ihr zu verbringen. "Es wird bestimmt spät heute abend", hatte er nach dem Frühstück gesagt. "Warte nicht auf mich."

"Schade", dachte Petra Neumann bei sich. Sie hatte die Kinder ins Bett gebracht und machte es sich nun mit einem Glas Wein und einem schönen Buch auf der Terrasse gemütlich, um die laue Spätsommerluft zu genießen. "Ich hätte Stefan doch gerne von diesen Anrufen erzählt und um seine Meinung gebeten. Dann muß ich das morgen tun."

Petra war zwar noch immer leicht beunruhigt von den offenen Drohungen, die gegen sie ausgesprochen worden waren, aber auf dem Gelände der Söhnke Villa fühlte sie sich sicher und gut aufgehoben. Sie wußte, die Alarmanlage war eingeschaltet, und draußen wachte Karl, der Chauffeur, über sie. Karl war ein mittelgroßer, untersetzter Kerl mit dicken Muskelpaketen an den Armen. Wo er wachte, da kam mit Sicherheit niemand durch, dachte Petra beruhigt. Hier bei Stefan fühlte sie sich wirklich sicher und geborgen. Und das war gut so.

Flüchtig streiften ihre Gedanken Detlev, der nun allein in seiner Wohnung saß und bestimmt ihre Gesellschaft vermißte. Sie hatte Stefan versprochen, abends bei den Kindern zu bleiben, wenn er nicht da war. Aber morgen würde sie mit Detlev einen schönen Abend verbringen und in ihrem alten Zimmer übernachten. Das war sie Detlev schuldig. Sie konnte ihn jetzt nicht einfach sich selbst überlassen, sondern mußte sich ein bißchen um ihn kümmern. Dafür würde auch Stefan sicherlich Verständnis haben, dachte sie bei sich.

Am nächsten Morgen wartete Petra, bis die Kinder und Stefan aus dem Haus waren, dann griff sie entschlossen zum Telefonhörer. Sie wollte nachhören, wie Detlev seine erste Nacht zu Hause verbracht hatte und ob er irgend etwas brauchte. Vielleicht würde sie auch auf einen Sprung bei ihm vorbeischauen, ehe sie ins Büro fuhr.

"Der Teilnehmer ist vorübergehend nicht erreichbar. Bitte versuchen Sie es später wieder", ertönte eine blecherne, weibliche Stimme im Hörer. "Komisch", dachte Petra bei sich. "Na ja, vielleicht habe ich mich ja verwählt." Wieder tippte sie die sechsstellige Telefonnummer von Detlev Schön ein. Das gleiche wieder. "Der Teilnehmer ist..."

Betroffen hängte Petra ein. Seltsam, sehr seltsam. Wieso ging Detlevs Telefon nicht? dachte sie bei sich. Wenn er jetzt irgend etwas brauchte, konnte er sie noch nicht einmal anrufen. Sie würde gleich bei ihm vorbeifahren und nach dem Rechten sehen. Entschlossen griff sie nach ihren Autoschlüsseln und ihrer Handtasche. Sie würde unterwegs ein paar Brötchen und Croissants besorgen, dann konnte sie mit Detlev ein gemütliches zweites Frühstück einnehmen.

Wenige Minuten später hatte Petra Neumann Detlev Schöns Wohnung erreicht. Sie klingelte einmal kurz, aber nichts rührte sich hinter der verschlossenen Tür. Detlev schlief mit Sicherheit noch und würde sich über ihr frühes Kommen wundern, dachte sie, während sie in ihrer Handtasche nach dem Wohnungsschlüssel kramte. Endlich wurde sie unter all den Utensilien, die sie mit sich führte, fündig und sperrte die Tür auf.

"Detlev!" rief sie leise, um den Freund nicht durch ihr Kommen zu erschrecken. "Bist du schon wach? Ich bin's, Petra. Ich habe Frühstück mitgebracht." Alles blieb still. Der mußte ja wirklich noch tief schlafen!

Energisch klopfte sie an die Schlafzimmertür und rief nochmals: "Detlev, hallo, komm raus aus den Federn, du Schlafmütze! Frühstück!" Als sich nichts rührte, riß sie die Tür auf und blieb verwundert stehen. Nichts, niemand befand sich im Schlafzimmer, und das Bett sah aus, als wenn es nicht benutzt worden wäre. Wo war Detlev???

Irritiert schüttelte die junge Frau den Kopf und legte die Tüten in der Küche ab. Irgendwo mußte Detlev doch sein! Doch wieso antwortete er nicht auf ihr Rufen? Petra spürte, wie ein dumpfes Gefühl von Angst, eine Vorahnung sie befiel. Hier ging etwas nicht mit rechten Dingen zu, das spürte sie.

"Detlev, wo steckst du?" rief sie noch einmal und betrat das Wohnzimmer. "Laß die Spielchen, und zeig' dich." Dann blieb sie wie angewurzelt an der Tür stehen und schluckte schwer. Das Wohnzimmer sah aus, als wenn ein Orkan durchgefegt hätte. Alles war verwüstet, die Polster von der Couchgarnitur waren herausgerissen, und Bücher und CDs lagen überall auf dem Boden verstreut.

Inmitten von diesem Chaos lag ein Bündel regungslos auf dem Boden, seltsam verkrümmt, blutüberströmt. Detlev! Besser gesagt, das, was von ihm noch übriggeblieben war!

Petra würgte und hielt sich vor Entsetzen beide Hände vor den Mund. Oh mein Gott, was war hier passiert? Was hatte man Detlev angetan?! Fassungslos sank sie auf die Knie und nahm jedes Detail in sich auf, angefangen von dem eingegipsten Bein, was in einem seltsamen Winkel zum Rest des Körpers stand, den zerfetzten, blutigen Kleidern bis hin zu dem blutüberströmten Gesicht. Nur die wasserstoffblonden Haare überzeugten Petra davon, daß es sich bei diesem Menschen wirklich um ihren Freund Detlev handeln mußte.

"Detlev!" stammelte sie immer wieder. "Um Gottes willen, Detlev!" Ihr Blick fiel auf die weiße Wand über der Couch, und sie erstarrte. Dort stand, in großen Lettern, mit Blut - mit Detlevs Blut! - geschrieben: "Dich kriege ich auch noch, du Fotze!"

Endlich schüttelte Petra ihr Entsetzen ab und rief mit ihrem Handy den Polizeinotruf an. "Bitte beeilen Sie sich!" stammelte sie ins Telefon. "Bitte, einen Arzt, so schnell wie möglich. Bitte!" Sie gab die genaue Adresse durch, dann ließ sie das Handy achtlos fallen und stürzte ins Bad, weil sie sich übergeben mußte.

Die nächsten Minuten verbrachte Petra Neumann in einer Art Trance. Schluchzend sank sie vor Detlev auf die Knie und versuchte, seinen Puls zu ertasten. Sie glaubte, ein schwaches Flattern zu spüren, doch sie war sich nicht sicher, ob Detlev wirklich noch lebte oder ob sie sich nur einbildete, seinen Puls zu spüren. Fassungslos nahm sie jedes Detail seines malträtierten Körpers wahr. Wer hatte Detlev so etwas angetan? Und warum?

Unfähig, irgend etwas zu tun, kauerte sie am Boden. Sie hatte Angst, Detlev zu berühren, sie fürchtete, ihm noch mehr weh zu tun. So saß sie einfach bei ihm und sprach ihm Mut zu. "Es wird alles gut werden, Detlev!" schluchzte sie. "Halte durch, bitte, der Notarzt ist gleich da."

Nach einer schier endlosen Zeit - dabei waren es nur wenige Minuten gewesen -, hörte sie, wie sich Sirenen näherten und mehrere Autos vor dem Haus anhielten. Rasch öffnete sie die Tür und ließ drei Männer in weißen Kitteln herein, dicht gefolgt von zwei Polizisten. Wortlos deutete sie mit der Hand Richtung Wohnzimmer, das Grauen stand ihr im Gesicht geschrieben.

Die Männer schoben sich an ihr vorbei und betraten den verwüsteten Raum. Der Arzt - denn um einen solchen handelte es sich wohl bei einem der drei Männer - ließ sich sofort neben Detlev nieder und gab den beiden Sanitätern Anweisungen, alles Notwendige aus dem Rettungswagen zu holen, um den Verletzten sofort an Ort und Stelle versorgen zu können. An seinem Tonfall erkannte Petra, wie ernst es um ihren Freund stand.

"Wir dürfen ihn auf keinen Fall bewegen, bis ich ihn untersucht habe", hörte sie den Arzt sagen, während er bereits mit behutsamen Händen Detlevs Körper abtastete. "Ich muß sofort eine Infusion legen und brauche Sauerstoff, schnell."

Währenddessen trat einer der beiden Polizisten an sie heran und zog sie am Arm in den Flur. "Was ist hier passiert?" fragte er und blickte sie ernst an.

Die junge Frau schüttelte langsam den Kopf. "Ich weiß es nicht. Ich bin gerade erst gekommen und habe alles so vorgefunden."

"Können Sie mir sagen, wer das da drinnen ist? Und wer sind Sie, und was suchen Sie hier?"

Mit fast tonloser Stimme machte Petra die gewünschten Angaben. "Ich verstehe das alles nicht", stammelte sie immer wieder. "Detlev hat doch niemandem etwas getan. Ich habe ihn erst gestern aus dem Krankenhaus abgeholt! Wäre ich doch gestern abend hier geblieben!"

Auf den fragenden Blick des Polizisten erklärte sie die Situation. "Eigentlich wohne ich seit einigen Wochen auch hier. Aber heute nacht habe ich bei meinem Freund übernachtet. Oh Gott, der arme Detlev!" Erneut schluchzte Petra auf und schwankte leicht. Der Beamte faßte sie mit geübtem Griff unter und meinte: "Hoppla, nun mal langsam. Kippen Sie uns nicht auch noch um, der Arzt hat auch so schon genug zu tun. Kommen Sie, setzen Sie sich erst einmal hierhin." Fürsorglich leitete er sie in die Küche zu einem freien Stuhl.

Nachdem sich Petra wieder etwas gefaßt hatte, fuhr der Polizist mit seinen Fragen fort: "Sie werden Verständnis haben, wenn Sie mir noch einmal alles genau erzählen müssen, was Sie wissen. Sie sind wahrscheinlich der letzte Mensch außer dem Täter, der Herrn Schön gesehen hat und haben ihn auch heute morgen gefunden. Vielleicht können Sie uns wertvolle Hinweise geben, um den Täter zu stellen."

Petra Neumann schluckte noch einmal schwer und nickte dann gefaßt. "Natürlich. Ich werde Ihnen alles sagen, was ich weiß."

"Haben Sie irgendeine Idee, wer als Täter in Frage kommen könnte und warum?" fragte der Polizist und machte sich ein paar Notizen.

"Ich weiß es nicht genau", gab Petra zu. Detlev ist in der Security Branche tätig und hat sich bestimmt schon einige Feinde in seinem Job gemacht. Aber so etwas... Ich weiß wirklich nicht, wer dafür in Frage kommen könnte."

In diesem Moment hörte man aus dem Wohnzimmer die ernste Stimme des Arztes: "Und nun auf die Bahre mit ihm, ganz vorsichtig. Paßt auf mit dem Bein!"

Nun war Petra nicht mehr zu halten und stürzte wieder aus der Küche nach draußen. "Wie geht es ihm?" fragte sie den Mann im weißen Kittel. "Wird er durchkommen?" Der Arzt sah sie mit undurchdringlicher Miene an und zuckte ratlos mit den Schultern. "Ich kann zum jetzigen Zeitpunkt noch nichts sagen", gab er zu. "Er scheint mehrere Knochenbrüche und eventuell auch innere Verletzungen zu haben, abgesehen von den schweren Kopfverletzungen. Erst nach den Röntgenuntersuchungen kann ich mehr sagen. Aber wenn Sie mich jetzt bitte entschuldigen wollen..."

Mit raschen Schritten folgte der Arzt den beiden Sanitätern, die bereits die

Bahre anhoben und nach draußen trugen. Die junge Frau blieb mit hängenden Schultern stehen und schaute hilflos hinterher. Erneut schossen ihr Tränen in die Augen. Das mußte alles ein böser Traum sein!

Inzwischen waren noch mehr Polizisten eingetroffen und begannen damit, das ganze Zimmer zu fotografieren und auszumessen. "Kommen Sie mit. Wir stören hier nur", sagte eine weibliche Stimme, und eine Hand faßte sie am Arm unter. Petra blickte auf und schaute in ein paar freundliche, blaue Augen, die einer jungen Polizistin gehörten. "Kommen Sie", wiederholte sie, "wir gehen nach draußen."

Willenlos ließ sich Petra wieder in die Küche führen und setzte sich dort hin. Sie hatte das Gefühl, daß alle Kraft aus ihren Knochen gewichen war und fühlte sich uralt. "Dich kriege ich auch noch, du Fotze!" dachte sie bei sich, und ein Zittern durchlief ihren Körper. Das konnte nur bedeuten, daß der Anschlag eigentlich ihr gegolten hatte!

"Können Sie mit den Worten an der Wand etwas anfangen?" fragte ein Polizist in Zivil, der zwischenzeitlich ebenfalls eingetroffen war und sich als Kripobeamter ausgewiesen hatte. Es schien, als ob er Gedanken lesen könnte, daß er gerade in diesem Moment diese Frage stellte, als sie über den Sinn dieser Worte nachdachte.

"Ja und nein", gab Petra widerstrebend zu. "Ich weiß nicht, wer das geschrieben haben könnte. Aber ich habe noch mehr davon." Sie griff in ihre Handtasche und überreichte dem Beamten die beiden Drohbriefe, die sie dort verwahrt hatte.

Der Mann las die beiden Briefe und hob dann langsam den Kopf. "Wann haben Sie diese Briefe erhalten?" fragte er ernst. "Und was können Sie mir noch dazu sagen?"

Die junge Frau wischte sich die letzten Tränen aus den Augenwinkeln und hob entschlossen den Kopf. "Ich werde Ihnen alles erzählen", antwortete sie mit müder, brüchiger Stimme. Und dann berichtete sie von den Drohanrufen auf dem Anrufbeantworter und den beiden Briefen, die sie erhalten hatte.

"Und da haben Sie es nicht für nötig gehalten, irgend jemandem davon zu erzählen oder die Polizei einzuschalten?" hakte der Kripobeamte, der sich als Manfred Schneider vorgestellt hatte, ungläubig nach. "Das, was Ihrem Freund hier angetan wurde, hätte auch Ihnen passieren können! Ist Ihnen das eigentlich klar?"

Petra nickte resigniert. "Ja", gab sie niedergeschlagen zu. "Ich mache mir jetzt auch die schlimmsten Vorwürfe deswegen. Die ganze Zeit hatte ich ja vor, mit jemandem darüber zu reden. Aber Detlev war im Krankenhaus und ich wollte ihn nicht unnötig aufregen. Der zweite Brief und der letzte Anruf kamen erst gestern. Ich hatte wirklich vorgehabt, Detlev heute um Rat zu fragen. Aber nun ist es zu spät, und ich bin an allem schuld..."

"Sie können nichts dafür", beschwichtigte die junge Polizistin sie und drückte ihr leicht den Arm. "Das alles hätte trotzdem passieren können, auch wenn Sie mit ihrem Freund darüber gesprochen hätten."

"Und dennoch soll Ihnen das eine Lehre sein, daß Sie zukünftig bei solchen Sachen immer direkt die Polizei einschalten", brummte der ältere Kripobeamte ungehalten. "Ein bißchen Schuld trifft Sie schon, denke ich. Da gibt es gar nichts zu beschönigen."

Petra senkte schuldbewußt den Kopf. "Ich weiß", gab sie zu. "Ich mache mir auch die ganze Zeit schon die schlimmsten Vorwürfe deswegen. Aber daß jemand so etwas Grauenhaftes tut... Was muß das für ein Mensch sein..?"

"Haben Sie irgendeine Idee, wer als Täter in Frage kommen könnte?" bohrte der Beamte weiter. "Haben Sie irgend jemandem derartig auf die Füße getreten, daß er sich an Ihnen rächen wollte?"

Petra zauderte kurz, ob sie ihren Verdacht äußern sollte, doch dann nickte sie langsam und schob das Kinn vor, wie immer, wenn sie sich zu einem Entschluß durchgerungen hatte. "Mit Gewißheit kann ich es natürlich nicht sagen", setzte sie an. "Aber ich hatte in letzter Zeit drei Fälle, bei denen ich mich nicht gerade beliebt gemacht habe." Und sie erzählte alle Einzelheiten von dem Barkeeper im El Dorado, der Überwachung von Norbert Weingärtner und ihrem mißglückten Termin mit Volker Heilmann.

"Natürlich kommen vielleicht auch andere dafür in Frage", gab sie am Ende ihres Berichtes zu. "Doch diesen Typen würde ich so etwas zutrauen, gerade den letzten beiden."

"Und was ist mit diesem Max?" forschte der Polizist nach. "Trauen Sie dem eine solche Tat auch zu?"

"Schwer zu sagen. Der Kerl machte auf mich einen widerlichen Eindruck. Aber eigentlich kann er gar nicht wissen, wer ihn überwacht hat, deshalb denke ich, er scheidet aus. Wohingegen Frau Weingärtner wahrscheinlich so unbedacht war, ihrem Mann die Karten offen auf den Tisch zu legen und ihm zu sagen, wer ihn überwacht hat. Und mit Volker Heilmann hatte ich ja direkt zu tun, dem traue ich alles zu."

Manfred Schneider stellte ihr noch weitere Fragen über Detlev, seine Freunde, seine Arbeit, sein Umfeld, und sie versuchte, alles nach bestem Wissen zu beantworten. Ihr Gewissen machte ihr schwer zu schaffen, daß sie dadurch, daß sie die Drohungen ignoriert hatte, mit Schuld hatte an dem, was Detlev zugestoßen war, und sie wollte wenigstens dafür sorgen, daß der Täter gefaßt wurde.

"Bin ich jetzt fertig?" fragte sie nach einer Weile. "Bitte! Ich muß ins Krankenhaus, zu Detlev."

"Natürlich", beeilte der Polizist sich zu sagen. "Aber in Ihrem Zustand lasse ich Sie nicht alleine Auto fahren. Ich nehme Sie mit. Ich will sowieso auch ins Krankenhaus, um zu sehen, ob ihr Freund vernehmungsfähig ist. Haben Sie jemanden, den wir für Sie anrufen können? Sie machen mir nämlich den Eindruck, als ob Sie mir demnächst auch noch zusammenklappen."

„Es geht schon, danke", lächelte Petra schwach. "Aber es wäre nett, wenn Sie meinen Freund informieren könnten, Stefan Söhnke von Söhnke Transporte." Sie wollte keine Zeit mehr verlieren, sondern so schnell wie möglich zu Detlev.

Eine halbe Stunde später stürzte sich Petra aufatmend in die Arme des hochgewachsenen Mannes, der ihr entgegentrat. "Stefan, gut, daß du gleich gekommen bist." schluchzte sie und zitterte dabei am ganzen Körper. "Der arme Detlev, und ich bin an allem schuld!"

Nach und nach erzählte sie Stefan Söhnke die ganze Geschichte, angefangen von ihrer Arbeit im El Dorado bis hin zu den Drohbriefen und Anrufen, die sie erhalten hatte. "Warum hast du mir nicht davon erzählt?" tadelte der Mann sie leicht und faßte sie mit einem Finger am Kinn unter, daß sie ihm in die Augen schauen mußte. "Hast du denn gar kein Vertrauen zu mir? Du kleines Dummerchen." Liebevoll tätschelte er ihr den Rücken. "Du darfst dir keine Vorwürfe machen. Man hätte dieses Verbrechen wohl trotzdem nicht verhindern können. Solche Leute finden immer Mittel und Wege, an ihr Ziel zu gelangen, glaube mir. Da hätte die Polizei mit Sicherheit auch nichts erreicht."

Petra war froh, daß Stefan da war und überließ ihm von nun an die Initiative. Hilflos zusammengesunken saß sie im Wartezimmer, warf immer wieder einen Blick auf die große Uhr, die an der Wand gegenüber hing und wartete darauf, daß jemand kam, um sie über Detlevs Zustand zu informieren.

Stefan Söhnke kümmerte sich um alles, was zu tun war. Er sprach mit den Polizisten und sorgte dafür, daß sie Petra erst einmal in Ruhe ließen, weil sie noch unter Schock stand. Auf seine Veranlassung hin kam ein junger Arzt und untersuchte sie trotz ihres anfänglichen Widerstandes kurz in einem nahen Behandlungsraum. Schließlich überzeugte der Arzt sie davon, daß es für sie besser sei, wenn sie ein leichtes Beruhigungsmittel einnehmen würde. Sie weigerte sich jedoch standhaft, nach Hause zu gehen und sich hinzulegen. "Ich bleibe hier, bis ich weiß, wie es Detlev geht", wiederholte sie immer wieder störrisch und ließ sich auf keine Diskussionen ein.

Manfred Schneider schaute noch einmal kurz bei ihr herein und verabschiedete sich dann. "Ich werde Sie in den nächsten Tagen aufs Revier einladen, damit Sie Ihre Aussage nochmals zu Protokoll geben und unterschreiben", sagte er. "Wenn Ihnen noch etwas einfällt, dann rufen Sie mich bitte an. Hier ist meine Karte. Ich gehe jetzt und lasse einen Beamten hier, für den Fall, daß Ihr Freund aufwacht und aussagefähig ist."

Mit einem kurzen Blick auf die zusammengesunkene Gestalt der jungen Frau wandte er sich dem Ausgang zu. "Passen Sie gut auf Ihre Freundin auf", sagte er dabei zu Stefan Söhnke. "Das war heute wohl ein bißchen viel für sie." Damit verließ er den Raum.

Petra lehnte müde den Kopf an die Wand und schloß die Augen. Sie wartete jetzt schon fast sechs Stunden im Krankenhaus, und noch immer hatte sie keine Nachricht von Detlev. Immer wieder kam eine Krankenschwester vorbei und schaute nach dem Rechten, aber auf ihr Fragen erhielt sie jedesmal die Antwort: "Es tut mir leid. Ich kann Ihnen nichts sagen. Der Patient ist noch im OP. Sobald der Arzt fertig ist, wird er herauskommen und mit Ihnen sprechen."

"Bist du okay?" fragte der Mann an ihrer Seite ab und zu besorgt und ergriff ihre Hand. "Sie konnte nur mit geschlossenen Augen nicken. "Mir geht es gut, Stefan, danke", flüsterte sie und drückte dankbar seine große, warme Hand. "Ich bin froh, daß du da bist. Der arme Detlev..." Wieder schossen ihr die Tränen in die Augen.

"Alles wird gut werden", erwiderte Söhnke und legte leicht den Arm um ihre Schultern. "Die Ärzte tun alles, was in ihrer Macht steht, um Detlev zu helfen."

In diesem Moment öffnete sich die Tür des Wartezimmers, und ein Arzt in grüner OP-Kleidung trat ein. "Sind Sie Frau Neumann?" fragte er und richtete seinen müden Blick auf Petra. "Wie geht es Detlev?" fragte diese und schaute ängstlich in das undurchdringliche Gesicht des Arztes.

"Ihrem Freund geht es den Umständen entsprechend", erwiderte der Arzt. "Wir haben getan, was wir konnten. Er hat mehrere Rippenbrüche, der linke Arm ist gebrochen. Das rechte Bein ist gewaltsam erneut gebrochen worden, wahrscheinlich durchgetreten. Von den unzähligen Prellungen am ganzen Körper will ich gar nicht reden. Ihr Freund hat einen Milzriß, eine Lungenquetschung und schwere innere Blutungen, die wir Gott sei Dank stoppen konnten. Was den Kopf betrifft", der Arzt legte eine kleine Kunstpause ein, "so sah es im ersten Moment schlimmer aus, als es ist. Der Kiefer und das Nasenbein sind gebrochen. Möglicherweise ist das linke Auge geschädigt, das müssen wir noch abklären. Aber es liegt kein Schädelbruch vor, wie ich zunächst befürchtet hatte."

Fassungslos hatte Petra der nüchternen Aufzählung des Mannes zugehört. "Wird Detlev wieder gesund werden?" fragte sie und schluckte dabei schwer.

"Das kann ich zum jetzigen Zeitpunkt noch nicht sagen. Wir haben alles

Menschenmögliche getan. Nun müssen wir einfach abwarten und der Natur ihren Lauf lassen."

"Und sein Gesicht? Wird das je wieder...?" Petra wagte nicht, die Frage zu beenden. Vor sich sah sie im Geiste die schweren Verletzungen, die Detlev erlitten hatte.

Mitfühlend blickte der Arzt sie an. "Es werden einige Narben zurückbleiben, wenn Sie das meinen", erklärte er sachlich. "Aber die Chirurgen haben heute bereits sehr fortschrittliche Methoden. Wenn die Prellungen zurückgegangen sind, werden wir weiter sehen. Aber ich denke, Ihr Freund wird nachher auf jeden Fall einen guten Zahnarzt brauchen." Der Mann lachte humorlos auf.

Petra hatte mehr als genug gehört. "Danke, Doktor", flüsterte sie und ließ sich kraftlos wieder auf ihren Stuhl zurücksinken. "Kann ich Detlev sehen?"

"Tut mir leid", verneinte dieser. "Nicht so lange ihr Freund auf der Intensivstation liegt. Wir lassen ihn keine Minute aus den Augen, bis er aus dem Koma erwacht." Er tätschelte ihr beruhigend den Arm. "Glauben Sie mir, wir haben alles getan, was in unserer Macht steht. Den Rest müssen wir nun einem anderen überlassen. So Gott will, wird Ihr Freund es schaffen. Aber wenn Sie mich nun entschuldigen wollen, ich muß wieder zu meinen Patienten." Mit diesen Worten verließ der Mann den Raum.

Die nächsten Tage vergingen für Petra Neumann wie in einem schlimmen Traum. Tag für Tag verbrachte sie endlose Stunden im Krankenhaus und hoffte darauf, daß Detlev das Bewußtsein wiedererlangte. Die ersten beiden Tage versuchte sie vergebens, bis zu Detlev vorzudringen und wurde von den Krankenschwestern und Ärzten immer wieder vertröstet und weggeschickt.

"Sie dürfen von Glück sagen, daß Ihr Freund das überlebt hat", bekam sie zu hören. "Er braucht jetzt absolute Ruhe." Doch am dritten Tag hatten die Ärzte endlich Nachsicht mit ihr und erlaubten ihr, sich an Detlevs Krankenbett zu setzen.

"Aber nur, wenn Sie mir versprechen, daß Sie den Patienten auf keinen Fall aufregen", erklärte ihr der Oberarzt mit erhobenem Zeigefinger. "Es kann vielleicht sogar von Nutzen für den Heilungsprozeß sein, wenn Verwandte oder Freunde mit den Komapatienten sprechen. Obwohl die Patienten in tiefer Ohnmacht zu liegen scheinen, dringen Stimmen und Worte oft in ihr Unterbewußtsein vor und helfen ihnen, wieder an die Oberfläche zu finden."

Mit diesen Ermahnungen im Ohr streifte sich Petra den hellblauen Kittel über, den sie aus Infektionsgründen tragen mußte und näherte sich dem hohen

Krankenbett, in dem Detlev Schön lag. Beim Näherkommen erschrak sie über das Ausmaß der Verletzungen, das der Überfall an ihm angerichtet hatte. Fast sein ganzer Körper war bandagiert oder eingegipst, von seinem einst so schönen Gesicht war außer Drähten, Verbänden und Infusionsschläuchen nichts erkennbar.

"Oh Detlev", hauchte sie und ließ sich auf einem Stuhl neben dem Bett nieder. "Was hat man nur mit dir gemacht? Armer, lieber Detlev." Behutsam strich sie über die Finger von Detlevs linker Hand, die aus dem Gips hervorschauten.

Tag für Tag verbrachte sie mehrere Stunden an Detlevs Bett und betrachtete erschüttert seinen zugerichteten Körper. Immer wieder sprach sie mit den Ärzten, die regelmäßig nach ihrem Patienten schauten, aber nach wie vor schüttelten alle nur den Kopf und sagten, man müsse abwarten, bis er aus dem Koma erwache. Die Brüche verheilten ganz gut, ebenso wie die Prellungen, aber etwas Genaueres konnte man erst nach dem Aufwachen sagen.

Jeden Tag berichtete Petra alles, was sie am Vortag erlebt hatte. Sie hoffte, daß ihre Stimme Detlev erreichen würde. Doch kein Lebenszeichen kam von ihm. Er lag einfach so da, angeschlossen an die vielen Schläuche und Apparate, und war weit weg von ihr.

Abends kehrte Petra traurig und verzweifelt nach Hause zurück und schloß Anna und Ben in die Arme, die sehnsüchtig auf sie warteten. „Es tut mir leid, wenn ich euch beide vernachlässige", sagte sie. "Aber Detlev braucht mich jetzt einfach, das müßt ihr verstehen."

Auch für ihr Verhältnis zu Stefan war es nicht einfach, daß sie so viel Zeit im Krankenhaus verbrachte. Abends, wenn sie nach Hause kam - so nannte sie inzwischen in Gedanken die Söhnke Villa -, war sie todmüde und oft nicht mehr ansprechbar. Aber Stefan Söhnke war unglaublich verständnisvoll zu ihr und tolerierte ihre Einstellung. "Ich verstehe, daß du im Moment bei Detlev sein mußt", betonte er immer wieder. "Aber bitte paß auf dich auf, und denk auch noch ein bißchen an dich."

Mehrfach kam auch Manfred Schneider zu Besuch ins Krankenhaus, aber er mußte immer wieder unverrichteter Dinge gehen, denn nach wie vor war Detlev nicht ansprechbar. An einem Nachmittag hatte Petra einen Termin auf dem Revier und gab ihre Aussage zu Protokoll. So wie der Kriminalbeamte ihr erzählte, gab es viele Spuren von dem Handgemenge in Detlevs Wohnung, aber die meisten waren nicht brauchbar. Der Täter hatte sich scheinbar die Mühe gemacht, mit Handschuhen zu arbeiten.

Auch ihren Hinweisen auf den Barkeeper vom El Dorado sowie Norbert Weingärtner und Volker Heilmann war die Polizei nachgegangen. Aber dieser Max hatte ein handfestes Alibi und schied somit aus. Die beiden anderen hatten zwar kein Alibi für die Tatzeit, die in den frühen Abendstunden lag, aber der Verdacht allein reichte nicht aus, um einen der beiden als Täter zu überführen. Nachfragen bei den Nachbarn hatten nichts ergeben. Offensichtlich hatte niemand den Besucher von Detlev zu Gesicht bekommen Da keine Fingerabdrücke nachgewiesen werden konnten und es auch keine Augenzeugen gab, konnte die Polizei gegen die beiden nicht weiter ermitteln, sondern nur darauf hoffen, daß Detlev Schön aus dem Koma erwachte und den Täter identifizieren konnte.

Nach einer Woche der Hoffnung und Verzweiflung geschah das Unglaubliche: Detlev Schön erlangte das Bewußtsein wieder. Er konnte zwar aufgrund seiner Gesichtsverletzungen noch nicht sprechen, aber er war imstande, mit den Augen zu zeigen, daß er verstand, wenn man mit ihm sprach und konnte die Finger und Zehen leicht bewegen.

"Ihr Freund hat noch einmal Glück gehabt", erklärte ihr der behandelnde Arzt, als Petra Neumann nach der Visite mit ihm sprach. "Bei der Schwere seiner Verletzungen hatten wir wirklich Bedenken. Aber er scheint jetzt über den Berg zu sein. Soweit wir feststellen konnten, ist auch das Augenlicht nicht betroffen worden, wie wir befürchtet hatten."

Petra nickte bedrückt. Wieder einmal wurde ihr bewußt, daß dieser Anschlag eigentlich ihr gegolten hatte. Sie hatte zwar seither keine Drohungen mehr erhalten, aber sie lebte in ständiger Furcht, daß der Täter zum zweiten Mal zuschlagen könnte.

Diese Furcht hatte sie letztendlich dazu bewogen, endgültig mit all ihren Sachen bei Stefan Söhnke einzuziehen. Sie schaute ab und zu nach Detlevs Wohnung, aber immer mit dem Elektroschocker in der Hand, aus Angst, irgendwo hinter der Gardine könnte ein Verbrecher hervorspringen und auch sie zusammenschlagen.

Auch ins Büro ging sie nach wie vor jeden Tag, wenn auch nur kurz. Sie schaute nach der Post, hörte den Anrufbeantworter ab, goß die Blumen und ging dann wieder. Neue Anfragen wimmelte sie ab, alte Mandanten vertröstete sie im Moment und wies auf Detlevs Gesundheitszustand hin. Der Überfall war durch alle Medien gegangen, und die Kunden hatten Verständnis dafür, daß sie für den Moment die Firma nicht weiterführen konnte.

Da gab es zwar auch die finanziellen Probleme, die dadurch automatisch auf

Schön Security zukamen, aber Stefan hatte sich angeboten, ihr im Moment unter die Arme zu greifen und die Miete, die Telefonrechnung und alles andere zu bezahlen. Eigentlich war ihr das nicht recht, aber im Hinblick auf Detlevs Situation schluckte sie ihren Stolz hinunter und nahm das Geld an. Wenn Detlev aus dem Krankenhaus kam, sollte wenigstens seine Firma noch existieren. Er hatte auch so schon genug Probleme!

"Du brauchst dir keine Gewissensbisse zu machen, wenn du das Geld annimmst", betonte Stefan Söhnke, der ihr Zaudern bemerkte. "Du weißt ja, daß ich regelmäßig Botengänge zu erledigen habe. Wenn es Detlev besser geht, wirst du Gelegenheit haben, den Betrag bei mir abzuarbeiten. Obwohl ich ihn dir lieber schenken würde, das weißt du."

"Und du weißt auch, daß ich ungern Geldgeschenke annehme", erwiderte Petra lächelnd. "Du weißt doch, dieser verdammte Stolz."

Nachdem Detlev aus dem Koma erwacht war, machte seine Genesung schnelle Fortschritte. Er war noch jung, und sein Körper erholte sich rascher als erwartet von den schweren Verletzungen. Aber es würde noch viele Wochen dauern, bis er das Krankenhaus verlassen durfte. Und auch dann blieb abzuwarten, wie die Narben im Gesicht aussehen würden. Detlev mußte damit rechnen, daß ein weiterer Eingriff eines Schönheitschirurgen erforderlich sein würde, um die entstellenden Narben zu beseitigen. Aber das konnte man jetzt noch nicht mit hundertprozentiger Sicherheit sagen.

Wenige Tage nach seinem Erwachen war Detlev soweit wiederhergestellt, daß er die Intensivstation verlassen konnte und auf die normale Station verlegt wurde. Zu diesem Zeitpunkt erschien auch Manfred Schneider wieder auf der Bildfläche, den die Ärzte die ganze Zeit vertröstet und abgewimmelt hatten. Nun, da das akute Gesundheitsrisiko gebannt war, stand einer Befragung von Detlev Schön nichts mehr im Wege.

Da Detlev aufgrund der Verletzungen am Kiefer noch immer nicht richtig sprechen konnte, einigten sie sich darauf, daß der Beamte alles vorlas, was Petra zu Protokoll gegeben hatte, und Detlev durch ein Senken der Augenlider zu verstehen gab, wenn er ja sagen wollte und mit dem linken Auge zwinkerte, wenn er etwas verneinen wollte.

Atemlos verfolgte Petra, die bei dem Gespräch anwesend sein durfte, das Verhör. Vielleicht geschah das Unmögliche, und Detlev konnte den Täter identifizieren! Nach einer Weile zog Manfred Schneider mehrere Fotos aus seiner Tasche hervor und zeigte sie der Reihe nach dem Verletzten. Auf mehreren Fotos erblickte Petra, die ihm über die schaute, fremde Gesichter, aber auch Fotos von Max, dem Barkeeper, Norbert Weingärtner und Volker Heilmann waren darunter.

Detlev betrachtete alle Fotos lange, ohne eine Reaktion zu zeigen. Dann gab er mit Handzeichen zu verstehen, daß er die letzten beiden noch einmal sehen wollte. Eine endlose Weile starrte er regungslos auf die Gesichter von Norbert Weingärtner und Volker Heilmann.

"Herr Schön, können Sie einen der Männer als den Mann identifizieren, der Sie zusammengeschlagen hat?" fragte der Kriminalbeamte und deutete auf die beiden Fotos. "Kennen Sie einen dieser Männer?"

Detlev starrte noch immer auf die Fotos, dann bewegte er mehrfach heftig die Augenlider.

"Herr Schön, welchen der Männer erkennen Sie?" fragte Manfred Schneider noch einmal eindringlich. Er hob Heilmanns Foto hoch. "Ist es dieser Mann?"

Ein leichtes Zwinkern von Detlev war die Antwort.

Nun hielt Schneider das andere Foto hoch, auf dem Norbert Weingärtner abgebildet war. "Erkennen Sie diesen Mann?"

Der Mann im Bett senkte die Augenlider, einmal, zweimal, dreimal.

"Ist das der Mann, der Sie in Ihrer Wohnung niedergeschlagen hat?" fragte Schneider und hielt das Foto vor Detlevs Augen.

Wiederum schlug Detlev Schön heftig die Augen auf und zu.

"Sind Sie sich ganz sicher, Herr Schön? Ist dies der Mann?"

Ein erneutes Augenklimpern war die Antwort.

Grimmig packte der Beamte die Fotos weg und erhob sich. "Wir haben unseren Mann. Danke, Herr Schön, für Ihre Mithilfe", sagte er und verließ das Krankenzimmer.

Noch am gleichen Abend wurde Norbert Weingärtner in der Wohnung seiner Freundin dingfest gemacht, in die er nach dem Rauswurf bei seiner Frau eingezogen war. Nach dem Überfall auf Detlev Schön war er nicht untergetaucht, wohl im Glauben, daß dieser seinen schweren Verletzungen erliegen würde und keine Aussage mehr gegen ihn machen könnte.

Weingärtner leugnete zwar nach wie vor die Tat, aber es war nur eine Frage der Zeit, bis er überführt sein würde. Auf dem Band des Anrufbeantworters, welches die Polizei nach dem Überfall umgehend beschlagnahmt hatte, befand sich noch seine letzte Nachricht, und es würde ein Leichtes sein, eine Stimmenanalyse durchzuführen.

Auch die Worte, die er an der Wand in Detlevs Wohnung hinterlassen hatte, würden ihn letztendlich überführen, denn Experten konnten die Handschrift vergleichen.

Wieso Norbert Weingärtner eine solche Tat begangen hatte, konnte nur vermutet werden, da er nach wie vor schwieg und alles leugnete. Nachdem Petra Neumann seiner Frau die belastenden Fotos überreicht hatte, hatte Elfriede Weingärtner ihre Konsequenzen gezogen und ihren Ehemann rausgeschmissen. Sowohl privat als auch beruflich war er ruiniert. Gleichzeitig hatte sie die Scheidung eingereicht und war für ihn weder telefonisch noch persönlich zu sprechen gewesen. Ihm war nichts geblieben außer dem, was er am Leibe trug, ein paar Koffern mit Kleidung sowie dem Inhalt seiner Brieftasche. Auf Anraten ihrer Anwälte hatte sie ihm nie Zugang zu den Firmenkonten und ihren eigenen Privatkonten gewährt, sondern nur ein kleines Gehaltskonto eingerichtet, was die Abwicklung der Angelegenheit jetzt sehr vereinfachte.

Norbert Weingärtner hatte im wahrsten Sinne des Wortes von einem Tag auf dem anderen auf der Straße gesessen. Mit der Tat hatte er sich wohl an denen rächen wollen, die er für seine Misere verantwortlich machte. Detlev Schön hatte das Pech gehabt, zufällig in der Wohnung zu sein, als Weingärtner dort einbrach mit der Absicht, seine Wut an Petra Neumann auszulassen.

Dies alles würde die Staatsanwaltschaft vor Gericht zur Sprache bringen, und Petra war sich sicher, daß Weingärtner überführt werden würde. Detlev hatte ihn eindeutig identifiziert und würde, wenn er wieder ganz genesen war, gegen Weingärtner aussagen können. Aber bis dahin war es noch eine Weile. Vorerst würde Weingärtner in Untersuchungshaft schmoren.

Wenige Tage später stand Petra morgens vor dem großen Spiegel in Stefans Schlafzimmer und musterte sich kritisch von allen Seiten. Detlev ging es Gott sei Dank etwas besser. Zwar dämmerte er aufgrund der schweren Schmerzmittel die meiste Zeit vor sich hin, aber sein Zustand war nicht länger kritisch, wie ihr die Ärzte immer wieder versicherten.

Es wurde nun wirklich Zeit, daß sie auch wieder einmal an sich selbst dachte. In den letzten Tagen hatte sie ihr Äußeres sehr vernachlässigt, mußte sie feststellen. Ihre kurzen, roten Haare hatten einen Schnitt dringend nötig, sie hingen ihr brav am Kopf und standen nicht länger frech ab. Auch die Tönung mußte unbedingt wieder aufgefrischt werden.

Auch sonst sah man ihr die um Detlev ausgestandenen Sorgen an. Ein ernster Zug hatte sich um ihre Augen gebildet, und kleine Fältchen zeigten sich um ihre Mundwinkel. "Oh Gott, Petra!" dachte sie erschrocken. "Es wird allerhöchste Zeit, daß du mal wieder nach dir schaust! Du siehst ja aus wie eine Vogelscheuche! Deine fast dreißig Jahre sieht man dir heute wirklich an, jeden einzelnen Tag."

Das einzig Gute an dem Ganzen war gewesen, daß sie durch Aufregung ein paar Kilo verloren hatte und zwar genau an der richtigen Körperpartie, wie sie bei kritischer Beobachtung feststellte, nämlich am Po. Nicht länger hatte sie das Gefühl, ihr Po sei etwas zu füllig geraten, ganz im Gegenteil. An ihrem Spiegelbild erkannte sie in dem kurzen, schwarzen Minirock - ihrem Lieblings- kleidungsstück - einen knackigen, kleinen Hintern, so, wie sie ihn sich immer gewünscht hatte.

"Na, bist du mit deinem Anblick zufrieden?" sagte Stefan Söhnke hinter ihr, und die junge Frau drehte sich ertappt um. "Ich bin es auf jedem Fall. Du siehst bezaubernd aus, richtig zum Anbeißen." Liebevoll schloß der Mann sie von hinten in die Arme und knabberte an ihrem rechten Ohrläppchen.

Petra schloß die Augen und gab sich der Zärtlichkeit hin. Wie gut war es, daß es Stefan gab! Ohne ihn hätte sie diese schwere Zeit nie durchgestanden!

"Nun, was wirst du heute unternehmen?" fragte Stefan weiter, während er sich ausgiebig mit ihrem Nacken und ihrem Ohr beschäftigte, was ihr wollü- stige Schauer verursachte.

"Ich weiß noch nicht so recht", gestand sie. "Ich dachte, ich fahre in die Stadt und gehe zum Frisör. Und danach bummele ich vielleicht einfach ein biß- chen durch die Bahnhofstraße und sehe mir die Geschäfte an."

"Eine gute Idee. Kauf' dir etwas Schönes zum Anziehen für deinen Geburts- tag. Ich würde mitgehen, aber du weißt ja ... die Pflicht ruft. Ich habe viel in der Firma zu tun im Moment, das weißt du."

Er ließ von ihr ab und wandte sich ebenfalls dem Spiegel zu, um letzte Hand an sein Äußeres zu legen. "Ach, was ich noch sagen wollte, Petra", fuhr er dann unbeteiligt fort. "Da es deinem Freund jetzt besser geht, könnten wir uns jetzt wieder über das Geschäftliche unterhalten? Ich wollte dich die ganze Zeit nicht damit belästigen, aber Karl ist für diese Botengänge einfach nicht geeig- net. Er ist zu plump und auffällig."

"Natürlich, Stefan", beeilte sich Petra zu sagen. Schließlich stand sie tief in der Schuld des Mannes, der alle anfallenden Kosten für Detlev und seine Firma übernommen hatte, ohne nach der Höhe zu fragen. "Wann soll denn wieder eine Übergabe der Papiere stattfinden?"

"Am Freitag nachmittag", erwiderte der athletische Mann und schloß den letzten Hemdknopf am Hals. "Es tut mir leid, der Termin ist blöde für dich, weil du Geburtstag hast. Aber es dauert ja nicht lange. Du bringst die Sachen zu mir ins Büro, und danach mache ich dann früher Schluß, und wir feiern schön." Er machte eine kurze Kunstpause, ehe er fortfuhr: "Nun, was meinst du? Kannst du mir diesen kleinen Gefallen tun, auch wenn es dein Geburtstag ist?"

"Das hat doch mit meinem Geburtstag nichts zu tun", lächelte Petra ihm im Spiegel zu. "Natürlich helfe ich dir, welche Frage."

So kam es, daß Petra Neumann an diesem Freitag gegen fünfzehn Uhr wiederum mit dem schwarzen Aktenkoffer das Kongreßhotel betrat und die beiden ausländischen Herren aufsuchte.

Um die dünne Kette an ihrem Handgelenk zu verdecken, trug sie den neuen, schwarzen Seidenblazer. Dazu hatte sie ihren schwarzen Lieblingsminirock und ein knappes lindgrünes Seidentop gewählt. Auf Strümpfe hatte sie aufgrund der anhaltenden Hitze verzichtet und nur leichte Pumps angezogen.

Wie sie so durch die Hotelhalle schlenderte, war sie sich wieder einmal der Wirkung ihres Äußeren bewußt. Manch einer der Männer im Foyer verrenkte sich den Hals nach ihr, und mehr als eine der Frauen, denen sie begegnete, warf ihr Blicke zu, die nicht immer ohne Neid waren.

Doch dies war der jungen Frau egal. Heute hatte sie Geburtstag, und sie lief so herum, wie es ihr gefiel. Sollten sich doch die Leute den Mund über sie zerreißen, aber sie liebte diese Kleidung, den Kontrast zwischen dem schlichten Schwarz und dem modischen Lind zu ihrem frisch getönten Kurzhaar, das verwegen hochstand. Natürlich feierte sie heute ihren dreißigsten Geburtstag - willkommen im Club! -, aber das bedeutete noch lange nicht, daß sie sich so kleiden und verhalten mußte wie die meisten Frauen in diesem Alter, gediegen und matronenhaft.

Petra fühlte sich heute pudelwohl in ihrer Haut und gefiel sich so, wie sie war. Sollten die anderen doch glotzen! Einzig und allein zählte, wie sie sich fühlte und daß sie Stefan so gefiel.

Stefan, beim Gedanken an ihn erschien ein kleines Lächeln auf ihrem Gesicht, während sie das Hotel verließ und dem Parkplatz zustrebte. In wenigen Minuten würde sie wieder in seinen Armen liegen und es genießen, mit diesem atemberaubend attraktiven Mann zusammen zu sein.

Sie verstand noch immer nicht, was Stefan an ihr fand, er war reich, er war erfolgreich, er sah gut aus und hätte eigentlich jede Frau haben können, die er wollte. Und dennoch hatte er sich für sie, Petra Neumann, entschieden und nicht für eines dieser goldbehängten Weiber, wie sie im Kongreßhotel herumliefen.

Kurz streiften ihre Gedanken den Koffer, den sie an ihrem rechten Handgelenk festgekettet hatte und die beiden arabisch wirkenden Typen, mit denen sie gerade gesprochen hatte. Irgendwie waren ihr die beiden Männer unheimlich gewesen, aber letztendlich konnte es ihr ja egal sein, mit wem Stefan seine Geschäfte tätigte. Jedenfalls war sie froh gewesen, als sie das Hotelzimmer wieder verlassen konnte.

Entschlossen schüttelte sie die trüben Gedanken ab und stieg in ihren kleinen Peugeot ein. "Stefan, ich komme", dachte sie und ließ den Motor an. "Mach dich bereit."

Trotz des dichten Freitagnachmittagverkehrs hatte die junge Frau nach wenigen Minuten die Rheinstraße erreicht und parkte auf dem großen Hof unmittelbar neben Stefans großer silberner Limousine. Der Hof lag leer und verlassen da, denn freitags hörten die Lagerarbeiter früher auf zu arbeiten. Ein paar Lkws standen im hinteren Teil des Hofes, die meisten waren auf den europäischen Straßen unterwegs.

Einen letzten Blick warf Petra noch in den Rückspiegel, um zu sehen, ob alles in Ordnung war und sie auch wirklich gut aussah, dann stieg sie aus.

In diesem Moment brauste mit hoher Geschwindigkeit ein dunkler Lieferwagen in den Hof und bremste unmittelbar vor ihr. Petra öffnete schon den Mund, um über den unverschämten Fahrer zu schimpfen, doch dieser sprang bei laufendem Motor behende aus dem Fahrzeug und rannte auf sie zu.

"Her mit dem Koffer!" sagte der Mann und streckte fordernd die Hand aus. Dabei fiel ihr auf, daß der mittelgroße Mann trotz der Hitze eine Wollmütze trug, die er so tief in die Stirn gezogen hatte, daß sie kaum etwas von seinem Gesicht erkennen konnte.

Eilig trat Petra einen Schritt zurück. "Was wollen Sie von mir?" fragte sie erschrocken, während ihr Blick über ihre Schulter zurück auf das Bürogebäude fiel. Hoffentlich blickte Stefan aus dem Fenster und sah, in welcher Lage sie sich hier draußen befand.

"Den Koffer, habe ich gesagt! Aber ein bißchen fix, wenn ich bitten darf!" Wieder streckte der Mann die Hand nach ihr aus und faßte nach dem schwarzen Aktenkoffer.

"Lassen Sie das, Sie tun mir weh!" rief Petra. "Sehen Sie denn nicht, daß der Koffer an meinem Handgelenk angekettet ist? Geben Sie es auf, und verschwinden Sie!" Dabei ging sie auf den Angreifer los und versuchte, bei ihm einen ihren gefürchteten Unterleibstritte zu landen.

Doch dieser wich ihr wiederum geschickt aus. Dabei kam ein leises "Verdammt!" über seine Lippen. Einen kurzen Augenblick schien der Mann zu zögern, doch dann griff er in seine rechte Jackentasche und richtete eine kleine, schwarze Waffe auf die Frau. "Gut, dann kommen Sie eben mit", sagte er und blickte die junge Frau entschlossen an.

Petra zauderte kurz. Fassungslos blickte sie auf die Waffe und sagte: "Das meinen Sie doch nicht im Ernst? Sie können mich doch nicht einfach hier am hellichten Tag mit einer Waffe bedrohen?" Langsam versuchte sie, sich von dem Mann rückwärts in Richtung Haus zu bewegen. Sie hoffte immer noch, daß Stefan sie in ihrer mißlichen Lage sehen und ihr zu Hilfe kommen würde.

Plötzlich machte der fremde Mann einen Satz auf sie zu, und drückte ihr die Waffe in die Seite und raunte: "Keine Zicken, sonst passiert was! Sofort rein mit Ihnen in den Wagen!"

Petra wurde fast brutal in den Laderaum des Lieferwagens gestoßen und hörte, wie die Tür hinter ihr verriegelt wurde. Dann saß sie ihm Dunkeln.

Unmittelbar danach fuhr der Lieferwagen mit quietschenden Reifen los und verließ den Hof. Der Mann fuhr derart schnell um die Kurve, daß Petra auf der Ladefläche von einer Seite auf die andere rutschte und dauernd irgendwo anschlug. "Hilfe!" schrie sie und klopfte an die Wände. "Hilfe, ich bin entführt worden!" Aber sie wußte, niemand würde im Straßenverkehr ihr Schreien hören. Schließlich hörte sie entmutigt auf zu klopfen und zu schreien und sank erschöpft zu Boden.

Petra wußte nicht, wieviel Zeit vergangen war, bis der Wagen nach einer rasanten Fahrt auf teilweise recht holprigen Wegen zum Stillstand kam. Im Laderaum des Lieferwagens war es so stockfinster, so daß sie nicht einmal die Zeiger ihrer Armbanduhr erkennen konnte. Erleichtert richtete sie sich auf, froh, daß die Höllenfahrt zu Ende war. Sie fühlte sich am ganzen Körper zerschlagen, weil sie immer wieder von einer Seite auf die andere gerutscht und gegen die Innenwände geprallt war.

Die Tür öffnete sich, und die junge Frau mußte blinzeln von dem plötzlichen Sonnenlicht, welches sie im ersten Moment blendete. "Kommen Sie heraus", hörte sie die Stimme des Mannes sagen, dem sie das alles zu verdanken hatte. "Aber keine Tricks, ich habe die Waffe auf Sie gerichtet."

Langsam näherte sich Petra der geöffneten Heckklappe und stieg aus. Die ihr helfend entgegengestreckte Hand ignorierte sie und zog es vor, alleine aus dem Wagen zu klettern, was mit ihrem kurzen Rock und den hohen Pumps sehr seltsam aussah.

Nachdem ihre Augen sich an das Licht gewöhnt hatten, sah sie sich neugierig um. Was sie jedoch sah, trug nicht dazu bei, ihre Stimmung zu heben. Sie befand sich mitten in einem Wald vor einer kleinen Hütte, zu der ein schmaler Waldweg hinführte. Soweit sie erkennen konnte, war außer ihnen beiden niemand auf dieser kleinen Lichtung, und die Hütte machte den Eindruck, als ob sie schon länger nicht bewohnt wäre. Rundherum wuchs das Unkraut sehr hoch, und Spinnweben hingen über der Eingangstür.

Resigniert ließ Petra den Kopf hängen. Sie schien sich weit weg von jeder Zivilisation zu befinden, was ihre Chance auf eine Flucht erheblich verringerte. Ungeduldig faßte der Mann, der trotz des warmen Wetters noch immer die Wollmütze auf dem Kopf trug, ihren Ellbogen und schob sie vorwärts. "Los, gehen wir hinein." Er zog Petra Richtung Hütte, nicht ohne sie dabei einen Blick auf die kleine, schwarze Waffe, die er noch immer in der Rechten trug, werfen zu lassen.

Im Inneren der Hütte ließ der Mann sie so plötzlich los, als ob er sich verbrannt hätte, und deutete mit dem Kinn auf einen Stuhl. "Setzen Sie sich", sagte er mit seiner eigentümlich rauhen Stimme, während er die Waffe in den Hosenbund steckte.

Notgedrungen befolgte Petra die Anweisung und nahm Platz. "Ich fasse es nicht, Sie haben mich tatsächlich entführt!" stammelte sie dabei mit ungläubiger Stimme. "Was wollen Sie von mir?"

"Den Koffer, das habe ich Ihnen doch schon gesagt", erwiderte der Mann, während er wahllos die wenigen Schränke in der Hütte aufriß, als ob er nach etwas Bestimmtem suchte.

Neugierig betrachtete Petra ihren Entführer näher. Noch immer trug der Mann die dunkle Pudelmütze, unter der seine fast schwarzen Augen hervorblitzten. Er war von mittelgroßer Gestalt, schlank, in schwarze Jeans und einem legeren, schwarzen T-Shirt gekleidet. Sein Kinn wurde geziert von einem schwarzen Drei-Tages-Bart, was ihm in Verbindung mit der dunklen Mütze ein gefährliches Aussehen gab. Der Mann machte mit seinem dunklen Teint und den schwarzen Bartstoppeln einen südländischen Eindruck, aber seine Sprache war akzentfrei.

"Was ist an diesem Koffer so Besonderes?" bohrte Petra weiter, weil sie das seltsame Verhalten des Mannes nervös machte.

"Das wissen Sie doch selbst am besten, Schätzchen", lachte dieser auf, aber es war kein gutes Lachen, sondern verursachte ihr eine Gänsehaut auf den Armen. "Ich will die Papiere, das ist doch klar."

"Dann nahmen Sie doch die gottverdammten Papiere, und lassen mich wieder gehen!" bat Petra, während sie dachte: "Verzeih mir, Stefan, daß ich nicht besser auf deine Unterlagen aufpasse. Aber ich habe keine andere Wahl."

"So einfach ist das nicht", erwiderte der Mann. Scheinbar hatte er gefunden, wonach er suchte. Er näherte sich Petra mit einer Art Zange in der Hand. "Damit müßte es eigentlich gehen."

"Was gehen?" fragte Petra skeptisch.

"Die Kette von Ihrem Handgelenk abzumachen. Irgendwie muß ich Sie ja von dem Koffer befreien. Ich gehe doch wohl recht in der Annahme, daß Sie den Schlüssel nicht zufällig bei sich tragen?"

Petra schüttelte resigniert den Kopf. "Nein."

"Na, sehen Sie. Also legen Sie den Arm mal hier auf den Tisch, damit ich mir das ansehen kann."

Da ihr nichts anderes übrig blieb, kam Petra der Aufforderung nach. Resigniert sah sie zu, wie der Mann mit der Zange hantierte, bis schließlich die Kette von ihrem Handgelenk abfiel.

"Nun haben Sie doch, was Sie wollen", sagte Petra und rieb sich das schmerzende Handgelenk. "Dann lassen Sie mich jetzt einfach wieder laufen."

"Das geht leider nicht", kam die lakonische Antwort.

"Warum nicht?" bohrte die junge Frau weiter, während ihr Herz langsam in die Hose sank. Das alles mußte ein schlimmer Traum sein, das gab es doch gar nicht im wirklichen Leben! Und schon gar nicht am eigenen Geburtstag!

"Ich kann Sie nicht einfach laufen lassen. Sie würden mich sofort verraten, und alles wäre umsonst. Tut mir leid, aber Sie müssen im Moment mit meiner Gastfreundschaft vorliebnehmen, ob es Ihnen paßt oder nicht." Der Mann blickte sie mit seinen schwarzen Augen eindringlich an. Sein Blick war nicht gerade freundlich, eher abweisend, nahezu feindlich, stellte Petra erschrocken fest. "Glauben Sie mir, das paßt mir genauso wenig wie Ihnen. Aber ich konnte ja nicht ahnen, daß der Koffer an Ihnen festgekettet ist."

Mit diesen Worten ergriff der Mann den Koffer und wandte sich von ihr ab. Er stellte den Koffer auf eine kleine Anrichte und versuchte, ihn mit einem Messer zu öffnen. Für ihn schien das Thema erledigt zu sein.

Doch das war es für Petra noch lange nicht. Ihr Blick fiel auf die Autoschlüssel, die der Mann achtlos auf den nahen Tisch geworfen hatte. Gleich daneben hatte er die große Zange abgelegt, mit der er sie von der Kette befreit hatte.

Entschlossen griff Petra nach dem Werkzeug und erhob sich behutsam. Lautlos näherte sie sich dem Mann, der mit leicht gebeugtem Oberkörper an dem Kofferschloß arbeitete und dabei leise vor sich hin fluchte. Als sie ihn fast erreicht hatte, hob sie den rechten Arm über den Kopf und ließ ihn mit aller Gewalt niedersausen.

Im letzten Moment schien der Mann sie herankommen gehört zu haben. Gleichzeitig mit ihrem Schlag, der auf seinen Hinterkopf gerichtet war, drehte der Mann sich blitzschnell um und machte eine leichte Bewegung zur Seite, so daß die schwere Zange nur leicht seine rechte Schulter streifte, statt seinen Kopf zu treffen.

"Verdammt!" hörte Petra ihn fluchen. Rasch versuchte sie, einen zweiten Schlag zu landen. Der Mann kam ihr jedoch zuvor und griff mit beiden Händen nach der Zange. Gleichzeitig warf er sich mit seinem ganzen Körper nach vorne und prallte so schwungvoll auf die junge Frau auf, daß er sie von den Füßen riß und sie zu Boden stürzte. Der Mann verlor durch den Sprung ebenfalls das Gleichgewicht und fiel mit seinem ganzen Gewicht auf sie, nicht ohne weiterhin die Zange mit beiden Händen festzuhalten.

Petra landete ziemlich unsanft auf dem Rücken und japste im ersten Augenblick vor Schmerzen nach Luft. Der Mann lag schwer auf ihr und drückte ihr die ganze Luft ab, so daß sie kaum atmen konnte. Mühsam versuchte Petra, sich zu befreien und mit ihrem Knie zuzustoßen, aber sie war unter dem Mann eingeklemmt, ohne eine Möglichkeit, sich zu befreien.

Ein stummer, verbissener Kampf begann, doch Petra zog den Kürzeren, und der Mann entriß ihr das Werkzeug. Ganz plötzlich bekam sie wieder ausreichend Luft, ihr Entführer hatte sich erhoben und stand nun mit grimmiger Miene über ihr. "Versuchen Sie das nie wieder!" fauchte er dabei und reichte ihr die Hand zum Aufstehen. Seine schwarzen Augen sprühten wütende Funken.

So langsam wurde sich Petra bewußt, in welch prekärer Situation sie sich befand. Sie lag mit bis über die Hüfte hochgerutschtem Minirock in einer einsamen Hütte mitten in einem Wald, völlig allein mit einem wildfremden Mann, der nicht gerade gut auf sie zu sprechen war. Und sie hatte heute Geburtstag, ihren dreißigsten Geburtstag, um es genau zu nehmen, was auch nicht gerade dazu beitrug, sie innerlich aufzurichten.

Unwillkürlich schossen der jungen Frau die Tränen in die Augen, als sie aufstand. Dabei griff sie zögernd nach der ihr hingereichten Hand und zog verlegen den schwarzen Rock soweit wie möglich hinunter.

Kaum daß sie auf den Füßen war, ließ der Mann sie los, als wenn er glühendes Eisen angefaßt hätte und deutete auf seine Waffe im Hosenbund. "Keine Spielchen mehr", sagte er dabei mit seiner heiseren Stimme und blickte sie zornig an.

Resigniert nickte Petra. Sie hatte erkannt, daß sie keine Chance auf Flucht hatte und mußte sich mit der Situation abfinden. "Okay." sagte sie. Dennoch schien der Mann ihr nicht zu trauen, denn er griff ihren Arm mit rauher Gewalt und zog sie zu einem kleinen Nebenraum, der als Schlafkammer diente. Er schubste sie hinein, so daß sie stolperte und auf das schmale Bett fiel, welches an der Längswand stand.

Petra wollte energisch gegen diese Behandlung protestieren, doch der Mann drehte sich einfach wortlos um und verließ den Raum. Er warf die Tür hinter sich ins Schloß, und sie hörte, wie kurz danach der Schlüssel herumgedreht wurde.

Eingeschlossen! Mutlos setzte Petra sich auf dem Bett auf und versuchte, etwas in dem Zimmer zu erkennen. Aber es war schwarz wie die Nacht um sie herum, weil der Raum, der kaum größer als das Bett war, kein Fenster besaß. Verdammt! Verdammt! dachte Petra bei sich, während sie mühsam die Tränen zurückhielt. Dies konnte alles nur ein schlechter Alptraum sein! Sie hatte heute Geburtstag und wollte heute abend mit Stefan den Beginn ihres neuen Jahrzehntes feiern. Dreißig Jahre, das saß ihr schon die ganze Woche im Magen. Heute war ein Tag, vor dem sie eigentlich ein bißchen Angst gehabt hatte. Und nun so etwas!

Der Raum war hermetisch vom Tageslicht abgeschirmt, und die Luft war verbraucht und stickig. Petra bemerkte, wie langsam Panik in ihr hochstieg. Sie hatte schon immer gewisse Probleme mit Aufzügen und engen Räumen. Dieses kleine, fensterlose Zimmer war genau das, was ihr heute noch gefehlt hatte!

"Verdammte Scheiße!" brüllte Petra wütend und sprang mit einem Ruck auf. "Das können Sie doch mit mir nicht machen! Sie tastete sich mühsam im Dunkeln zum Ausgang hin und trommelte mit beiden Fäusten an die Tür. "Hilfe! Hilfe! Ich will hier raus!" brüllte sie und hämmerte mit aller Gewalt an die Tür.

Es erschien Petra wie eine Ewigkeit, bis sich die Tür endlich wieder öffnete, und ihr Entführer erschien. Seine Gestalt zeichnete sich dunkel gegen das Helle des Wohnraumes ab. Petra erkannte, daß er zwischenzeitlich die Wollmütze abgenommen hatte und konnte einen Blick auf kurze, schwarze Haare sowie eine beginnende Halbglatze werfen.

"Was soll das Theater?" fauchte der Mann sie an und machte wütend einen Schritt auf sie zu. Petra wich ängstlich zurück bis in die hinterste Zimmerecke. "Ich habe Platzangst", bekannte sie kleinlaut. "Bitte, lassen Sie mich nicht in diesem dunklen Raum. Bitte!" Flehend schaute sie zu dem schwarz gekleideten Mann hin, der gerade einen halben Kopf größer als sie selbst war.

Dieser schüttelte nur unentschlossen den Kopf. "Ich glaube das alles nicht", sagte er. "Mein Gott, muß ich mich jetzt auch noch mit so etwas herumschlagen!" Aber letztendlich ließ er zu, daß die Tür des Raumes einen Spalt offenblieb, so daß Petra nicht in völliger Dunkelheit saß. "Aber keine Dummheiten mehr, wenn ich bitten darf", schärfte der Mann ihr eindringlich ein. "Bei dem kleinsten Anlaß schnüre ich Sie wie ein Paket zusammen und mache die Tür wieder zu, das schwöre ich Ihnen."

"Danke", hauchte Petra und ließ sich in Ermangelung einer anderen Sitzgelegenheit auf dem schmalen Bett nieder. Durch den offenen Spalt hindurch konnte sie sehen, wie der Mann sich wieder dem Koffer zuwandte, den er zwischenzeitlich gewaltsam geöffnet hatte. Er griff hinein und zog ein ganzes Bündel Papiere heraus, welche er auf dem Küchentisch ausbreitete.

Resigniert wandte Petra den Kopf ab und versuchte, im Halbdunkel nähere Einzelheiten ihres Gefängnisses zu erkennen. Aber in dem kleinen Raum gab es kaum etwas zu sehen. Das schmale Bett, eine kleine Kommode, ein paar Haken an der Wand, das war alles, was sie im Dämmerlicht sehen konnte. Kein Tisch, kein Stuhl, kein Bild an der Wand, nichts.

Bedrückt seufzte die junge Frau auf. Wo war sie hingeraten? Fassungslos schüttelte sie den Kopf. Ein Blick auf ihre Uhr zeigte ihr, daß es fast sechs Uhr war. Um sieben Uhr hatten sie einen Tisch in einem bekannten Restaurant in der Innenstadt bestellt, um gebührend ihren Geburtstag zu feiern, nur Stefan, die Kinder und sie. Und nun saß sie hier mutterseelenallein mit einem wildfremden Mann, der sie entführt hatte, ohne zu wissen, wie es nun weitergehen sollte. Alle Knochen am Körper taten ihr weh, und sie wußte gar nicht, wieviele blaue Flecken sie während der rasanten Fahrt hierher und während des Kampfes mit dem Entführer davongetragen hatte.

Schließlich hielt Petra die Stille nicht mehr aus. Der Mann saß immer noch am Küchentisch und war ganz in die Papiere vertieft, die sie im Koffer gehabt hatte. Entschlossen erhob sich Petra und ging zur Zimmertür. Wohlweislich hielt sie dort jedoch inne und rief: "He, Sie, muß ich den ganzen Tag in diesem öden Zimmer verbringen? Bitte, lassen Sie mich herauskommen."

Der Mann hielt im Lesen inne und schaute zu ihr herüber. Verwirrung erschien auf seinem Gesicht, und Petra hatte das Gefühl, daß er im Moment ganz vergessen hatte, daß sie auch noch da war. Mutiger geworden, weil ihre Bitte nicht sofort abgelehnt worden war, öffnete sie langsam die Tür und betrat den Wohnraum. "Bitte", sagte sie wiederum mit leiser Stimme. "Ich müßte mal ins Bad." Dabei blickte sie den schwarzhaarigen Mann, der ohne seine Wollmütze gar nicht mehr so furchterregend aussah, mit flehenden Augen an.

Dieser zauderte kurz, dann nickte er. "Gut, ich gehe mit." Auf den entgeisterten Ausdruck in ihrem Gesicht hin fügte er erklärend hinzu: "Es gibt hier kein fließendes Wasser, nur ein Plumpsklo draußen im Garten und einen Brunnen, an den man sich waschen kann. Keine Sorge, ich werde vor der Tür warten. Ich will nur nicht, daß Sie auf dumme Gedanken kommen und versuchen zu fliehen."

Niedergeschlagen folgte Petra ihrem Entführer nach draußen. Es konnte sich hier einfach nur um einen schlechten Traum handeln, sagte sie sich immer wieder. Aber bitte! Dies konnte doch nicht ihr Geburtstag sein, Plumpsklo mit Gefängniswärter vor der Tür!

Als sie gemeinsam wieder die Hütte betraten, zögerte der Mann kurz, dann sagte er fast widerstrebend: "In Ordnung, Sie können bei mir in der Küche bleiben. Aber nur, wenn Sie versprechen, keine Spielchen zu machen. Sonst - Sie wissen ja..."

"In Ordnung", nickte Petra. Dankbar, aus dem engen Raum heraus zu sein, setzte sie sich auf einen der hölzernen Küchenstühle. Dabei achtete sie darauf, daß ihr schwarzer Minrock so weit wie möglich heruntergezogen war und zog die schwarze, dünne Jacke enger um sich, um ihr einladendes Dekollete zu verbergen. Da ihre Füße in den unbequemen Pumps langsam schmerzten, zog sie diese unauffällig unter dem Tisch aus und saß barfuß da.

Der Mann würdigte sie keines weiteren Blickes - was vielleicht auch besser war, dachte Petra bei sich -, sondern vertiefte sich wieder in die auf dem Tisch ausgebreiteten Papiere. Dabei schüttelte er immer wieder den Kopf und murmelte ein paar unverständliche Worte.

Neugierig beugte sich die junge Frau ein wenig vor und versuchte, etwas auf den Papieren zu erkennen. Aber es handelte sich um ausländische Papiere, teils in Englisch, teils in einer Sprache, die sie für Arabisch oder etwas Ähnliches hielt, und so gab sie es bald auf, sich den Hals zu verrenken.

"Eine ganz schöne Sauerei, was da abläuft!" sagte der Mann auf einmal und hieb mit der flachen Hand auf den Tisch. "Genauso, wie ich es mir vorgestellt habe. Er warf Petra einen Blick zu, so voller Wut und offenem Haß, daß sie bis ins Innerste erschauderte. Wie sehr mußte dieser Mann sie hassen! Aber wieso? Sie wußte es nicht.

"Was ist mit diesen Papieren?" fragte Petra behutsam und blickte den Mann fragend an. "Warum sind Sie so wütend auf mich? Was habe ich Ihnen getan?"

"Das wissen Sie doch wohl selbst am besten, Schätzchen", erwiderte der Mann und blitzte sie wütend an. "Sie und Ihr sauberer Freund Söhnke, dieser Verbrecher!"

"Stefan ist kein Verbrecher!" protestierte Petra energisch. " Wie können Sie so etwas sagen!" Wütend blitzten ihre Augen zurück, und sie vergaß dabei ganz, daß sie sich in der schwächeren Position eines Entführungsopfers befand.

"Dann schauen Sie sich doch diese Dokumente an!" gab der Mann zurück und hielt ihr anklagend ein Bündel Papiere entgegen.

Energisch schüttelte Petra Neumann den Kopf. "Es tut mir leid, ich verstehe nicht, wovon Sie sprechen. Es handelt sich hier um ganz normale Frachtpapiere, so wurde mir gesagt."

"Wenn Sie es als normal bezeichnen wollen, wenn man vorgibt, Sondermüll ins Ausland zu verschiffen, aber ihn in Wirklichkeit ins Meer kippt und dann gefälschte Entsorgungspapiere vorlegt, bitte schön!" gab der Mann wütend zurück.

"Das glaube ich nicht! Sie arbeiten mit Stefans Konkurrenz zusammen und wollen ihn nur ruinieren, geben Sie es doch zu!" fauchte Petra zurück. "Das sind alles infame Unterstellungen! Unerhört!"

Gelassen lehnte sich der Mann in seinem Stuhl zurück und verschränkte die Arme vor seinem Oberkörper. "Klar, daß Sie das sagen müssen. Schließlich sind Sie die Geliebte von Söhnke. Aber diese Papiere sind der Beweis."

Ungläubig ergriff Petra ein paar Blätter und versuchte, sie zu studieren. Mit ihrem Schulenglisch gelang es ihr, ein paar Brocken zu übersetzen. "Ich weiß nicht, was Sie wollen", sagte sie ungehalten. "Mit meinem Englisch ist es leider nicht allzuweit her, aber es handelt sich hier doch eindeutig um Frachtpapiere. Was soll das Ganze also? Zu einem Transportunternehmen gehören auch ausländische Papiere als Nachweis für die Fracht, da ist doch nichts dabei."

"Das nicht. Aber es ist doch seltsam, daß man diese Papiere regelmäßig mit einem Koffer Geld in einem Hotel abholt. Normalerweise bekommt man seinen Fracht- und Entsorgungsnachweis per Post oder Bote und zahlt nicht dafür. Kommt Ihnen das nicht seltsam vor? Aber was rede ich überhaupt mit Ihnen? Sie stecken ja selbst in der Sache mit drin."

Wütend erhob sich der Mann von seinem Stuhl und machte ein paar Schritte in der kleinen Hütte auf und ab.

Verblüfft staunte Petra ihn an. "Ein Koffer mit Geld?" fragte sie, und Erstaunen zeigte sich auf ihrem Gesicht.

"Na klar, was sonst haben Sie mit ins Hotel genommen und gegen die Papiere getauscht? Stellen Sie sich doch nicht so dumm!"

Entrüstet protestierte Petra: "Das ist eine Unverschämtheit, was Sie Stefan und mir da unterstellen! Ich werde Ihnen sagen, was ich von der ganzen Sache halte: Sie arbeiten mit Stefans Konkurrenz zusammen und wollen ihn ausspionieren. Sie wollten daher unbedingt an die Papiere gelangen, um die Namen seiner Geschäftspartner zu erfahren. Ich möchte wissen, wer von uns beiden nun wirklich der Verbrecher ist!" Wütend stemmte sie die Fäuste in die Seiten, erhob sich ebenfalls und baute sich vor dem Mann auf. Dabei war sie sich gar nicht bewußt, daß sie in ihrer Aufmachung und noch dazu barfuß nicht gerade furchterregend wirkte.

Verblüfft betrachtete der Mann die junge Frau mit den kurzen, roten Haaren und den schillernden, grünen Augen. Dann verzog er verächtlich den Mund: "Eine nette Rede, die Sie da gehalten haben", sagte er betont langsam. "Aber Sie glauben doch selbst nicht an das, was Sie da sagen! Sie stecken doch mit Söhnke unter einer Decke!" Damit schien für ihn das Gespräch beendet zu sein, und er machte sich daran, die Papiere zusammenzuraffen und wieder in den Koffer zu legen.

Doch so leicht gab Petra sich nicht geschlagen. "Stefan ist kein Verbrecher", wiederholte sie nochmals. "Er ist der liebenswerteste, netteste Mensch, den ich kenne. Er würde nie solche Sachen machen, Wie Sie sie da andeuten."

Erstaunt hielt der Mann in seiner Tätigkeit inne und blickte sie prüfend an. Sollte diese energiegeladene, junge Frau, die sich ihm so wütend entgegenstellte, wirklich nicht wissen, was hier abging? Das erschien ihm nahezu unmöglich. Ungehalten schüttelte er den Kopf. Nein, er sah mit Sicherheit schon Gespenster. Die Sache war eindeutig, schließlich war sie Söhnkes Freundin und hing tief in der Sache mit drin. Warum sonst hätte sie den Koffer wiederholt transportieren sollen? Daß daran etwas faul war, das sah doch wirklich der Dümmste!

Energisch schloß er den schwarzen Koffer und stellte ihn auf den Boden. "Genug geredet", wechselte er barsch das Thema. "Haben Sie Hunger?" Dabei stellte er Brot, Butter, diverse Patés und Käse sowie eine Flasche Rotwein auf den Tisch.

"Es tut mir leid, mit mehr kann ich Ihnen in meiner erbärmlichen Hütte nicht dienen. Ich war eigentlich auf Besuch nicht eingerichtet. Nun, wir müssen halt jetzt das Beste daraus machen."

Erstaunt stellte Petra fest, daß sie trotz der widrigen Umstände wirklich großen Hunger verspürte und setzte sich wieder an den Tisch. "Warum können Sie mich nicht laufenlassen?" fragte sie, während sie hungrig zugriff.

"Weil Sie Söhnke verraten würden, daß ich hinter ihm her und ihm ganz nah auf den Fersen bin. Deshalb."

"Aber ich kenne Sie doch gar nicht", protestierte Petra laut.

"Aber er würde sofort wissen, mit wem er es zu tun hat. Er kennt mich allzu gut."

Neugierig blickte Petra den Mann an, der seelenruhig ein Stück Camembert abschnitt.

"Und wer sind Sie?" bohrte Petra neugierig weiter, doch nur ein leicht amüsierter Blick war die Antwort. "Das werden Sie schon noch erfahren. Alles zu seiner Zeit." Dabei biß der Mann ungerührt in sein Käsebaguette.

Verdrossen aß Petra weiter. So hatte sie sich ihren Geburtstag wirklich nicht vorgestellt! Allein in einer einsamen Waldhütte mit einem wildfremden Mann, der sie entführt hatte! Sie versank in tiefes Selbstmitleid und sprach dem Rotwein schneller zu, als ihr bewußt war. Rasch war die erste Flasche geleert, und eine zweite stand auf dem Tisch.

Sie aßen und tranken schweigend. Es gab nichts mehr, worüber sie miteinander reden wollten. Die Fronten waren geklärt. Aus einem nicht ersichtlichen Grund haßte der Mann Stefan und sie zutiefst und unterstellte ihm ein schlimmes Verbrechen; das konnte sie nicht einfach hinnehmen. Aber sie hatte keine Chance, gegen diesen Mann anzukommen, der nach wie vor die kleine, schwarze Waffe gut sichtbar im Hosenbund trug, und so schwieg sie resigniert und trank zügig weiter, um zu vergessen, in welcher mißlichen Lage sie sich befand.

Die zweite Flasche ging schon zur Neige, als Petra erneut nach draußen mußte. Nur ungern wandte sie sich an den düsteren Mann ihr gegenüber, der ebenfalls dem Rotwein gut zusprach, und äußerte ihr Anliegen. Er nickte nur kurz und erhob sich, um sie nach draußen zu begleiten.

Mühsam zwängte Petra sich in ihre Pumps, die immer noch unter dem Tisch standen und wankte zu dem Toilettenhäuschen neben der Hütte. Es wurde bereits dunkel draußen, und sie fröstelte leicht. Die Abende an diesen Spätsommertagen wurden schon merklich kühler.

Zurückgekehrt in die Hütte, sank sie wie ein Häufchen Elend am Küchentisch nieder und legte erschöpft den Kopf auf ihre Arme. "Ich fasse das alles einfach nicht!" schluchzte sie, und ihr ganzes Elend kam in ihr hoch. "Warum haben Sie mich entführt und halten mich hier fest? Ich habe Ihnen doch nichts getan!"

Ungerührt schaute der Mann ihrem Gefühlsausbruch zu und nippte an seinem Rotwein. "Sie wissen doch sehr gut, warum Sie hier sind. Sie stecken mit Söhnke unter einer Decke, und ich muß ihn dingfest machen, ehe ich Sie wieder laufenlasse. Sonst fliegt die ganze Sache auf, und er kommt wieder ungeschoren davon."

"Aber ich habe Ihnen doch nichts getan!" wiederholte Petra halsstörrisch und blickte aus tränenumflorten Augen hoch. "Bitte, lassen Sie mich laufen! Ich habe doch heute Geburtstag!" Sie wußte selbst nicht so genau, wieso sie dies sagte. Der Alkohol hatte wohl ihre Zunge gelöst.

Verwirrt schaute der Mann sie wegen ihres Bekenntnisses an. Dann verzog er spöttisch die Lippen und sagte: "Na denn, herzlichen Glückwunsch!" Er hob das Glas und prostete ihr zu, ehe er es an die Lippen setzte. "Mit so etwas muß man rechnen, wenn man sich mit Menschen wie Stefan Söhnke einläßt."

"Das muß alles ein entsetzlich großer Irrtum sein", fing Petra wieder an. "Stefan würde niemals solche Sachen tun, wie Sie es ihm vorwerfen. Glauben Sie mir!"

Erstaunt über ihre Hartnäckigkeit hielt der Mann im Trinken inne. Konnte es sein, daß diese Frau wirklich nicht wußte, mit wem sie sich eingelassen hatte? Konnten diese verwirrenden, grünen Augen wirklich lügen?

Doch es war müßig, über dieses Thema zu diskutieren, der Karren war bereits in den Dreck gefahren. Sie war an diesem leidigen Koffer angekettet gewesen und nun einmal hier, daran gab es nichts zu ändern. Einfach laufenlassen konnte er sie nicht, ohne daß er selbst vorzeitig aufflog. Und dies wollte er auf gar keinem Fall riskieren. Also gab es nur eins, die Frau mußte in seiner Gewalt bleiben, bis er Söhnke überführt und hinter Gitter gebracht hatte.

Diese Papiere waren ein erster Schritt in die richtige Richtung, aber sie allein würden bei Gericht noch lange nicht ausreichen, um Söhnke für lange Zeit den Geraus zu machen. Dazu bedurfte es noch etwas mehr, am besten, man ertappte ihn auf frischer Tat bei einem illegalen Transport. Aber das war letztendlich nicht so einfach. Zu lange beobachtete er schon diesen Verbrecher, ohne ihm beikommen zu können. Seine Tarnung als seriöser Transportunternehmer war perfekt und sein Ruf untadelig. Was wollte er da schon ausrichten ohne überzeugende Beweise?

Widerwillig schüttelte der Mann die düsteren Gedanken ab und blickte die junge Frau an, die sichtlich mitgenommen mehr am Tisch hing denn saß. "Kommen Sie, ich denke, es reicht für heute. Gehen Sie zu Bett." Dabei faßte er Petra am Arm und lenkte ihre Schritte in das dunkle Nebenzimmer.

Angstvoll klammerte sich die junge Frau an seinen Arm, ungeachtet dessen, daß es sich bei ihm um ihren Entführer handelte. "Bitte, sperren Sie mich nicht wieder in dieses dunkle Zimmer! Bitte, ich ertrage es nicht!" Panik drohte, sie zu überkommen.

Der Mann zögerte kurz, doch er blieb hartnäckig. "Okay", sagte er betont gleichgültig, "ich mache Ihnen einen Vorschlag: Ich fessele Ihr Handgelenke, und dafür lasse ich die Tür auf."

Petra schluckte kurz, doch dann nickte sie ergeben. Sie hatte keine Wahl. Alles war besser, als allein in diesem dunklen Raum eingesperrt zu sein. So ließ sie es zu, daß der Mann ihr mit einem dünnen Seil die Handgelenke zusammenband, ehe sie sich kraftlos auf dem Bett niederließ. Dies war zwar sehr unbequem für sie, aber dafür lag sie wenigstens nicht ganz im Dunkeln, sondern die Tür zum Wohnraum stand offen. Wo wohl der Mann selbst schlafen würde? dachte sie noch, doch dann übermannten sie die Müdigkeit und der Alkohol, und sie sank in einen tiefen Schlaf.

Mitten in der Nacht erwachte Petra Neumann mit brummendem Schädel und brauchte erst kurze Zeit, ehe sie sich erinnern konnte, wo sie sich befand. Die Arme schmerzten von der ungewohnten Haltung, und sie fröstelte. Außerdem mußte sie ganz dringend aufs Klo. Mist, dachte sie, während sie sich mühsam aufraffte.

"Hallo!" rief sie, während sie Richtung Wohnraum ging. "Hallo, wo sind Sie?"

Dann entdeckte sie den schlafenden Mann auf einem Lager am Boden und mußte leicht schmunzeln. Wie man auf so einem harten Boden schlafen konnte! "Hallo, so wachen Sie doch endlich auf!" rief sie noch einmal und näherte sich dem Mann.

Ganz unerwartet schnellte dieser hoch und packte sie am Knöchel, so daß sie zu Boden fiel und unsanft auf dem am Boden Liegenden landete. "Was wollen Sie?" fauchte der Mann und drehte sich mit einem Satz um, so daß er mit seinem vollen Gewicht auf ihr zu liegen kam.

Petra lag starr vor Entsetzen da, dann faßte sie sich ein Herz und stammelte:

"Ich wollte Sie nicht erschrecken. Ich muß nur kurz raus." Dabei war sie sich bewußt, daß der Mann sich zum Schlafen seiner Hose entledigt hatte und nur mit einem T-Shirt und einem Slip bekleidet auf ihr lag, so daß sie jede Faser seines sehnigen Körpers spürte.

Ein kurzes, amüsiertes Hüsteln war die Antwort. Dann erhob sich der Mann gewandt und zog sie an der Hand auf die Füße. "Na gut. Kommen Sie, ich bringe Sie raus." Anklagend streckte Petra ihm die Hände entgegen und blickte ihn mit großen Augen an. " Bitte!" sagte sie dabei mit leiser Stimme. "Bitte!"

Wortlos kam der Mann ihrer Aufforderung nach und befreite sie von den lästigen Fesseln. Er ließ es sich jedoch nicht nehmen, sie bis zur Tür des Toilettenhäuschens zu begleiten und dort auf sie zu warten. "Wohin sollte ich schon fliehen mitten in der Nacht?" dachte Petra niedergeschlagen, während sie wieder in die Hütte zurückgingen. Sie schlug die Arme um ihren Oberkörper, um die Verkrampfung in den Armen zu lösen, die stundenlang in gleichförmiger Haltung hatten verharren müssen. Außerdem war ihr schrecklich kalt, und sie klapperte mit den Zähnen.

In die Hütte zurückgekommen, blickte der Mann sie forschend an, ehe er sachlich sagte: "Sie frieren sich ja zu Tode." Er öffnete den Schrank und warf ihr einen Jogginganzug zu, der wohl ihm gehörte. "Los, ziehen Sie den an." Er machte jedoch keine Anstalten, sich umzudrehen und schien sich auch nichts daraus zu machen, daß er selbst nur dürftig bekleidet war.

Die junge Frau zögerte kurz, dann zuckte sie resigniert mit den Schultern, entledigte sich ihres Minirockes und der schwarzen Jacke, die völlig zerknittert war, und schlüpfte in die Sachen. Danach hielt sie dem Mann zögernd die Handgelenke entgegen. Dieser zögerte ebenfalls kurz, ehe er nach dem kurzen Seil griff und sie erneut fesselte. "Ich hoffe, das geht so", murmelte er dabei fast entschuldigend. "Aber es geht nicht anders, das müssen Sie verstehen."

Petra nickte nur ergeben und begab sich zurück zu ihrem Bett. Seltsam, daß sich der Mann sogar dafür entschuldigte, daß er sie fesselte. Der hatte so etwas wohl auch noch nicht so oft gemacht. Dabei sah der Mann eigentlich ganz nett aus mit seinem stoppeligen Drei-Tages-Bart und seiner beginnenden Glatze über den schwarzen Augen, auch wenn er absolut nicht ihr Typ war. Sie stand mehr auf größere, athletische Männer, zu denen sie emporschauen konnte.

Der Mann mochte wohl nur wenige Jahre älter als sie sein und machte wahrhaftig nicht den Eindruck, als ob er häufig fremde Frauen kidnappte, auch wenn er mit einer Waffe durch die Gegend lief. Komischer Kauz, dachte Petra noch einmal, ehe sie erneut der Schlaf der Erschöpfung übermannte.

Am nächsten Morgen wiederholte sich das gleiche Spiel mit dem Lösen der Fesseln und dem Gang zur Toilette, nur daß Petra diesmal darauf achtete, beim Aufstehen ausreichend Lärm zu machen, um den Mann nicht wieder im Schlaf zu überraschen und zu erschrecken.

Danach äußerte sie verschämt den Wunsch nach einer morgendlichen Toilette und machte Bekanntschaft mit dem Brunnen vor der Hütte. Während sie rasch Hände und Gesicht mit dem kühlen Wasser wusch, welches ihr der Mann wortlos mit einem Eimer heraufgezogen hatte, bedauerte sie, daß sie nicht duschen und ihre Haare waschen konnte. Sie fühlte sich nach der vergangenen Nacht schmutzig und verklebt und hatte das Bedürfnis, kühles Wasser über ihre zahllosen blauen Flecke fließen zu lassen. Aber dies war hier leider nicht gegeben. Und sie hatte nicht vor, sich vor den prüfenden Blicken des Mannes, der sie beim Brunnen keine Sekunde aus den Augen ließ, weiter auszuziehen.

In Ermangelung einer Zahnbürste putzte sich Petra mit dem Zeigefinger die Zähne und begab sich dann wieder in die kleine Hütte. Das Wetter hatte umgeschlagen, und es war sehr ungemütlich draußen, regnerisch und kalt. Ein eisiger Wind wehte draußen, und sie war dankbar, daß der Mann ihr den Jogginganzug überlassen hatte. Mit ihren feinen Pumps kam sie sich ein bißchen deplaziert vor, aber sie konnte ja nicht erwarten, daß er auch noch ein paar Turnschuhe in ihrer Größe da hatte.

Inzwischen war der Kaffee durchgelaufen, und sie setzten sich beide an den kleinen Küchentisch. Resigniert stützte Petra ihren Kopf in beide Hände und schloß die Augen. Was sollte nur aus ihr werden? Wie lange wollte der Entführer sie hier festhalten? Stefan hatte zwischenzeitlich bestimmt bereits die Polizei informiert und würde sich die allergrößten Sorgen um sie machen. Aber wer sollte sie schon hier mitten in diesem Wald finden? Ein tiefer Seufzer entstieg ihrer Kehle, und sie hob die Tasse Kaffee an ihre Lippen.

Der Mann ihr gegenüber hatte sie die ganze Zeit aus den Augenwinkeln beobachtet. Eine Mischung aus Verachtung, Skepsis, Ratlosigkeit und Neugierde zeichnete sich auf seinem Gesicht ab. Hinter seiner Stirn tobten die verwirrendsten Gedanken. Was um alles in der Welt sollte er mit dieser Frau anfangen? Er wußte es wirklich nicht. Er wußte nur, wenn er sie freiließ, so war seine ganze Mühe umsonst gewesen, und Stefan Söhnke wußte, wer hinter ihm her war und würde Mittel und Wege finden, ihn aus dem Weg zu räumen. Also durfte die Frau nicht zurück, es sei denn, sie würde ihn nicht verraten. Aber darauf konnte er wirklich nicht hoffen.

Andererseits mußte er Kontakt aufnehmen und die Informationen aus den Papieren zwecks Überprüfung weiterleiten. Und dabei konnte er die Frau noch viel weniger gebrauchen. Der Mann seufzte leicht auf. Diese Frau hatte ihm gerade noch gefehlt! Als ob er nicht schon genug Probleme gehabt hätte! Es war wirklich kaum zu glauben, daß eine solche Klassefrau wie diese Petra Neumann sich ausgerechnet mit einem Typ wie Stefan Söhnke einlassen mußte!

Petra spürte, daß der Mann sie die ganze Zeit beobachtete und hob den Kopf, um seinen Blick zu erwidern. "Was wollen Sie jetzt mit mir machen?" fragte sie resigniert.

Der Mann schüttelte leicht den Kopf. "Ich weiß es nicht", bekannte er. "Vorläufig müssen Sie mit mir vorliebnehmen. Es ist nicht zu ändern. Ich kann Sie nicht laufenlassen."

Die junge Frau senkte den Kopf und schluckte schwer. Lähmende Angst kroch in ihr empor, und sie spürte, wie ihr erneut die Tränen in die Augen schießen wollten. Doch sie beherrschte sich mit aller Gewalt, um sich keine Blöße zu geben. Dann kam ihr eine neue Idee. "Kann ich wenigstens meine Handtasche haben?" fragte sie mit zaghafter Stimme und blickte ihr Gegenüber bittend an. "Sie ist wohl gestern im Auto geblieben."

Der Mann zögerte kurz, dann nickte er: "Okay, ich werde sie Ihnen holen." Er griff nach dem Autoschlüssel und begab sich nach draußen.

Petra frohlockte innerlich und sah ihre Chance kommen, aber ihr Herz sank in die Hose, als der Mann zurückkam und den Inhalt ihrer Handtasche auf dem Küchentisch auskippte, so daß neben diversen Schlüsseln, Tempos, Portemonnaie, Schminkutensilien und ähnlichem auch der Elektroschocker, das Schweizer Messer sowie das Tränengas ans Tageslicht befördert wurden.

Mit undurchsichtigem Gesichtsausdruck ergriff der Mann die drei Gegenstände und steckte sie wortlos in seine Hosentasche. "Ich nehme an, daß Sie diese Dinge gesucht haben", sagte er. Dabei klang leichte Verachtung in seiner Stimme mit.

Niedergeschlagen senkte die junge Frau den Kopf. Sie hätte sich denken können, daß ihr Plan nicht so einfach funktionieren würde. Nun war ihre letzte Hoffnung dahin, sich selbst aus den Händen des Entführers zu befreien, und sie mußte sich in ihr Schicksal fügen.

Nach dem Frühstück schickte der Mann Petra wieder in ihr gefängisartiges Zimmer zurück und schloß die Tür hinter ihr ab, stellte ihr jedoch eine kleine Kerze zur Verfügung, damit sie nicht in völliger Dunkelheit saß. "Es geht nicht anders", erklärte er ihr dabei fast entschuldigend. "Es reicht, wenn Sie mein Gesicht gesehen haben, es müssen nicht noch mehr Leute mit hineingezogen werden."

Kurz danach hörte Petra ein Auto nahen und vor der Hütte stoppen. Es handelte sich um mehrere Besucher, die sich über eine Stunde mit ihrem Entführer im Flüsterton unterhielten. Petra legte das Ohr an die Tür, aber sie bekam trotzdem nur Wortfetzen mit. Die Unterhaltung drehte sich um den Koffer und die Papiere, die sie enthielten. Soweit sie dem Gespräch entnehmen konnte, waren die Neuankömmlinge und ihr Entführer enttäuscht über den Inhalt des Koffers. Scheinbar handelte es sich wirklich um irgendwelche Transportpapiere und bewiesen für sich allein nichts.

Neugierig geworden, preßte Petra ihr Ohr noch dichter an die Tür, um möglichst viel von dem Gespräch nebenan mitzubekommen. Um wen handelte es sich bei den Besuchern? Warum waren diese Papiere so furchtbar wichtig? Stefan hatte ihr zwar gesagt, es handelte sich um Frachtpapiere, Zollpapiere, Entsorgungsnachweise und ähnliches, aber wieso machten die Männer so viel Aufhebens darum? Es reichte doch, wenn sie im Besitz der Papiere waren und somit wußten, mit wem Stefan seine Geschäfte tätigte und zu welchen Konditionen! Industriespionage nannte man so etwas ja wohl. Warum nahmen die Männer dann nicht einfach die Papiere und ließen sie in Frieden? Petra verstand das alles nicht.

Nach einer endlos langen Zeit hörte sie, wie die Besucher die Hütte verließen und draußen erneut ein Motor angelassen wurde. Es dauerte wiederum eine ganze Weile, bis die Tür wieder aufgesperrt wurde und ihr Entführer in der Türöffnung erschien. Petra war fast dankbar, diesen mittelgroßen, unheimlichen Mann wieder zu sehen. Alles war besser, als allein in diesem Zimmer zu sitzen!

"Kommen Sie, ich zeige Ihnen etwas", sagte der Mann und bedeutete ihr, sich zum Küchentisch zu begeben. Dort waren wieder die Papiere ausgebreitet, um die sich das Ganze drehte.

Notgedrungen folgte Petra der Anweisung und setzte sich hin. Neugierig blickte sie auf die Papiere und wartete gespannt auf das, was der Mann ihr zeigen wollte. Es würde sicherlich eine Wiederholung des gestrigen Gespräches werden. Der Mann konnte ihr viel erzählen, was in diesen Papieren stand! Tatsache war, daß er die Papiere unrechtmäßig in seinen Besitz gebracht und sie zudem entführt hatte!

Mit ruhigen Worten erläuterte der Mann ihr, worum es sich bei den Unterlagen handelte. "Ich habe diese Verträge von ein paar Freunden prüfen lassen. Ich hatte recht, es handelt sich dabei um offizielle Zollpapiere für Sondermüll."

Skeptisch blickte Petra ihren Gegenüber an. "Ja und?" fragte sie. "Was ist da dabei? Söhnke Transporte befördert Müll und Sondermüll, das ist doch erlaubt. Was soll daran so seltsam sein?" Sie verstand den Sinn des Gespräches nicht. Warum versuchte der Mann mit aller Gewalt, sie davon zu überzeugen, daß ein Verbrechen hinter diesen ganzen Papieren steckte? Er hatte doch jetzt alle Informationen, die er brauchte! Warum wollte er sie unbedingt von seiner

Annahme überzeugen?

"Natürlich", erläuterte der Mann ihr gelassen. "Aber ich beobachte die Spedition Söhnke seit längerer Zeit, und mir sind da verschiedene Ungereimtheiten aufgefallen. Wieso diese Heimlichtuerei mit dem Koffer und das alles? Können Sie mir diese Frage beantworten?"

"Stefan hat mir gesagt, das sei eine Sicherheitsvorkehrung wegen seiner Konkurrenz", erwiderte die junge Frau wahrheitsgemäß.

"Und das glauben Sie wirklich?" Der Mann lachte kurz und humorlos auf. "Sehen Sie sich das doch selbst an: Hier bei diesen Papieren handelt es sich um eine Lastwagenladung voll mit radioaktiv belastetem Material, welches aus Osteuropa über Marseille nach Nordafrika abtransportiert worden sein soll. Wieso kommen diese offiziellen Papiere per Bote nach Deutschland? Wozu dieser ganze Aufwand?

Wir beobachten Söhnke seit Monaten. Er verschifft die Ware in Marseille, und Wochen später, wenn die Schiffe zurückkehren, ist die Fracht beseitigt. Es gibt Schiffsrouten nach Nordafrika, auf denen diese Schiffe angeblich verkehren, es gibt diese Papiere, die beweisen, daß der Sondermüll dort tatsächlich entladen und in großen Lagern deponiert wird. Aber die Sache ist nicht sauber, glauben Sie mir. Die Ware kommt nie in Afrika an, sondern wird irgendwo auf offener See ins Meer gekippt. Das alles ist ein großer Schwindel."

"Wieso sollte Stefan so etwas tun?" fragte Petra skeptisch. Der Mann sprach auf einem Mal mit so großem Enthusiasmus, daß sie leicht verunsichert wurde.

"Das liegt doch auf der Hand: Es geht hier nur um den schnöden Mammon. Die Lagerung in Nordafrika ist sehr teuer. Es ist doch viel einfacher, das Geld für die Entsorgung zu kassieren, und in Wirklichkeit keinen Pfennig dafür auszugeben, sondern nur gefälschte Papiere über das Ganze anzukaufen."

Petra schluckte. Zögernd nahm sie die Papiere in die Hand und versuchte, diese zu entziffern. "Ich kann das alles nicht so recht glauben." begann sie zögernd.

"Dann sehen Sie doch selbst!" forderte der Mann sie auf und hielt ihr einige Blätter entgegen. "In diesen Papieren ist alles aufgeführt, die genaue Liefermenge, das Datum der Verschiffung, das Datum, wann die Ladung in Algier gelöscht wurde usw. Welchen Sinn sollte es machen, einen solchen Aufstand um diese Papiere zu machen, wenn alles ordnungsgemäß wäre? Glauben Sie mir, diese Papiere werden von Söhnke eingekauft und zwar bei diesen Arabern im Kongreßhotel."

Verwirrt betrachtete Petra die Verträge in ihrer Hand. Wieso machte der Entführer auf einmal so viel Aufhebens davon, sie von Stefans Schuld überzeugen zu wollen? Wieso glaubte er ihr auf einmal, daß sie nichts von diesen Geschäften wußte?

Als hätte der Mann ihre Gedanken lesen können, sprach er weiter: "Ich habe mich mit meinen Freunden über diese ganze Angelegenheit beraten. Sie haben Sie zwischenzeitlich überprüft und bisher keinen Zusammenhang zwischen Ihnen und diesen dunklen Geschäften gefunden. Ich gehe davon aus, daß Sie wirklich nichts wissen, sondern durch Zufall in das Ganze hineingerutscht sind. Es tut mir leid."

"Bedeutet das, daß Sie mich laufen lassen?" fragte Petra angespannt.

"Nein. Ich kann Sie nicht gehen lassen, weil Sie dann sofort Söhnke alles verraten würden."

"Aber was wollen Sie dann mit mir tun?"

"Ich will Sie davon überzeugen, daß Söhnke ein Verbrecher ist und daß Sie mir dabei helfen, ihn zu überführen. Das ist die einzige Möglichkeit."

Fassungslos starrte Petra Neumann den Mann an. Dieser erwiderte ungerührt ihren Blick. "Das glaube ich nicht", sagte sie und schüttelte den Kopf. "Das kann doch nicht ihr Ernst sein. Selbst wenn ich Ihren Verleumdungen glauben schenken sollte, wie käme ich dazu, Ihnen zu helfen?"

"Bedeutet das, daß Sie mir nun endlich glauben, daß Söhnke ein Verbrecher ist?" hakte der Mann nach.

"Nein...ja... ich weiß nicht recht...", stammelte Petra. Ihre Verwirrung wurde immer größer. Was sollte das Ganze?

Der Mann ereiferte sich jetzt regelrecht, um sie zu überzeugen. "Sehen Sie doch hier, diese Unterlagen", erklärte er und griff nach einem zweiten Bündel Papiere. "Hier ist alles drin, was wir in den letzten Monaten über Söhnke zusammengetragen haben, jeder Transport, jede Übergabe, alles. Sie werden ein genaues Schema erkennen, wenn Sie sich das alles genau durchlesen."

"Wer ist wir?" fragte Petra neugierig, während sie mit spitzen Fingern nach dem Manuskript griff.

"Greenpeace", erklärte der Mann ihr mit ungerührter Miene. "Wir versuchen seit Monaten, Söhnke seiner Verbrechen zu überführen. Unser Problem ist, daß wir die Spur der Ware in Marseille verlieren und die Algerier uns nicht erlauben, die unterirdischen Mülldeponien zu besichtigen, um festzustellen, ob die verschiffte Ware dort wirklich deponiert ist. Unsere Organisation ist in Nordafrika nicht gern gesehen, müssen Sie wissen. Diese Länder machen viel Profit mit solchen Geschäften und dulden unsere Einmischung nicht."

Erschüttert lehnte Petra sich in ihrem Stuhl zurück und vertiefte sich in das Bündel Papiere. Es handelte sich um Notizen über Beobachtungen, Aufzeichnungen über Gespräche, Fotos, die Stefan im Gespräch mit verschiedenen arabisch wirkenden Männern zeigten, darunter auch mit den beiden, die sie im Kongreßhotel aufgesucht hatte.

"Warum gehen Sie mit dem Ganzen nicht einfach zur Polizei?" fragte sie skeptisch. "Wenn da wirklich etwas dran ist, müßten die der Sache doch nachgehen."

"Das ist nicht so einfach", erläuterte der Mann ihr. "Wir sind teilweise illegal an diese Unterlagen rangekommen, und sie werden als Beweismittel nicht zugelassen. Unser Bestreben ist es, einen solchen Transport von Anfang bis Ende zu überwachen, um Söhnke sozusagen auf frischer Tat zu ertappen. Bisher haben wir nur Unterlagen über bereits durchgeführte Transporte gefunden, das hilft uns nicht weiter. Aufgrund reiner Indizien werden wir Söhnke niemals verurteilt kriegen.

Was wir brauchen, sind Informationen über die nächsten Transporte, um schon vorher einschreiten zu können. Diese zu erlangen, ist uns bisher leider nicht gelungen. Wir müssen wissen, wann der nächste Transport abgeht, um in Marseille mit einem Schiff bereitzuliegen oder einige von unseren Leuten auf das Müllschiff einschleusen zu können. Außerdem müssen wir Söhnke nachweisen, daß er selbst in diese Machenschaften verwickelt ist. Am besten wären Aufzeichnungen über Gespräche, die er selbst führt. Bisher ist es uns leider trotz aller Bemühungen nicht gelungen, so nahe an ihn heranzukommen, daß wir eine Vertrauensperson bei ihm einschleusen konnten."

"Und das soll ich jetzt sein?" fragte Petra mit hochgezogenen Augenbrauen. "Wieso sollte ich das tun?"

"Vielleicht, weil Söhnke Sie in diese gefährliche Sache mit hineingezogen hat, ohne Sie zu informieren und so Ihr Leben unnötig aufs Spiel gesetzt hat. Mit diesen Leuten ist nicht zu spaßen."

Verwirrt las Petra Seite für Seite der belastenden Unterlagen. Sie war kein Kriminalist, aber sie konnte sich so langsam des Verdachtes nicht erwehren, daß an der Sache etwas dran war. Alles, was dieser Fremde ihr erzählt hatte, leuchtete ihr ein. Sie hatte ja selbst gewisse Bedenken gehabt bei dieser Kofferaktion! Auch Detlev hatte sie immer wieder gewarnt, daß das Ganze sehr seltsam war. Aber sie hatte vor Liebe Scheuklappen vor den Augen gehabt und nicht sehen wollen, in was sie sich da eingelassen hatte.

Aber konnte sie wirklich so dumm sein, daß sie vor lauter Liebe zu Stefan nicht gesehen hatte, daß er sie nur benutzt hatte? Hatte er ihr das alles nur vorgespielt, um sie als Botin für seine schmutzigen Geschäfte zu gewinnen? Petra war zutiefst erschüttert. Ausgerechnet Stefan, den sie so über alle Maßen liebte und von dem sie geglaubt hatte, daß er sie auch liebte!

Der Mann hatte sie die ganze Zeit beobachtet und das Wechselbad ihrer Gefühle gesehen, welches sich auf ihrem Gesicht abzeichnete. Nun ergriff er leidenschaftlich ihre Hand und hielt sie fest.

"Glauben Sie mir, Stefan Söhnke ist ein ganz gemeiner Verbrecher!" sagte er, und Petra erschrak von der Leidenschaft und dem tiefen Haß, den sie aus seiner rauhen Stimme heraushörte. "Er ist es nicht wert, daß Sie auch nur eine Träne um ihn weinen."

Petra schluckte das Schluchzen hinunter, das in ihrer Kehle aufsteigen wollte und riß sich gewaltsam zusammen. "Warum hassen Sie Stefan eigentlich so?" fragte sie. „Sind Sie wirklich einer von diesen Umweltfreaks? Oder steckt da noch mehr dahinter?"

Betroffen ließ der Mann ihre Hand los, und ein seltsamer Ausdruck erschien in seinen Augen. Sie mußte mit ihrer Frage voll ins Schwarze getroffen haben. "Ich will alles wissen", bohrte Petra hartnäckig weiter, "die ganze Wahrheit. Sie verheimlichen mir doch noch irgend etwas, das spüre ich."

Langsam nickte der Mann und setzte zum Sprechen an: "Sie haben recht. Ich habe ein besonderes Interesse daran, Söhnke das Handwerk zu legen. Das ist eine sehr lange Geschichte. Vielleicht sollte ich mich erst einmal vorstellen: Ich heiße Thomas Förster. Stefan Söhnke ist mein Schwager. Ich bin der Bruder seiner verstorbenen Frau."

Und dann erzählte der Mann seine Geschichte. Je länger er redete, desto fassungsloser hörte Petra Neumann ihm zu, unfähig, das Gehörte zu verarbeiten.

Thomas Förster war nach Beendigung des Studiums für mehrere Jahre als Vermessungsingenieur nach Libyen gegangen und hatte dort für ein namhaftes deutsches Unternehmen gearbeitet. Mit seiner Schwester hatte er hin und wieder brieflichen oder telefonischen Kontakt gehabt.

Eines Tages hatte ihn ein Anruf im Camp erreicht, Myriam war dran gewesen, völlig aufgelöst und außer sich. Sie hatte immer wieder etwas davon gestammelt, daß Stefan sie hintergegangen und daß sie etwas aufgedeckt habe, was ihn für lange Zeit ins Gefängnis bringen würde. Sie hatte ihren Bruder gebeten, so schnell wie möglich nach Deutschland zurückzukommen und ihr beizustehen gegen ihren Mann. Myriam Söhnke hatte damals sehr ängstlich geklungen, ihr Zustand hatte Thomas Förster in höchste Alarmbereitschaft versetzt.

So schnell als möglich war er nach Deutschland zurückgekehrt, aber als er dort ankam, war seine Schwester schon tot gewesen, den schweren Verletzungen erlegen, die sie sich bei einem Autounfall zugezogen hatte. Ein entgegenkommender Lastwagen war ins Schleudern geraten und war frontal mit ihrem kleinen BMW zusammengestoßen. Sie hatte keine Chance gehabt. Der Fahrer des Unfallwagens war geflohen und wurde nie gefaßt.

Dieser ganze Unfall war äußerst mysteriös gewesen. Unter anderem war auch gegen Stefan Söhnke ermittelt worden, aber dieser Verdacht wurde bald fallengelassen, da er ein wasserdichtes Alibi hatte und auch die Überprüfung all seiner Lastwagen nichts Auffälliges ergeben hatte.

Thomas Förster war der festen Überzeugung, daß sein Schwager hinter dem Tod seiner Schwester steckte und daß es sich dabei um Mord und nicht um einen Unfall handelte. Das letzte Telefonat mit Myriam deutete eindeutig darauf hin, aber als er mit diesen Informationen zur Polizei ging, wurde er nur belächelt. "Wenn Sie nicht mehr zu bieten haben als ein Telefonat, das niemand mitgehört hat...", hieß es. Stefan Söhnke wurde zwar aufgrund seiner Anzeige routinemäßig noch einmal überprüft, aber auch diese Untersuchung ergab nichts Neues, und so wurde die Akte schließlich geschlossen.

Thomas Förster hingegen war nicht bereit, den Tod seiner Schwester ungesühnt hinzunehmen, und so machte er sich auf eigene Faust daran, gegen seinen Schwager zu ermitteln. Dabei stieß er auf diverse Ungereimtheiten im Zusammenhang mit Auslandstransporten und kam schließlich in Kontakt mit Greenpeace, die schon lange ein Auge auf die Sondermüllfahrten der Firma Söhnke geworfen hatten.

"Und dieses Ziel verfolgen Sie jetzt schon vier Jahre lang?" fragte Petra erschüttert.

"Ja", war die lakonische Antwort. "Dazwischen wurde ich bei Greenpeace für verschiedene andere Aktionen eingesetzt. Zwischendurch war ich auch wieder in Libyen, um meine Arbeit dort zu beenden. Aber mein höchstes Ziel ist es, Stefan Söhnke eines Tages das Handwerk zu legen. Und mit meinen Beobachtungen der letzten Zeit sowie diesen Papieren sind wir schon ein gutes Stück weiter. Dieser Ansicht sind auch meine französischen Partner bei der Organisation. Sie haben den Verschiffungspunkt in Marseille schon länger im Auge, aber es ist uns bisher aufgrund der Vielzahl der täglichen Transporte nie gelungen, einen Spezialmülltransport von Anfang bis Ende zu verfolgen. Irgendwie haben sie es bisher immer geschafft, uns auf eine falsche Fährte zu führen. Aber nun sind wir ganz dicht dran, das spüre ich. Sie sind der Schlüssel zu dem Ganzen."

Nachdem Förster mit seinem Bericht geendet hatte, herrschte ein langes und tiefes Schweigen zwischen den beiden. Petra mußte erst einmal alles Gehörte gründlich verdauen und war in tiefe Gedanken verfallen. Thomas Förster hingegen hatte alles gesagt, was es zu sagen gab.

Es schien eine Ewigkeit vergangen zu sein, bis die junge Frau den Kopf wieder hob und Förster geradewegs in die erwartungsvoll auf sie gerichteten Augen schaute. "Ich glaube Ihnen", erklärte sie mit schwankender Stimme. "Wie kann ich Ihnen helfen?"

161

Derweilen hing in der Villa Söhnke der Haussegen schief. Stefan Söhnke war gereizt und mißlaunig, Anna und Ben hingegen wollten einfach keine Ruhe geben und bedrängten immer wieder ihren Vater, weil sie wissen wollten, wo sich Petra aufhielt.

"Es kann doch gar nicht sein, daß Petra an ihrem eigenen Geburtstag einfach wegfährt, ohne uns etwas zu sagen. Wir waren doch abends zum Essen verabredet", wiederholte Anna wohl zum hundertsten Mal und sah ihren Vater fragend an. "Ich kann gar nicht verstehen, daß du nichts unternimmst, Vater. Wenn Petra etwas zugestoßen ist..." Zwei große, ängstliche Augenpaare richteten sich auf Stefan Söhnke.

"Wie oft soll ich euch noch sagen, daß Petra sich kurzfristig dazu entschlossen hat, ein paar Tage zu verreisen! Sie wollte einfach mal ihre Ruhe haben", erklärte Söhnke und blickte gereizt auf seine beiden Kinder. Als ob er nicht schon genug Probleme hätte, belagerten ihn auch noch die Kinder seit gestern mittag, wo Petra geblieben war.

Das wüßte er zum Teufel selbst gerne! Er hatte im Büro auf sie gewartet, um die Papiere in Empfang zu nehmen und sich schon gewundert, wo sie so lange blieb. Ein lautes Reifenquietschen im Hof hatte ihn aus dem Fenster schauen lassen, gerade noch rechtzeitig, um zu sehen, wie ein dunkler Lieferwagen in höchstem Tempo den Hof verließ. Petras kleiner Peugeot stand mit offener Fahrertür auf dem Parkplatz, von der jungen Frau weit und breit keine Spur.

Stefan Söhnke hatte sofort zum Telefonhörer gegriffen und Manfred Wegener angerufen, einen Mann, der sein absolutes Vertrauen besaß und ihm schon mehr als einmal aus der Patsche geholfen hatte. Manfred Wegener, offiziell Rechtsanwalt von Beruf, war Freund, Berater, alles für Stefan Söhnke, je nachdem, was gerade anlag. .

"Die Sache liegt ganz klar auf der Hand", hatte Söhnke erklärt, nachdem Wegener sich das Ganze angehört hatte. "Petra ist entführt worden. Ob wegen der Papiere oder warum sonst, das wird sich wohl in den nächsten Stunden herausstellen. Ich werde auf keinem Fall die Polizei einschalten. Die fragen sofort, wo Petra zuletzt gewesen war und warum, das können wir uns auf keinem Fall leisten. Du mußt herausfinden, was dahintersteckt, Manfred. Derweilen erzähle ich den Kindern, daß Petra kurzfristig verreist ist."

Doch nun war die Nacht vorbei, der zweite Tag neigte sich bereits dem Ende zu und noch immer keine Spur von Petra. Manfred Wegener hatte alle Hebel in Bewegung gesetzt, aber niemand wußte etwas vom Verschwinden der jungen Frau. Die beiden Araber waren vereinbarungsgemäß sofort nach der Kofferübergabe abgereist und inzwischen längst in Algier gelandet. Daß die beiden hinter dem Verschwinden von Petra steckten, war höchst unwahrscheinlich. Aber wer dann?

Stefan Söhnke wußte es nicht. Diese Unwissenheit machte ihm sehr zu schaffen, das ganze Geschäft stand auf dem Spiel. Es ging es um richtig viel Geld dabei. Und noch um einiges mehr.

Hinzu kam, daß die Kinder ihn ständig mit Rückfragen nervten. Nur Frau Meyer, seit langen Jahren seine absolute Vertrauensperson, die er in alles eingeweiht hatte, hielt ihm ein wenig den Rücken frei.

Der Mann schreckte auf, als es an der Haustür klingelte und ein Bote einen Brief abgab. "Ich soll diesen Brief persönlich bei Herrn Söhnke abgeben", erklärte der junge Mann, schüttelte jedoch verneinend den Kopf, als er nach dem Absender gefragt wurde. "Das läuft alles über unsere Zentrale. Keine Ahnung, wer den Brief in Auftrag gegeben hat."

Söhnke nahm den Brief an sich und zog sich damit ins Arbeitszimmer zurück. Er wollte ungestört sein, wenn er das Schreiben las. Mit fahrigen Händen öffnete er das neutrale Couvert. Heraus fiel ein großes, weißes Papier, welches mit Maschine beschrieben war.

"Wenn Sie Ihre Freundin lebend wiedersehen wollen, stellen Sie bis morgen abend eine Million in kleinen Scheinen bereit", las er. "Alles Nähere über die Geldübergabe morgen."

Fast erleichtert ließ der Mann den Brief sinken. Offensichtlich handelte es sich um eine wirkliche Entführung, und der Entführer hatte es auf Petra und nicht auf die Papiere abgesehen. Dies war das leichtere Übel und würde zu regeln sein.

Entschlossen hob Söhnke den Telefonhörer ab und wählte eine sechsstellige Nummer. "Manfred", sagte er, als der Gesprächspartner sich meldete, "der Entführer hat Kontakt aufgenommen. Er verlangt eine Million, Übergabe morgen abend." Er lauschte kurz dem Kommentar von Manfred Wegener, dann redete er weiter: "Okay, Manfred, kümmere dich um diese Details. Ich sorge dafür, daß das Geld da ist. Es ist weiterhin Vorsicht geboten, klar. Wer weiß, in wessen Hände der Koffer gefallen ist! Aber wenn wir Glück haben, erkennt derjenige den Wert der Papiere nicht und hat es wirklich nur auf das Geld abgesehen."

Mit diesen Worten hängte er wieder ein und zündete sich eine Zigarette an.

Am späten Abend des gleichen Tages klingelte in der Villa Söhnke das Telefon. Da Frau Meyer und die Kinder bereits schliefen, ging Stefan Söhnke, der noch bei einem Cognac in seinem Arbeitszimmer saß und über verschiedenen Papieren grübelte, selbst an den Apparat. "Söhnke", meldete er sich.

"Stefan", hörte er eine schluchzende Stimme und hielt verblüfft den Atem an. Petra! "Stefan, bitte hole mich ab. Ich bin davongelaufen und stehe jetzt am Hauptbahnhof. Bitte, Stefan, komm schnell!"

"Ich fahre sofort los", beeilte sich der Mann zu sagen. "Wo bist du genau, Petra? ... In der Telefonzelle vor dem Haupteingang, okay. Bewege dich nicht von der Stelle, Petra. Ich bin in zehn Minuten da." Damit warf Söhnke den Hörer auf die Gabel und hastete nach draußen.

Zehn Minuten später hielt Stefan Söhnke mit quietschenden Reifen vor dem Hauptbahnhof und hielt Ausschau nach Petra. Da vorne saß sie auf dem Bordstein, direkt bei den Telefonzellen und sah aus wie ein Häufchen Elend, wie sie so dasaß in ihrem kurzen, schwarzen Rock und dem verdreckten lindgrünen Shirt mit der schwarzen Jacke darüber, an der ein Ärmel eingerissen war.

"Oh Gott, Petra, wie kommst du hierher? Geht es dir gut?" stammelte Söhnke und zog die junge Frau an seine breite Brust. "Mein kleiner Liebling, was haben sie nur mit dir gemacht?" Erschüttert betrachtete er Petras erschöpftes Gesicht.

"Mir geht es gut, danke", antwortete die Frau mit leiser Stimme und vergrub ihr Gesicht in seinem Kragen. "Ich bin nur furchtbar müde und will ganz schnell nach Hause."

"Was ist passiert? Wie kommst du hierher?" fragte der große Mann nochmals, während er sie vorsichtig zu seinem schweren Mercedes geleitete.

"Der Mann, der mich entführt hat, hat die Tür nicht richtig zugemacht. So ist es mir gelungen, ihm in einem unbeaufsichtigten Moment zu entfliehen. Ich bin dann zu Fuß durch einen Wald gelaufen und per Anhalter hierher gekommen."

"Mein armer Liebling", wiederholte der Mann, "wie konnte das nur passieren? Was war das für ein Typ, der dich entführt hat? Was wollte er?"

"Keine Ahnung, wie der Kerl aussah", antwortete Petra mit müder Stimme. "Er trug eine schwarze Maske vor dem Gesicht. Und später hat er mir dann immer die Augen verbunden, so daß ich nicht sehen konnte, wo er mich hingebracht hat. Aber bitte, können wir später reden? Ich will nur nach Hause und erst einmal duschen und dann schlafen. Ich bin wirklich am Ende, Stefan."

"Natürlich. Reden können wir später. Wie dumm von mir. Du mußt ja völlig fertig sein!"

Behutsam half er der jungen Frau beim Einsteigen und schloß dann die Tür. Während der Fahrt nach Hause wechselten sie kaum ein Wort. Stefan Söhnke warf immer wieder besorgte Blicke auf die Frau neben ihm, die gleich nach dem Einsteigen die Augen geschlossen hatte und zu schlafen schien. Sie mußte ja einiges durchgemacht haben, so mitgenommen, wie sie aussah! Der Kerl, der ihr das angetan hatte, sollte ihm nur einmal in die Hände fallen!

In der Villa angekommen, begab sich Petra sofort ins Bad und schloß die Tür hinter sich ab.

Sie hätte es keine Minute länger ertragen können, in der Nähe von Stefan zu sein. Sein besorgtes Gehabe gab ihren bloßgelegten Nerven den Rest. Thomas Förster hatte sich die Sache mit der angeblichen Lösegeldforderung so gut ausgedacht, und Stefan schien seinem Schreiben auf den Leim gegangen zu sein. Sie durfte dies auf keinem Fall durch eine falsche Bemerkung in Frage stellen.

Vor allem mußte sie sich gegenüber Stefan so verhalten wie immer, und das würde das allerschwerste an der Sache sein, weiterhin die liebende Freundin zu spielen, mit allem, was dazugehörte. Petra erschauderte, während sie unter der heißen Dusche stand und den Dreck der letzten zwei Tage von sich abwusch. Ihr ganzer Körper war von der unsanften Behandlung bei Thomas Förster mit blauen Flecken übersät, und alle Knochen taten ihr weh. Aber diese körperlichen Schmerzen waren nichts im Vergleich zu dem, wie es in ihr aussah. Stefan ein Verbrecher und Mörder! Und sie mußte weiterhin so tun, als sei nichts geschehen!

Nach einer schier endlos langen Zeit stellte Petra die Dusche ab und hüllte sich in ein weißes, kuscheliges Badelaken. Auf bloßen Füßen tapste sie in das unmittelbar an das Bad anschließende Schlafzimmer, wo sie bereits von Stefan Söhnke im Bett erwartet wurde, der sie mit besorgten Blicken musterte.

"Alles in Ordnung mit dir, Petra?" fragte er, Sorge klang in seiner Stimme mit. "Hat der Kerl dir etwas angetan?" Eine unausgesprochene Frage klang in seinen Worten mit.

Petra schüttelte vehement den Kopf. "Nein, es ist alles in Ordnung, Stefan. Er hat mich nicht angefaßt. Er war die ganze Zeit nur an dem Lösegeld für mich interessiert."

Da Söhnke keine Anstalten machte, das Zimmer zu verlassen - warum auch, schließlich war es ihr gemeinsames Schlafzimmer! -, seufzte sie innerlich leise auf und ließ schließlich das nasse Handtuch zu Boden gleiten, um sich ein T-Shirt überzuziehen.

Mit einem Satz stand Stefan vor ihr und hielt ihre Arme fest, so daß sie das T-Shirt nicht überstreifen konnte, sondern nackt vor ihm stehen bleiben mußte.

"Was sind das für Flecken?" fragte er besorgt und deutete auf ihre Beine und ihren Körper. "Hat der Kerl dich etwa geschlagen?" Wut zeichnete sich in seinem kantigen Gesicht ab. "Wenn ich den in die Finger kriege, den mache ich fertig, das schwöre ich dir!"

"Das ist nichts, glaube mir, Stefan. Die blauen Flecken habe ich mir zugezogen, als der Kerl mit dem Lieferwagen so rasant gefahren ist und ich hinten auf der Ladefläche lag. Außerdem bin ich bei meiner Flucht gestürzt und habe mich irgendwo angeschlagen. Es sieht schlimmer aus, als es ist."

Sie machte sich von ihm los und zog das T-Shirt über. Sie wollte nicht länger nackt und bloß vor ihm stehen, sondern nur noch so schnell wie möglich ins Bett, schlafen und alles vergessen.

Während sie sich müde in ihre Laken kuschelte, rutschte Söhnke von seiner Seite des Bettes her mit besorgter Miene näher zu ihr rüber. "Und du bist ganz sicher, daß es dir gutgeht? Soll ich nicht vielleicht doch einen Arzt holen?"

"Mir fehlt nichts, Stefan. Danke. Ich muß einfach nur schlafen, sonst nichts."

"Ich bin froh, daß der Kerl dir nichts getan hat. Ich würde ihn zerfleischen, wenn er mir in die Hände fiele, glaube mir. Doch nun schlafe, mein Liebling. Morgen sieht die Welt wieder anders aus." Liebevoll hauchte er Petra einen Kuß auf die Stirn und nahm sie zart in die Arme.

"Nur eine Frage noch", setzte er wieder an, als sie bereits die Augen geschlossen hatte. "Was ist eigentlich mit dem Koffer und den Papieren geschehen?" Söhnkes Stimme klang ruhig und gelassen, doch Petra spürte seine innere Anspannung bei dieser Frage.

"Der Kerl hat den Koffer aufgebrochen. Er hat wohl Geld oder Wertsachen darin vermutet. Als nur Papiere drin waren, hat er sich tierisch aufgeregt und alles verbrannt."

"Willst du damit sagen, er hat die ganzen Papiere verbrannt?" forschte Söhnke fassungslos nach. "Ja, er hat alles auf einen Stapel gelegt und angezündet. Wertloses Zeug, hat er dabei gesagt und furchtbar geflucht. Ich hatte richtige Angst vor ihm, das kann ich dir sagen! Gott sei Dank konnte ich fliehen. Wer weiß, was der Kerl noch mit mir angestellt hätte..." Petra erschauderte sichtlich.

"Ja, Gott sei Dank", wiederholte Söhnke mechanisch. Seine Gedanken rasten. Wenn das stimmte, daß der Entführer die Papiere verbrannt hatte, dann hatte er noch einmal Glück gehabt. Es war zwar sehr ärgerlich, daß er sich die Papiere nun noch einmal beschaffen mußte, aber besser so, als wenn sie in falsche Hände gefallen wären!

Er küßte die junge Frau nochmals leicht. "Schlaf schön, mein Liebling. Du mußt ja zu Tode erschöpft sein", sagte er und schloß ebenfalls die Augen. Morgen würde er weitersehen.

Am nächsten Morgen war die Freude bei Anna und Ben groß, als sie Petra am Frühstückstisch sahen. Die beiden wollten die junge Frau sofort mit Beschlag belegen und mit endlosen Fragen über ihren Verbleib in den letzten Tagen löchern, doch Stefan Söhnke griff energisch durch: "Nichts da, ihr Rangen", erklärte er, "jetzt laßt Petra doch erst einmal in Ruhe frühstücken und sich erholen. Geht nach draußen, und laßt uns Erwachsene mal ein bißchen allein."

Schmollend gehorchten die beiden und verließen das Eßzimmer. Nachdem sich die Tür hinter den Kindern geschlossen hatte, sprach Söhnke weiter: "Wir müssen uns absprechen, was wir zu den Kindern sagen, Petra. Ich habe ihnen bisher nur gesagt, du hättest kurzfristig verreisen müssen, um ihnen keine unnötige Angst zu machen. Es liegt an dir, was wir ihnen nun wirklich erzählen."

"Das ist schon okay so", erwiderte Petra mit leiser Stimme. "Ich möchte nicht, daß alles so aufgebauscht wird. Am besten vergessen wir das Ganze einfach."

"Und was ist mit der Polizei? Sollen wir sie noch einschalten?" fragte der Mann skeptisch weiter. "Ich habe sie aus Angst um dich bisher nicht über deine Entführung informiert, aber nun..."

Petra schüttelte entschlossen den Kopf. "Nein, keine Polizei", sagte sie entschieden. "Das war richtig von dir. Alles ist vorbei, und ich möchte einfach nur meine Ruhe haben und nicht dauernd mit irgendwelchen dummen Fragen belästigt werden." "Und du doch mit Sicherheit auch nicht, mein lieber Stefan", fuhr sie in Gedanken fort.

Stefan Söhnke zögerte einen Augenblick, Unsicherheit zeichnete sich auf seinem kantigen Gesicht ab. "Wenn du meinst, Petra...", erwiderte er langsam. Nur mühsam unterdrückte er dabei seine wahren Gefühle. Das lief wirklich alles optimal für ihn! Er konnte wahrhaftig nicht die Einmischung von irgendwelchen Polizisten gebrauchen, die überall herumschnüffelten und dumme Fragen stellten!

"Ja, das meine ich wirklich", bekräftigte Petra noch einmal. "Ich bin wieder da, und es ist mir weiter nichts passiert. Ich finde, dabei sollte man das Ganze belassen. Ich möchte am liebsten über die letzten zwei Tage nicht mehr reden, sondern sie einfach vergessen, verstehst du das?" Bittend blickte sie Stefan an.

"Natürlich, mein Liebling." Beruhigend tätschelte Söhnke der jungen Frau die Hand. "Du kannst dich ganz auf mich verlassen. Ich werde den Kindern erklären, daß du bei einer kranken Freundin warst und deshalb sehr traurig bist und ein bißchen Ruhe brauchst."

Der Mann machte eine kleine Sprechpause, dann fuhr er fort: "Aber dennoch gefällt mir das alles nicht, Petra. Ich mache mir Sorgen um dich. Dieser Kerl, der dich entführt hat, wird es vielleicht noch einmal versuchen. Ich möchte dich bitten, im Moment das Haus nicht mehr alleine zu verlassen, sondern Karl mitzunehmen, wenn ich selbst keine Zeit habe, dich zu begleiten. Versprichst du mir das?"

Petra lachte leicht auf: "Hälst du das nicht für ein bißchen übertrieben? Ich brauche doch keinen Leibwächter. Ein zweites Mal passiert mir das nicht, glaube mir. Ich bin jetzt darauf vorbereitet."

"Bitte, versprich es mir, Petra", wiederholte Söhnke eindringlich. "Laß Karl auf dich aufpassen, einfach mir zuliebe, bitte." Wiederum ergriff er Petras Rechte und drückte sie an seine Brust. "Ich würde es nicht aushalten, wenn dir jemand ein Leid zufügen würde."

Er sprach so eindringlich und leidenschaftlich, daß Petra schließlich das gewünschte Versprechen gab, um ihre Ruhe zu haben und keinen Verdacht zu erregen.

Petra verbrachte den größten Teil des Tages in ihrem Bett, unfähig, sich zu irgend etwas aufzuraffen. Zwar hätte sie unbedingt bei Detlev vorbeischauen müssen, aber sie fühlte sich von den Strapazen der vergangenen zwei Tage immer noch total erschlagen und wollte einfach nur schlafen. Denn schlafen hieß vergessen.

Erst am Spätnachmittag konnte sie sich dazu überwinden, sich endgültig anzuziehen und nach unten zu begeben. Sie hatte Angst vor der Begegnung mit Stefan, aber es hatte keinen Zweck, sie konnte ihm nicht länger aus dem Weg gehen, sondern mußte so bald wie möglich zur Normalität des Alltags zurückfinden, wenn sie ihr Ziel erreichen wollte.

Ihr Erscheinen auf der gemütlichen Terrasse des Anwesens wurde mit einem freudigen Lächeln von Söhnke belohnt. "Schön, daß es dir bessergeht", sagte er und nahm sie liebevoll in die Arme. "Willst du etwas trinken? Vielleicht ein Glas Champagner oder einen Sherry? Wir müssen doch auf deine gesunde Wiederkehr anstoßen."

Trotz ihres zaghaften Widerspruches nötigte ihr Söhnke schließlich ein Glas Champagner auf und hob sein Glas, um ihr zuzuprosten: "Auf dich, die attraktivste, mutigste Frau, die ich kenne!" Er lehrte sein Glas in einem Zug, dann nahm er ihr behutsam das ihre ab, welches sie gerade an die Lippen gesetzt hatte und stellte es auf den Tisch. Ohne auf ihr unmerkliches Zögern zu achten, nahm er sie in die Arme und drückte sie an seine breite Brust. "Ich bin froh, daß du wieder da bist, Petra! Du kannst dir gar nicht vorstellen, wie froh. Und deine Geburtstagsfeier, die holen wir auf jedem Fall nach. Wir gehen heute abend mit den Kindern in den Handelshof und feiern."

Petra wollte protestieren, aber der Mann schob ihre Einwände einfach zur Seite: "Keine Widerrede. Du mußt ein bißchen raus, unter die Leute, glaube mir. Das ist jetzt am besten für dich. Ich habe den Tisch schon bestellt, und Anna und Ben freuen sich darauf. Du kannst nicht ablehnen, das kannst du uns nicht antun."

Schließlich ließ sich Petra überreden und willigte in die Einladung ein. Ihr Innerstes zog sich zusammen bei dem Gedanken, mit Stefan Söhnke in trautem Familienglück im Handelshof zu sitzen, aber letztendlich blieb ihr nichts anderes übrig, als ihre Rolle zu spielen. Entschlossen setzte sie ihr Glas an die Lippen und leerte es in einem Zug. "Auf meinen Geburtstag", sagte sie und lächelte Söhnke verführerisch an. "Oh mein Gott, was tue ich?" dachte sie dabei entsetzt. "Ich sitze hier und flirte mit einem Verbrecher und Mörder! Aber was soll ich machen? Ich habe versprochen, Förster zu helfen, und dazu muß ich meine Rolle weiterspielen!"

Im Laufe des Abends stellte Petra Neumann fest, daß es für sie leichter als gedacht war, ihre Rolle durchzuhalten. Anna und Ben bestritten den größten Teil der gemeinsamen Unterhaltung, und sie konnte sich darauf beschränken, zuzuhören und hin und wieder zu lachen. Dabei vermied sie es, Stefan Söhnke allzuoft in die Augen zu schauen, denn sie scheute sich davor, daß ihr Blick verraten würde, was sie in Wirklichkeit von ihm hielt.

Söhnke selbst versprühte an diesem Abend so viel Charme und Esprit wie schon lange nicht mehr. Man merkte ihm an, wie glücklich er war, Petra wieder bei sich zu haben, und er setzte alles daran, den Abend zum Gelingen zu bringen. Wenn er vielleicht auch registrierte, daß Petra ein bißchen einsilbig war, so ließ er sich doch nichts anmerken und ließ nur vom Feinsten auffahren.

"Schließlich wirst du nur einmal dreißig", entschuldigte er sich bei Petra, die ab und zu widersprechen wollte. "Und das möchte ich mit dir ganz besonders feiern."

Bei Kaffee und Grappa schließlich lehnte sich der große Mann, dessen athletische Figur in dem cremefarbenen Anzug besonders zur Geltung kam und mehr als einen weiblichen Blick auf sich zog, mit einer dicken Zigarre gemütlich im Stuhl zurück. "Und, wie hat es euch gefallen? Ich denke, der Abend ist gelungen." Er ließ wohlwollend seinen Blick über die beiden Kinder an seiner Seite und die rothaarige Frau ihm gegenüber gleiten.

"Aber ich habe noch eine Überraschung", fuhr er nach einer kleinen Pause fort. Er griff mit der rechten Hand in seine Jackentasche und zog ein kleines, schwarzglänzendes Etui hervor. "Ich habe dir noch gar nicht richtig zum Geburtstag gratulieren können", sagte er dabei und überreichte der verblüfften Petra das Geschenk mit einer schwungvollen Geste. "Meinen allerherzlichsten Glückwunsch zum Geburtstag, Petra."

Verwundert nahm Petra das Etui entgegen und öffnete es. Darin prangte, auf einem dunkelroten Samtkissen, ein Diamantring in einer Größe und mit einem Glanz, daß es ihr den Atem verschlug. "Stefan...", stammelte sie und schaute fassungslos hoch. Die Entgeisterung über das Geschenk stand ihr im Gesicht geschrieben, Freude und Entsetzen wechselten einander ab.

Stefan lächelte nur zurückhaltend und erfreute sich an ihrer Sprachlosigkeit. "Ich hoffe, ich habe deinen Geschmack getroffen", erklärte er. "Gefällt er dir?" Erwartungsvoll blickte er sie an.

Petra schluckte und starrte noch immer auf den Ring. "Oh, mein Gott, was tue ich da!" dachte sie bei sich, und die Tränen schossen ihr in die Augen, Scham überkam sie vor sich selbst. "Stefan, das kann ich doch nicht annehmen", stammelte sie verwirrt. "Ein solcher Ring ..."

Ernst ergriff Stefan Söhnke die linke Hand der jungen Frau und strich ihr zart über die Finger. "Ich möchte, daß du diesen Ring trägst als Zeichen meiner Liebe und Verehrung für die schönste und mutigste Frau, die ich kenne", erklärte er und streifte ihr den breiten Reif über den Ringfinger.

Noch immer fassungslos schloß Petra die Augen und schluckte schwer. Die Tränen brannten ihr in den Augen, und sie glaubte, vor Scham zu vergehen. "Das ist alles nur ein schlechter Film!" dachte sie bei sich. "Das passiert dir nicht wirklich, Petra. Du träumst nur. Der Mann deiner Träume überreicht dir einen Verlobungsring, und du weißt, daß er ein gemeiner Verbrecher und Mörder ist! Das gibt es doch alles im wirklichen Leben nicht!"

Doch als sie die Augen öffnete, schaute sie in die erwartungsvollen graubraunen Augen von Stefan Söhnke, spürte den schweren Ring an ihrem Finger und wußte, das war kein Traum, sondern Realität. Und sie mußte ihre Rolle als liebende Frau in diesem schlechten Film spielen.

Entschlossen wischte sie sich die Tränen weg und zauberte ein Lächeln auf ihr Gesicht. "Stefan, ich weiß gar nicht mehr, was ich sagen soll", hauchte sie, und eine leichte Röte überzog ihr Gesicht, vor Verlegenheit, Freude oder Scham, was auch immer.

Der Rest des Abends verging wie im Fluge. Petra wußte nicht zu sagen, wo die Zeit geblieben war. Sie trank viel, viel zu viel für ihre Begriffe und lachte oft laut auf, um ihre Unsicherheit zu überspielen. Anna und Ben begannen, müde zu werden, und so brachen sie bald auf, denn die beiden mußten am nächsten Tage wieder in die Schule.

Da auch Söhnke einiges getrunken hatte, ließen sie den Wagen stehen und fuhren mit einem Taxi nach Hause. Frau Meyer hatte auf ihre Rückkehr gewartet und scheuchte die Kinder rasch ins Bett, so daß sich Stefan und Petra gemütlich in die Bibliothek zurückziehen konnten.

"Komm, laß uns noch ein Schlückchen trinken", schlug Söhnke vor und öffnete eine Flasche Champagner. "Heute ist ein ganz besonderer Tag." Er goß ein und überreichte Petra theatralisch ihr Glas. "Auf dich und auf die Liebe", verkündete er und setzte das Glas an die Lippen.

Die junge Frau trank ebenfalls. Dabei wurde ihr Blick immer wieder wie magnetisch von dem schillernden Ring an ihrem Finger angezogen. Welch ein prachtvoller Ring, dachte sie bei sich.

"Gefällt er dir?" riß sie Söhnkes Frage aus ihren Gedanken

"Er ist wunderschön", gab sie widerstrebend zu.

"Wie seine Trägerin", entgegnete er..

Ohne auf ihre Antwort zu warten, setzte Stefan Söhnke ihre Gläser ab und nahm sie in die Arme. "Das wollte ich schon den ganzen Abend lang tun", flüsterte er und senkte seine Lippen auf die ihren. Leidenschaftlich umfing er ihren zierlichen Leib und drückte sie fest an sich, so daß sie jede Faser seines Körpers spüren konnte. Seine geschickten Hände streichelten ihr verführerisch über das Rückgrat und fanden zielsicher ihren Weg unter ihren kurzen, schwarzen Rock.

Einen Moment lang drohte Panik die junge Frau zu überfallen. Was tat sie da? Sie ließ sich küssen von einem gemeinen Verbrecher und Mörder! Das konnte doch alles nicht wahr sein! Sie versuchte, sich aus der Umarmung zu befreien, doch ihr Widerstand war nur halbherzig, und bald gab sie sich den heißen Küssen haltlos hin. Irgendwo in ihrem Hinterkopf gab es eine Stimme, die sie vor ihrem Tun warnte, doch ihr Körper reagierte bereits auf die Liebkosungen und streckte sich sehnsüchtig den tastenden Händen entgegen.

"Was tust du da?" dachte Petra mit einem letzten Rest von Vernunft. Aber ihr Körper wollte nicht vernünftig sein, sondern fühlte sich von diesem attraktiven Mann magisch angezogen. Verbrecher oder nicht, ihrem Körper war das in diesem Moment egal, und er verriet sie gnadenlos. "Du willst diesen Mann, jetzt und hier, Verbrecher oder nicht!" dachte sie bei sich. "Wen interessiert das, wenn der Mann so unglaublich attraktiv ist und so gut küssen kann?" Und das war für lange Zeit das Letzte, was Petra dachte.

Als Petra am nächsten Morgen erwachte und an die vergangene Nacht dachte, überkam sie das heulende Elend. Es war schon spät am Vormittag und Stefan schon lange in der Firma, sie hatte sein Weggehen verschlafen. Petra setzte sich im Bett auf, betrachtete die zerwühlten Kissen neben sich und dachte an die Ereignisse der vergangenen Nacht. Sie schämte sich vor sich selbst für ihre Schwäche, doch bei nüchterner Überlegung war das die einzige Möglichkeit, Stefan Söhnke auszuspionieren: weiterhin sein Vertrauen zu besitzen als liebende Frau an seiner Seite.

Verzweifelt stützte Petra ihren Kopf in beide Hände. Ein trockenes Schluchzen entrang sich ihrer Kehle. Das Leben war so grausam! Wieso mußte ausgerechnet ein so außerordentlich anziehender Mann wie Stefan Söhnke ein gemeiner Verbrecher sein? Ihr Leben hätte so schön sein können ohne das Wissen um seine Taten! Das Wissen, welches sie von Thomas Förster hatte.

Thomas Förster! Beim Gedanken an den Mann, der sie erst vor wenigen Tagen so dreist entführt hatte, überflog eine leichte Schamesröte ihre Wangen. Ihr Verhalten in dieser Nacht kam ihr wie Verrat an Förster vor, an dem Mann, der sein Leben dem Ziel geweiht hatte, Stefan Söhnke seiner Verbrechen zu überführen und ins Gefängnis zu bringen.

Mit einem raschen Sprung verließ Petra das Bett. Sie mußte sich beeilen. Sie hatte sich heute mittag in der Stadtbibliothek mit Förster verabredet, um mit ihm alle Einzelheiten zu besprechen. Ihr blieb gerade noch eine Stunde, um sich fertigzumachen und in die Stadt zu fahren.

Unter der Dusche schüttelte Petra energisch die düsteren Gedanken von sich ab. Es nützte jetzt nichts, sich Vorwürfe zu machen. Was in dieser Nacht passiert war, war nicht mehr ungeschehen zu machen. Und dies würde nicht das einzige Mal bleiben, damit mußte sie leben und sehen, wie sie damit fertig würde. Das war die eine Sache.

Die andere Sache war die, daß sie nach wie vor bereit war, Thomas Förster bei seinem Vorhaben zu unterstützen. Aber dies würde recht schwierig sein, da sie das Haus nicht mehr ohne die Bewachung von Karl verlassen konnte und zudem erst einmal einen Weg finden mußte, an die geschäftlichen Unterlagen von Stefan heranzukommen. Dies würde gar nicht so einfach sein.

Eine knappe Stunde später stieg Petra Neumann aus dem silbernen Mercedes, mit dem Karl sie in die Stadt chauffiert hatte und befahl mit energischer Stimme: "Nun ist aber wirklich Schluß, Karl! Sie warten jetzt hier im Wagen auf mich. Ich gehe nur hier über die Straße in die Bibliothek und decke mich mit Lesestoff ein. Ich verspreche Ihnen, daß ich keinen Schritt allein in der Stadt mache, nur gerade vom Auto bis zur Bücherei. Da kann wirklich nichts passieren! Und Sie warten hier bitte auf mich, bis ich wiederkomme."

Damit schritt sie hoheitsvoll davon und hoffte, so viel Autorität in ihre Stimme gelegt zu haben, daß sie alleine die Räume der öffentlichen Bibliothek betreten konnte. Ihr Leibwächter durfte auf gar keinem Fall herausfinden, daß sie sich dort mit Thomas Förster traf, und sie mußte alles tun, um zu verhindern, daß man sie gemeinsam sah.

In der Bibliothek angekommen, begab sich Petra geradewegs in die zweite Etage zu den Romanen. Dabei blickte sie mehrfach vorsorglich um sich, um sich zu vergewissern, daß Karl ihr nicht doch noch folgte. Erst als sie sich ganz sicher war, daß sie alleine war, lenkte sie ihre Schritte zielstrebig zu dem Regal mit den Neuerscheinungen und beschäftigte sich intensiv mit den dort ausgestellten Büchern.

Es dauerte nur wenige Minuten, da erschien eine wohlvertraute Gestalt mit einer dunklen Pudelmütze neben ihr und sagte: "Sie erlauben?" Dabei griff der Mann an ihr vorbei nach einem der ausgestellten Bestseller.

Während sie einträchtig nebeneinander in ihren Büchern blätterten, murmelte Petra halblaut: "Ich muß aufpassen. Stefan will mich im Moment nicht mehr alleine weglassen, sondern immer Karl mitschicken aus Sicherheitsgründen. Er darf uns auf gar keinem Fall zusammen sehen."

Als sie keine Antwort erhielt, blickte sie fragend zu dem Mann neben sich. Dieser musterte sie mit einem leicht verächtlichen Lächeln um die Mundwinkel: "Einen schönen Klunker, den Sie da tragen. Die Versöhnungsfeier gestern abend scheint ja gelungen zu sein."

Die junge Frau spürte, wie ihr die Röte ins Gesicht schoß. "Das geht Sie überhaupt nichts an!" fauchte sie mit unterdrückter Wut zurück. "Ich muß schließlich weiterhin meine Rolle spielen, wenn wir was erreichen wollen. Also hören Sie auf, mich hier fertigzumachen! Denken Sie, mir macht die ganze Situation Spaß? Ich wüßte wirklich etwas Besseres, als Räuber und Gendarm zu spielen!"

Der Mann an ihrer Seite ging gar nicht auf ihre bissige Bemerkung ein, sondern reichte ihr ein schmales Buch. "Kennen Sie das? Das kann ich Ihnen nur als Gute-Nacht-Lektüre empfehlen: "Nur ein toter Mann ist ein guter Mann." Ein wirklich humorvoller Titel, muß ich sagen. Aber Spaß beiseite, gibt es etwas Neues?"

"Nein, alles läuft planmäßig", berichtete Petra. Stefan hat mir die Geschichte abgenommen und keinen Verdacht geschöpft. Ich muß jetzt eben sehen, wie ich weiterkomme. Soweit ich weiß, hat er keine Geschäftsunterlagen zu Hause, sondern alles in der Firma."

"Dann müssen Sie ab jetzt regelmäßig in der Firma auftauchen und Söhnkes Vertrauen dort gewinnen. Mit der Zeit findet er nichts mehr dabei, wenn Sie in der Firma erscheinen. Vielleicht gibt es dort eine Möglichkeit, weiterzukommen."

"Ich werde sehen, was ich tun kann", gab Petra zurück. "Zumindest hat er keinen Verdacht geschöpft und mir die Sache mit der Entführung abgenommen. Das ist im Moment die Hauptsache."

Sie plauderten noch eine kurze Weile weiter über mögliche Wege, in der Firma an Informationen heranzukommen, doch Petra wollte das Gespräch nicht zu lange ausdehnen, aus Angst, Karl würde sie suchen und mit Förster zusammen sehen.

"Ich muß jetzt gehen", sagte sie nach wenigen Minuten. "Ich melde mich bei Ihnen, wenn sich etwas Neues ergibt. Ansonsten heute in einer Woche wieder hier."

Als sie bereits im Weggehen begriffen war, hielt der Mann mit der Wollmütze sie fast unmerklich am linken Arm fest und sagte mit seiner eigentümlich rauhen Stimme: "Viel Glück! Und passen Sie auf sich auf!" Dabei blickte er sie mit seinen schwarzen Augen in einer Weise an, daß es Petra unter die Haut ging. Dieser kaum mittelgroße, fast unscheinbare, südländisch wirkende Mann, der gerade vier, fünf Jahre älter als sie selbst sein mochte, hatte etwas an sich, daß sie irritierte. Wenn er sie anschaute, glaubte sie, daß er ihr tief in die Seele hineinschaute.

Welch ein Haß mußte diesen Mann treiben, daß er sein ganzes Leben darauf abstellte, Stefan Söhnke zu überführen! Sie erschauderte vor der Intensität der Gefühle, die sie in diesen schwarzen Augen gesehen hatte, Leidenschaft, Haß und noch etwas, was sie nicht beschreiben konnte, sie jedoch sehr verunsicherte.

Während Petra mit hastigen Schritten die Räume der Stadtbibliothek durchschritt und sich der Abfertigungsstelle am Ausgang näherte, verharrten ihre Gedanken noch immer bei Thomas Förster. Dieser Mann hatte etwas an sich, was sie sehr irritierte. Sie war froh, nicht mehr in seiner Nähe zu sein, und doch schweiften ihre Gedanken immer wieder zu ihm ab. Das kurze Gespräch mit dem für immer noch fast Fremden hatte sie innerlich völlig aus dem Gleichgewicht gebracht, und sie mußte mehrfach tief durchatmen, bis sie das Gefühl hatte, wieder völlig normal und unauffällig zu wirken. Sie wollte auf keinen Fall, daß Karl den Verdacht schöpfte, sie habe irgend etwas anderes getan, als sich zum Zeitvertreib ein paar schöne Romane auszuleihen.

Von der Bibliothek aus ließ sich Petra auf direktem Weg zur Städtischen Klinik bringen, um Detlev Schön den längst überfälligen Besuch abzustatten.

"Petra, schön, daß du wieder bei mir hereinschaust", nuschelte dieser undeutlich durch die vielen Verbände, die noch immer sein Gesicht verunzierten. "Ich habe dich schon vermißt. Wo hast du denn in den letzten Tagen gesteckt?"

"Hallo, Detlev, wie geht es dir heute?" lenkte die junge Frau von der Frage ab und zog sich einen Stuhl näher an das Bett heran, in dem ihr Freund lag. "Tut mir leid, daß ich dich vernachlässigt habe, aber Stefan und die Kinder hatten mich mit Beschlag belegt."

Sie musterte den bis auf die Knochen abgemagerten Mann, der unscheinbar zwischen den weißen Krankenhauslaken lag und schluckte. Es würde Wochen und Monate dauern, bis Detlev wieder hergestellt war, wenn überhaupt. Einmal mehr dachte sie bei sich: "Du könntest jetzt selbst dort liegen, Petra." Sie verspürte Reue darüber, daß sie es versäumt hatte, Detlev über die Drohungen ihr gegenüber zu informieren.Vielleicht hätte der gemeine Überfall verhindert werden können, aber es war zu spät, sich jetzt darüber Gedanken zu machen. Sie mußte mit dieser Schuld leben.

"Nun erzähl mal, was so bei dir los ist", forderte Detlev die junge Frau auf. "Du kannst dir nicht vorstellen, wie langweilig das ist, wochenlang ans Bett gefesselt zu sein und überhaupt nichts tun zu können." Seine Sprechweise war noch immer undeutlich und schleppend, aber Petra merkte ihm an, daß langsam seine Lebensgeister wiederkehrten. Das Gröbste schien überstanden zu sein.

"Was soll ich dir groß erzählen?" fragte sie zurück. "Es läuft alles. In der Firma tut sich nicht viel, aber Stefan übernimmt momentan alle laufenden Kosten, so daß wir da keine Probleme kriegen. Er möchte wegen des Überfalls auf dich nicht, daß ich noch weitere Überwachungsjobs mache. Er hält das für zu gefährlich für mich als Frau." Sie zuckte resigniert mit den Schultern. "Was soll ich machen? Gegen seine Meinung komme ich nicht an, und so lange er lieber alles bezahlt, als mich arbeiten zu lassen..."

"Und wie läuft es mit Stefan? Alles in Ordnung? Du siehst aus, als ob dir eine Laus über die Leber gelaufen wäre", bohrte Detlev weiter. Trotz der Beeinträchtigung durch seine Verletzungen kannte er Petra Neumann gut genug, um jede Veränderung an ihrem Verhalten sofort zu registrieren.

"Es ist schon okay", antwortete Petra und wich seinem fragenden Blick aus. Sie wollte auf keinen Fall den kranken Freund beunruhigen. Detlev hatte wirklich mehr als genug mit sich selbst zu tun, um wieder auf die Beine zu kommen! Da konnte sie ihn nicht noch mit ihren Problemen behelligen! Das mußte sie ganz alleine durchstehen.

"Wirklich?" hakte Detlev nach. "Du hast doch etwas? Das spüre ich."

"Ja", gab Petra schließlich widerstrebend zu. "Ich bin da einer heißen Sache auf der Spur. Aber ich kann im Moment wirklich noch nicht darüber sprechen, glaube mir, Detlev, nicht einmal mit dir. Du mußt Vertrauen zu mir haben."

"Versprich mir, daß du auf dich aufpaßt", erwiderte Detlev Schön ernst und griff nach ihrer Hand. "Du bist doch meine einzige und beste Freundin, die will ich nicht verlieren."

In diesem Augenblick öffnete sich die Zimmertür, und ein hochgewachsener, schlanker, junger Mann mit blondiertem Haar betrat den Raum. In der Hand trug er ein riesiges Blumengebinde.

"Werner! Was machst du denn hier?" rief Petra verblüfft aus. Dann wanderten ihre Blicke zwischen dem freudig strahlenden Detlev und dem Neuankömmling hin und her, und sie begann zu verstehen. Bei dem jungen Mann handelte es sich um Werner Zimmer, den Verflossenen von Detlev, den dieser damals aus der Wohnung geworfen hatte, nachdem er ihn mit einer Frau im Bett erwischt hatte. Offensichtlich hatten die beiden sich zwischenzeitlich versöhnt.

Petra schmunzelte verstehend und erhob sich. "Dir scheint es ja wieder besser zu gehen, Detlev", grinste sie und griff nach ihrer Tasche. "Dann will ich mal nicht länger stören."

Die beiden Männer protestierten energisch gegen ihr Gehen, aber Petra ließ sich nicht von ihrem Vorhaben abbringen. "Ihr habt bestimmt noch einiges miteinander zu bereden", sagte sie. "Außerdem will ich noch bei Stefan in der Firma vorbeifahren. Aber ich komme morgen wieder, Detlev."

Mit diesen Worten verließ sie den Raum und begab sich kopfschüttelnd zu den nahen Aufzügen. Das war ja eine ganz neue Entwicklung, Detlev wieder mit Werner zusammen! Sie hatte gedacht, Detlev hätte Werner endgültig hinausgeschmissen damals, aber was sollte es! Sie freute sich für Detlev, daß er wieder eine Beziehung hatte und jemanden, der sich um ihn kümmerte, mehr, als sie es tun konnte.

Stefan Söhnke erhob sich aus seinem schweren, schwarzen Ledersessel, als die junge Frau sein Büro betrat. "Petra", lächelte er und entblößte dabei seine makellosen Zähne. "Das ist aber eine Überraschung, daß du mich besuchst. Was verschafft mir die Ehre?"

"Ich war gerade in der Stadt und bei Detlev, da dachte ich, ich schaue einfach mal bei dir rein. Hoffentlich störe ich dich nicht bei der Arbeit?" Petra bemühte sich, einen besorgten Gesichtsausdruck aufzusetzen. "Ich hatte Sehnsucht nach dir."

Der hochgewachsene Mann lächelte und küßte sie sanft auf die Lippen.

"Das ist das Schönste, was ich heute gehört habe", erwiderte er und strich ihr mit den Fingerspitzen zart über die linke Wange. "In der Tat habe ich heute viel zu tun. Meine Sekretärin ist unerwartet krank geworden und fällt mindestens vier Wochen aus. Ich habe zwar bereits eine Leiharbeiterfirma angerufen, aber bisher haben die mir noch niemand Vernünftigen schicken können."

Petra frohlockte innerlich. Das war ein wunderbarer Zufall, das mußte eine Fügung des Schicksals sein, diese Chance mußte sie sofort ergreifen. "Ich könnte dir doch helfen", schlug sie zaghaft vor.

Verwundert über diesen Vorschlag blickte Söhnke die junge Frau an, dann verzog sich sein markantes Gesicht vor freudiger Überraschung. "Du verblüffst mich doch immer wieder", erklärte er grinsend. "Wie stellst du dir das vor?"

"Schließlich habe ich auch bei Detlev im Büro gearbeitet und vorher im Supermarkt ebenfalls. Ich denke, ich bin eine gute Sekretärin, Stefan. Wenn du möchtest, springe ich bei dir ein, bis Clarissa wieder fit ist, dann brauchst du dich nicht mit einer fremden Kraft herumzuschlagen. Und mein schlechtes Gewissen ist ein bißchen beruhigt. Du zahlst soviel für Detlev, auf diese Weise kann ich wenigstens einen kleinen Teil davon abarbeiten."

Sie machte eine kurze Sprechpause, ehe sie fortfuhr: "Außerdem fällt mir so langsam die Decke auf den Kopf. - Aber wenn es dir unangenehm ist, mich als Sekretärin um dich zu haben, dann kann ich mir auch etwas anderes suchen, das ist kein Problem. In Detlevs Büro stapelt sich die Arbeit für mich. Ich brauche die Kunden nur anzurufen."

"Das kommt überhaupt nicht in Frage", beeilte sich Söhnke zu sagen. "Ich möchte nicht, daß du noch einmal solch gefährliche Jobs annimmst. Du siehst ja, wie es deinem Freund Detlev ergangen ist. Dieser Anschlag hat dir gegolten, vergiß das nicht, Petra. Ich lasse es auf keinen Fall zu, daß du noch einmal solche Überwachungen machst. Lieber engagiere ich dich als meine Sekretärin."

Petra blickte ihn schelmisch an. "Soll das heißen, ich habe den Job?"

Ergeben nickte Stefan Söhnke: "Okay, du kannst Clarissas Vertretung machen. Aber ich warne dich gleich: Dieser Job ist mit viel Arbeit verbunden. Bei mir klingelt von morgens bis abends das Telefon, und du wirst Hunderte von Frachtpapieren fertigmachen müssen. Traust du dir das zu?"

"Welch eine Frage!" empörte sich Petra gespielt. "Ich bin schon mit ganz anderen Sachen fertig geworden. Wann soll ich anfangen?"

"Von mir aus gleich", war die lakonische Antwort. Dabei erschien ein schelmisches Funkeln in Söhnkes Augen. Er ergriff die junge Frau an beiden Händen und zog sie an seine Brust. "Deine erste Pflicht besteht darin, deinem Chef jederzeit zur Verfügung zu stehen", flüsterte er dabei und beugte sein Haupt zu ihr herab. "Und zwar jederzeit und an jedem Ort." Mit diesen Worten umfing er sie mit beiden Armen und küßte sie leidenschaftlich.

Petra erschauderte und gab sich den leidenschaftlichen Küssen hin. Ihr Plan schien aufzugehen, und es war wirklich mehr als ein Glücksfall, daß gerade jetzt Stefans Sekretärin ausgefallen war, dachte sie bei sich. Ein Teil ihres Inneren sträubte sich noch gegen die Zärtlichkeiten des Mannes, doch sie spürte, wie ihr Körper bereits schwach wurde und sich willig Stefans suchenden, wissenden Händen entgegenstreckte. Wieder einmal wurde sie von ihrem Körper verraten, der sich nach wie vor sexuell von diesem Mann angezogen fühlte.

"Was tue ich nur?" dachte Petra entsetzt. "Wie kann ich mich nur immer noch von Stefan derartig körperlich angezogen fühlen? Trotz all der Verbrechen, die er begangen hat?" Doch dies waren für einige Zeit die letzten klaren Gedanken, die Petra hatte. Willig sank sie mit dem Rücken auf den großen Schreibtisch zurück und zog Stefan zu sich herab.

Als sich Petra Neumann an diesem Abend in dem komfortablen Bad abschminken wollte, stand sie lange reglos da und blickte in den großen Spiegel. "Was bist du eigentlich für ein Mensch, Petra?" fragte sie sich und streckte sich die Zunge heraus. "Stefan ist ein Mörder, das weißt du. Wie kannst du dennoch Spaß daran haben, mit ihm zu schlafen? Das ist doch schizophren!"

Sie verabscheute sich selbst für ihr Tun, doch sie wußte, sie hatte keine andere Wahl, wenn sie Söhnke überführen wollte. Sie mußte weiterhin ihre Rolle spielen und ihn dabei ausspionieren.

Aber nicht in Ordnung bei dem Ganzen war, daß der Sex mit ihm ihr wirklich noch Spaß machte! Wenn sie allein an die Szene heute nachmittag in seinem Büro dachte! Mitten auf dem Schreibtisch hatten sie es getrieben, und es war wirklich guter Sex gewesen, das mußte sie zugeben. Petra schüttelte den Kopf und haßte sich selbst für ihr Tun. Wie konnte man wissen, daß jemand ein Verbrecher und Mörder war ihn hassen, und dennoch gleichzeitig eine solche sexuelle Anziehungskraft verspüren?

Sie verstand sich selbst nicht. Sie wußte nur, daß sie dieses Spiel nicht lange durchhalten würde, es zehrte zu sehr an ihren Kräften und ihrer Selbstbeherrschung. Sie haßte sich selbst für ihr Tun und ihre Schwäche. Sie mußte zusehen, daß sie dem Ganzen so bald wie möglich ein Ende bereitete.

Der Rest der Woche verlief mehr oder weniger ereignislos. Petra fuhr jeden Morgen mit Stefan zusammen zur Firma und bemühte sich, möglichst rasch den Tagesablauf in der Spedition zu begreifen. Sie kämpfte mit der Vielfalt der fremden Formulare, Frachtpapieren, Zollpapieren, Entsorgungsnachweisen und vielem mehr. Das alles waren Dinge, mit denen sie bisher nichts zu tun gehabt hatte. Doch Stefan Söhnke war ein guter Chef, erklärte ihr geduldig, was sie nicht verstand und drängte sie nicht bei ihrer Arbeit.

Wider Erwarten mußte Petra feststellen, daß die Arbeit im Büro ihr Spaß machte. Zu lange lungerte sie schon zu Hause herum und hatte nichts getan, als mit den Kindern zu spielen, einkaufen zu gehen und durch die Gegend zu fahren. Sie war zu einem solchen Müßiggang nicht berufen und genoß es, wieder einen festen Tagesablauf im Arbeitsleben zu haben.

Dabei war sie sich immer bewußt, daß diese Arbeit nur zu einem Zweck diente: Stefan auszuspionieren und Informationen zu finden, die ihn ans Messer lieferten. Bei all der Zärtlichkeit, die Stefan ihr entgegenbrachte, durfte sie nie aus den Augen verlieren, wer er war und was er getan hatte.

Es gab Momente, da begann Petra zu zweifeln, ob sie wirklich das Richtige tat und sich nicht in etwas Aussichtsloses verrannt hatte. Doch dann sah sie mit einem Mal wieder Thomas Förster vor sich, mit seiner seltsamen schwarzen Wollmütze und dem dunklen Blick, der ihr bis ins Innerste gegangen war, und sie erinnerte sich seiner Worte und der Papiere, die er ihr gezeigt hatte. Sie hatte keinen Grund gehabt, an seinen Worten zu zweifeln.

Je länger das Ganze dauerte, desto unsicherer wurde sie und zweifelte an sich selbst. Vielleicht sollte sie einfach weggehen von hier und alles hinter sich lassen, Stefan, Förster, alles. Einfach weggehen und ganz neu anfangen, ohne sich mit diesen ganzen Dingen zu belasten. Sollte doch ein anderer für Förster die Kastanien aus dem Feuer holen! Warum sollte gerade sie sich diesem Risiko aussetzen?

Doch dann erinnerte sie sich an das Versprechen, das sie Thomas Förster gegeben hatte. Und sie dachte an Anna und Ben, denen Stefan einfach so die Mutter genommen hatte, aus reiner Habgier. Und sie haßte ihn für sein Tun und dafür, daß er dennoch so attraktiv war.

Manchmal meldete sich auch ihr schlechtes Gewissen, wenn sie die beiden Kinder sah, die so vertraut mit ihr spielten. Sollte sie diesen beiden nun wirklich auch noch den Vater nehmen? War es nicht schon grausam genug, ohne Mutter aufwachsen zu müssen?

Letztendlich siegte ihr Gerechtigkeitssinn. Stefan war ein skrupelloser Verbrecher, der sich nicht gescheut hatte, seine eigene Frau umzubringen und die Umwelt aufs schlimmste zu schädigen, einem solchen Menschen wollte sie auf jedem Fall das Handwerk legen! Man konnte sich nicht so einfach selbst aus seiner Verantwortung stehlen, sondern jeder mußte Mitverantwortung zeigen für das, was ringsherum passierte. Ihre Aufgabe war es, Thomas Förster in seinen Bemühungen zu unterstützen! Da mußte sie durch!

Zwei Wochen vergingen wie im Fluge, ohne daß sich etwas Nennenswertes ereignete. Weder fand Petra in den Firmenschränken irgendwelche belastenden Papiere noch erwähnte Stefan Söhnke mit einem Wort, daß bald wieder eine Kofferübergabe im Kongreßhotel sei. Dies hätte zudem sowieso nichts genutzt, wie sie von Thomas Förster wußte, denn dann war es schon zu spät. Sie mußte Informationen beschaffen, wann wieder ein Sondermülltransport von Deutschland aus startete. Und an solche Informationen war sie nach wie vor noch nicht herangekommen.

Aber zwei Wochen sind ja nichts, tröstete sich Petra selbst, während sie gegen Abend Richtung Innenstadt fuhr. Sie hatte im Laufe der Tage Stefan davon überzeugen können, daß es wirklich übertriebene Vorsicht war, sie keinen Meter mehr unbeaufsichtigt fahren zu lassen.

"Ich hasse es, wenn Karl ständig in meiner Nähe ist", hatte sie gesagt und dabei mit dem Fuß auf den Boden gestampft. "Der Kerl ist mir irgendwie unheimlich. Ich fühle mich wie eine Gefangene. Ich will mit meinem eigenen Wagen fahren, wenn ich irgendwohin will und brauche kein Kindermädchen. Ich kann ganz gut auf mich selbst aufpassen. Ein zweites Mal passiert mir so etwas nicht, da kannst du sicher sein."

Söhnke war zwar skeptisch gewesen, doch schließlich hatte er nachgegeben. "Okay, tu, was du nicht lassen kannst. Aber nimm wenigstens deinen Elektroschocker mit, bitte, mir zuliebe", hatte er gesagt und nur den Kopf geschüttelt ob ihrer Hartnäckigkeit.

Während die Klänge von Santana mit ihrem Megahit "Smooth" in ihren Ohren dröhnten, ließ Petra ihre Gedanken weiterwandern. Gott sei Dank war Stefan wiederum für mehrere Tage auf Geschäftsreise, und sie hatte ihre Ruhe vor ihm. Die ganze Situation belastete sie sehr, und sie war froh um eine kleine Atempause, ehe das Versteckspielen weiterging.

Im Moment war sie auf dem Wege zur Stadtbücherei, denn es war wieder Montag, und sie war mit Thomas Förster verabredet. Frau Meyer hatte sie erzählt, sie würde mit einer Freundin Kaffee trinken gehen.

Diese heimlichen Treffen jeweils am Montag und am Donnerstag waren zu einer lieben Gewohnheit für sie geworden, sie freute sich darauf, Thomas Förster mit seiner unvermeidlichen Mütze auf dem Kopf zu treffen und mit ihm ein bißchen zu plaudern.

Viel Neues hatte sie nicht für ihn zu berichten. Zwar hatte sie nach und nach alle Akten in der Firma durchgesehen, aber es war ihr nichts Verdächtiges aufgefallen. Stefan würde auch mit Sicherheit belastende Dokumente niemals irgendwo offen aufbewahren, und Zugang zu dem großen Safe, der sich in seinem Büro befand, hatte sie nicht.

"Die Papiere können sich nur in diesem Tresor befinden", bekräftigte Förster wenig später ihren Verdacht. "Das ist die einzige Möglichkeit." Dabei griff er nach einem Buch in der Auslage. "Wie läuft es sonst so?" fragte er und blätterte scheinbar interessiert in dem Buch. "Wie ich so sehe, scheinen Sie ja bestens mit Söhnke klarzukommen. Er macht nicht den Eindruck, als ob er irgendeinen Verdacht geschöpft hätte. Ganz im Gegenteil. Wenn es so weitergeht, dann kann ich ja wohl bald zur Hochzeit gratulieren." Sein Gesicht blieb dabei verschlossen und ausdruckslos. "Diese Bemerkung war jetzt wirklich unnötig!" empörte sich Petra und blitzte den Mann mit ihren grünen Augen wütend an. "Das ist eine Unverschämtheit! Ich gehe ein ganz schönes Risiko ein mit dem, was ich tue!" Vor Ärger über das Gehörte blieben ihr die Worte weg. Zumal Förster recht hatte. Nach außen hin turtelte sie wirklich wie jungverliebt mit Stefan Söhnke, und der Ring an ihrem Finger sagte schließlich alles.

Der Mann neben ihr verzog keine Miene ob ihres Ausbruches, sondern las ungerührt weiter. Erst nach einer ganzen Weile erwiderte er: "Tut mir leid, ich habe das nicht so gemeint. Aber ich habe wirklich nicht das Gefühl, daß es Ihnen besonders schwer fällt, Ihre Rolle zu spielen. Stefan wirkt verdammt attraktiv auf Frauen, das war schon immer so. Sie brauchen sich dafür nicht zu entschuldigen."

Petra zog empört die Luft ein. Gerade hatte sie noch gedacht, dieser Förster würde sich für seinen unverschämten Ton bei ihr entschuldigen, und nun setzte er noch eine Beleidigung obendrauf. Sie öffnete den Mund, um sich zu verteidigen, doch schließlich klappte sie ihn einfach wieder wortlos zu. Was sollte sie mit Thomas Förster sinnlos streiten? Letztendlich führte es zu nichts, außer daß sie beide durch ihr Verhalten in der Stadtbibliothek auffielen. Und das war etwas, was sie auf jeden Fall vermeiden wollte. Sollte irgend jemand, der Stefan und sie kannte, sie durch Zufall mit Thomas Förster zusammen sehen und Stefan davon erzählen, so war die ganze Sache gefährdet. Dieses Risiko wollte sie auf keinem Fall eingehen.

"In irgendeiner Weise müssen wir es schaffen, an den Inhalt des Tresors zu kommen", sagte Förster und schob seine unvermeidliche Pudelmütze nach hinten, um sich am Kopf zu kratzen. "Dort liegt der Schlüssel zu allem, da bin ich mir ganz sicher."

Petra nickte. "Das denke ich auch. Aber Stefan hat den Schlüssel immer bei sich und jetzt auch mit auf die Geschäftsreise genommen. Ich muß warten, bis er zurück ist."

"Wo ist er eigentlich hin?" forschte der Mann nach, während er nach einem anderen Buch griff.

"Nach Algerien. Geschäftliche Termine, hat er gesagt", erläuterte Petra. "Ich vermute, es hängt mit den verlorenen Papieren zusammen. Er muß sich diese ja wiederbeschaffen, weil er glaubt, daß die Papiere von meinem Entführer verbrannt worden sind." Sie lachte amüsiert auf, doch es war kein gutes Lachen. "Wenn Stefan zurückkommt, werde ich versuchen, an die Schlüssel heranzukommen. Er geht öfter mal in die Lagerhalle und läßt seinen Schlüsselbund auf dem Schreibtisch liegen. Ich muß eine solche Gelegenheit abwarten."

"Wird das nicht zu gefährlich für Sie?" fragte Förster. "Ich möchte nicht, daß Sie ein zu großes Risiko eingehen." Besorgt blickte er die junge Frau an, die energisch den Kopf schüttelte. "Die ganze Sache ist ein Risiko", erklärte sie entschlossen. "Wenn Stefan dahinterkommt, daß wir zusammenarbeiten... "

Sie hielt kurz inne. Ihr Gesicht bekam einen fast harten Ausdruck, als sie fortfuhr: "Ich habe gesagt, ich verhelfe Ihnen zu Ihren Informationen, und das werde ich auch tun, auch wenn es gewisse Gefahren mit sich bringt. Das bin ich mir selbst schuldig."

Thomas Förster blickte die junge Frau verwundert an. Eine böse Falte hatte sich in ihre Stirn gegraben, und er erschauderte vor der Entschlossenheit, die aus ihren Worten und ihren Augen sprach. "Diese Frau ist wirklich mutig!" dachte er bei sich. "Hut ab!"

"Danke", sagte er schließlich, und Bewunderung sprach aus seiner rauhen Stimme.

"Wofür?" fragte Petra verblüfft zurück.

"Dafür, daß Sie mir glauben und helfen. Ohne Sie wäre ich in einer Sackgasse."

Er legte seine Hand auf Petras Rechte, und sie staunte wieder einmal über die Wärme, die von dieser kurzen Berührung ausging. Es war, als hätte sie einen kleinen elektrischen Schlag erhalten. Doch schon war dieser kurze Moment vorbei, er zog seine Hand zurück, und es war, als hätte es diesen Moment nie gegeben.

"Passen Sie auf sich auf", sagte Förster ernst und schickte sich an zu gehen. "Stefan ist nicht zu unterschätzen. Er ist sehr gefährlich und schreckt vor nichts zurück. Ich kenne ihn gut, nur zu gut, glauben Sie mir."

Petra nickte ernst. "Ich werde mich in acht nehmen", versprach sie. Doch da war der Mann mit der Pudelmütze bereits zwischen den Buchreihen verschwunden.

Vorsichtshalber wartete Petra noch mehrere Minuten, bis auch sie die Bibliothek verließ. Sie wollte es aus Sicherheitsgründen auf jedem Fall vermeiden, mit Thomas Förster in der Öffentlichkeit gesehen zu werden. Von der Bibliothek aus lenkte sie ihren kleinen Wagen Richtung Altstadt, dem Bezirk, in dem sich Detlevs Büro befand. Sie mußte dort unbedingt einmal wieder nach dem Rechten schauen. Die ganze Woche über hatte sie noch nicht einmal nach der Post gesehen oder den Anrufbeantworter abgehört. Auch wenn sie zur Zeit keine Aufträge mehr annahm, so mußte sie doch wenigstens die Anfragen beantworten, die gelegentlich hereinkamen.

Das Büro lag nur wenige Autominuten von der Innenstadt entfernt, doch Petra genoß diese Fahrt. Sie liebte es, mit ihrem Peugeot zu fahren, den sie selbst gegenüber Stefans Mercedes bevorzugte und dabei gute Musik zu hören. Autofahren, das bedeutete für sie: Fenster auf und Radio an, je lauter desto besser. Gerade lief Joe Cockers ''Different Roads'', ein Titel, der bereits seit Monaten in den Charts war, und Petra blieb noch kurz im Wagen sitzen, um den Titel zu Ende zu hören. Irgendwie machte das Lied sie heute traurig und erinnerte sie ein wenig an ihre eigene Misere. Doch schließlich riß sie sich entschlossen los und stieg aus. Zum Trübsalblasen war keine Zeit, sie wollte nur noch kurz ins Büro und dann nach Hause. Die Tage wurden jetzt schon merklich kürzer, und sie haßte es, im Dunkeln alleine Auto zu fahren.

Der kleine Briefkasten quoll über vor Post, aber es handelte sich fast nur um Werbung, stellte Petra mit einem kurzen Blick fest, während sie die Treppe hochstieg. Die Flut der Werbebriefe war inzwischen unerträglich geworden; sie sollte wirklich darüber nachdenken, ein Schild am Briefkasten anzubringen und den Einwurf von Werbung zu unterbinden.

In der linken Hand hielt sie die ganzen Briefe, während sie mit der rechten die alte Bürotür aufsperrte. Das Schloß klemmte mal wieder, wie üblich, doch schließlich schaffte sie es, den Schlüssel herumzudrehen und drückte mit dem Ellbogen leicht gegen die Tür, um diese aufzustoßen.

In diesem Moment legte sich Petra von hinten eine Hand auf den Mund, und sie spürte einen leichten Druck von etwas Spitzem im Rücken. ''Keinen Mucks, sonst steche ich zu'', raunte eine Männerstimme. Gleichzeitig wurde Petra nach vorne geschoben in den Raum hinein und hörte, wie der Unbekannte die Tür hinter sich schloß.

Petra war wie gelähmt vor Schreck. Sie befand sich mit einem fremden Mann allein in einem Büroraum und wußte nicht, was der Mann von ihr wollte. Sie wußte nur, daß das, was sich in ihrem Rücken befand, sich wie ein Messer anfühlte und spürte, wie die Angst in ihr emporkroch. Nicht schon wieder, bitte! dachte sie bei sich.

In diesem Moment lockerte sich der Griff auf ihrem Mund und der Druck in ihrem Rücken. Wie von einer Tarantel gestochen, wollte Petra herumfahren und auf den Fremden losgehen. Doch dieser hatte ihre Reaktion vorausgesehen, umfaßte von hinten ihren Hals mit beiden Händen und drückte zu.

Petra spürte, wie ihr die Luft immer enger wurde und versuchte, gegen den Mann zu kämpfen. Doch sie war von Anfang an in schlechterer Ausgangsposition. Sie konnte nach hinten nicht richtig austreten, und der Griff um ihren Hals war unbarmherzig und schnürte ihr die Luft ab. Sie spürte, wie ihr Sterne vor den Augen tanzten und sie langsam das Bewußtsein zu verlieren drohte. Mit letzter Kraft krallte sie sich an den Händen fest, die wie eine eiserne Klammer um ihren Hals lagen, doch schließlich sanken ihre Arme kraftlos nach unten, und sie verlor das Bewußtsein.

Als Petra Neumann wieder zu sich kam, wußte sie nicht, wie lange sie ohne Bewußtsein gewesen war. Ihr Hals tat weh, und sie lag auf der kleinen Couch in der hinteren Ecke des Büros. Sie wollte mit den Händen an ihre schmerzende Kehle fassen, doch sie konnte die Arme nicht bewegen, da ihre Handgelenke hinter ihrem Kopf gefesselt und mit einem zusätzlichen Seil an die Füße der Couch gebunden waren.

Die junge Frau spürte, wie Panik in ihr hochzukommen drohte. Wer hatte sie überfallen, und was wollte dieser Mann von ihr? Sie zwang sich, mehrfach tief durchzuatmen, um sich zu beruhigen. Im Moment konnte sie an ihrer Situation nichts ändern, sondern mußte abwarten, was als nächstes passierte.

"Bist du endlich wieder wach?" sagte eine Männerstimme, und Petra erkannte Volker Heilmann, der sich mit einem hämischen Grinsen über sie beugte. "Es wurde ja auch langsam Zeit." Sein Gesichtsausdruck verhieß Petra nichts Gutes, und sie erschauderte zutiefst. Aus diesen Augen sprach ein unbändiger Haß, und sie fühlte, wie langsam eine Gänsehaut ihren ganzen Körper überzog.

Volker Heilmann, der Mann, der sie damals im Queens vernaschen wollte und den sie dort so eiskalt stehengelassen hatte! Mit Genuß erinnerte sich Petra daran, wie sie dem Mann ihre Handtasche über den Kopf gezogen hatte, ehe sie vor ihm geflohen war. Und nun wollte sich Heilmann wohl an ihr für die erlittene Demütigung rächen!

"Du denkst wohl, du hast es mir gegeben im Queens! Aber ich sage dir was, Schätzchen: Mit mir macht man das nicht ungestraft. Das wirst auch du jetzt feststellen, nicht mit mir, mit Volker Heilmann! Ich werde dir eine Lektion erteilen, die du so schnell nicht vergessen wirst!" Mit diesen Worten griff er derb nach ihrer Brust und ihrem Schritt, so fest, daß Petra vor Schmerzen nach Luft schnappte.

Verzweifelt versuchte die junge Frau, nach dem Mann zu treten, doch das Unterfangen war von vornherein zum Scheitern verurteilt. Ihre zusammengebundenen Hände machten sie zum wehrlosen Opfer des Mannes. Sie war ihm hilflos auf Gedeih und Verderben ausgeliefert.

Der Mann beobachtete amüsiert ihre verzweifelten Versuche, ihn mit den Füßen zu erreichen. "Zappel nur schön, mein Vögelchen", sagte er mit breitem Grinsen. "Ich mag es, wenn die Weiber richtig zappeln und sich winden."

Der Mann ließ sich Zeit, viel Zeit. Er wußte, die Frau würde ihm nicht entkommen, diesmal nicht. Genüßlich betrachtete er die auf der Couch hingestreckte Gestalt in dem knappen T-Shirt und dem kurzen, schwarzen Minirock, der nach oben gerutscht war und zwei wohlgeformte, lange Beine entblößte. Er leckte sich wollüstig die Lippen und schnalzte mit der Zunge.

Petra sah diese Geste und schloß erschaudernd die Augen. Nur zu gut erinnerte sie sich an das, was ihr Detlev damals über Volker Heilmann gesagt hatte. Gewalttätig gegenüber Frauen, hatte er gesagt. Und da hatte er wahrhaft recht gehabt.

"Sie verdammtes Schwein!" stieß Petra wütend empor und blickte ihren Widersacher mit blitzenden Augen an. "So ist es recht, sich an wehrlosen Frauen vergreifen. Genau so habe ich Sie eingeschätzt, Sie erbärmlicher Feigling, Sie!"

Im nächsten Moment bereute sie es, nicht den Mund gehalten zu haben, denn Heilmann lief zornesrot an und schlug mit den Fäusten auf sie ein, auf die Brust, auf den Magen, den Unterleib, gerade da, wo er zufällig hintraf, während er erwiderte: "Du kleine Schlampe du, immer noch mutig und eine große Lippe riskieren! Ich werde dir zeigen, wer hier der Herr ist! Wenn ich mit dir fertig bin, wirst du dir wünschen, mir niemals begegnet zu sein."

Petra wand sich unter den Schlägen, um ihrer Wucht zu entgehen. Ihr Leib brannte höllisch, und vor Schmerzen traten ihr die Tränen in die Augen. Sie lag zusammengekrümmt auf der Couch, die Arme langgestreckt nach hinten gefesselt, unfähig, dem Angreifer zu entkommen. Ein leises Wimmern kam über ihre Lippen, ohne daß sie bemerkte, daß sie den Laut von sich gegeben hatte.

Endlich ließ Heilmann von ihr ab und blieb schweratmend über sie gebeugt stehen. "Ich werde es dir zeigen, du kleine Nutte!" drohte er wiederum. "Einen Volker Heilmann blamiert man nicht ungestraft in der Öffentlichkeit!" Unmäßige Wut und Haß zeigten sich in seinen Augen, und Petra erschrak vor dem, was sie in diesen Augen sah.

Nachdem der Mann seine Wut abreagiert hatte, erschien wieder ein hämisches Grinsen auf seinem brutalen Gesicht. "Wir werden es uns schön machen, mein Vögelchen. Und du wirst zappeln und singen, wie ich es möchte, sonst gibt es wieder Hiebe, ist das klar?" Dabei griff er wiederum nach der jungen Frau, die sich angstvoll in die Couch drückte, und riß ihr mit einem Ruck das T-Shirt vom Leib.

Petra spürte, wie die Angst wieder in ihr emporkroch und erneut ein Zittern ihren Körper überfiel. Doch sie hatte keine Chance, sie war Volker Heilmann hilflos auf Gedeih und Verderb ausgeliefert. Ihr Körper versteifte sich, als Heilmann wiederum nach ihrer Brust griff und diese so fest knetete, daß ihr die Luft wegblieb. Dann schob er ihr den Minirock bis über die Hüften hoch und zog ihr mit geübtem Griff den Slip aus. Schweißtropfen der Erregung standen dem Mann auf der Stirn, und er leckte sich wiederum die Lippen in Erwartung dessen, was ihn erwartete.

Petra versuchte verzweifelt, den brutalen Händen des Mannes zu entgehen, die unbarmherzig von ihrem Körper Besitz ergriffen. Doch bei der kleinsten Bewegung donnerten erneut Faustschläge auf sie hernieder, bis sie erschöpft innehielt. Ihr Kampf war aussichtslos. Gefesselt, nur mit den Füßen, hatte sie keine Chance, gegen den Angreifer anzukommen. Ihre Lage war aussichtslos.

Resigniert wandte die junge Frau den Kopf zur Seite und schloß die Augen, um nicht in das triumphierende Gesicht von Volker Heilmann sehen zu müssen, der immer noch halb über sie gebeugt dastand und seine Hose öffnete. Im nächsten Moment spürte sie sein volles Gewicht auf sich, und sein Mund preßte sich brutal auf den ihren. Rücksichtslos ergriff seine Zunge von ihrem Mund Besitz, und sie spürte schmerzhaft seine Zähne auf ihren Lippen.

In einem letzten Aufbäumen der Verzweiflung versuchte Petra, gegen den kräftigen Mann zu kämpfen. Aber sein Gewicht verhinderte, daß sie ihn treten konnte, und ihr Bemühen erntete nur ein höhnisches Lächeln. Sie wand sich unter dem schweren Leib verzweifelt hin und her, doch sie spürte bereits, wie ihre Kräfte erlahmten. Es war nur eine Frage von wenigen Augenblicken, bis Heilmann sie bezwungen und sein Ziel erreicht haben würde.

Am Rande des Zusammenbruchs, erschöpft, entsetzt, von Ekel erfüllt, schloß Petra die Augen und wappnete sich innerlich gegen das, was ihr bevorstand. Sie spürte die Erregung des Mannes und wartete auf den bevorstehenden Schmerz.

In diesem Augenblick merkte Petra, wie Heilmann plötzlich von ihr weggeschleudert wurde. Als sie die Augen aufriß, erkannte sie Thomas Förster, der sich gerade umdrehte und auf Heilmann stürzte, der noch gar nicht so recht wußte, was los war.

"Du erbärmliches Schwein!" brüllte Förster und schlug mit beiden Fäusten auf den am Boden Liegenden ein. Er saß rittlings auf Volker Heilmann und schlug immer wieder zu, rechts, links, rechts, links, solange, bis dieser mit einem letzten Aufseufzen die Augen verdrehte und das Bewußtsein verlor.

Elegant erhob sich Thomas Förster und wandte sich der kleinen Couch zu. Zorn und Sorge funkelten in seinen schwarzen Augen, als er Petra mit seinem Taschenmesser von ihren Fesseln befreite, und seine rauhe Stimme zitterte vor unterdrückter Wut: "Dieses gottverdammte Schwein! Hat er dir etwas angetan?" Kurzentschlossen nahm er die zitternde Frau in beide Arme und drückte sie beschützend an sich.

Petra Neumann stand noch immer unter dem Schock des Vorgefallenen und hatte das Gefühl einer nahenden Ohnmacht. Dankbar überließ sie sich den starken Armen des Mannes und flüsterte: "Ich bin okay. Es ist gerade noch einmal gutgegangen. Wie kommst du hierher?" Unbewußt war sie ebenfalls von dem bisherigen Sie zum Du übergewechselt.

"Ich habe mir Sorgen um dich gemacht", bekannte der Mann. "Deshalb bin ich immer irgendwo in deiner Nähe und beobachte dich."

Verwundert schaute Petra zu dem Mann hoch, der gerade mal einen halben Kopf größer als sie selbst war. Wieder einmal fiel ihr auf, wie tiefdunkel und unergründlich seine Augen waren, die in dem braungebrannten Gesicht wie Feuer brannten. "Danke", erwiderte sie mit einem schwachen Lächeln, während ihr bewußt wurde, daß Förster sie noch immer halbnackt im Arm hielt. Verlegen machte sie sich frei und trat einen Schritt zurück. Doch im selben Moment schwankte sie und wäre zu Boden gestürzt, wenn der Mann sie nicht schnell wieder umfaßt hätte. "Schön langsam", sagte er dabei mit besorgter Stimme. "Komm, setz dich erst einmal hin."

"Was machen wir jetzt mit ihm?" fragte Petra und deutete mit dem Kinn auf den noch immer am Boden liegenden bewußtlosen Volker Heilmann.

"Wir werden ihn der Polizei übergeben."

"Wenn Stefan erfährt, was hier los war und deinen Namen hört, ist alles umsonst gewesen", fuhr Petra in ihren Überlegungen fort. "Wir müssen einen Weg finden, das zu verhindern." Ratlos blickte sie Förster an.

"Ich habe einen Freund bei der hiesigen Polizei", beruhigte dieser sie. "Ich werde ihn anrufen und ihm das Ganze schildern. Bestimmt findet er eine Möglichkeit, den Fall zu bearbeiten, ohne daß das Ganze an die Presse geht und kann meinen Namen aus allem heraushalten. Wir kriegen das schon hin."

Mit einem anzüglichen Blick auf ihren noch immer hochgeschobenen Rock, ihren bloßen Oberkörper und ihre Wäsche am Boden fuhr er grinsend fort: "Ich würde mich an deiner Stelle aber schon einmal richtig anziehen, bevor die Polizei kommt. Du ersparst dir einen Haufen unnötiger Fragen damit." Mit diesen Worten hielt er ihr ihren Slip und das zerrissene T-Shirt hin. Dann zog er kurzerhand sein Hemd aus, das er über einem einfachen, schwarzen T-Shirt getragen hatte und reichte ihr auch dieses.

Errötend ergriff Petra die Kleidungsstücke und zögerte kurz. Sie erwägte, zum Anziehen ins Bad zu gehen, aber sie fühlte sich noch immer ziemlich wacklig auf den Beinen. Schließlich zuckte sie die Schultern, schlüpfte rasch in die Sachen hinein und zog ihren Rock zurecht. Dankbar nahm sie dabei zur Kenntnis, daß sich Thomas Förster, der gerade mit der Polizei telefonierte, taktvoll umgedreht hatte.

Als er den Hörer aufgelegt hatte, wandte sich der Mann wieder um und sagte: "Die Polizei wird in wenigen Minuten hier sein. Glücklicherweise hat mein Freund gerade Dienst. Er wird uns helfen, da bin ich mir sicher."

Petra nickte nur und ließ sich langsam wieder auf der Couch nieder. Ihre Kehle brannte, ihr Kopf dröhnte, und sie fühlte sich müde und zerschlagen. Dieser Überfall hatte sie total geschockt, und sie spürte noch immer, wie ein Zittern ihren Körper durchlief und ihre Knie wackelten. Nicht auszudenken, was Heilmann mit ihr angestellt hätte, wenn Thomas nicht rechtzeitig auf der Bildfläche erschienen wäre!

Thomas Förster hatte nicht zu viel versprochen, innerhalb von knappen zehn Minuten war die Polizei da. Sie erschien mit zwei Zivilfahrzeugen, ohne Blaulicht und erregte so keinerlei Aufsehen. Als die Beamten den Raum betraten und Manfred Schneider unter ihnen war, schaute Petra verwundert auf: " Sie?" fragte sie erstaunt. "Das ist aber eine Überraschung."

"Ihr kennt euch schon?" stellte Förster verblüfft fest. Dann erklärte er den Beamten kurz den Sachverhalt und deutete auf Heilmann, der sich langsam wieder rührte. Während zwei Polizisten den Mann zwischen sich nahmen und ihm Handschellen anlegten, zog Thomas Förster den leitenden Beamten, Manfred Schneider, zur Seite und erklärte ihm in flüsternden Worten die näheren Umstände: "Du mußt mir helfen. Manfred", sagte er eindringlich. "Wenn etwas von dem, was hier vorgefallen ist, an die Presse dringt und Stefan davon erfährt, sind meine ganzen Bemühungen umsonst gewesen."

Besorgt blickte der Kriminalbeamte Thomas Förster an. "Mensch, Thomas, rennst du diesem Hirngespinst immer noch nach?" fragte er und schüttelte fassungslos den Kopf. "Wann wirst du endlich Ruhe geben und akzeptieren, daß Myriam tot ist? Es war ein Unfall, das weißt du doch."

"Du weißt selbst, daß dieser Unfall bis heute nicht aufgeklärt wurde und sehr mysteriös ist. Glaube mir, ich bin ganz dicht an einer großen Sache dran, in der Stefan drin steckt. Ich brauche nur noch ein bißchen Zeit. Halte unsere

Namen aus dem Pressebericht raus, das ist alles, worum ich dich bitte. Besser noch, bringe die ganze Sache hier nicht an die Öffentlichkeit, denn du gefährdest sonst auch sie." Er deutete mit dem Kinn auf Petra, die noch immer niedergeschlagen auf der Couch saß und von einem weiblichen Polizeibeamten betreut wurde.

Prüfend blickte Manfred Schneider zu der jungen Frau hinüber. "Du bist unverbesserlich", sagte er. "Du wirst es nie aufgeben, aber... du bist mein Freund, ich werde sehen, was ich tun kann. Nur eine Frage noch: Wie paßt sie in dieses ganze Spiel?" Er deutete mit dem Kinn zu Petra hin.

"Sie ist Stefans derzeitige Freundin und arbeitet mit mir zusammen", erklärte Thomas Förster in knappen Worten. "Deshalb darf auch ihr Name nirgends erscheinen. All meine Bemühungen wären umsonst gewesen, und Stefan würde Verdacht schöpfen."

Besorgt schüttelte der Polizist den Kopf. "Ich hoffe, du weißt, was du da tust, Thomas", antwortete er. "Ich habe kein gutes Gefühl bei der ganzen Sache. Paß auf dich auf." Dann wandte er sich ab und trat auf Petra zu.

"Ich muß leider noch ein paar Fragen an Sie richten, Frau Neumann", sagte er und zückte seinen Block. "Das scheint ja inzwischen zur Gewohnheit zwischen uns beiden zu werden. Schildern Sie mir bitte ganz genau, was hier vorgefallen ist."

Eine Stunde später verließen die Beamten wieder das Büro. "Ich danke Ihnen für Ihre Aussage", sagte Manfred Schneider, der als letzter ging, und schüttelte Petra die Hand. "Wenn Sie in den nächsten Tagen bei uns auf dem Revier vorbeischauen könnten, um das Protokoll zu unterschreiben?" Im Gehen wandte er sich noch einmal um. "Kann ich Sie noch irgendwohin mitnehmen?"

"Danke", verneinte Petra. "Ich habe meinen Wagen selbst dabei."

Als die Tür sich hinter den Männern geschlossen hatte, atmete sie erleichtert auf. "Gott sei Dank, daß die weg sind. Ich hätte es keine Minute mehr länger ausgehalten, diese Fragen und das alles." Die Kehle tat ihr noch immer weh, und ihr ganzer Körper brannte von den Fausthieben, die sie über sich hatte ergehen lassen müssen. Doch als der Beamte sie gefragt hatte, ob sie einen Arzt bräuchte, hatte sie nur den Kopf geschüttelt und abgewinkt. Sie wollte das Ganze nicht noch weiter aufbauschen, sondern nur so schnell als möglich ihre Ruhe haben.

Mit besorgter Miene trat Thomas Förster an sie heran. "Geht es dir wirklich gut?" fragte er. Er faßte sie behutsam am Kinn und zwang sie, ihm in die Augen zu sehen. "Ja, wirklich", nickte sie. "Ich bin nur immer noch ein bißchen durcheinander von dem Ganzen. Wenn du nicht rechtzeitig gekommen wärst..." Sie erschauderte im Gedanken an die vergangenen Stunden, und erneut traten ihr Tränen in die Augen.

Fürsorglich nahm Förster sie wieder in die Arme und drückte sie beruhigend an sich. "Es ist schon gut. Es ist alles vorbei", sagte er. Seine rauhe Stimme klang, als wenn er ein Kind beruhigen wollte. Unbeholfen streichelte er der jungen Frau über den Rücken. "Laß es raus, los. Dann geht es dir nachher besser."

Mit einem Mal löste sich in Petra ein Klotz, und sie heulte los wie ein Schloßhund. Die ganze Angst, der Schmerz, die Sorgen um Detlev, alles kam in ihr hoch, und sie schluchzte laut auf. Es war einfach alles zu viel gewesen, die Sache mit Heribert Müller, die Untreue von Martin, dann der Überfall auf Detlev, der Verrat von Stefan Söhnke, dem Mann, den sie geliebt hatte und nun auch noch dieser Überfall! Sie konnte es einfach nicht mehr ertragen!

Es dauerte Minuten, bis diese Schmerzwelle in Petra vorüber war und ihre Tränen versiegten. Dabei wurde sie sich immer mehr bewußt, wie tröstlich es war, sich in zwei weiche, warme Männerarme zu schmiegen.

Endlich hob sie ihren Kopf wieder und blickte Thomas Förster mit verquollenen, roten Augen an. Prüfend musterte sie sein stoppelbärtiges Kinn und seine sinnlich geschwungenen Lippen. Bewußt nahm sie jede Kleinigkeit von ihm in sich auf, die kurzen, schwarzen, Haare, die beginnende Halbglatze, die kleinen, schwarzen Haare, die aus dem T-Shirt hervorschauten und sich an seinem Hals kräuselten, seine unergründlich schwarzen Augen, die ihren Blick gelassen erwiderten.

"Laß mich nicht allein heute", flüsterte sie schließlich und lehnte sich wieder an seine Brust. "Bitte."

Auf den verwunderten Blick des Mannes erwiderte sie: "Ich kann heute nicht in die Villa zurückgehen, nach alledem, was vorgefallen ist. Frau Meyer würde merken, daß etwas passiert ist. Ich werde anrufen und sagen, daß ich heute bei einer Freundin schlafe."

Erschöpft schmiegte sie sich wieder in die kräftigen Arme des Mannes und hob ihr Gesicht zu ihm empor. Sie schloß die Augen und öffnete einladend ihren Lippen, um seinen zaghaften Kuß zu empfangen, den sie leidenschaftlich erwiderte.

Nach kurzer Zeit gab Förster die junge Frau wieder frei und trat einen Schritt zurück. "Bist du sicher, daß du das willst, Petra?" fragte er mit seiner rauhen Stimme und blickte sie besorgt an.

Petra nickte heftig und rückte noch näher an ihn heran. "Ja", erwiderte sie nahezu heftig. "Bitte, laß mich nicht allein, gerade heute nicht. Bitte! Ich könnte es nicht ertragen." Flehend blickte sie Förster an, der langsam nickte. "Okay, fahren wir zu mir."

Während der Fahrt schwiegen sie beide. Thomas Förster warf immer wieder einen fragenden Blick auf die junge Frau neben sich, hütete sich aber, etwas zu sagen. "Ich wohne etwas außerhalb", erklärte er nur kurz, während sie die Stadtautobahn verließen.

Petra nickte nur dazu. Ihr war es egal, wohin Thomas Förster sie brachte, nur nicht in die Villa Söhnke oder in die Wohnung von Detlev Schön, in der sie immer noch alles an den wüsten Überfall auf Detlev erinnerte.

Auch sie nahm die geänderte Stimmung wahr, die zwischen ihnen aufgekommen war, eine Mischung aus verlegenem Schweigen und etwas Neuem, einem Prickeln, das ihr unter die Haut ging. Der lockere Umgangston, den sie sich im Laufe der letzten Tage und Wochen angeeignet hatten, war etwas Neuem gewichen, mit dem sie beide noch nicht so recht umzugehen wußten.

Heimlich ließ sie immer wieder ihre Blicke zu dem Mann am Steuer gleiten. Thomas Förster trug wieder seine übliche schwarze Mütze, die er tief in die Stirn gezogen hatte, so daß seine dichten, schwarzen Brauen verdeckt waren. Seine dunklen Augen waren nach vorne auf die Fahrbahn gerichtet, und ein ernster Zug lag um seine sinnlichen Lippen. Kleine Falten gruben sich rechts und links in seine Mundwinkel, und sein Gesichtsausdruck war undurchdringlich.

In der Wohnung angekommen, sah Petra sich neugierig um. Es handelte sich um eine klassische Junggesellenwohnung, ein großes Einzimmerappartement, mit der typischen Unordnung eines alleinlebenden Mannes. Wahllos zerstreut lagen überall Zeitungen, Bücher und Kleider herum, doch Petra ignorierte dies und wandte sich an den Mann, der schweigend hinter ihr die Wohnungstüre geschlossen hatte und nun abwartend neben ihr stand.

"Kann ich dein Bad benutzen?" sagte sie und sah ihn fragend an. "Ich sehne mich nach einer Dusche."

"Natürlich", beeilte sich Förster zu sagen und zeigte ihr das kleine Badezimmer, welches ganz in Weiß gehalten war. "Hier sind ein paar frische Handtücher für dich." Mit diesen Worten deutete er auf ein kleines Regal in der Ecke. "Bediene dich."

Damit verließ er den Raum. Aufatmend streifte Petra die Kleider ab und musterte sich in dem großen Spiegel, der über dem Waschbecken hing. Mein Gott, sie sah ja wirklich schlimm aus!

Am Hals zeigten sich dunkle Würgemale, und auf ihren Brüsten und ihrem

Bauch waren rote Flecken zu sehen an den Stellen, an denen Volker Heilmann sie geschlagen hatte. Sie würden mit Sicherheit morgen grün und blau sein, und sie würde noch einige Tage die Mißhandlungen spüren.

Vorsichtig tastete sie sich von Kopf bis Fuß ab. Bis auf die besagten Stellen schien alles in Ordnung zu sein, auch die Schmerzen in ihrem Unterleib, der einen bösen Schlag erhalten hatte, hatten nachgelassen. Sie schien noch einmal einigermaßen heil davongekommen zu sein. In den nächsten Tagen konnte sie sich halt nirgends im Bikini zeigen und mußte einen Schal tragen, um die Male am Hals zu verdecken. Aber heute war ja erst Montag, und bis Stefan Söhnke zurückkam, waren die Flecken mit Sicherheit schon abgeklungen. Wenn noch der eine oder andere Bluterguß da sein sollte, konnte sie es mit einem Sturz oder ähnlichem erklären.

Mit einem Seufzer der Erleichterung drehte sie die Dusche auf und stellte sich unter den heißen Strahl. Das Wasser war so heiß, daß es ihr fast die Haut verbrannte, aber sie genoß diese Wärme und spülte damit das Vorgefallene von sich ab. Je länger sie unter der Dusche stand, um so mehr spürte sie, wie sie sich langsam wieder entspannte und die Angst und das Grauen von ihr abfielen.

Als der Raum bereits in dichten Wasserdunst getaucht war, drehte sie endlich das Wasser ab und trocknete sich ab. Dann hüllte sie sich in eines der großen, dunkelblauen Badelaken, die auf dem Regal lagen, und blickte in den Spiegel, den sie erst abwischen mußte. Mit geübtem Griff zupfte sie die kurzen, roten Haare in Form und musterte sich noch einmal gründlich. Bis auf die Flecken am Hals hatte ihr Gesicht bei der ganzen Sache nichts abbekommen. Sie konnte wirklich noch einmal von Glück sagen, daß nicht mehr passiert war. Mit einem letzten Blick in den Spiegel verließ sie das Bad.

Thomas Förster stand an dem großen Fenster, welches zur Straße zeigte, und blickte nach draußen in die beginnende Nacht. Er trug noch immer die schwarze Jeans mit dem legeren schwarzen T-Shirt, hatte jedoch die schwarze Mütze ausgezogen. Obwohl er mit Sicherheit die Badezimmertür gehört hatte, drehte er sich nicht um, sondern zog langsam an seiner Zigarette.

Petra trat von hinten dicht an den Mann heran, legte ihren Kopf auf seinen Rücken, umschlang ihn mit beiden Armen und schloß die Augen. So standen sie eine endlose Weile regungslos da. Schließlich murmelte Petra: "Bitte, halte mich fest. Ich brauche dich."

Einen Moment lang spürte sie, wie Förster den Atem anhielt, dann drehte er sich langsam um und drückte die Zigarette sorgfältig in einem Aschenbecher aus. Mit einem seltsamen Glitzern in den Augen schloß er die junge Frau in seine kräftigen Arme und zog sie dicht an seine Brust.

So standen sie wieder, endlos lange, schweigend, die Nähe des anderen genießend. Petra genoß die Kraft und Wärme der Arme, in die sich schmiegte.

Thomas roch seltsam vertraut für sie, und sie wünschte sich, dieser innige Moment würde nie zu Ende gehen.

Schließlich beugte Thomas Förster sich zu der jungen Frau herab und senkte seine Lippen auf die ihren, sanft, fast unspürbar. Er küßte sie ganz langsam, nahezu zögernd, und der Kuß war ganz anders als der Kuß der Verzweiflung, den sie vorher in Detlevs Büro gewechselt hatten.

Petra gab sich ganz diesem Kuß hin, der von einer Sanftheit und Zartheit war, wie sie es nie erlebt hatte. Langsam fiel alle Spannung von ihr ab und sie öffnete sich ganz diesen Lippen, die erst zärtlich, doch schließlich zunehmend leidenschaftlicher und fordernder wurden. Hingebungsvoll erwiderte sie den Kuß und spürte, wie das Feuer der Leidenschaft in ihr emporstieg.

Als Thomas ihr ganz langsam das Badelaken von den Schultern gleiten ließ, schloß sie überwältigt die Augen und wartete auf seine Berührung. Doch unversehens umschlang er sie unter den Kniekehlen und den Schultern und trug sie fast mühelos zu dem nahen Bett. Dort ließ er sie vorsichtig niedergleiten und legte sich - noch immer ganz angezogen - neben sie.

Vorsichtig streichelte er mit den Fingerkuppen über ihren nackten Leib, berührte zart ihre Wunden, während sein Gesicht sich zusehends verfinsterte. "Ich hätte dem Schwein alle Knochen brechen sollen!" stieß er rauh zwischen den Zähnen hervor, und eine Zornesader schwoll auf seiner Stirn an. Wut war in seinem Gesicht zu erkennen und noch etwas anderes, was Petra nicht so genau ausmachen konnte.

Nachdem sich seine Züge wieder geglättet hatten, nahm er Petra in die Arme und drückte sie liebevoll an sich. Seine Hände streichelten zärtlich über ihre Schultern und ihren nackten Rücken, und die junge Frau spürte, wie kleine Schauder der Erregung über ihren Körper glitten und sie sich ganz den sanften Berührungen hingab.

Leidenschaftlich schlang sie die Arme um ihn und zog seinen Kopf zu sich herab. "Halt mich fest, ganz fest! Ich brauche dich!" murmelte sie wieder und schloß die Augen. Und dann versank alles um sie herum im Strudel ihrer Gefühle und der Leidenschaft.

Als Petra Neumann am nächsten Morgen erwachte, brauchte sie einen Moment, bis sie sich wieder an alles erinnern konnte. Ein Zittern überfiel sie im Gedanken an das, was Volker Heilmann mit ihr angestellt hätte, wenn Thomas Förster nicht rechtzeitig auf der Bildfläche erschienen wäre.

Thomas! Verwundert fiel ihr Blick auf das leere Bett neben sich, und sie richtete sich auf. Sie dachte an die vergangene Nacht zurück, und ein sanftes

Lächeln überzog ihr Gesicht. Thomas war so zärtlich und rücksichtsvoll zu ihr gewesen, wie sie es noch nie bei einem Mann erlebt hatte. Zurückhaltend, fast schüchtern, und dennoch von einer Leidenschaft und einem Feuer erfüllt, welches sie im Laufe der Nacht geweckt hatte...

Sie entdeckte seine schmale Gestalt am Fenster, wie auch am Vorabend. Dort stand Thomas, bereits vollständig angezogen, mit dem Rücken zu ihr und rauchte. Behende sprang Petra aus dem Bett, schlang das Laken um sich herum und tapste barfuß zu Thomas hinüber.

"Guten Morgen", sagte sie mit weicher Stimme und legte ihren Kopf an seinen Rücken.

"Guten Morgen", erwiderte er und drehte sich zu ihr herum, aber ein seltsamer Unterton in seiner Stimme veranlaßte sie, ihm forschend ins Gesicht zu sehen. "Alles in Ordnung?" hakte sie nach. "Oder gibt es irgendwelche Probleme?"

"Nein, nein." Entschlossen schüttelte der Mann den Kopf und schob Petra ein kleines Stückchen von sich weg. "Es ist nichts. Es ist nur... Es tut mir leid."

"Was tut dir leid?" fragte die junge Frau verblüfft.

"Das mit heute nacht. Ich wollte deine Situation nicht ausnutzen. Ich weiß gar nicht, was über mich gekommen ist." Bei diesen Worten ging der Blick von Thomas unstet hin und her, und er war nicht fähig, ihr direkt in die Augen zu schauen.

"Es braucht dir nicht leid zu tun", antwortete Petra pikiert. "Dazu gehören immer noch zwei. Und ich wollte es ja selbst."

"Aber ich habe dein Vertrauen ausgenutzt", wiederholte Thomas halsstörrisch. "Das war nicht recht von mir." Verlegen schaute er Petra an. "Ich hoffe, du bist nicht böse auf mich?"

Dabei sah er fast wie ein kleiner Junge aus, der etwas angestellt hatte. Doch gleichzeitig entdeckte Petra etwas in seinem Blick, was sie nicht deuten konnte, eine Unsicherheit und Distanz, die am Vorabend nicht da gewesen war.

Sie wurde sich unangenehm ihrer Nacktheit bewußt und schlang irritiert das Laken enger um sich herum. Ihr war nicht klar, was sie von dem Ganzen halten sollte. Der Zauber der vergangenen Nacht war verflogen, und die Situation war verkorkst und nahezu peinlich.

"Es braucht dir nicht leid zu tun", wiederholte sie. "Wir wollten es beide, dich trifft keine Schuld. Am besten vergessen wir das Ganze."

Wenn Thomas der vergangenen Nacht keine weitere Bedeutung beimessen würde, dann würde sie das auch nicht tun! Insgeheim dachte sie jedoch bei sich: "Eigentlich schon ein bißchen schade. Irgend etwas hat er schon an sich, dieser Thomas Förster." Es war eine Ausstrahlung von Zartheit und Verletzbarkeit, die ihr Herz gerührt hatte. Ein ungeahntes Gefühl von Zärtlichkeit wollte in ihr aufkommen, und sie verspürte das Bedürfnis, sich von ihm erneut in die Arme nehmen zu lassen, doch seine ablehnende, fast schroffe Haltung hinderte sie daran.

Verlegen wandte sie sich ab, raffte ihre Kleider zusammen und zog sich ins Bad zurück. Sie genierte sich, sich vor den Augen von Thomas anzuziehen und wollte nur so rasch wie möglich von hier weg. Nach einer solchen Nacht zurückgewiesen zu werden, war ihr mehr als peinlich.

Als sie wieder aus dem Bad zurückkam, stand Thomas noch immer am Fenster, wandte sich jedoch bei ihrem Eintreten nach ihr um und machte ein paar Schritte auf sie zu. Er musterte sie eingehend und lächelte sie fast verlegen an, offensichtlich erleichtert, daß sie das alles nicht so schwer nahm.

"Ich hoffe, du verstehst mich nicht falsch", wiederholte er nochmals, ohne ihr direkt in die Augen schauen zu können. "Die Nacht mit dir war wunderschön. Aber wir hätten das nicht tun dürfen. Du warst nicht mehr in der Lage, für dich selbst noch Entscheidungen zu fällen, und ich habe das rücksichtslos ausgenutzt. Es tut mir leid."

Wider Willen mußte Petra auflachen. "Es ist schon okay. Du mußt dich nicht noch tausend Mal für etwas entschuldigen, was uns letzten Endes beiden ein Bedürfnis gewesen war. Ich bin schließlich auch keine Heilige. Und nun Schwamm drüber." Sie gab sich bewußt burschikos, um die Peinlichkeit der Situation zu überspielen.

"Dann bin ich ja erleichtert", nickte der Mann, seine Miene blieb jedoch weiterhin düster, als ob ihn noch etwas anderes bedrückte. "Aber wir müssen trotzdem miteinander reden", fuhr er fort. "Das alles hat die Sache sehr kompliziert. Ich schlage vor, wir blasen das Ganze ab."

"Wieso?" fragte Petra verwundert. "Was hat das damit zu tun?"

"Ich will dich keiner unnötigen Gefahr aussetzen."

"Dazu ist es jetzt zu spät. Ich stecke schon lange mittendrin"; widersprach Petra energisch. "Auf gar keinem Fall werde ich jetzt aufgeben. Ich weiß, was dir die Sache bedeutet, und wir sind ganz dicht dran."

Zweifelnd blickte Thomas Förster die junge Frau an. Sie konnte an seinen Zügen den inneren Kampf erkennen, den er mit sich selbst ausfocht. Gleichzeitig las sie noch etwas anderes in seinen Augen, einen Ausdruck, der sie tief in ihrem Inneren traf.

"Ich will dich nicht weiter diesem Risiko aussetzen", beharrte Förster weiter. "Es muß einen anderen Weg geben, an Stefan heranzukommen."

Sie diskutierten noch eine Weile weiter, doch schließlich setzte Petra ihren Kopf durch. "Es ist so am einfachsten," erläuterte sie sachlich. "Stefan vertraut mir, und es ist nur eine Frage der Zeit, bis ich an den Tresor herankomme. Sobald ich die Informationen habe, rufe ich dich an."

"Aber du mußt mir versprechen, daß du nichts unternimmst, was dich unnötig gefährdet," bat der Mann mit einer Eindringlichkeit, die gar nicht zu seiner ablehnenden Haltung von vorher paßte.

"Ich werde schon auf mich aufpassen", beruhigte Petra ihn. "Stefan kommt erst am Samstag, ich habe also ein paar Tage, um wieder auf den Damm zu kommen. Ich hoffe, daß bis dahin die blauen Flecken verschwunden sind, damit er keine unangenehmen Fragen stellt. Wenn nicht, muß ich mir etwas einfallen lassen."

Besorgt betrachtete Förster die energische, junge Frau vor ihm. Sie trug den schwarzen Minirock vom Vortag und das Hemd, welches er ihr nach dem Überfall gegeben hatte. Das Hemd umspielte locker ihre gute Figur, und er dachte unvermittelt an die vergangene Nacht und die Leidenschaft, die diese Frau in ihm geweckt hatte. Entschlossen schüttelte er den Kopf und verdrängte alle Gedanken in diese Richtung. Es gab Wichtigeres zu tun.

"Wir dürfen uns auf keinen Fall zu oft treffen", erläuterte er kurz. "Das ist viel zu gefährlich. Ich schlage vor, wir halten telefonisch Kontakt und treffen uns weiterhin montags und donnerstags in der Stadtbibliothek. Das ist unverfänglich."

Nachdem alle Unklarheiten beseitigt waren, tranken sie zusammen noch eine Tasse Kaffee, ehe sie aufbrachen. Dabei herrschte wieder verlegenes Schweigen im Raum, und jeder ging seinen eigenen Gedanken nach. Schließlich unterbrach Petra die Stille und sagte betont munter: "Nun wird es aber Zeit für mich. Komm, bring mich zu meinem Auto zurück." Denn dieses stand noch immer vor Detlevs Büro.

"Natürlich." Förster beeilte sich, ihrer Aufforderung nachzukommen und aufzustehen. Als sie die Wohnungstür öffnen wollte, packte er sie am Arm und hielt sie zurück. Auf ihren verwunderten Blick hin, drückte er sie unerwartet fest an sich und flüsterte dabei heiser: "Paß auf dich auf, Petra. Ich möchte durch Stefan nicht noch eine Frau verlieren." Mit diesen Worten küßte er sie kurz und heftig, mit einer Leidenschaft, die Petra erbeben ließ.

Genauso unvermittelt, wie er die junge Frau an sich gerissen hatte, ließ er sie auch wieder los und trat abrupt einen Schritt zurück. "Laß uns gehen", sagte er und öffnete die Tür. Er wich ihrem fragenden Blick aus und wollte sie offensichtlich so schnell wie möglich loswerden. Also folgte Petra seiner Aufforderung und verließ die Wohnung. Sie spürte jedoch, wie ihr Puls dabei raste. Ganz so einfach war es wohl doch nicht mit dem Vorsatz, diese Nacht einfach zu vergessen!

Nachdem Thomas Förster sie bei ihrem Wagen, abgesetzt hatte, fuhr Petra erst einmal Richtung Innenstadt. In ihrem Aufzug, vor allem in Försters Hemd, das er ihr freundlicherweise statt ihres zerrissenen Tops überlassen hatte, konnte sie unmöglich in der Villa Söhnke auftauchen, ohne bei Karl oder Frau Meyer Verdacht zu schöpfen.

Daher begab sie sich in das nächste Kaufhaus und legte sich dort eine schlichte, weiße Bluse zu, deren hochgeschlossener Kragen zudem die Würgemale an ihrem Hals verbarg. Sie wollte kein Risiko eingehen und irgendeinen Argwohn wecken.

Zwar bewegte sie sich nun wieder völlig frei und ungebunden. Das war ja kurz ja nach ihrer Entführung durch Förster ganz anders gewesen, als Stefan sie keinen Schritt ohne Karl als Bewacher hatte gehen lassen. Dennoch wollte sie vorsichtig sein. Man wußte nie, ob Karl nicht doch den Auftrag hatte, gelegentlich ein Auge auf sie zu haben, um ihre Sicherheit zu gewährleisten.

Nach ihrem Einkauf ließ sie sich in einem beliebten Bistro mitten in der Fußgängerpassage nieder und bestellte sich einen großen Milchkaffee und zwei Croissants. Sie wollte erst noch ein bißchen alleine sein, ehe sie wieder in die Villa zurückging und so tat, als sei nichts geschehen.

Während sie nach Art der Franzosen ihr Croissant in den großen Kaffeepot eintauchte, schweiften Petras Gedanken noch einmal zurück zu den Ereignissen des vergangenen Tages. Sie erschauderte innerlich noch immer, wenn sie an das dachte, was Volker Heilmann mit ihr angestellt hätte, wenn nicht Thomas rechtzeitig eingegriffen hätte. Detlev hatte sich damals in seiner Einschätzung von Heilmann nicht geirrt, er war wirklich brutal und gefährlich, und sie hätte damals besser gleich die Finger von dem Fall lassen sollen.

Die junge Frau seufzte leise. Hinterher war man immer schlauer! Gott sei Dank war Heilmann nun sicher hinter Schloß und Riegel. Dank des mutigen Eingreifens von Thomas Förster.

Thomas. Ihre Gedanken schweiften weiter. In den wenigen Wochen, seit sie Thomas kannte, hatte sich so vieles getan. Sie hatten sich regelmäßig montags und donnerstags in der Bibliothek getroffen und Informationen ausgetauscht. Leider hatte sie ihm bisher nicht viel Nennenswertes sagen können. Doch je öfter sie sich sahen, desto mehr hatte sie gespürt, daß sich zwischen ihnen beiden ein Vertrauensverhältnis aufgebaut hatte.

Petra schüttelte leicht den Kopf und spürte, wie ein Gefühl der Verzweiflung und Resignation in ihr hochzukommen drohte. Die Situation war so verzwickt. Stefan, der angeblich seine eigene Frau - die Schwester von Thomas -, hatte umbringen lassen, Thomas, der fanatische Greenpeace-Anhänger, der seine Rache nehmen wollte und dazwischen sie, Petra Neumann, die Frau, die bisher in all ihren Beziehungen gescheitert war und nun ausgerechnet an einen Mann wie

Stefan geraten war.

Ihre Gedanken glitten zu den Ereignissen der vergangenen Nacht zurück, und sie lächelte leise vor sich hin. Niemals hätte sie erwartet, daß sie einmal mit Thomas Förster im Bett landen würde. Er war eigentlich so gar nicht ihr Typ. Er war weder groß noch sportlich gebaut, so wie sie es gerne hatte. Sie stand eher auf athletische Typen wie Stefan, mit breiten Schultern und schmalen Hüften.

Thomas hingegen war gerade einen halben Kopf größer als sie und sehr schlank. Sein Körper war zwar auch muskulös, aber eher sehnig zu nennen. Und mit seiner unvermeidlichen Wollmütze auf dem Kopf wirkte er für seine fünfunddreißig Jahre eigentlich ein bißchen verschroben.

Und doch hatte er etwas an sich, was seltsam an ihr Herz rührte. Vielleicht war es sein Blick aus diesen schwarzen Augen oder sein sonnengebräuntes Gesicht, dessen Kinn meistens von einem schwarzen Dreitagesbart geziert wurde, sie wußte es nicht zu sagen. Zudem war Thomas in dieser Nacht von einer Zartheit und Einfühlsamkeit gewesen, die ihr gutgetan hatte. Um so mehr hatte sie seine ablehnende Haltung heute morgen verwundert und verletzt. Sie fühlte sich zurückgestoßen und erniedrigt.

Ihre Gedanken wanderten weiter zu Stefan Söhnke, und sie spürte, wie eine leichte Gänsehaut ihren Körper überzog. Stefan war für sie der Inbegriff des Traummannes gewesen, groß, stattlich, gewandt, kultiviert, dazu auch noch reich. Ein Mann, zu dem sie aufschauen konnte. Sie hatte seine dominante Art bewundert und sich in seiner Nähe geborgen gefühlt, fast wie ein kleines Mädchen. Doch die Dinge, die sie zwischenzeitlich von Stefan wußte, machten ihr Angst, und sie wußte noch nicht damit umzugehen.

Stefan war ein sehr bestimmender Mann, der keinen Widerspruch duldete. Anfangs hatte sie seine besitzergreifende Art bewundert und sich ihr gerne untergeordnet. Doch nun zitterte sie bereits in Gedanken daran, daß Stefan am Wochenende wiederkommen würde. Sie wußte nicht so recht, wie sie ihm begegnen sollte, ohne sich zu verraten. Seit Wochen führte sie bereits dieses Doppelleben und fühlte sich alles andere als wohl dabei.

Doch die Ereignisse des vergangenen Tages - und vor allem der vergangenen Nacht - bestärkten sie darin, daß nunmehr schleunigst eine Lösung herbeigeführt werden mußte. So konnte das auf Dauer nicht weitergehen. Sie mußte eine Möglichkeit finden, möglichst rasch die erforderlichen Informationen von Stefan zu erhalten und sich dann abzusetzen. Nach alledem, was in dieser Nacht passiert war, konnte sie nicht mehr weitermachen wie vorher und Stefan eine liebende Freundin vorspielen, das spürte sie. Nach wie vor übte dieser Mann eine unwahrscheinliche Anziehungskraft auf sie aus, nicht zuletzt auch körperlich, aber Petra fühlte tief in ihrem Inneren, daß sie nach den letzten

Ereignissen nicht mehr dazu fähig sein würde, dieses Doppelleben noch allzu lange fortzuführen.

Sie schrak erst aus ihren Gedanken empor, als eine weibliche Stimme sie ansprach: "Petra, bist du das? Das ist aber eine Überraschung, dich hier zu treffen. Darf ich mich zu dir setzen, oder bist du mir immer noch böse?"

Aufblickend erkannte sie Jutta Wolf, ihre ehemalige Freundin, dieselbe, mit der Martin Faust sie betrogen hatte. Petra seufzte resigniert. "Ach, du bist's! Na klar, setz dich nur."

Ihre Freundschaft mit Martin und der Ärger mit Jutta damals, als sie die beiden in ihrem Schlafzimmer zusammen erwischt hatte, schienen Lichtjahre her zu sein. Seitdem war so vieles passiert, daß es für sie wirklich nicht mehr von Bedeutung war, mit wem Martin irgendwann einmal geschlafen hatte.

Die blonde, hochgewachsene Frau ließ sich auf der Lederbank ihr gegenüber nieder und bestellte ebenfalls einen Milchkaffee. "Ich hoffe, du bist mir nicht mehr böse?" fing sie wieder verlegen an. "Es tut mir wirklich leid, die Sache damals mit Martin..." Verlegen hielt sie inne.

Petra winkte lächelnd ab. "Vergiß es. Es ist lange her. Und Martin war es nicht wert, ihm eine Träne hinterherzuweinen. Das hast du wahrscheinlich inzwischen selbst auch herausgefunden."

"Ich bin nicht mit Martin zusammen, wenn du das meinst," entschuldigte sich Jutta Wolf errötend. "Das war eine kurze, verfahrene Geschichte damals. Es tut mir wirklich leid." Zerknirscht schaute sie Petra an. "Ich wollte unsere Freundschaft wirklich nicht aufs Spiel setzen. Ich weiß auch nicht, wie das damals passieren konnte. Es tut mir leid."

"Ist schon gut", wiederholte Petra ungehalten. "Reden wir nicht mehr darüber. Die Sache ist aus und vorbei. Und es war für mich wohl auch das beste, mich von Martin zu trennen. Das wäre sowieso nie was mit uns beiden geworden. Wir waren zu verschieden."

Sie zögerte kurz, ehe sie fortfuhr: "Genaugenommen bin ich froh, daß es so gekommen ist. Sonst wäre ich heute vielleicht immer noch nicht von Martin losgekommen, und mir wäre einiges entgangen." Dabei dachte sie an ihre Arbeit bei Detlev, aber auch an Stefan Söhnke und an Thomas Förster, zwei Männer, die beide in ihrem Leben sehr viel verändert hatten.

Ungehalten schüttelte sie den Kopf. Sie wollte nicht schon wieder den trüben Gedanken nachhängen. "Und wie ist es dir ergangen in der Zwischenzeit?" fragte sie, um vom Thema abzulenken. "Kein neuer Mann in Sicht?"

Jutta Wolf lachte belustigt auf und warf ihre lange, blonde Mähne zurück. "Männer? Na, jede Menge. Nur keiner, der mich auf Dauer interessiert. Ich glaube, den Mann meiner Träume gibt es in Wirklichkeit gar nicht. Wenn man hinter die Kulisse schaut, sind sie doch alle gleich. Oder etwa nicht?"

Petra stimmte ihr bereitwillig zu, konnte jedoch nicht verhindern, daß ihre Gedanken dabei schon wieder zu Thomas Förster wanderten. Waren wirklich alle Männer gleich? Alle? Wirklich alle? Vielleicht hatte ja gerade sie den einen kennengelernt, der anders war. Aber das nutzte ihr ja letzten Endes auch nichts, da dieser eine von ihr nichts weiter wissen wollte.

Als Jutta zwei Cremant bestellte "um darauf zu trinken, daß wir zwei uns versöhnt haben und auf alle Scheißkerle dieser Welt!", stimmte sie herzhaft in das Lachen ihrer ehemaligen Freundin ein. Sie würde sich den heutigen Tag nicht vermiesen lassen, sondern mit Jutta auf die guten, alten Zeiten anstoßen.

Vier Stunden später betrat Petra beschwingten Schrittes die Villa Söhnke. Sie hatte zwar einen kleinen Schwips, denn bei dem einen Cremant war es schließlich nicht geblieben, aber ihr ging es wieder erheblich besser. Das Gespräch mit Jutta, die früher ihre beste Freundin gewesen war, hatte ihr Auftrieb gegeben. Zwar saß der Dorn wegen der Episode mit Martin noch immer irgendwo in ihrem Inneren, aber sie wußte, es war eigentlich nur noch gekränkte Eitelkeit, die bald vergehen würde, und freute sich einfach, die alte Freundin wiedergetroffen zu haben. Die Zeit würde die Kluft zwischen ihnen wieder schließen. Letztendlich war kein Mann der Welt es wert, daß sie deshalb ihre Freundschaft verrieten.

Falls Frau Meyer sich über ihr Erscheinen oder ihr Outfit wunderte, so verstand sie, das gut zu verbergen, und Petra versuchte, sich möglichst normal zu geben. Sie konnte ja nun sogar guten Gewissens erwähnen, daß sie sich mit ihrer Freundin Jutta getroffen hatte. Daß sie nicht wegen Jutta auswärts geschlafen hatte, wußte ja niemand.

Einzig und allein Anna stellte ein kleines Problem dar, denn das junge Mädchen schmollte ein bißchen, weil Petra wiederum einfach verschwunden war, ohne sie vorzuwarnen. "Ich finde das irgendwie blöde, wenn du einfach so verschwindest, Petra," maulte sie ungehalten. "Wir wollten uns doch eigentlich einen gemütlichen Monopoly-Abend machen."

"Das holen wir heute abend nach", versprach Petra ihr. "Aber weißt du, diese Freundin, die ich getroffen habe, hatte ich schon so lange nicht mehr gesehen, da habe ich einfach die Zeit vergessen. Ich verspreche dir, das nächste Mal sage ich dir vorher Bescheid, wenn ich nicht komme, okay?"

Als sie sich nach ein paar Minuten endlich in ihr Zimmer zurückziehen konnte, war Petra sehr erleichtert und ließ sich ermattet aufs Bett fallen. Die ganze Situation spitzte sich immer mehr zu, und es war ihr zuwider, Anna und Ben, die ihr beide sehr ans Herz gewachsen waren, noch länger anzulügen.

Aber es ging eben nicht anders.

Zuerst einmal ließ sie sich ein schönes, heißes Bad einlaufen. Sie achtete sorgfältig darauf, daß die Schlafzimmertür abgeschlossen war und nicht etwa Frau Meyer oder Anna versehentlich hereinkommen und ihre Verletzungen sehen konnten, und ließ sich langsam in das heiße Wasser gleiten.

Genüßlich schloß sie die Augen und legte sich zurück. Das tat gut, unendlich gut! Es gab doch nichts besseres als eine entspannende Dusche oder ein richtig schönes Schaumbad, um die Nerven zu beruhigen!

Denn ihre Nerven lagen ein wenig bloß nach alledem, was vorgefallen war. Zwar hatte das Gespräch mit Jutta über die alten Zeiten sie ein wenig auf andere Gedanken gebracht, doch kaum in der Vi!la Söhnke angekommen, wurde ihr wieder das Dilemma bewußt, in dem sie sich zur Zeit befand.

Das wirklich Schlimme für sie an der ganzen Situation waren Anna und Ben. Sie hatte ihr Vertrauen gewonnen, und die zwei liebten sie fast wie eine Mutter. Und auch sie hing sehr an den beiden. Und nun wollte sie dieses Vertrauen so schwer enttäuschen und ihnen ihren Vater rauben!

Doch umgekehrt, gerade dieser Vater war es doch gewesen, der die beiden Kinder rücksichtslos ihrer Mutter beraubt hatte! Ein solches Verbrechen mußte gesühnt werden ebenso all die Umweltverbrechen, die er mit seiner Firma begangen hatte und immer noch beging.

Aber konnte sie, Petra Neumann, sich als Rächer aufspielen und mitschuldig daran werden, daß diesen armen Kindern nach der Mutter nun auch noch der Vater genommen wurde? Petra verspürte immer wieder Zweifel, wenn sie an die beiden Kinder dachte. Sie konnten einem wirklich leid tun, auf diese Weise wurden sie quasi zu Vollwaisen. Und doch - solche Verbrechen mußten bestraft werden, das stand außer Zweifel. Nur wie sie nachher noch Anna und Ben in die Augen schauen sollte, wenn die beiden einmal wußten, was passiert war, das war die andere Seite der Medaille.

Petra ließ noch einmal heißes Wasser einlaufen, bis ihre Haut rot glühte, und seufzte leise auf. Es war wirklich eine blöde Situation, in die sie sich beziehungsweise Thomas sie gebracht hatte. Aber irgendwie mußte sie da durch, egal wie. Es gab keinen Weg zurück.

Die nächsten Tage vergingen für Petra schleichend langsam. Morgens brachte sie die Kinder in die Schule und schaute kurz bei Detlev rein. Dessen Genesung machte erfreulicherweise große Fortschritte, und es war in den nächsten Tagen damit zu rechnen, daß er in die Rehaklinik verlegt wurde. Dort würde er mindestens zwei Monate bleiben müssen, danach würde man weitersehen.

Petra freute sich, daß es Detlev besser ging, auch wenn sein Gesicht noch immer abschreckend aussah. Aber die Hauptsache war, daß Detlev das alles überstanden hatte und aller Wahrscheinlichkeit nach keine Folgeschäden zurückbleiben würden, zumindest keine äußerlich sichtbaren.

"Es tut mir wirklich leid, was passiert ist", wiederholte Petra immer wieder und senkte schuldbewußt ihr Haupt. "Wenn ich gewußt hätte..." Noch immer plagte sie ihr Gewissen, daß sie niemanden rechtzeitig von den Drohanrufen und den Drohbriefen informiert hatte. Vielleicht hätte der Überfall auf Detlev dann verhindert werden können.

Doch Detlev winkte ab. "Mach dir keine Vorwürfe, Petra. Das hätte jedem anderen genauso passieren können. Du konntest ja nicht ahnen, was dieser Weingärtner vorhat. Nimm es nicht so tragisch. Es ist ja noch einmal gutgegangen. Und ein Gutes hat die Sache letztendlich: Auf diese Weise bin ich wieder mit Werner zusammengekommen." Nach der Nachricht über den brutalen Überfall auf Detlev hatte dieser nämlich eines Tages mit Blumen in der Klinik gestanden und reumütig erklärt, er wolle zurück zu Detlev. Und seitdem wich er in seiner Freizeit kaum noch von Detlevs Seite und stand ihm während seines langsamen Heilungsprozesses bei.

Wider Willen mußte Petra lächeln. "Ach, Detlev, guter, alter Detlev, wenn ich dich nicht hätte..." Sie mußte daran denken, wie eintönig und langweilig ihr Leben verlaufen war, ehe sie bei Detlev eingezogen und in seine Firma eingestiegen war. Von morgens bis abends im Supermarkt arbeiten und danach noch den Haushalt für Martin führen, das war alles gewesen. Durch Detlev hatte sie eine völlig neue Welt kennengelernt, eine Welt, zu der auch Stefan Söhnke und Thomas Förster gehörten. Sie seufzte leise. Diese ganze vertrackte Situation, es war wirklich nicht einfach.

"Was ist los mit dir, Petra?" riß Detlev sie aus ihren trüben Gedanken. "Ich merke doch schon die ganze Zeit, daß irgend etwas mit dir nicht stimmt." Besorgt blickte Detlev Schön die junge Frau an. Trotz seiner eigenen Probleme war ihm aufgefallen, daß Petra in letzter Zeit sehr schweigsam geworden war und ihre Gedanken oft woanders waren. Sie bekam dann einen seltsamen Ausdruck in die Augen und schien ihn gar nicht mehr wahrzunehmen.

"Nichts, gar nichts," wehrte Petra rasch ab. Auf keinen Fall wollte sie Detlev mit ihren Problemen belasten. Der hatte wahrhaftig mit selbst genug zu tun. Sie wollte den Freund nicht noch weiter hineinzuziehen, als sie es bereits getan hatte.

Doch so schnell ließ Detlev nicht locker. Ihm ging es wieder besser, und er hatte von Berufs wegen ein Gespür dafür, wenn etwas ihm Busche war. Und bei Petra war etwas ganz erheblich faul, das spürte er an ihrem seltsamen, zurückhaltenden Verhalten. So kannte er sie nicht. "Mach mir nichts vor, Petra", beharrte er. "Wir beide kennen uns doch jetzt wirklich lange genug. Ich weiß, daß mit dir etwas nicht stimmt. Komm, schieß los!"

Doch Petra war nicht gewillt, irgend jemandem etwas von dem Zwiespalt zu erzählen, in dem sie sich befand. Diese Situation hatte sie sich ganz alleine eingebrockt, und da mußte sie auch alleine durch. "Es ist wirklich nichts, Detlev", wiederholte sie, während sie verlegen zur Seite blickte. "Sei mir nicht böse. Ich kann nicht darüber reden."

"Worüber?"

"Das kann ich dir beim besten Willen im Moment noch nicht sagen, Detlev. Bitte, sei so lieb, und verschone mich mit deinen Fragen. Ich habe da eine größere Sache am Laufen, über die ich zur Zeit noch nicht sprechen kann. Aber ich verspreche, du wirst der Erste sein, dem ich es erzähle, wenn es soweit ist."

"Mensch, Petra, jetzt stelle dich nicht so an, erzähle, was los ist!" polterte Detlev fast ungehalten los. "Ich sehe doch, daß dich etwas quält. Hast du Probleme mit Stefan?"

"Nein, das ist es nicht", druckste Petra herum." Zu viele Dinge waren in letzter Zeit auf sie eingestürmt. "Glaube mir, Detlev, ich kann im Moment wirklich noch nicht darüber reden. Aber bald werde ich dir alles erzählen, okay?"

"Du machst doch keine Dummheiten?" hakte Detlev ernst nach.

"Nein, ich passe schon auf mich auf", versuchte Petra, ihn zu beruhigen. Detlev bemühte sich noch ein Weilchen, nähere Informationen aus ihr herauszuholen, aber Petra weigerte sich standhaft, ihm irgend etwas zu erzählen oder auch nur Andeutungen zu machen. Als schließlich die Krankenschwester hereinkam und sie wegen der Visite aus dem Zimmer schickte, war sie nahezu erleichtert, den eindringlichen Fragen von Detlev entkommen zu können und verließ, so rasch sie konnte, das Krankenhaus.

Ihr nächster Weg führte sie in Detlev Schöns Büro, um dort nach dem Rechten zu sehen. Die Polizei hatte die Untersuchungen beendet und den Raum inzwischen freigegeben. Dennoch hatte Petra ein ungutes Gefühl, als sie das Büro betrat. Sie hielt ihren Elektroschocker in der rechten Hand, jeden Moment darauf gefaßt, daß irgend etwas passierte. Gleichzeitig schalt sie sich selbst eine dumme Gans, schließlich saß Volker Heilmann hinter Gittern und würde dort hoffentlich auch so schnell nicht wieder rauskommen.

Mit geübtem Blick schaute sie die Post durch, die sich in den letzten Tagen im Briefkasten angehäuft hatte und warf dann das Bündel auf den Schreibtisch.

Werbung und Rechnungen, also nichts, was eilig war.

Mit einem leisen Frösteln sah Petra sich in dem Raum um, der über lange Wochen hinweg ihre Arbeitsstätte gewesen war. Mit einem richtig guten Gefühl würde sie hier nie wieder arbeiten können, das wußte sie. Zu sehr erinnerte sie dieser Raum an die schrecklichen Minuten, als sie sich hilflos in der Gewalt dieses Wahnsinnigen befunden hatte. Sie nahm innerlich Abschied von all dem, was sie sah und verließ mit einem letzten, fast bedauernden Blick den Raum

Nachdem die Tür hinter ihr ins Schloß gefallen war, atmete sie sichtlich erleichtert auf. Sie konnte diese Räume einfach nicht mehr unbeschwert betreten. Aber nun hatte sie ihre Pflicht Detlev gegenüber erfüllt, und es war ihr erheblich leichter ums Herz.

Den Weg zu Detlevs Wohnung konnte sie sich glücklicherweise schenken. Nachdem Detlev sich wieder mit seinem Ex versöhnt hatte, war dieser der Einfachheit halber bereits in Detlevs Wohnung eingezogen, so daß sie dort nicht mehr nach dem Rechten schauen mußte. Das war ihr ganz lieb so, denn auch diese Wohnung betrat sie nur noch höchst ungern, zu viel erinnerte sie dort an den grausamen Überfall auf Detlev, an dem sie sich mitschuldig fühlte.

Nun blieb nur noch eines zu tun, der Gang zur Polizei, um das Protokoll des Überfalls zu unterschreiben. Petra wußte, sie kam nicht umhin, dies schleunigst zu erledigen, wenn sie nicht wollte, daß Manfred Schneider sie letztendlich doch noch zu Hause in der Villa Söhnke aufsuchte, um diese Formalitäten zu erledigen. Und das war etwas, was sie unter allen Umständen vermeiden wollte.

Schneider hatte - wohl aufgrund seiner besonderen Freundschaft zu Thomas Förster - bisher wirklich Wort gehalten. In der Presse war tatsächlich kein Wort über den Überfall auf sie zu lesen gewesen. Zwar gab es eine kurze, vierzeilige Notiz über einen Raubüberfall in einem Büro in der Innenstadt, aber anhand dieser kurzen Nachricht, in der keinerlei Namen genannt wurden, konnte niemand auf das Büro der Schön Security und ihre eigene Person schließen.

Diese Diskretion hatte sie wohl Manfred Schneider - oder Thomas Förster, wie man es nahm - zu verdanken, und deshalb kam sie nicht länger umhin, auf dem Revier zu erscheinen und ihre Aussage zu unterschreiben.

Als sie eine Stunde später das Büro des älteren Kriminalbeamten verließ, war Petra Neumann froh, endlich dessen eindringlichen Fragen und neugierigen Blicken zu entkommen. Sie war sich vorgekommen wie bei einem Spießrutenlauf. Zwar war Manfred Schneider äußerst nett und zuvorkommend gewesen, geradezu galant, aber dennoch hatte er ständig versucht, sie auszuhorchen. Der Beamte ahnte wohl, daß da irgend etwas im Busche war zwischen Thomas Förster und ihr und konnte sich keinen Reim auf die Beziehung zwischen ihnen beiden und ihr Verhältnis zu Stefan Söhnke machen. Und sie würde sich hüten, irgend etwas von ihrem grausamen Verdacht und dem Plan, den sie mit Thomas verfolgte, verlauten zu lassen und mit Sicherheit schon gar nicht bei der Polizei, mit der Stefan ja scheinbar bestens vertraut war.

Jedenfalls hatte es für sie so ausgesehen an dem Tag, als Detlev überfallen worden war. Stefan hatte die ganze Situation innerhalb kürzester Zeit perfekt im Griff gehabt. Man hatte gespürt, daß er den Umgang mit Behörden - und auch mit der Polizei - gewöhnt war und daß sein Wort dort ein nicht unerhebliches Gewicht hatte.

"Es tut mir leid, mehr kann ich Ihnen wirklich nicht zu dem Ganzen sagen", hatte sie mit einem braven Augenaufschlag zu Manfred Schneider gesagt. "Ich kann Ihnen gar nicht sagen, wie unendlich dankbar ich Ihnen bin, daß Sie mich aus dem ganzen Presserummel heraus gehalten haben. Und nun kann ja nichts mehr passieren. Sie haben den Täter gefaßt."

Der Polizeibeamte hatte sie zwar seltsam angeschaut, aber letztendlich war er mit ihrer Aussage zufrieden gewesen und hatte sie gehen lassen.

Erleichtert, diese unangenehme Aufgabe hinter sich gebracht zu haben, fuhr Petra zur Villa Söhnke zurück. Anna und Ben, die von Karl von der Schule abgeholt worden waren, würden sie schon sehnsüchtig erwarten, weil sie ihnen versprochen hatte, den Nachmittag mit ihnen zu verbringen.

Während sie an einer roten Ampel wartete und dem vertrauten Tonfall von Gerry Sahner lauschte, der gerade sein Nachmittagsprogramm präsentierte, seufzte Petra leise. Der unbeschwerte Umgang mit den beiden Kindern fiel ihr immer schwerer, weil sie wußte, daß es nur eine Frage der Zeit war, wann das Chaos über die beiden hereinbrechen würde, nämlich dann, wenn die beiden die Wahrheit über ihren Vater erfahren würden. Und sie, Petra Neumann, war diejenige, die Schuld daran haben würde, daß sie ihren Vater verlieren würden, zumindest für eine sehr, sehr lange Zeit, die er hinter Gittern verbringen würde.

Die junge Frau schüttelte energisch den Kopf und versuchte, sich von den trüben Gedanken zu befreien. Sie mußte versuchen, so natürlich wie möglich zu wirken. Die beiden durften nicht merken, daß sie etwas bedrückte.

Aus diesem Grund gab sich Petra betont locker, als sie in der Villa eintraf.

"He, ihr beiden, seid ihr fertig?" rief sie und bemühte sich, den besorgten Ausdruck aus dem Gesicht zu kriegen. "Habt ihr die Aufgaben fertig? Ihr wißt, was heute anliegt: Eine Fahrradtour ist angesagt."

"Super, Petra!" jubelten die beiden freudig los. "Aber mit Picknick am Staden, das hast du uns versprochen!"

"Na klar doch", gab Petra gutmütig nach. "Aber vergeßt die Tischtennisschläger nicht, sonst radeln wir ganz umsonst so weit."

Sie wollte jetzt nicht an Stefan oder Thomas und die ganze Problematik denken, sondern einfach nur den Nachmittag mit den Kindern genießen. Die beiden hingen so sehr an ihr, und sie wollte ihnen jede Minute gönnen, die sie noch miteinander verbringen konnten, ehe die Wirklichkeit sie einholte.

Am nächsten Morgen brachte Petra Neumann die Kinder wieder selbst zur Schule - was den beiden erheblich lieber war, als wenn Karl sie fuhr, der in ihren Augen ein alter Mann war - und fuhr dann anschließend weiter zur Spedition Söhnke in die Rheinstraße. Auch wenn Stefan jetzt nicht da war, so hatte sie doch den Job seiner Sekretärin angenommen und mußte dann auch notgedrungen nach dem Rechten sehen.

Diese Arbeit verabscheute Petra zur Zeit zutiefst. Sie fühlte sich in dem freundlichen Büro von Clarissa völlig fehl am Platze. Zwar erledigte sie ordnungsgemäß die erforderlichen Arbeiten, hörte den Anrufbeantworter ab und schrieb ein paar Frachtbriefe, aber in ihrem Inneren spürte sie, wie sehr ihr das alles zuwider war. Sie wollte eine Arbeit, an der sie ihre Fähigkeiten unter Beweis stellen konnte und die sie befriedigte. Dieses Leben, Freundin eines reichen Mannes zu sein und "ein bißchen Büroarbeit bei Bedarf", das war wirklich nicht ihre Welt.

Und schon gar nicht, weil sie in dem Bewußtsein dort arbeitete, daß sie nur zu einem Zweck in diesem Büro saß, nämlich Stefan Söhnke auszuspionieren und diese Informationen Thomas Förster zuzutragen. Und gerade dieser Aufgabe konnte sie nicht nachkommen, solange Stefan nicht von seiner Geschäftsreise zurück war.

Petra seufzte resigniert, während sie den Durchschlag eines Frachtbriefes lochte und abheftete. Sie hatte das ganze Büro durchforstet, ohne irgendwelche Hinweise zu finden, die ihr, besser gesagt Thomas, weiterhelfen würden, Stefan seiner Verbrechen an der Umwelt zu überführen. Aber sie hatte keine andere Wahl. Sie hatte Thomas zugesagt, ihn zu unterstützen, und das würde sie auch tun.

Und dieser Weg führte nur über ihre Arbeit bei Stefan im Büro. Sie hoffte

206

immer noch auf eine Chance, an seinen Tresor heranzukommen. In diesem mußten sich die belastenden Dokumente befinden. Doch solange Stefan sich auf Geschäftsreise befand, hatte sie keine Möglichkeit dazu, denn der einzige Schlüssel, den sie zu seinem privaten Tresor kannte, befand sich an seinem Schlüsselbund, den er immer bei sich trug und auch mit auf seine Geschäftsreise genommen hatte.

Es blieb also zu warten, bis Stefan von seiner Reise zurückkehrte.

Am Sonntag würde es soweit sein, Stefan würde zurückkommen. Petra ersehnte und fürchtete gleichzeitig diesen Tag. Zum einen würde es für sie bedeuten, daß sie vielleicht endlich weiterkommen würde in ihren Bemühungen.

Zum anderen fürchtete sie jedoch insgeheim die Rückkehr von Stefan. Denn dieser erwartete von ihr, sie als liebende Freundin vorzufinden und wußte nichts von dem inneren Zwiespalt, in dem sie sich befand. Er wußte nichts von ihrem Wissen um sein Tun. Und erst recht nicht von der Nacht, die sie mit Thomas Förster verbracht und die sie innerlich so aus dem Gleichgewicht gebracht hatte.

Und dennoch sollte sie ihm bei seiner Rückkehr eine heile Welt vorspielen. Petra schüttelte sich innerlich. Nach wie vor war ihr schleierhaft, wie sie das bewerkstelligen sollte.

Der Sonntag nahte schneller, als es Petra lieb war. Sie war innerlich noch nicht bereit, Stefan schon wieder gegenüberzutreten, aber es würde ihr nichts anderes übrigbleiben. Seine Maschine landete am späten Nachmittag in Frankfurt, und Karl holte ihn dort ab, während sie selbst die Kinder beaufsichtigte. Frau Meyer hatte heute ihren freien Tag. Sie war weggefahren, um Verwandte zu besuchen und wurde erst am Montag morgen zurück erwartet.

Das Wetter hatte zwischenzeitlich umgeschlagen, und es regnete in Strömen. Anna und Ben hatten keine Lust gehabt, irgend etwas zu spielen, deshalb hatten sie es sich schließlich vor dem Fernseher gemütlich gemacht.

Das kam Petra gerade recht. So hatte sie ein bißchen Zeit für sich, um sich für den Abend, wenn Stefan kommen würde, zurechtzumachen. Sie zog sich in ihr Schlafzimmer zurück und schloß sorgfältig die Tür hinter sich ab. Dann entledigte sie sich aller Kleider und begab sich ins Bad. Dort stellte sie sich vor den großen Spiegel und musterte sich kritisch.

Glücklicherweise waren die Würgemale am Hals nicht so schwer gewesen und zwischenzeitlich bereits nicht mehr sichtbar. Auch die meisten blauen Flecke waren verschwunden. Nur ein Bluterguß in der Magengegend war noch geblieben, aber den würde sie mit einem Stoß an der Tischkante erklären können.

Seufzend wandte sich Petra vom Spiegel ab und ließ sich ein heißes Bad ein. Seit sie bei Stefan wohnte, genoß sie den Luxus, stundenlang in einer großen Badewanne zu liegen vor sich hinzuträumen. Sie fand es ungemein entspannend, einfach nur in einem duftenden Schaumbad zu liegen, die Augen zu schließen und immer wieder heißes Wasser nachlaufen zu lassen, bis ihre Haut krebsrot war.

Auch dieses Mal genoß sie diese Stunde für sich ganz allein, aber sie konnte nicht verhindern, daß ihre Gedanken bereits weiterwanderten zu dem bevorstehenden Abend. Die Furcht nach dem Überfall durch Volker Heilmann saß ihr noch immer in den Knochen, und es würde ihr schwerfallen, sich bei Stefan völlig locker und unbedarft zu geben.

Hinzu kam die Nacht mit Thomas Förster, die sie auch nicht wenig durcheinander gebracht hatte. Sie hatte Thomas seit jenem gemeinsamen Frühstück nicht mehr gesehen. Es war ja klar gewesen, daß nichts Neues passieren würde, solange Stefan nicht im Lande war. Deshalb hatten sie sich erst wieder für Montag in der Stadtbibliothek verabredet. Auch telefoniert hatten sie die ganze Woche nur einmal miteinander, aus Sicherheitsgründen. Dieses Gespräch war kurz, fast nüchtern gewesen, und hatte Petra nur noch mehr verunsichert in dem, was sie von Förster denken und halten sollte.

Petra merkte, wie ihre Gedanken sich immer wieder mit Thomas beschäftigten. Diese Nacht hatte ihr Leben sehr verändert, das spürte sie. Es würde ihr nun um so schwerer fallen, Stefan etwas vorzuspielen. Sie mußte sehen, daß sie so bald als möglich an den Inhalt des Tresors herankam, diese Informationen Thomas Förster zuspielte und sich dann irgendwie absetzte von Stefan. Diese Situation würde sie nicht mehr lange durchhalten, da war sie sich ganz sicher. Ihr graute jetzt schon davor, wenn Stefan in weniger als zwei Stunden zurückkommen würde. Sie wußte nicht, wie sie ihm entgegentreten sollte, ohne daß er merkte, daß irgend etwas anders an ihr war und daß etwas passiert war.

Schließlich ließ sie das Wasser ab und erhob sich aus der Wanne. Sie wickelte sich in ein großes, flauschiges Badetuch ein und tapste auf bloßen Füßen ins Schlafzimmer. Dort ließ sie das Laken zu Boden fallen und stellte sich suchend vor den Kleiderschrank. Es nützte alles nichts, sie mußte sich schön machen für Stefan und ein harmloses Lachen auf ihr Gesicht zaubern, wenn sie nicht wollte, daß er Verdacht schöpfte und sie sich verriet.

Kritisch nahm sie das eine oder andere Kleidungsstück in die Hand und hängte es dann wieder zurück. Schließlich entschied sie sich für den langen, schmalen, schwarzen Rock, der seitlich sehr hoch geschlitzt war, und die grüne Bluse, die sie auch bei ihrem ersten Rendezvous mit Stefan getragen hatte. Er liebte schlichte Eleganz, und sie wollte ihn angemessen bei seiner Rückkehr empfangen.

Mit geübten Griffen brachte sie ihr kurzes Haar mit etwas Gel in Form und trug Mascara und Lippenstift auf. Ein letzter prüfender Blick in den Spiegel, dann begab sie sich nach unten zu den Kindern und in die Küche, um ein kleines Abendessen herzurichten. Stefan würde bestimmt hungrig sein nach der langen Reise, und auch die Kinder mußten schließlich noch etwas essen, ehe sie ins Bett gingen.

Während sie in der Küche war, kam Anna zu ihr herein, lehnte sich an den Kühlschrank und sah ihr dabei zu, wie sie ein paar Tomaten klein schnitt. "Was ist los?" fragte Petra, ohne aufzuschauen. "Ist euer Film schon zu Ende?"

"Nein, aber ich habe keine Lust mehr, fernzusehen", erwiderte das Mädchen und stibitzte sich ein Stück Tomate vom Brett. "Ich wollte lieber bei dir sein. Kann ich dir etwas helfen?"

"Das ist lieb von dir, Anna, aber ich bin schon fast fertig. Du könntest höchstens noch den Eßtisch decken für uns. Dein Papa wird gleich kommen, denke ich."

Da das Mädchen keine Anstalten machte, ihrer Aufforderung nachzukommen, sah Petra verwundert auf. "Was ist los, Anna? Hast du ein Problem?"

"Nein, eigentlich nicht. Es ist nur..." Das Mädchen zögerte kurz und suchte nach den richtigen Worten. "Eigentlich wollte ich dir nur etwas sagen, Petra."

"Na dann mal raus mit der Sprache! Sag es mir!"

Das Mädchen machte einen Schritt auf Petra zu und umarmte sie spontan. "Ich wollte dir eigentlich nur sagen, daß ich unheimlich froh bin, daß du Papas neue Freundin bist. Und daß ich mir wünsche, daß du für immer bei uns bleibst. Du wirst doch bei uns bleiben, Petra?"

Petra schluckte ob dieses unerwarteten Gefühlsausbruchs des Mädchens und nahm diese gerührt in den Arm. Liebevoll strich sie ihr über das Haar, das sie so sehr an Stefans Haar erinnerte und murmelte: "Natürlich bleibe ich bei euch, Anna. So lange ihr möchtet." Dabei blickte sie mit trauriger Miene über den Kopf des Mädchens ins Leere und dachte an das, was sie mit Thomas Förster geplant hatte.

Nach einem kurzen Moment löste sich Anna verlegen aus der Umarmung und verließ die Küche. Ihr war es scheinbar peinlich, daß sie sich zu einem solchen Gefühlsausbruch hatte hinreißen lassen.

Und Petra war froh, daß sie wieder allein war, denn diese Szene war ihr ganz schön an die Nerven gegangen. "Die Welt ist nicht gerecht!" dachte sie unglücklich bei sich. "Was können zwei so liebe Kinder dafür, was ihr Vater getan hat? Wie soll ich den beiden jemals erklären, was ich tun werde? Wie soll ich den beiden jemals wieder in die Augen schauen können? Ich mißbrauche ihr kindliches Vertrauen, und das ist ganz schön fies von mir." Sie fühlte sich nicht gerade wohl in ihrer Haut, aber tief in ihrem Innersten wußte sie, daß sie die richtige Entscheidung getroffen hatte und daß es für sie nur einen richtigen Weg gab, den Weg der Wahrheit. Alles andere war Schein und Trug, und sie würde auf Dauer damit nicht klarkommen.

Sie machte sich daran, die letzten Handgriffe an die Salatsauce zu legen und trug dann die Schüsseln und Platten hinaus ins Eßzimmer. Dort hatte Anna zwischenzeitlich bereits den Tisch gedeckt und ein paar Kerzen auf die Tischmitte gestellt.

"Ich dachte, das ist gemütlicher als die grelle Beleuchtung", erklärte sie entschuldigend. "Ich mag es lieber, wenn beim Essen nur Kerzen an sind."

"Natürlich, Anna, du hast das sehr schön gemacht", lobte Petra das Mädchen, während sie noch ein paar Servietten auf den Tisch legte. Nun war alles fertig, der Wein stand bereit, Stefan konnte kommen.

Im gleichen Moment öffnete sich die Haustür, und Stefan Söhnke betrat das Haus. "Ich bin wieder da!" rief er und breitete die Arme einladend aus, um Anna und Ben, die ihm freudig entgegenstürzten, an seine breite Brust zu drücken.

Petra folgte in angemessenem Tempo und blieb erst einmal abwartend stehen, bis die beiden ihren Vater gebührend begrüßt hatten. "Willkommen zu Hause, Stefan", sagte sie dann leise und lächelte den Mann an. Dabei wurde ihr wieder einmal bewußt, welch eine stattliche Erscheinung Stefan Söhnke war, groß und sportlich, fast athletisch. Sie fühlte sich in seiner Gegenwart immer klein und unscheinbar.

Nachdem er die Kinder lange an sich gedrückt hatte, wandte sich Söhnke der jungen Frau zu und kam ihr mit geöffneten Armen entgegen. "Hallo, Petra, schön dich zu sehen", sagte er mit seiner wohlklingenden Stimme, die ihr von Anfang an aufgefallen war. Liebevoll schloß er sie in die Arme und küßte sie sanft auf den Mund. Sie erwiderte den Kuß und flüsterte mit versagender Stimme: "Willkommen zu Hause, Stefan." Dabei wurde sie sich des für ihn typisch herben Geruches bewußt, auf den sie noch immer reagierte und spürte, wie ihr ein Schauder den Rücken hinunter kroch. Sie mußte dieser Situation so rasch wie möglich ein Ende setzen, das spürte sie. So konnte es nicht mehr lange weitergehen!

Der Montagmorgen im Büro Söhnke verlief so, wie wohl der Montag in den meisten Firmen verläuft, deren Chef eine Woche auf Geschäftsreise gewesen war. Stefan Söhnke sichtete die Post der ganzen letzten Woche und diktierte einen Brief nach dem anderen. Clarissa, die Sekretärin, war noch immer krankgeschrieben, so daß Petra weiterhin für sie einsprang. Das war ihr auch ganz recht, so hatte sie eine Chance auf Erfolg bei ihrem Vorhaben.

Den ganzen Morgen über kam sie überhaupt nicht dazu, irgendeinen Gedanken an das zu verschwenden, was ihr eigentliches Bestreben in diesem Büro war. Sie mußte Stefan ständig irgendwelche Geschäftsunterlagen heraussuchen, Frachtpapiere schreiben, Personalangelegenheiten regeln und vieles mehr, wie es in einem Chefsekretariat üblich war. Dabei blieb ihr nur wenig Zeit, über den vergangenen Abend nachzudenken.

Und das war ihr auch lieber so. Stefan war nach seiner Reise so liebevoll und zärtlich zu ihr gewesen, daß sich ihr Gewissen gerührt hatte. Sie war nicht gerade stolz auf die Rolle, die sie bei der ganzen Geschichte spielte und zweifelte manchmal an sich selbst. Vielleicht war das auch alles falsch, was sie tat, und Thomas Förster lag mit seinem Verdacht völlig daneben. Es war ihr fast unbegreiflich, daß ein Mann wie Stefan Söhnke solcher Verbrechen fähig sein sollte.

Doch dann erinnerte sie sich wieder an die erdrückenden Beweise, die Förster ihr gezeigt hatte, und an all das, was dieser ihr in den langen Stunden in der Waldhütte über Stefan erzählt hatte und entsetzte sich über das Ausmaß dessen, was hinter der freundlichen Maske von Stefan Söhnke stecken sollte. Unfaßbar! Und sie hatte diesen attraktiven Mann mit der markanten Kerbe im Kinn geliebt oder zu lieben geglaubt. Oder liebte ihn noch? So ein kleines bißchen vielleicht? Warum wurde sie sonst immer noch schwach in seiner Gegenwart?

Und was war da mit Thomas Förster? Nur ungern dachte sie an die Stunden zurück, die sie in den Armen dieses undurchsichtigen Umweltfreaks verbracht hatte und erinnerte sich seines stoppelbärtigen, fast jungenhaften Gesichts, seiner schwarzglühenden Augen unter der unvermeidlichen dunklen Wollmütze, die er immer trug.

Während Petra Neumann einen Vorgang nach dem anderen bearbeitete, seufzte sie innerlich leise auf. Sie war sich dessen so sicher gewesen, was sie tun wollte, doch die Nähe von Stefan verunsicherte sie immer wieder aufs neue und ließ sie zweifeln an alledem, was sie von ihm wußte. Vielleicht tat sie ihm ja auch doch schwer unrecht, und Thomas war derjenige, der die Unwahrheit erzählt hatte! Aber auch dies konnte sie nicht so recht glauben. Noch glaubte sie, seine rauhe Stimme zu hören, mit der er ihr seine Geschichte erzählt hatte und spürte den Schmerz in seinem Gesicht.

Unwirsch schüttelte sie den Kopf und streifte die trüben Gedanken von sich ab. Das nützte jetzt alles nichts, sie mußte da durch und herausfinden, was wirklich daran war. Nach alledem, was Thomas ihr erzählt hatte, konnte sie nicht mit Stefan weiterleben, als wenn nichts geschehen war, sondern mußte selbst die Wahrheit herausfinden. Und dies war nur in Zusammenarbeit mit Thomas möglich, so, wie sie es diesem zugesagt hatte.

Thomas Förster, beim Gedanken an den kaum mittelgroßen, südländisch wirkenden Mann spürte sie ein warmes Kribbeln im Bauch. Er war das zweite Problem für sie, denn auch aus ihm wurde sie nicht ganz schlau. Was, wenn alles nur gelogen war? Aber konnten diese dunklen Augen lügen? Petra wußte es nicht. Sie wußte nur, daß sie alles versuchen würde, um die Wahrheit herauszufinden, um sich selbst im Spiegel noch in die Augen schauen zu können.

Thomas, meine Güte! Ein Blick auf die Uhr zeigte ihr, daß es bereits auf sechzehn Uhr zuging. Sie hatten aufgrund der vielen Arbeit im Büro, die in einer Woche aufgelaufen war, die Kinder von Karl abholen lassen, auf die Mittagspause verzichtet und nur einen kleinen Salat vom Italiener kommen lassen. Stefan würde wohl noch gut zwei Stunden im Büro zu tun haben, doch sie selbst hatte ihn bereits vorgewarnt, daß sie um spätestens sechzehn Uhr weg müßte, da sie noch eine Verabredung mit einer Freundin habe.

Dies war natürlich eine Ausrede, sie war mit Thomas Förster in der Stadtbibliothek verabredet. Doch das konnte sie Stefan ja nun wirklich nicht auf die Nase binden, also mußte mal wieder die fiktive Freundin herhalten.

Entschlossen klappte Petra ihre Akten zu und griff nach ihrer Tasche. "Tschüß, Stefan, ich fahr dann mal los", sagte sie. "Wir sehen uns dann später zu Hause." Mit diesen Worten verließ sie das Büro. Mit raschem Schritt eilte sie zu ihrem kleinen Peugeot, der unscheinbar neben Stefans dicker Limousine stand, und stieg ein.

Mit einem letzten Blick in den Rückspiegel - für den Fall, daß ihr jemand folgen sollte - verließ Petra den Hof und fuhr in zügigem Tempo Richtung Innenstadt. Sie war um halb fünf mit Thomas verabredet und mußte sich sputen, um noch rechtzeitig am Treffpunkt zu erscheinen.

Bis Petra einen Parkplatz gefunden und die Bibliothek erreicht hatte, stand der Zeiger ihrer Armbanduhr bereits auf 16.40 Uhr. Sie hoffte nur, daß Thomas so lange auf sie gewartet hatte. Nahezu atemlos erreichte sie die zweite Etage des öffentlichen Gebäudes, in dem sich eine weitläufige Abteilung von moderner Literatur und aktuellen Romanen befand. Erleichtert atmete sie auf, als sie zwischen den Buchreihen die ihr inzwischen wohlvertraute, dunkle Wollmütze entdeckte.

"Hallo, Thomas," flüsterte sie mit verhaltener Stimme, während sie nach einem Buch in einer der oberen Reihen griff, "wie geht es dir denn so?"

"Genau das Gleiche wollte ich dich gerade fragen", kam es ebenso leise zurück. "Ich habe mir schon Sorgen um dich gemacht."

"Entschuldige die Verspätung, aber ich hatte so viel im Büro zu tun, daß ich nicht früher raus konnte, ohne Verdacht zu erwecken."

"Schon gut. Hauptsache, du bist gekommen", beschwichtigte Förster sie, während er scheinbar interessiert in einer Neuausgabe von Erich Kästner blätterte. "Gibt es etwas Neues?"

"Nein, leider nicht. Stefan war den ganzen Tag im Büro, und ich hatte keine Chance, an den Tresor heranzukommen. Es müßte wirklich ein Wunder geschehen, daß er den Tresor öffnet und dann unbeaufsichtigt offen läßt."

"Sollen wir das Ganze abblasen? Es wäre vielleicht wirklich das beste."

"Nein, nein", wehrte Petra rasch ab. "Ich will wissen, was an dieser ganzen Geschichte dran ist. Ich könnte nicht einfach so weiterleben, als wäre nichts geschehen."

"Zweifelst du an dem, was ich dir erzählt habe?" hakte Förster verblüfft nach. "Ich dachte, die Sache wäre klar!"

"Ja .... nein... ich weiß nicht", stammelte Petra verwirrt. "Ich weiß einfach nicht mehr, was ich glauben soll. Das ist alles so kompliziert."

"Soll das heißen, Stefan hat dich wieder herumgekriegt, und nun weißt du nicht, ob du deinem Verlobten Glauben schenken sollst oder deinem One-Night-Stand?" fragte Förster. Ein sarkastischer Unterton klang in seiner Stimme mit.

Petra schnappte vor Empörung nach Luft und wußte überhaupt nicht mehr, was sie erwidern sollte. Schließlich zischte sie wutentbrannt: "Das war ganz schön gemein von dir, das weißt du, Thomas. Das ist alles nicht so einfach. Ich will dir wirklich glauben, aber manchmal weiß ich nicht mehr, was ist die Wahrheit und was nicht. Bis jetzt habe ich bei Stefan nichts gefunden, was ihn wirklich belastet. Und daß er all diese Verbrechen begangen haben soll... Manchmal fällt es mir wirklich schwer, das zu glauben. Du mußt auch mich verstehen, Thomas. Ich setze alles aufs Spiel allein aufgrund deiner Behauptungen."

Der schwarz gekleidete Mann mit der dunklen Wollmütze, die er wie immer tief in die Stirn gezogen hatte, starrte die junge Frau ungläubig an. "Es tut mir sehr weh, daß du an meinen Worten zweifelst, Petra", sagte er, und ein bitterer Ton schwang in seiner rauhen Stimme mit. "Ich kann dich gut verstehen, Stefan ist alles, was man sich von einem Mann erträumt, gut aussehend, charmant, erfolgreich, reich... Warum solltest du einem armen Schlucker wie mir Glauben schenken?"

"Nein, nein, so ist das nicht", wehrte Petra erschrocken ab. "So meine ich das nicht. Du darfst mich nicht mißverstehen. Ich glaube dir ja. Aber vielleicht stellt sich die Wahrheit doch anders dar, als du sie siehst, und Stefan ist gar nicht der Mann, für den du ihn hälst. Ich will Beweise sehen, ehe ich ihn ganz verurteile. Und deshalb werde ich auch weitermachen, bis ich alles herausgefunden habe - falls es wirklich etwas herauszufinden gibt."

Fast trotzig blickte sie ihr Gegenüber an und wartete auf dessen Reaktion. Dabei spürte sie, wie ihr Körper ganz unbewußt auf die Nähe von Thomas Förster reagierte und sich ein leises Kribbeln in ihrem Bauch breitmachte.

Einen Moment herrschte Stille, ehe Förster antwortete. "Es tut mir leid, daß du das alles jetzt so siehst", sagte er, und man spürte, wie schwer es ihm fiel, sich zu beherrschen. "Ich kann dir nur wieder sagen, dann laß es bleiben, und laß alles einfach so weiterlaufen mit dir und Stefan, bis er irgendwann einmal durch eine andere Hand auffliegt als die deine."

Ohne auf Petras erneuten Widerspruch zu achten, fuhr er fort: "Dann werde glücklich mit Stefan, und genieße die Zeit, die dir mit ihm vergönnt ist." Wiederum machte er eine kurze Pause, ehe er weitersprach: "Aber wenn du weitermachen willst, dann tue mir bitte einen Gefallen: Paß gut auf dich auf. Denke immer an das, was ich dir von Stefan erzählt habe, und traue niemandem außer dir selbst. Glaube mir, mit ihm und seinen Geschäftsfreunden ist wirklich nicht zu spaßen."

Beim Sprechen hob er die Hand und strich Petra fast unspürbar über die rechte Wange. Dabei sah er sie mit einem Blick aus seinen dunklen Augen an, der ihr tief unter die Haut ging. "Bitte, Petra, paß gut auf dich auf", wiederholte er noch einmal eindringlich. "Ich kenne Stefan nur zur gut. Er geht über Leichen, glaube mir."

Damit wandte er sich zum Gehen. Nach ein paar Schritten drehte er sich noch einmal um und rief halblaut: "Ruf mich an, wenn etwas anliegt, okay? Mach's gut, Petra." Mit diesen Worten verschwand er endgültig zwischen den Bücherreihen.

Zurück ließ er eine ziemlich verwirrte Frau, die so langsam nicht mehr wußte, was oder wem sie überhaupt noch Glauben schenken sollte. Die ganze Situation war so verworren und kompliziert, und sie fühlte sich hoffnungslos überfordert. Seufzend griff sie nach ihrem Stapel Bücher und begab sich Richtung Ausgang.

Die nächsten Tage verliefen in ähnlicher Weise, ohne daß sich eine Änderung abzeichnete, und Petra war drauf und dran, alles hinzuschmeißen, weil sie diese ganze Heimlichtuerei nicht mehr aushielt. "Noch ein kleines bißchen", nahm sie sich immer vor, "nur noch ein paar Tage, wenn sich dann nichts ergeben hat, dann erzähle ich Stefan den ganzen Unsinn. Oder ich packe einfach

meine Sachen und verschwinde, aber dieses Spiel mache ich nicht länger mit."
Dabei wußte sie nur zu gut, daß sie das nie machen würde, sang- und klanglos
zu verschwinden, dazu hing sie viel zu sehr an Anna und Ben und letztendlich
auch an Stefan.

In solch trüben Gedanken versunken, saß Petra an ihrem Schreibtisch und
versuchte, sich durch einen komplizierten Versicherungsfall durchzuarbeiten,
als sie auf einmal draußen auf dem Hof ein lautes Krachen und danach ein großes Geschrei hörte. Sie stürzte erschrocken ans Fenster und blickte hinaus.
Dort hatte einer der großen Lkws beim Einparken einen anderen gestreift und
zudem noch die Hälfte der Eingangsmauer mitgenommen und zum Einsturz
gebracht.

Im selben Augenblick öffnete sich die Tür zum Chefbüro, und Stefan Söhnke stürzte heraus. "Solche Idioten!" fluchte er mit vor Wut hochrotem Gesicht.
"Können die denn nicht aufpassen?!" Mit diesen Worten eilte er nach draußen
auf den Hof, um die betreffenden Lkw-Fahrer persönlich zur Rede zu stellen.

Petra wollte ihm im ersten Impuls folgen, doch dann überlegte sie es sich
noch einmal und betrat das leerstehende Chefbüro. Ein rascher Blick in Richtung Tresor zeigte ihr, daß ihr Instinkt sie nicht im Stich gelassen hatte. Der
Tresor stand offen, und ein Stapel Papiere lag auf Stefans Schreibtisch.

Petra überzeugte sich zuerst am Fenster davon, daß Stefan noch eine Weile
im Hof beschäftigt sein würde, dann eilte sie mit einem raschen Blick zum
Schreibtisch und griff nach den Papieren. Daß es sich dabei nicht um die übli-
chen Frachtunterlagen handelte, sondern um andere Verträge, die teils in
Englisch, teils in Arabisch gehalten waren, das erkannte Petra bereits bei flüch-
tigem Durchsehen.

Kurzentschlossen nahm sie den ganzen Stapel und machte sich daran, in
Windeseile Fotokopien zu machen. Dabei warf sie immer wieder einen Blick
aus dem Fenster, um zu sehen, wie lange Stefan noch draußen stehen würde.
Aber seine wütende Stimme war so laut von draußen zu hören, daß sie sich
keine Sorgen machen mußte. Sie würde hören, wenn er sich wieder dem Büro-
haus näherte.

Nachdem sie den ganzen Stapel fotokopiert und hastig in ihrer großen Umhängetasche verstaut hatte, legte sie alles wieder wie vorher auf den Schreibtisch zurück. Sie riskierte noch einen raschen Blick in den Tresor. Neben etlichen Bündeln Bargeld und einigen Scheckheften lagen dort noch mehr Papiere,
keine Verträge, sondern Listen und Statistiken. Mit raschem Griff machte sie
sich daran, auch von diesen noch Fotokopien anzufertigen. Dabei horchte sie
immer wieder nach draußen, um zu sehen, wann Stefan mit seiner Strafpredigt
fertig sein würde.

Nachdem sie auch das letzte Blatt wieder ordnungsgemäß im Tresor verstaut und alle Fotokopien in ihre große Umhängetasche gesteckt hatte, nahm Petra rasch wieder an ihrem Schreibtisch Platz und tat, als wenn sie mit der vor ihr liegenden Akte beschäftigt war.

Keine Minute zu früh, denn wenige Augenblicke später kehrte Stefan Söhnke ins Büro zurück. "Solche unfähigen Idioten!" schimpfte er laut, und sein Gesicht zeigte noch immer eine gewisse Rötung. "Sei so gut, und rufe die Versicherung an. Die sollen gleich rauskommen und sich den Schaden ansehen."

Vorsichtig schaute die junge Frau zu Stefan hinüber; sie glaubte, dieser müsse ihr ansehen, was sie gerade eben getan hatte und merken, wie ihr Puls noch immer vor Erregung und Anspannung raste. Aber glücklicherweise war Stefan Söhnke derartig mit dem Unfall im Hof beschäftigt, daß er ihr weiter gar keine Beachtung schenkte.

Petra beeilte sich, Stefans Aufforderung nachzukommen und rief bei der Versicherung an. "In einer Stunde ist der Sachverständige da", teilte sie Stefan mit, nachdem sie wieder eingehängt hatte. Dabei bemühte sie sich, so normal wie möglich zu wirken, konnte aber nicht verhindern, daß ihre Stimme leicht vibrierte.

"Danke, Petra", antwortete der große Mann und schenkte sich ein Glas Wasser ein. "Wieso bist du nicht mit rausgekommen?" fragte er dabei. "Es war wirklich sehenswert, wie dämlich diese beiden Fahrer waren. Bei uns auf dem Hof beim Einparken einen solchen Schaden zu verursachen, ich fasse es nicht!"

"Ich habe ja alles durch das Fenster gesehen", erwiderte Petra so lässig wie möglich. "Das hat mir gerade schon gereicht." Dabei öffnete sie einen Aktenschrank und tat, als wenn sie dort etwas suchte, um Stefan nicht ansehen zu müssen. Zu aufgewühlt war sie noch in ihrem Innersten von dem Fund, den sie gemacht hatte, und sie lechzte danach, sofort Thomas Förster anzurufen und ihn davon in Kenntnis zu setzen, daß sie auf etwas gestoßen war. Sie war überzeugt, daß es sich dabei um die belastenden Unterlagen handelte, die dieser brauchte.

"Alles in Ordnung mit dir?" fragte Stefan Söhnke, der unbemerkt hinter Petra getreten war und die junge Frau in dem flotten, schwarzen Hosenanzug von hinten mit beiden Armen umfing.

Petra schrak sichtlich zusammen. "Mein Gott, hast du mich erschreckt", stammelte sie und versuchte, ihre Fassung wiederzugewinnen. Es fiel ihr ungeheuer schwer, sich von Stefan in den Arm nehmen zu lassen, ohne ihre wahren Gefühle zu verraten. Sie mußte sehen, daß sie so schnell wie möglich mit Thomas Kontakt aufnahm und ihm die Papiere zukommen ließ.

Doch daran war nicht so rasch zu denken. "Du mußt heute leider ein bißchen länger hierbleiben", eröffnete Stefan ihr, während er ihren Nacken mit seinen weichen Lippen liebkoste. "Ich brauche dich, wenn die Versicherung nachher da ist, damit der Schaden gleich richtig aufgenommen wir."

"Natürlich, kein Problem", antwortete Petra rasch, während sie bei sich dachte: "Mist, dann schaffe ich es heute nicht mehr, Thomas zu treffen. Ich muß ihn wenigstens kurz anrufen."

Aber auch dazu hatte sie im Moment keine Gelegenheit.

Die nächste Stunde verbrachte Petra Neumann wie in Trance. Stefan hatte sich wieder in sein Büro verzogen und die Tür hinter sich geschlossen. Sie selbst saß an ihrem - besser gesagt an Clarissas - Schreibtisch und versuchte, sich auf die vor ihr liegenden Akten zu konzentrieren. Sie hatte noch einige Geschäftsschreiben für Stefan zu machen, die er ihr am Vormittag diktiert hatte, aber sie tat sich schwer, ihre Arbeit ordentlich zu erledigen. Ihre Gedanken rasten und beschäftigten sich mit dem bedeutungsvollen Inhalt ihrer großen Umhängetasche, die unter ihrem Schreibtisch stand.

Als endlich der Sachverständige der Versicherung auftauchte und mit Stefan in den Hof ging, um den Schaden zu begutachten, atmete sie erleichtert auf und griff sogleich nach dem Telefonhörer. Sie mußte unbedingt Thomas anrufen und ihn über ihren Fund informieren.

Ungeduldig trommelte sie mit den Fingerkuppen auf den Schreibtisch, während sie das Handy von Thomas anwählte. Es klingelte ein paar Mal, aber niemand meldete sich. So ein Mist, ausgerechnet, wenn sie ihn brauchte, war er nicht zu erreichen! Ärgerlich hängte Petra den Hörer auf und griff nach ihren Schreibutensilien. Stefan brauchte sie draußen, um alles gleich in einer Aktennotiz aufzunehmen, was besprochen wurde. Sie mußte es später noch einmal bei Thomas versuchen.

Der Gutachter nahm den Schaden sehr ausführlich auf und unterhielt sich lange mit Stefan über die Vorteile der Vollkaskoversicherung, die er für alle Lkws abgeschlossen hatte und die in diesem Fall zum Tragen kommen würde. Endlich hatte Petra die Chance, sich wieder abzusetzen und sich in ihr Büro zurückzuziehen.

Ungeduldig drückte sie auf Wahlwiederholung und drückte den Hörer ans Ohr. Wieder läutete es ein paar Mal, ohne daß jemand abhob. Als sie bereits die Hoffnung aufgeben und gerade einhängen wollte, stellte sich jemand am anderen Ende der Leitung mit einem undeutlichen "Hallo?" ein.

"Thomas?" fragte sie. "Ich bin's, Petra. Wir müssen uns unbedingt sehen. Ich habe die Papiere." Dann stutzte sie kurz und fragte: "Thomas, bist du das, Thomas? Hallo, hallo!"

Dann wurde am anderen Ende einfach aufgelegt.

Verdutzt hielt Petra den Hörer in der Hand. Was war das gewesen? Sie war überzeugt, die richtige Nummer gewählt zu haben, schließlich hatte sich auch jemand gemeldet. Aber Thomas Förster konnte das ja wohl nicht gewesen sein! Vielleicht hatte er sein Handy einem Freund ausgeliehen. Aber warum hatte dieser sich nicht ordnungsgemäß zu erkennen gegeben und dann einfach eingehängt?

Irritiert legte Petra auf. Am liebsten hätte sie gleich noch einmal versucht, Thomas anzurufen, aber das ging nun nicht mehr, weil in diesem Moment Stefan mit dem Sachverständigen ihr Büro betrat. "Zwei Kaffee, bitte", sagte er und führte seinen Besucher in sein eigenes, größeres Büro.

Petra kam dieser Aufforderung nach und brachte ein Tablett mit zwei duftenden Tassen Kaffees zu den beiden Herren. "Bleibe bitte da, und nimm alles zu Protokoll, Petra", bat Stefan sie, und so blieb ihr nichts anderes übrig, als ihr Telefonat auf später zu verschieben und wiederum nach ihrem Block zu greifen. Dabei spürte sie eine seltsame Unruhe in ihrem Inneren. Dieses Telefonat hatte sie irgendwie beunruhigt, und sie hätte etwas dafür gegeben, jetzt sofort mit Thomas Förster sprechen zu können, um zu hören, ob alles in Ordnung war. Aber das mußte jetzt leider warten.

Als der Gutachter der Versicherung nach einer schier endlosen Weile endlich das Büro verließ, atmete Petra sichtlich erleichtert auf. Es war schon weit nach achtzehn Uhr, und die ganze Situation zerrte ein bißchen an ihren Nerven. Nachdem der Besucher nun gegangen war, würden sie endlich nach Hause fahren können. Von dort hatte sie vielleicht später Gelegenheit, es noch einmal bei Thomas zu versuchen.

Gerade, als sie gemeinsam das Büro verlassen wollten, erschien ein mittelgroßer, untersetzter Mann in einem grauen Anzug auf der Bildfläche. Er war in Stefans Alter und schien diesen gut zu kennen.

"Manfred, was machst du hier?" fragte Söhnke mit hochgehobener Augenbraue.

"Ich muß mit dir reden, Stefan", erwiderte der Mann. Mit einem kurzen Seitenblick auf Petra fügte er leise hinzu, daß nur Söhnke die Bedeutung seiner Worte verstehen konnte: "Allein. Es ist sehr dringend."

Stefan Söhnke zögerte kurz, dann nickte er: "Okay, komm in mein Büro, Manfred." Zu Petra gewandt, fügte er hinzu: "Tut mir leid, Petra. Du wirst dich noch ein kleines bißchen gedulden müssen, bis wir heimfahren. Du weißt ja, das Geschäft geht vor."

Mit diesen Worten führte er den späten Besucher in sein Büro und schloß die Tür hinter sich. Mißmutig ließ Petra sich wieder an ihrem Schreibtisch nieder. Auch das noch! Sie wollte wirklich so bald als möglich nach Hause und sich zurückziehen, um mit Thomas telefonieren zu können. Kurz überlegte sie, es jetzt noch einmal zu versuchen, aber sie widerstand der Versuchung; die Gefahr war zu groß, daß Stefan hereinkam und ihr Gespräch mithörte. Sie würde bis später warten müssen.

Um wen es sich wohl bei diesem späten Besucher handelte? Petra wunderte sich ein bißchen. Aber Stefan würde es ihr mit Sicherheit auf der Heimfahrt erzählen.

Als wenig später ihre Bürotür sich öffnete und die beiden Männer wieder herauskamen, erhob sie sich in der Annahme, sie könnten jetzt nach Hause gehen. Doch ein Blick in Stefans Gesicht zeigte ihr, daß irgend etwas geschehen war. Sein Gesicht sah düster und bedrohlich aus, noch schlimmer als vorher, als der Unfall im Hof passiert war.

"Was ist los? Ist etwas passiert?" wollte sie fragen, aber die Worte blieben ihr im Hals stecken, als der Mann, der bei Stefan war, eine Pistole aus der Tasche zog und auf sie richtete. Gleichzeitig stürzten zwei kräftige Lagerarbeiter herein und packten sie rechts und links an den Armen.

"Was soll das? Laßt mich sofort los!" zeterte Petra, während sie vergebens gegen die beiden Männer ankämpfte, die sie mit eisernem Griff gepackt hielten.

"Du weißt sehr wohl, was passiert ist!" erwiderte Stefan mit kalter Stimme und blickte sie zornig aus seinen graubraunen Augen an. "Wo sind die Papiere? Na, ich werde sie schon finden."

"Welche Papiere?" stammelte Petra schreckensbleich. Doch Söhnke griff bereits nach ihrer Handtasche und schüttete den ganzen Inhalt auf den Schreibtisch aus. Lippenstift, Notizheft, Elektroschocker, Schweizer Messer, Tempotaschentücher, Portemonnaie und vieles mehr rollte auf der Schreibtischplatte hin und her. Dazwischen lag das Bündel Fotokopien, das sie an diesem Nachmittag angefertigt hatte.

Petra spürte, wie langsam die Farbe aus ihrem Gesicht wich und sich eine gewisse Furcht in ihr einstellte. Woher hatte Stefan gewußt, daß sie die Papiere an sich genommen hatte? Was würde er jetzt mit ihr machen? Sie wagte es nicht, darüber nachzudenken.

"Kannst du mir vielleicht eine Erklärung abgeben, wie diese Papiere in deine Tasche gekommen sind?" Mit undurchsichtiger Miene blickte Stefan Söhnke sie an. "Schafft sie weg!" ordnete er dann an und deutete mit einer knappen Kopfbewegung Richtung Lagerhalle.

"Stefan, bitte, ich kann alles erklären", sagte Petra, aber dieser hörte gar nicht auf sie, sondern wandte sich bereits dem Ausgang zu, gefolgt von seinem

Besucher. Die beiden Lagerarbeiter verstärkten ihren Griff um Petras Oberarme und zerrten die Widerstrebende aus dem Büro, ohne auf deren Gegenwehr zu achten.

"Wo bringst du mich hin? Stefan, rede doch mit mir!" versuchte Petra erneut, ein Gespräch anzufangen, aber er hörte gar nicht auf sie, sondern ging einfach weiter.

Sie durchquerten die Lagerhalle, die um diese Uhrzeit menschenleer war und schleppten sie schließlich in einen kleinen, fensterlosen Raum am Ende der Halle. Dort ließen die beiden Männer sie genauso unvermittelt los, wie sie sie gepackt hatten und blieben in bedrohlicher Gebärde abwartend stehen.

Schweratmend rieb Petra sich die schmerzenden Oberarme und blickte zu Stefan Söhnke hin, der sich mit düsterer Miene vor ihr aufgebaut hatte. "Also los!" grollte er und blickte sie wütend an. "Wozu hast du diese Papiere an dich genommen?"

Petra schüttelte nur den Kopf und schwieg. Sie wußte beim besten Willen nicht, was sie erwidern sollte. Stefan schien ja sowieso schon alles zu wissen! Was hätte sie da noch sagen sollen?

"Mit wem arbeitest du zusammen?" fragte Söhnke weiter. "Wer sollte diese Papiere bekommen? Wer hat dir davon erzählt? Warum tust du das?"

Doch Petra schwieg noch immer und versuchte, ihre Gedanken zu sammeln.

Da sie noch immer trotzig schwieg, packte einer der beiden Männer sie wiederum an den Armen, während der andere ihren Kopf nach hinten riß. "Los antworte, wenn der Boß dich etwas fragt", zischte er und hauchte ihr seinen stinkenden Atem ins Gesicht. Petra schloß die Augen und erwartete den Schmerz des ersten Schlages, doch im gleichen Moment ertönte Söhnkes kalte Stimme: "Nein, nicht! Sie wird uns auch so alles erzählen."

Im selben Moment öffnete sich die Tür, und zwei weitere Lagerarbeiter betraten den Raum. Zwischen sich schleppten sie einen Mann in schwarzer Kleidung, der mehr in ihren Armen hing, als er selber gehen konnte. Vor Stefan Söhnke blieben sie stehen und ließen das Bündel zwischen ihnen einfach los, so daß der Mann kraftlos zu Boden fiel. "Sieh mal, Boß, wen wir draußen beim Herumschnüffeln gefunden haben", sagte der eine und grinste hämisch. Dabei trat er dem am Boden Liegenden mit der Schuhspitze kräftig in die Seite, daß dieser sich vor Schmerzen zusammenkrümmte.

"Thomas!" Petras schriller Entsetzensschrei durchschnitt die Luft. Fassungslos starrte sie auf den am Boden liegenden Mann. "Oh mein Gott! Was haben sie mit dir gemacht?" Sie sank kraftlos auf die Knie und strich mit sanfter Hand über das übel zugerichtete Gesicht von Thomas Förster.

Einen Moment lang herrschte Stille in dem kleinen Raum, dann sprang Petra behende auf die Füße und stürzte sich auf Stefan Söhnke, ehe sie jemand daran hindern konnte. "Du mieses Schwein, du!" schrie sie und trommelte mit beiden Fäusten auf seine Brust ein. "Du verdammtes, dreckiges Schwein, du! Was hast du mit Thomas gemacht?!"

Söhnke ließ diesen Gefühlsausbruch ungerührt über sich ergehen, während er die kaum mittelgroße Frau vor ihm mit undurchdringlichem Blick musterte. Auf eine kurze Kopfbewegung von ihm packten die beiden grobschlächtigen Männer Petra wieder an den Armen und rissen sie von ihm weg.

Schweratmend blieb Petra stehen und warf Stefan haßerfüllte Blicke zu. Verzweifelt versuchte sie, sich zu befreien, aber der Griff der beiden Gorillas um ihre Oberarme war hart und unerbittlich.

Mit undurchdringlicher Miene trat Stefan Söhnke an die tobende Frau heran und musterte sie. "Sehr bedauerlich, daß du dich mit Thomas eingelassen hast, Petra", sagte er, und seine sonst so wohlklingende Stimme klang hart und unerbittlich. "Er wurde dabei erwischt, als er in der Nähe der Firma herumlungerte. Wirklich dumm von dir, auf seinem Handy anzurufen und über die Papiere zu reden! So hast du dich verraten."

Petra senkte resigniert den Kopf. Das Telefonat war ihr gleich so seltsam vorgekommen! Hatte sie denn ahnen können, daß sich Thomas Förster zu diesem Zeitpunkt bereits in der Gewalt von Stefans Leuten befand und sie diese und nicht Thomas in der Leitung hatte? Sie ärgerte sich maßlos über ihre eigene grenzenlose Dummheit, aber dazu war es jetzt zu spät.

Ein Stöhnen vom Boden zeigte ihnen, daß Thomas Förster langsam das Bewußtsein wiedererlangte. Söhnke trat näher an den am Boden Liegenden heran und blickte verächtlich auf ihn herunter. "Hallo, Thomas", sagte er, und die Kälte in seiner Stimme ließ Petra erschaudern. "Lange her, daß wir uns gesehen haben."

Der Angesprochene schickte einen haßerfüllten Blick zu Söhnke und versuchte, sich zu erheben. Nach zwei gescheiterten Versuchen schaffte er es, auf die Füße zu kommen und sich vor Söhnke, der ihn um einen guten Kopf überragte, hinzustellen.

"Hallo, Stefan", erwiderte er mit rauher Stimme, während er hin und her schwankte und sich nur mühsam auf den Beinen halten konnte.

Petra schaute von einem zum anderen. So viel Haß sprach aus beiden Gesichtern, so viel Kälte, daß es ihr Angst und Bange wurde. Sekundenlang herrschte Totenstille zwischen den beiden, bis Thomas Förster wiederum die Stimme erhob: "Laß sie laufen, sie hat nichts damit zu tun. Das ist nur eine Sache zwischen dir und mir, das weißt du." Dabei deutete er mit seinem Kopf in

Petras Richtung.

Söhnke lachte kurz und humorlos auf, ehe er erwiderte: "Du weißt, daß ich das nicht kann. Sie weiß zu viel."

"Wie damals Myriam?" hakte Förster nach.

Söhnke verharrte kurz, ehe er nickte. "Wie damals Myriam, natürlich. Wir können ruhig mit offenen Karten spielen. Du kommst hier nicht mehr lebend raus, das weißt du."

"Natürlich", wiederholte Thomas Förster mit rauher Stimme.

Petra Neumann hatte den halblauten Wortwechsel mit gespannter Miene verfolgt. Bei den letzten Worten erbleichte sie bis unter die Haarspitzen und spürte, wie ein heftiges Zittern sie befiel, ohne daß sie es verhindern konnte. Stefan hatte also wirklich seine Frau Myriam auf dem Gewissen und würde sich nicht scheuen, nun auch Thomas und sie zu beseitigen!

Während sie noch daran arbeitete, das Gehörte zu verdauen, trat Stefan Söhnke dicht vor sie und faßte ihr nahezu zart unter das Kinn, bis sie ihm geradewegs in die Augen blicken mußte. "Wirklich schade", sagte er dabei, und sie glaubte, ein leises Bedauern in seinem stahlharten Blick zu erkennen. "Das hätte etwas werden können mit uns beiden."

"Du mieses Schwein, du!" zischte Petra zwischen den Zähnen hervor. Sie konnte seiner Berührung nicht entgehen, da die beiden Lagerarbeiter sie noch immer im festen Griff hielten. Also spannte sie ihren ganzen Körper an und spuckte Stefan mitten ins Gesicht.

Dieser blieb einen Moment regungslos stehen, dann nahm er langsam ein Tuch aus der Tasche und wischte sich wortlos das Gesicht ab, ehe er sich zum Gehen wandte. Als er schon fast draußen war, ordnete er an: "Fesselt die beiden und laßt sie hier, bis die Lkws beladen sind." Damit verließ er den Raum.

Wenige Minuten später lagen die beiden gefesselt auf dem kahlen Boden im Dunkeln des Lagerraumes und hörten auf die Schritte, die sich draußen von der Tür entfernten.

Thomas Förster war es, der als erster wieder zu sprechen anfing: "Es tut mir wirklich leid, daß ich dich da mit hineingezogen habe, Petra", sagte er, und man hörte seiner Stimme an, wie schwer es ihm fiel, sich zu beherrschen. "Ich hätte es wissen müssen, daß Stefan auf der Hut ist."

"Es braucht dir nicht leid zu tun, Thomas", erwiderte Petra resigniert, während sie versuchte, ihre panische Angst zu unterdrücken. "Ich war so oder so schon irgendwie mittendrin in dem Ganzen. Es tut mir nur leid, daß wir den Hund nun nicht mehr überführen können."

Nach einer Weile fuhr sie fort: "Wie haben die Kerle dich erwischt? Wieso warst du hier?"

"Ich habe dich heimlich beobachtet", antwortete Förster. "Ich wollte immer in deiner Nähe sein, um auf dich aufzupassen. Das ist mir nun leider nicht gelungen."

"Und als ich dich auf deinem Handy anrief und dir von den Papieren erzählte.."

"...da war ich bereits gefangengenommen. Dieser Typ im grauen Anzug war am Telefon, Manfred Wegener, und hat deine Nachricht entgegengenommen."

"Und ich blöde Kuh habe am Telefon von den Papieren geredet!" stöhnte Petra auf. "Ich hätte doch mißtrauisch werden müssen!"

"Du kannst nichts dafür", beruhigte der Mann sie und versuchte, im Dunkeln näher zu ihr hinzurutschen, gar kein so leichtes Unterfangen, da seine Handgelenke auf dem Rücken gefesselt waren. "Wahrscheinlich hätte Stefan so oder so herausgefunden, daß wir unter einer Decke stecken."

"Und was jetzt?" fragte Petra, während auch sie im Dunkeln in die Richtung rutschte, aus der sie die Stimme von Thomas hörte.

"Sie werden uns aus dem Weg räumen", antwortete der Mann mit lakonischer Stimme. "Er hat keine andere Wahl. Wir wissen zuviel."

"Natürlich", erwiderte Petra resigniert. Sie spürte, wie ihr die Tränen in die Augen schossen. Zudem hatte sie noch immer panische Angst in dieser völligen Dunkelheit. Erleichtert atmete sie auf, als Thomas sie erreicht hatte und sie seinen warmen Atem auf ihrem Gesicht spürte.

"Angst?" fragte er mit leiser Stimme, während er seine Stirn an die ihre legte.

"Ja, tierische Angst", flüsterte sie ebenso leise zurück und erwiderte den Druck seiner Stirn. "Wie...?" Sie wagte nicht, ihre Frage zu beenden.

"Ich weiß es nicht. Wir werden es aber mit Sicherheit bald erfahren." lautete die Antwort. Nach einer kleinen Weile setzte Thomas hinzu: "Schade, daß es auf diese Weise enden muß. Ich hätte mir wirklich gewünscht, Stefan das Handwerk zu legen. Und da ist noch etwas, was ich dir sagen wollte." Er zögerte, weiterzusprechen.

"Ja?" fragte Petra mit verhaltener Stimme.

"Die Nacht mir dir, die war wirklich wunderschön. Ich wünschte, wir könnten noch viele solche Nächte erleben. Ich ... Petra, du bist eine wunderbare Frau. Ich wollte, wir hätten mehr Zeit füreinander gehabt." Nochmals machte er eine kleine Pause, ehe er fortfuhr: "Ich liebe dich."

"Ich liebe dich auch", flüsterte Petra zurück. sie spürte, wie ihr die Tränen die Wangen hinunter liefen. Sollte es das wirklich gewesen sein? Sehnsüchtig suchten ihre Lippen die seinen und fanden sich in einem langen, verzweifelten

Kuß. Sie spürte, wie das Blut von seiner aufgeplatzten Lippe sich mit ihren Tränen vermischte und wünschte, dieser Moment würde nie vergehen. Es war noch so vieles ungesagt geblieben, und wer wußte, wie viel Zeit ihnen noch bleiben würde.

Einige Minuten später öffnete sich die Außentür wieder. Als sie sich voneinander lösten, erkannten die beiden die Umrisse von Stefan Söhnke gegen das Licht, welches von draußen hereinfiel. "Ihr scheint euch ja recht gut zu amüsieren hier drin", sagte er, und ein sarkastischer Unterton klang in seiner Stimme mit. "Es tut mir leid, wenn ich euer Schäferstündchen unterbrechen muß. Aber es wird Zeit für euch."

Mit diesen Worten gab er den Eingang frei und ließ Manfred Wegener und zwei kräftige Lagerarbeiter eintreten. Die beiden packten Thomas und Petra an den Armen und zerrten sie auf die Füße und nach draußen.

In der ungewohnten Helligkeit mußte Petra erst etwas blinzeln, ehe sie nähere Einzelheiten erkennen konnte. Sie befanden sich in der großen Lagerhalle. In deren Mitte standen nun zwei große Lkws, die als Gefahrenguttransporter gekennzeichnet waren. In ihrem Inneren befanden sich jede Menge große Fässer, zwei solcher Fässer standen noch vor den Wagen.

"Die beiden sind für euch gedacht", erläuterte Söhnke mit ungerührter Miene und deutete auf die blauen Tonnen. "Es handelt sich hier um einen der Spezialtransporte nach Marseille, für die ihr euch so interessiert habt. Ihr werdet nun aus erster Hand miterleben können, wohin diese Fässer transportiert werden. Nur schade, daß ihr zu diesem Zeitpunkt schon tot sein werdet."

Er wandte sich an zwei weitere Männer, die abwartend neben den Lkws standen und ordnete an: "Los, bringen wir es hinter uns. Knallt sie ab, und steckt sie in die Fässer." Damit wandte er sich zum Gehen.

Im nächsten Augenblick geschahen mehrere Dinge gleichzeitig. Die beiden Männer neben den Wagen griffen in ihre Jacken und zogen zwei Schußwaffen hervor, die sie auf Thomas und Petra richteten. Die Lagerarbeiter, die die Gefangenen nach wie vor festhielten, ließen sie abrupt los und stießen sie nach vorne in Richtung der bewaffneten Männer. Gleichzeitig ertönten Schüsse. Die beiden Männer stürzten aufschreiend zu Boden, und ein Höllenlärm brach über die Lagerhalle herein.

Petra glaubte noch immer, ihr letztes Stündlein sei gekommen, als Thomas sich gegen sie warf und sie zu Boden riß. "Los, runter mit dir!" rief er. "In Deckung!"

Die nächsten Minuten waren erfüllt von Schüssen, Mündungsfeuern und

Schmerzensschreien. Mitten in diesem Inferno lagen Petra und Thomas, hilflos gefesselt.

Nach einiger Zeit verhallten auch die letzten Schüsse, und eine unheilvolle Stille kehrte ein. Schließlich wagte Petra es, die Augen zu öffnen und Thomas anzublicken, der mit seinem vollen Gewicht auf ihr lag und mit seinem Körper den ihren schützte. In diesem Augenblick näherten sich Schritte, und eine Petra bekannt vorkommende Stimme sagte: "Ihr könnt aufstehen, der Zauber ist vorbei."

Als sie aufschaute, gewahrte Petra Manfred Schneider, den ihr inzwischen wohlvertrauten Kriminalbeamten und hinter ihm eine ganze Menge von uniformierten Polizisten und ganz in Schwarz gekleideten Männern mit Gesichtsmasken, die bis an die Zähne bewaffnet waren und sich nun in der ganzen Halle verteilten.

Während einer der Beamten ihnen die Handfesseln löste und ihnen auf die Füße half, erläuterte Schneider: "Du kannst von Glück sagen, Thomas, daß du mein Freund bist! Die Sache hat mir keine Ruhe gelassen, deshalb haben wir dich schon seit Tagen rund um die Uhr observiert. Was meinst du, was ich für eine Mühe hatte, den Innenminister innerhalb so kurzer Zeit davon zu überzeugen, daß er allein auf meine Vermutung hin und die Beobachtung, daß man dich gefangengenommen hatte, das SEK abgestellt hat, um die Halle hier zu stürmen!"

Thomas Förster hob leicht den Kopf und grinste mit schiefem Gesicht: "Du bist ein echter Freund, Manfred. Ihr hättet keine Minute später kommen dürfen."

Er wollte noch etwas hinzufügen, verzog aber bei einer unbedachten Bewegung das Gesicht vor Schmerzen und fluchte leise los. Fast hätte er das Gleichgewicht verloren, aber Petra umfaßte ihn gerade noch rechtzeitig um die Taille, so daß er sich auf ihre Schultern stützen konnte.

"Was ist mit Stefan?" fragte die junge Frau. "Ich sehe ihn hier nirgends."

"Er ist im Eifer des Gefechts geflohen, aber es ist nur eine Frage der Zeit, bis wir ihn erwischen. Wir haben das Gelände weitläufig umstellt. Er hat keine Chance, uns zu entkommen", erläuterte der Kriminalbeamte.

Wie um diese Aussage zu bekräftigen, hörte man in der Ferne erneut Schüsse, die jedoch nach kurzer Zeit eingestellt wurden.

Thomas Förster wankte noch immer leicht, und man sah ihm an, welche Schmerzen er hatte. Auch Petra fühlte sich am Rande eines Nervenzusammenbruchs, das alles war zu viel für sie gewesen, nur der Gedanke an Thomas, der sie jetzt brauchte, hielt sie noch auf den Beinen.

In diesem Moment erschienen mehrere Sanitäter auf der Bildfläche, die sich sogleich um die Verletzten kümmerten. "Kommen Sie, ich bringe Sie zum

Krankenwagen", sagte einer und faßte Petra behutsam am Arm. Ein weiterer Sanitäter kümmerte sich um Thomas, der sich dies nur widerstrebend gefallen ließ.

Gerade da kehrten die schwarz gekleideten Polizisten zurück, zwischen sich Stefan Söhnke und Manfred Wegener. Beide Männer trugen Handschellen, und die Kampfspuren an ihrer Kleidung zeugten davon, daß sie bis zuletzt versucht hatten, sich gegen die Gefangennahme zu wehren.

Als sich die kleine Gruppe ihnen näherte, löste sich Thomas Förster aus dem helfenden Griff des Sanitäters und wankte zu Söhnke, der mit wirrem Haar in der Mitte der Beamten stand. Minutenlang starrte er auf den Gefangenen, der ihn um gut einen Kopf überragte und seinen Blick haßerfüllt erwiderte.

"Nun haben wir dich doch noch erwischt, Stefan", sagte er schließlich mit rauher Stimme, das Sprechen fiel ihm sichtlich schwer mit seiner aufgeplatzten Lippe. "Ich habe es dir damals schon versprochen, irgendwann kommt meine Rache. Und der Tag der Vergeltung ist heute endlich gekommen."

Er wollte noch mehr sagen, doch Petra Neumann trat neben ihn und berührte ihn leicht am Arm. "Laß ihn, Thomas, er ist es gar nicht wert, daß du dich länger mit ihm abgibst. Er wird seine gerechte Strafe erhalten." Dabei warf sie einen verächtlichen Blick auf den Mann, den sie einmal zu lieben geglaubt hatte. Jedes Gefühl für ihn war durch die letzten Stunden in ihr abgestorben, und was geblieben war, war nichts als Trauer und Verachtung. Einen kurzen Moment lang tauchte so etwas wie Bedauern in Söhnkes graubraunen Augen auf, doch das berührte Petra nicht mehr. Dieses Kapitel war für sie endgültig abgeschlossen.

"Komm, laß uns nach Hause gehen, Thomas", sagte sie und faßte den verletzten Mann behutsam unter. "Wir sind hier fertig." Damit wandten sie sich ab und folgten den beiden Sanitätern, die sie zum Krankenwagen begleiteten.

226